세상에 없는 풍경

문 학   글쓰기로   가 는   느 린   길

세상에 없는 풍경

문학 글쓰기로 가는 느린 길

2019년 1월 25일 초판 1쇄 인쇄
2019년 1월 30일 초판 1쇄 발행

지은이 | 권정우
펴낸이 | 김태화
펴낸곳 | 파라북스
기획 · 편집 | 전지영

등록번호 | 제313－2004－000003호
등록일자 | 2004년 1월 7일
주소 | 서울 특별시 마포구 와우산로 29가길 83 (서교동)
전화 | 02) 322－5353   팩스 | 070) 4103－5353

ISBN 979－11－88509－19－5 (03800)

* 이 도서의 국립중앙도서관 출판예정도서목록(CIP)은 서지정보유통지원시스템 홈페이지(http://seoji.nl.go.kr)와 국가자료종합목록시스템(http://www.nl.go.kr/kolis-net)에서 이용하실 수 있습니다. (CIP제어번호 : CIP2019002526)

* 이 도서는 한국출판문화산업진흥원의 출판콘텐츠 창작 자금 지원 사업의 일환으로 국민체육진흥기금을 지원받아 제작되었습니다.

* 값은 표지 뒷면에 있습니다.

문학 글쓰기로 가는 느린 길

세상에 없는 풍경

권정우 지음

파라북스

그림 그리는 걸 배운 적이 있습니다. 그림 그리는 법을 배울 것이라는 예상과 달리 선생님은 그림을 어떻게 그려야 하는지에 대해서는 한마디도 하지 않았습니다. 학생들에게 각자 그리고 싶은 것을 알아서 그리라고 하고는 자기도 자리를 잡고 그림을 그렸습니다. 그림을 그리는 중간 중간, 선생님이 그림 그리는 걸 어깨 너머로 보기도 하고 등 뒤에서 지켜보기도 했습니다.

글쓰기도 공부도 다르지 않다고 생각합니다. 좋은 책을 읽고, 괜찮은 주제를 뽑아 글을 쓰는 것이 내가 할 일입니다. 내가 뽑은 주제로 글을 써 보는 것은 이 책을 읽는 독자들이 할 일이고요. 독자들에게 시간을 내서 책과 주제에 대해서 설명한 뒤에 내가 쓴 글을 설명해주고, 독자들이 쓴 글을 평가해주면 좋겠지만 마음뿐입니다. 오랜 시간을 작가가 되기 위한 공부를 하고 훌륭한 작품을 써냈던 많은 작가들처럼 힘들지만 즐거운 글쓰기 수업을 독자들 스스로 해 나가야 합니다.

10년 넘게 학생들에게 산문 쓰는 것을 가르쳤습니다. 글쓰기를 가르치다 보니 학생들에게 보여주기 위해서 쓴 산문이 제법 쌓였습니다. 제가 쓴 산문은 거의가 직접 경험을 글감으로 하고 있어서 시간 순으로 배열할 수 있습니다. 농금덕에서 보냈던 다섯 살까지의 기억, 상도동과 신정동에서 보냈던 초등학생 시절의 기억이 1장에 묶였습니다. 대학 시절의 기억과 군대에 있었던 시절의 기억이 2장입니다. 3장은 40대에 겪은 일을 쓴 것이고, 4장은 최근의 경험이 글감입니다. 책으로 묶을 생각을 하지 않고 쓴 글이지만 묶어놓고 나니 자전적 소설이 됐습니다. '부록'에서는 산문의 이론을 정리했습니다. 산문을 써보지 않으면 제대로 이해하기 어려울 거라 여겨 마지막에 배치했습니다.

이 책의 표지를 장식하고 있는 그림이 고흐의 마지막 작품입니다. 〈까마귀가 날고 있는 밀밭〉이지요. 까마귀가 날고 있는 밀밭? 너무도 익숙해서 얼마나 아름다운 풍경인지 아는 사람이 없었는데, 고흐가 알아차린 겁니다. 그래서 세상에 없는 풍경을 그릴 수 있었습니다. 이 책의 도움을 받아서 많은 독자들이 자기에게는 너무도 익숙한 풍경이지만 남들에게는 너무도 아름다운 풍경, 세상에 없는 풍경을 글로 그려낼 수 있기를 바랍니다.

2018년 가을
권정우

| 차례 |

1장. 시간이 가도 오지 않는 것들

귀남이 · 고향에 대한 기억 – 《관촌수필》 ··· 13

세상에 없는 풍경 · 인생관에 영향을 미친 사건 – 《장자》 ··· 25

누나를 기다리는 동안 · 잊을 수 없는 냄새 – 《순수박물관》 ··· 31

빛벌레 · 환상적인 것 – 《하얀성》 ··· 35

밤길 · 어머니(또는 아버지) – 《눈길》 ··· 41

세상에 없는 집 · 참모습을 본 경험 – 《친절한 복희씨》 ··· 47

라디오 시대 · 시가 들어가는 신문 – 《그 여자네 집》 ··· 55

지영이 · 동화 같은 경험 – 《어린 왕자》 ··· 63

아버지의 집 · 나의 아름다운 날 – 《아름다운 날들》 ··· 79

지금의 나를 있게 한 것 · 유년의 즐거웠던 추억 – 《나의 라임오렌지 나무》 ··· 89

형의 뒷모습 · 잊을 수 없는 음식 – 《식객》 ··· 93

시간이 가도 오지 않는 것들 1 · 소설 같은 경험 – 《일렉트릭 유니버스》 ··· 101

시간이 가도 오지 않는 것들 2 · 나의 버킷리스트 – 〈더 버킷리스트〉 ··· 109

시간이 가도 오지 않는 것들 3 · 조화로운 삶에 대한 기억 – 《조화로운 삶》 ··· 121

시간이 가도 오지 않는 것들 4 · 반전이 있는 사건 – 《위대한 개츠비》 ··· 129

흑백 텔레비전의 시대 · 내가 알지 못했던 나 – 《오이디푸스왕》 ··· 139

아빠가 너만 했을 때 1 · 차별에 대한 기억 – 《죽은 왕녀를 위한 파반느》 ··· 149

마지막 예언 · 비현실적으로 느껴진 현실 – 《오빠가 돌아왔다》 ··· 155

아빠가 너만 했을 때 2 · 현실의 변화 – 《내 이름은 빨강》 ··· 163

6

2장. 귀거래사

수현이 · 관습에 저항했던 경험 – ≪월든≫ … 171

남사장 · 비밀 혹은 거짓말 – ≪비밀과 거짓말≫ … 179

쿤타 1. 미도관 · 두 번째 숨결 – ≪1%의 우정≫ … 193

쿤타 2. 가스버너 · 소중한 것을 떠나보낸 경험 – ≪자기 앞의 생≫ … 197

쿤타 3. 안양 가투 · 인생의 법칙을 깨달은 사건 – ≪창문 넘어 도망친 100세 노인≫ … 203

귀거래사 1. 꿈의 여행 · 시 읽고 산문쓰기 1 – 시 읽기 … 211

귀거래사 2. 주인공이 빠진 사건 · 시 읽고 산문쓰기 2 – ≪지구의 시간≫ … 215

귀거래사 3. 1984년 봄 · 평범한 사건의 특별한 의미 – ≪안네의 일기≫ … 223

에이오피 · 가장 아름다웠던 시절 – ≪인생≫ … 229

땅콩 · 나와 다른 부류의 사람 – 〈쇼생크 탈출〉 … 235

3장. 어머니의 가을

잠수복과 나비 · 잃어버려서 아쉬운 것 – ≪잠수복과 나비≫ … 245

부레옥잠 · 원치 않은 결과 – ≪당신들의 천국≫ … 249

고양이 마을 · 내가 꿈꾸는 현실 – ≪기싱의 고백≫ … 261

시를 읽는 즐거움 · 내가 가장 좋아하는 일 – ≪조물주에게 묻노라≫ … 265

작은 목수 · 소설의 주인공 같은 사람 – ≪고래≫ … 269

어머니의 가을 · 생을 포기할 수 없는 이유 – ≪난도의 위대한 귀환≫ ··· 275

테니스 · 나의 새로운 인생 – ≪싯다르타≫ ··· 279

만델링 · 무언가를 알지 못했던 시절 – ≪사피엔스≫ ··· 287

4장. 아버지, 우리 아버지

몸과 친해지기 1 · 남들에게 엉뚱하게 보였을 내 행동 – ≪백년의 고독≫ 1권 ··· 293

몸과 친해지기 2 · 특별한 공간 – ≪백년의 고독≫ 2권 ··· 301

몸과 친해지기 3 · 비극으로 끝날 뻔한 사건 – ≪햄릿≫ ··· 307

몸과 친해지기 4 · 인생의 법칙을 깨달은 경험 – ≪도덕경≫ ··· 313

몸과 친해지기 5 · 겉보기와 다른 사람 – ≪욕망이라는 이름의 전차≫ ··· 321

몸과 친해지기 6, 7 · 능력과 인생 – ≪양철북≫ ··· 327

작은누나 1 · 내게 크게 영향을 끼친 사람 – ≪새벽의 약속≫ ··· 335

작은누나 2 · 시간이 지난 뒤에 – ≪백만 광년의 고독 속에서 한 줄의 시를 읽다≫ ··· 343

아버지, 우리 아버지 1 · 내가 닮고 싶은 사람 – ≪안나 카레니나≫ 1권 ··· 349

아버지, 우리 아버지 2 · 해석이 상반됐던 경험 – ≪안나 카레니나≫ 2권 ··· 355

아버지, 우리 아버지 3 · 내 안에 있는 또 다른 나 – ≪안나 카레니나≫ 3권 ··· 361

아버지, 우리 아버지 4 · 내게 없는 것 – ≪양철북≫ ··· 369

영봉전 · 주변 사람이 주인공이 되는 글 – ≪우리 동네≫ ··· 377

부록. 산문쓰기로 시작하는 문학 글쓰기

1. 산문이란 무엇인가 … 386

2. 산문쓰기로 시작하는 이유 … 389

3. 산문을 쓰는 방법 … 391

4. 산문쓰기의 열한 단계 … 395

01

시간이 가도
오지 않는 것들

안개도시

이슬에 젖은 단풍잎을 밟으며
학교에 가던 기억을 떠올리라고
안개가 짙게 끼었습니다

안개 너머에서
친구들이 재잘대는 소리가 들려
웃음을 참고 발소리를 죽인 채 따라갔지요
나는 혼자였지만 혼자가 아니었습니다

안개도시에는
불 꺼진 아파트와
차가 다니지 않는 도로와
문을 열지 않은 가게밖에 없지만

시시해하지 말라고
세상은 내게
붉게 물든 나뭇잎과
안개 낀 아침과
이슬방울이 맺힌 거미줄과
바다로 이어진 호수와
웃음을 참고 발소리를 죽인 채
내 뒤를 따라오는 누군가를 보냈습니다

돌아보면 아무도 없지만
안개도시에서 나는
혼자인데도
혼자가 아닌 채로 살고 있지요

고향에 대한 기억

이문구의 연작소설 ≪관촌수필≫을 읽고,
고향에 대한 기억을 산문으로 쓰세요.

관촌수필 ────────

관촌수필은 작가가 경험한 것이 소설의 바탕이 된다는 점에서 산문의 성격이 강한 소설입니다. 소설은 산문보다 사건이 더 특별하고 잘 짜여 있습니다. 특별하고 잘 짜인 사건이 장점만 있는 것은 아니어서, 자연스럽게 여겨지지 않는다는 문제가 있습니다. 작가가 소설의 짜임새를 중요하게 여긴 결과, 있을 법하지 않은 결말에 이른 소설이 관촌수필에도 여러 편 있습니다. 정말 잘 짜인 사건은 자연스럽습니다. 그렇지만 쓰기 어렵지요. 완결된 결말보다는 자연스러운 결말이 더 낫습니다.

귀님이

　귀님이가 왔다. 구운 옥수수를 하나 들고. 나는 형이랑 마당에서 놀고 있었다. 귀님이는 우리한테 다가와서는 노릇노릇하게 구워진 옥수수를 양손으로 잡고 이로 알갱이를 뜯어내서 양양거리며 씹어먹었다. 며칠 전에도 귀님이는 구운 감자를 한 개 들고 와서 형이랑 내가 보는 앞에서 시커멓게 타버린 껍질 하나 남기지 않고 먹어치웠다. 어른 주먹만했는데 귀님이가 반을 쪼개니 속살에서 김이 피어올라 더 먹음직스러웠다. 그때도 형은 군침을 삼키며 맛있냐고 물어봤다. 귀님이는 이번에도 형이 물어보는 말에는 대꾸도 하지 않았다. "너네 집에는 이런 거 없지?" 놀려가면서 손가락으로 옥수수를 한 알씩 뜯어먹었다. 나도 먹고 싶었다. 그렇지만 나는 군침을 흘리지도 않았고 맛있냐고 물어보지도 않았다. '이거 먹어봐' 하며 귀님이가 먹던 옥수수를 불쑥 내밀었다면 난 말없이 받아서 형이랑 나눠먹었을 것이다. 그렇지만 그런 일은 없다. 그랬으면 좋겠다는 생각은 했다. 생각에서 멈춰야 한다는 것을 나는 알고 있었다. 먹고 싶다는 내색을 했더라면 귀님이는 신이 나서 더 놀려댔을 것이다. 한입만 먹어보자고 끝까지 사정을 하면 운 좋게 한입 얻어먹을 수도 있다. 알지만 그러고 싶지 않았다.

귀님이는 최씨네 둘째 딸이다. 나이는 일곱 살. 형과 동갑이었다. 다섯 살 터울이 지는 언니가 있었다. 이름은 순님이고 우리 큰누나랑 동갑이었다. 순님이는 아침마다 우리 집에 와서 큰누나를 부르곤 했다. "옥경아, 학교 가자." 현리초등학교 하추리 분교까지는 누나 설음으로 한 시간 반 정도 걸렸다. 고개를 두 번 넘고 개울을 세 번 건너야 했다. 학교에 갔다가 올 때는 시간이 더 걸렸다. 오르막길이기도 하지만 꼭 그래서만은 아니다. 오면서 딸기나 오디를 따먹기도 하고 개울에서 놀기도 했다.

순님이랑 동네 친구들이 학교에 갔다 오는 내내 누나들을 놀렸다. 작은누나는 화가 잔뜩 났다. '옥경이 엄마는 도망갔대요, 서울로 도망갔대요' 노래를 부르며 놀려대는 친구들한테 아무 대꾸도 하지 않고 동네까지 왔다. 누나들이 아무런 반응을 보이지 않으니 재미가 없어졌는지 놀리는 것도 시들해져서 뿔뿔이 자기 집으로 흩어졌다. 큰누나는 집에 와서도 그날 있었던 일에 대해서 한 마디도 꺼내지 않았지만 작은누나는 달랐다. 애들한테 들어보니 할머니가 귀님이 엄마한테 우리 엄마가 서울로 도망갔다고 말했다는데 할머니가 정말 그런 말 한 적 있느냐고 따지고 들었다. 할머니는 쥐방울만한 가시나가 어디 어른한테 따지고 드느냐고 불같이 화를 내며 부엌으로 달려가 부지깽이를 집어들었다.

엄마가 서울을 간 지 얼마나 됐는지 나는 알 수 없었다. 누나들한테 물어보면 알 수 있을 테지만 나는 물어보지 않았다. 물어본다고 엄마가 돌아오는 것이 아니라는 걸 나는 잘 알고 있었다. 엄마를 생각하면 자꾸 눈물이 나려고 했다. 날이 갈수록 엄마 얼굴이 점점 희미해지는 것도 속이 상하고 누나 친구들 말대로 서울 간 엄마가 돌아오지 않으면 어떡하나 걱정이 되기도 했다.

귀님이가 맛있어 죽겠다는 소리를 내면서 옥수수를 거의 다 먹어갈 무렵 아버지가 밭에서 돌아왔다. 형과 나를 약 올리려고 온 걸 눈치채고는 너희 집에 가서 먹으라며 귀님이를 쫓아보냈다.

아버지는 귀님이네 집에 진 빚이 있어서 귀님이한테 함부로 하지 못한다. 정확하게 말하면 아버지가 빚을 진 게 아니라 형이 빚을 진 거지만. 형이 네 살 때의 일이다. 아버지가 형을 데리고 귀님이네 집에 놀러 간 적이 있다. 귀님이 아버지랑 툇마루에서 이런저런 얘기를 하고 있는데 옆에 앉아 있던 귀님이 할머니가 영문을 모르겠다며 혼잣말을 했다. "이상하다. 방금 전까지 멀쩡하던 병아리가 비상 먹은 파리처럼 비실비실하네." 아버지가 손으로 주물러도 보고 물도 먹여서 겨우 살려놓으면 얼마 안 있어 또 비실댔다. 뒤꼍에 가보니 형이 병아리를 잡아서 잡는 족족 모가지를 조여 숨통을 끊어놓다시피 하고 있었다. 아버지는 행여 귀님이네 식구가 눈치채지나 않을까 조용히 형의 손목을 잡아끌고 집으로 돌아왔다.

동네에서 우리 집이랑 그나마 제일 친한 집은 귀님이네였다. 아버지는 귀님이 아버지를 개척단에서 만났다. 내가 태어나던 해에 우리 아버지는 다니던 직장을 때려치우고 살던 집마저 팔았다. 아버지는 공군본부에 다녔는데 작전 편제처 소속이었다. 아버지는 인사담당이었다. 승진기준이나 채용기준이 없이 승진이나 채용이 이루어지던 때였다. 아버지는 객관적인 심사기준을 만들어서 일처리를 했다. 전례가 없는 일이었다. 아버지가 사표를 내니 편제처장이 사표 수리를 안 해줘서 직장을 나가지 않은 뒤로도 세 달 동안 월급이 나왔을 정도다. 월급날이 되면 경리직원이 아버지 월급봉투를 들고 집까지 찾아왔다.

아버지가 멀쩡한 직장을 때려치운 이유가 무엇인지는 정확하지 않다. 아버지는 세상에 염증을 느껴서 그런 거라고 말하지만 액면 그대로 믿을 수는 없다. 아버지는 직장 동료들 사이에서 왕따였던 것 같다. 아버지는 처음 보는 사람에게는 친절하고 붙임성도 있지만 사이가 가까워지면 원만한 관계를 유지하지 못한다. 그래서 아버지는 친한 친구가 없다. 시도 때도 없이 잘난 척을 하고, 때와 장소를 가리지 않고 동료들을 무시하고, 마음에 안 드는 일이 있으면 불같이 화를 내고, 남이 하는 말을 자르고 자기 말만 하는 사람이 있다면 누구라도 싫어할 것이다. 아버지는 왕따가 되기 위한 조건을 완벽하게 갖춘 진정한 왕따였다.

아버지는 성질이 급해서 중요한 일일수록 성급하게 결정하곤 했다. 중요한 일을 그렇게 결정하니 결과가 좋을 리가 없었다. 열 평 남짓한 작은 집이었지만 어쨌든 일곱 식구가 잘 살고 있던 집을 팔아치워서 손에 쥔 돈에 퇴직금을 더해서 큰외삼촌 주머니에 털어넣었다. 욕심이 화를 부르는 법이다. 아버지는 헛된 욕심을 다스리지 못해서 외삼촌이 하는 감언이설에 홀랑 넘어가고 말았다. 해가 가기 전에 몇 배로 되돌려 받을 거라는 말을 믿고 전 재산을 털어넣는 사람이 우리 아버지다.

외삼촌은 매일같이 아버지가 퇴근하는 것을 기다렸다가 밥도 사고 선물도 사줬다. 듣기 좋으라고 낯간지러운 칭찬을 늘어놓기도 했는데 원하던 것을 손에 넣자마자 연락을 끊어버렸다. 하루아침에 집도 절도 없이 되어버린 우리 아버지는 길을 가다가 우연히 담벼락에 붙어 있는 포스터를 보게 되었다. 개척단원을 모집한다는 내용이었다. 국회의원을 지낸 아무개가 정부에서 지원금을 받아서 벌이는 사업이었다. 아버지는 개척단 사무실을 찾아가서 더 많은 정보를 얻을 수 있었다. 개척단에 가입하면 강원도 산간마을에 터를 잡고 정착을 할 수 있도록 해주는 것은 물론이며 버섯을 비롯해서 각종 임산물을 재배하는 기술을 가르쳐주고 판로를 확보해준다고 했다. 공짜는 아니었다. 가입비가 있었다. 가입비는 집터와 경작지를 구입하는 비용이라고 보면 된다는 말을 들었다. 외삼촌에게 다 털리고 땡전 한 푼 남아 있지 않았으므로 아버지는 서울에 살고 있던 큰고모에게 돈을 빌렸다.

내가 태어나던 날 아버지는 용대리에 있었다. 개척단원들과 숙식을 하며 집터도 알아보고 정착하는 데 필요한 기술도 익히는 중이었다. 길을 가는데 커다란 복숭아나무가 있었다. 복숭아가 하나 달려 있었다. 된장항아리보다도 더 컸다. 복숭아가 가지에서 떨어져서 두 팔과 가슴으로 간신히 받았다. 깨어보니 꿈이었다. 동쪽하늘이 뿌옇게 밝아오고 있었다. 옆자리의 단원에게 꿈 얘기를 했더니 태몽이라며 아들을 얻을 거라고 했다.

얼마 뒤 개척단원들은 뿔뿔이 흩어졌다. 정부에서 지원금을 받으려 했는데 일이 계획대로 되지 않아서 사업이 지지부진한 것이 원인이었다. 아버지는 서울로 돌아갈 수 없었다. 돌아가도 집도 없고 직장도 없었다. 가입비를 내고 남은 돈으로 터전을 마련한 곳이 농금덕이다. 해발 800미터에 위치한 분지다. 신선이 가야금을 타는 모양을 닮은 땅이라서 그런 이름이 붙었다고 한다. 동네는 남향으로 자리 잡았고 남쪽이 트였는데 멀리 점봉산이 보인다. 터가 넓고 물이 많아서 전쟁이 나기 전에는 소를 키웠다. 소 스무 마리를 한 축이라고 했는데 집집마다 소를 몇 축씩 키우는 부자동네였다. 전쟁이 끝나갈 무렵에 마을 사람들은 모두 북쪽으로 피난을 떠났다. 이곳은 한석산 전투로 유명한 격전지였다.

전쟁이 끝난 뒤에 뜨내기들이 몇 가구 들어와서 작게나마 마을을 이루고 있었고 10년 뒤에 귀님이네와 우리 집이 이사를 왔다. 우리 아비지와 어머니가 마을로 들어오는 걸 보고 동네 사람들은 영화를 찍으러 오는 주연배우인 줄 알았다고 한다. 우리 어머니와 아버지는 서울에서도 눈에 띄게 빼어난 용모를 지녔으니 시골 사람들이 깜짝 놀라는 것은 당연했다. 어머니는 보석처럼 아름다웠지만 아버지의 손에 이끌려 들어온 농금덕은 만길 물속 같았다. 동네 아주머니들은 엄마한테 대놓고 텃세를 부렸다. 밭일이 서툴다는 핑계를 대며 품앗이에 끼워주지 않았고 인사를 해도 받아주지 않았으며 말도 섞으려 하지 않았다. 뒤에서 자기들끼리 있지도 않은 어머니 흉을 보기도 했다.

귀님이 엄마는 약삭빠른 여자였다. 마을에서 살아남으려면 어떻게 처신해야 하는지 잘 알고 있었다. 처음에는 친한 척을 하며 우리 집을 드나들었다. 흉이 될 만한 것을 물어다내어 마을 아주머니들의 환심을 사기 위해서였다. 마을 사람들과 친분을 쌓은 뒤로는 앞장서서 우리 엄마를 따돌리고 해코지를 했다. 엄마는 마을 사람들과 친해지려 노력해봤지만 아무 소용이 없었다. 마을 사람들은 가난하고 힘든 삶에 대한 한풀이가 필요했다. 자기들과는 다른 족속이라고 여겨서 우리 엄마를 한풀이 대상으로 정했다. 엄마를 대신할 사람이 나타나지 않는 한 개선의 여지는 없었다. 아버지도 마을 사람들과 어울리지 못했는데 사정을 들여다보면 엄마의 경우와는 달랐다. 마을 아저씨들이 모여서 개장국을 끓여놓고 술판을 벌였는데 아버지가 분위기를 망친 적이 있다. 둘러앉은 사람들이 숟가락 하나로 돌아가면서 개장국을 떠먹는 것을 보고 '이렇게 위생관념이 없으니 병에 걸리는 거다, 남의 침이 묻은 숟가락으로 더러워서 어떻게 음식을 먹을 수 있느냐'면서 자리를 박차고 나와 버렸다.

마을 공동작업을 하느라 동네 아저씨들이 모인 자리에서 시비가 붙었다. 나이도 어린 놈이 권씨라고 불렀다며 맨 윗집 사는 김씨한테 무식한 놈이라고 야단을 치자 화가 난 김씨가 웃통을 벗어젖히며 아버지에게 막말을 했다. '그렇게 잘난 놈이 뭐 얻어먹을 게 있다고 이 산구석까지 기어들어왔느냐'고. 동네 사람들은 팔짱을 낀 채 강 건너 불구경이었다. 아버지는 키 172센티에 몸무게 53킬로그램이고 안경까지 쓰고 있었다. 김씨는 180이 넘는 키에 노동으로 다져진 다부진 몸매였다. 누가 봐도 어린애와 어른의 싸움이어서 결과를 볼 필요도 없었다.

쇠망치 같은 주먹을 치켜들고 우리 아버지의 얼굴에 한 방 먹이려고 달려 들어오는 김씨를 아버지는 엎어치기 한 판으로 간단히 제압했다. 김씨는 달려오던 힘과 제 몸무게가 더해져서 몇 미터를 날아 땅바닥에 패대기쳐졌다. 아버지는 일제시대에 고등학교를 다녀서 유도가 필수과목이었다. 유도의 '유' 자도 모르는 김씨는 아버지의 상대가 될 수 없다. 아버지는 바닥에 누워서 앓는 소리를 내는 김씨에게 다가가서 발로 목을 지그시 누르며 나지막하게 한마디 던졌다. "오늘은 이 정도로 봐준다. 한번만 더 까불면 다리몽둥이를 분질러놓을 테다."

무협영화의 한 장면이었고 아버지가 주인공이었다. 아버지는 마을 사람들 앞에서 한껏 우쭐했지만 현실에서는 아버지가 주인공이 될 수 없었다. 마을 토박이를, 그것도 마을 사람들이 모두 보는 앞에서 패대기친 것은 영화에서와는 달리 참으로 경솔한 행동이었음이 차차 밝혀진다. 그 사건이 있은 뒤로 마을 사람들 중 누구도 아버지에게 까불지 못했다. 동시에 누구도 아버지를 마을 사람으로 인정하지 않았다. 마을 사람들과 친하게 지내지 않으면 마을에서 살 수 없다는 깃을 아버지는 몰랐을까?

귀님이가 왔다. 며칠 전에 구운 옥수수를 들고 우리 집 마당으로 들어설 때 보여주었던 의기양양하던 모습은 찾아볼 수 없었다. 귀님이는 부엌 섬돌에 꼼짝도 않고 서 있었다. 거기서 보면 방안이 한눈에 들여다보이고 둘러앉아 있는 우리 식구가 내려다보일 테지만 귀님이는 눈을 내리깔고 우리의 처분만 기다리고 있었다. 나는 귀님이를 보고도 모르는 체했다. 작은누나와 큰누나도 그랬다. 형마저도 귀님이가 거기 없는 사람인 것처럼 쳐다보지도 않았다. 아버지도 있었고 큰할머니와 할머니도 있었지만 이들 중 누구도 귀님이한테 말 걸어주지 않았다.

"귀님이 왔구나. 이거 가져가서 엄마한테 드려라. 옥경이네서 주더라고, 맛만 보시라고 했다고 전하고." 귀님이가 유령처럼 서 있는 것을 알아보자마자 엄마는 커다란 빈대떡 한 장을 기름종이에 싸서 귀님이 손에 들려줬다. 그렇다, 엄마가 온 것이다. 나는 곤하게 자다가 방안에서 부산스런 기척이 나는 것을 느끼고 눈을 떴다. 자리에서 일어나보니 엄마가 와 있었다. 호롱불빛에 엄마의 고운 얼굴이 보이고 방바닥에는 엄마가 가져온 잔치음식이 펼쳐져 있었다.

그날 먹었던 절편 맛을 아직도 잊을 수가 없다. 참기름이 살짝 발라져 있어서 절편을 집어드니 매끈하면서도 탱탱한 느낌이 손끝으로 느껴졌다. 입을 살짝 벌리고 절편을 한 입 깨물려고 하니 고소한 참기름 냄새가 코와 입으로 전해져온다. 한 입 크게 베어물고 어금니로 씹으면 혀와 입안 전체로 쫄깃한 맛이 퍼져 나가고 깨끗하면서도 찰진 맛은 씹을수록 깊어진다.

엄마가 가져온 음식은 외할아버지 생신잔치 음식이었다. 의성에서 음식을 보자기에 싸서 들고 서울에 있는 이모네 집에서 하룻밤을 잔 뒤에 새벽같이 일어나서 버스를 몇 번이나 갈아타고 하추리에 내려서 한밤중에 산길을 걸어서 농금덕에 온 것이었다. 짐 보따리도 있었으니 여자 몸으로 감당하기 어려웠을 테지만 엄마는 힘든 내색을 하지 않았다. 나는 엄마가 온 것이 기쁘고 맛있는 음식을 가져와서 행복했을 뿐 엄마가 얼마나 힘들게 왔는지는 알지 못했다.

내가 나이가 들어서 두 아이의 아빠가 됐을 때 어머니가 지나가는 말로 그때 일을 이야기한 적이 있다. 친정에 가서 돈 좀 구해오라고 아버지가 어머니를 들볶았고 견디다 못해서 어머니는 서울 이모네 집으로 갔다. 어머니는 자존심이 강해서 친정에 손을 벌릴 수가 없었다. 자수성가한 외할아버지 덕분에 엄마가 어릴 때만 해도 외가는 천석을 했다. 해방이 되면서 농지개혁으로 크게 타격을 입었고 전쟁이 나면서 또 한 차례 집이 기울었다. 집에 여유가 있을 때도 어머니는 외할아버지 힘을 빌리는 것을 싫어했다. 엄마는 파출부 일부터 시작해서 돈이 되는 일이면 닥치는 대로 했다. 흔들린 적도 있었다. 외할아버지는 곱게 키운 막내 딸이 고생하는 것이 안타까워서 거지꼴을 하고 생일잔치에 나타난 엄마에게 당신 집에서 같이 살자고 했다. 엄마가 결혼한다고 아버지를 선보였을 때도 아버지가 엄마와는 격이 맞지 않는 사람이라는 것을 한 눈에 알아보고 반대했었다. 외할아버지가 반대하는데도 엄마는 고집을 부려서 결혼을 했다. 퉁명스럽고 권위적이고 거친 경상도 남자들만 봐 왔던 엄마는 부드럽고 상냥하고 여자를 위해줄 줄 아는 남자를 만나자 마음을 빼앗겨버렸다. 게다가 아버지는 영화배우라고 해도 믿을 만큼 용모가 빼어났다. 결혼을 한 뒤에는 경상도 남자보다도 더 무심하고 심 지어는 폭력적이기까지 하다는 것을 젊은 나이인 엄마가 어떻게 알았 겠는가. 시집와서 처음 상을 차리면서 엄마는 미나리강회를 했다. 시간 과 정성을 들여서 음식을 했지만 아버지와 할머니의 반응은 냉정했다. 생으로 먹거나 데쳐서 그냥 먹으면 되지 뭐 하러 음식에 모양을 내냐며 비웃고 야단을 쳤다. 사사건건 이런 식이었다. 섬세하고 안목이 높고 고매한 인격을 지닌 사람이 격에 맞지 않는 집안에 시집을 가면 어떤 일이 벌어지는지 알고 싶으면 우리 엄마를 보면 된다.

엄마를 좋아하던 남자들이 많았다. 네 아이의 엄마가 된 뒤에도 엄마 를 포기하지 않은 남자가 있었다. 애들을 데리고 와서 같이 살자고 엄 마를 설득했다. 엄마는 많이 흔들렸지만 그렇게 할 수 없다고 말했다. 새로 시작하기에는 시간이 너무 많이 흘렀다는 것을 엄마는 알고 있었 다. 힘겨운 삶을 살고 있지만 본인이 선택한 결과이고 선택한 결과에 대한 책임을 지는 것이 옳다고 생각하며 다른 데로 눈을 돌리지 않는 사람이 엄마였다.

엄마가 빈대떡을 한 개 줬는데도 귀넘이는 가지 않았다. 눈을 내리깔고 섬돌 위에 그대로 서 있었다. 한 개는 너무 적으니 이대로는 갈 수 없다는 뜻이었다. 다른 사람이라면 몰라도 귀넘이가 그러는 것은 너무도 염치가 없는 짓이었다. 아무리 큰일을 당해도 말이 없고 무표정해서 나중에 클레믈린이라는 별명을 얻은 큰누나마저도 잡아먹을 듯이 귀넘이를 노려보았으니 말 다했다. 불편하고 어색한 분위기를 정리한 것은 이번에도 엄마였다. 귀넘이의 뜻을 읽어내자마자 엄마는 흔쾌히 빈대떡 한 장을 더 들려줬다. 그때서야 귀넘이는 섬돌에서 내려와서 부엌문을 열고 사라졌다. 고맙다는 말도 잘 먹겠다는 말도 하지 않았다. 나는 귀넘이 손에 쥐어준 빈대떡이 정말 아까웠다. 얄미운 귀넘이에게 빈대떡을 두 장이나 쥐어준 엄마도 이해가 되지 않았다.

다음날 아침에 일어나니 엄마가 없었다. 가슴이 철렁했다. 뒤켠 장독대에 있는 엄마를 찾아내기까지 얼마나 가슴을 졸였던지. 엄마가 부엌으로 가면 나도 따라가고 엄마가 마당으로 가면 따라나섰다. 병아리가 어미닭을 따라다니듯이 아무 말도 하지 않고 뒤를 졸졸 따라다니는 것을 알고 엄마는 환하게 웃으면서 나를 꼭 안아줬다. "엄마는 이제 아무 데도 안 갈 거니까 걱정 마라. 우리 막둥이를 남겨두고 엄마가 어딜 가겠니?"

인생관에 영향을 미친 사건

≪장자≫를 읽고,
자기의 인생관에 영향을 미친 사건을 산문으로 쓰세요.

장자 ———————————————————————————

≪노자≫를 제대로 읽지 못하게 만든 1등 공신이 장자라는 걸 내 나이 마흔
에는 알지 못했습니다. ≪장자≫를 재미있게 읽으려면 ≪노자≫를 읽지 않는
것이 좋고, ≪장자≫를 제대로 읽으려면 ≪노자≫부터 제대로 읽어야 합니
다. ≪노자≫는 시라서 제대로 읽기 어렵지만 ≪장자≫는 이야기라서 이해하
기 쉽습니다. 장자가 ≪노자≫를 제대로 이해하지 못한 것은 안타까운 일이
지만, 이야기를 예로 들어 글을 쓰는 능력은 배울 만합니다.

세상에 없는 풍경

인제에서 버스를 탔다. 할머니, 큰누나와 함께였다. 아버지는 형과 작은누나를 데리고 하루 일찍 출발했다. 엄마는 우리를 맞이할 준비를 하러 서울에 미리 가 있었다. 버스에 오를 때 쇠로 된 계단 모양의 발판이 승객들의 발길에 닳아서 반짝였다. 발판은 미끄러지지 말라고 요철 처리가 되어 있었다. 보석으로 만든 계단을 오르는 것 같았다. 버스에 올라서니 사람이 많아서 우리는 자리에 앉지 못했다. 승객을 다 태우고 버스는 출발했다. 나는 몸이 옆으로 쏠리는 것을 느끼며 좌석 한 귀퉁이를 잡은 손에 힘을 주었다.

그때 내 눈앞에 신기한 광경이 펼쳐졌다. 가로수가 슬금슬금 뒤로 물러서고 길가에 늘어선 건물도 움직이기 시작했다. 잠시 뒤에 그것들은 먹잇감을 발견한 맹수처럼 속력을 내더니 시야에서 사라졌다. 믿을 수 없는 장면을 하나도 놓치지 않으려고 내 눈은 커질 대로 커졌고 심장이 증기기관처럼 뛰어서 자기 존재를 입증했다. 가로수가 움직이는 것 좀 보라며 누나와 경이로움을 나눌 생각이었는데 누나는 창밖을 바라보고 있는데도 무표정한 얼굴이었다. 다른 승객들 표정도 살펴봤다. 그들도 누나처럼 무표정한 얼굴이었다. '가로수가 어떻게 움직일 수 있는 거지? 저렇게 신기한 광경을 보면서도 왜들 놀라지 않는 거지?' 나만 모르는 비밀이 있는 게 분명했다.

서울에는 신기한 것이 많았다. 서울에 온 지 며칠 지나지 않았을 때 노량진 시장에 갔다. 잡화를 파는 가게 앞에 쌓여 있는 양은 냄비와 스테인레스 그릇이 내 눈에는 황금 냄비와 은그릇처럼 보였던 것 하며, 끝도 없이 이어진 것 같은 군부대 담장과 담장 위의 철조망도 기억난다. 안을 들여다볼 수 없어서 더 신비로운 세계였다. 때마침 머리 위로 헬리콥터가 지나가 놀라움은 극에 달했다.

신비롭고 놀라운 것들은 모두 바깥에 있었다. 집에 들어오면 시시한 것뿐이었다. 그나마 조악하게 옻칠이 되어 있는 옷장이 나의 심심함을 달래주었다. 나무로 된 옷장 문에는 중이 목탁을 두드리며 깊은 산으로 들어가는 그림이 양각되어 있었다. 폭포도 있고 냇물도 흐르고 나무도 있고 산도 있었다. 나는 집에 있을 때면 옷장 문에 새겨진 그림을 보며 놀았다. 그림을 보고 있으면 마음이 편안해지고 신비로운 세계로 들어갈 수 있을 것 같았다.

옷장은 내가 글자를 깨우친 뒤로 멀어졌던 것 같다. 옷장에 새겨진 그림을 보는 대신 나는 만화책과 동화책을 보며 놀았다. 그것은 또 다른 신비로운 세계였다. 나는 책의 세계에 빠져버렸다. 책을 읽으며 배꼽이 빠지게 웃을 때도 있었고, 숨죽여 눈물을 흘릴 때도 있었다. 책을 읽고 있으면 시간이 얼마나 지났는지도, 배가 고픈 줄도 몰랐다. 아침에 〈소년 한국일보〉를 펼치면 만화나 기사가 눈에 들어오기 전에 기름 냄새가 코끝에 전해졌다. 신문지 기름 냄새는 하루의 시작을 알리는 향기였다. ≪소년 중앙≫을 정기구독 했었다. 매달 10일이면 아버지는 월급봉투와 함께 비닐커버에 들어 있는 ≪소년 중앙≫을 가져와서 우리 사남매 앞에 자랑스럽게 내려놓곤 했다. 만화와 기사와 독자 투고란까지 토씨 하나 안 틀리고 외울 기세로 반복해서 읽었다.

내 어린 시절에 친구가 되어주었던 옷장이 언제 어떻게 사라졌는지 나는 알지 못한다. 옷장이 사라지기 전에 옷장 그림이 안내하는 신비로운 세계에 대한 나의 관심이 먼저 사라졌을 것이다. 그 뒤로 옷장이 친구가 되어주었다는 기억이 사라졌고, 얼마의 시간이 흐른 뒤에는 옷장이 있었다는 기억마저 사라져버렸다.

어른이 된 뒤에 농금덕을 찾아간 적이 있다. 서른 살 무렵이었다. 큰할머니 묘지를 찾아가 보는 것이 손자 된 도리라는 생각이 들어서 큰누나와 함께 갔다. 남사장도 같이 갔다. 남사장은 농금덕에 가보고는 이런 산골에 사람이 어떻게 살았냐며 입을 다물지 못했고, 갔다 온 뒤로 얼마 동안 '개천에서 용 났다'며 나를 놀려대곤 했다. 프라이드를 몰고 가는 건 무리였다. 바퀴가 빠지면 돌을 채워서 길을 메워가며 힘겹게 올라갔다. 농금덕이 군부대 유격장으로 변했다는 걸 올라가 보고야 알았다. 누나가 어릴 적 기억을 더듬어서 큰할머니 산소를 찾아냈다. 봉분에 빈병과 비닐 같은 쓰레기가 묻혀 있었다. 삽으로 파내는데 눈물이 났다. 대강 정리를 한 뒤에 큰절을 하고 내려왔다. 몇 년 뒤에 아버지를 모시고 갔는데 묘지는 다른 데 있었다. 우리가 쓰레기 더미에 절을 했다는 것을 알았다.

어머니가 돌아가신 뒤에 농금덕을 다시 찾아갔다. 내 나이 마흔다섯 무렵의 가을이었다. 할머니 산소는 찾을 수가 없었다. 농금덕을 둘러보고 싸리목으로 내려오는데 개울 옆으로 단풍이 붉게 물들어 있었다. 그걸 보는 순간 오랜 세월 잊었던 기억이 떠올랐다. 우리 식구가 농금덕을 떠나던 날의 기억이다. 태어나자마자 엄마의 등에 업혀서 농금덕에 온 나는 다섯 해를 해발 800미터에 자리 잡은 그곳에서 보냈다. 인제에서 덤프트럭을 봤던 것이 바깥세상에 대한 최초의 기억이 아니었다. 온 식구가 세간을 이고 지고 하추리로 내려오던 날 나는 불타는 듯 아름다운 단풍을 처음 보았다. 그 고운 빛깔의 단풍은 세상 풍경이 아닌 것 같았다.

서울에는 낯설고 신기한 것투성이라서 단풍에 대한 기억은 잠시 잊어버렸지만 온전히 사라진 것은 아니었다. 내가 옷장에 새겨진 그림에 그토록 집착했던 이유가 있었다. 농금덕을 떠나던 무렵의 어린 시절부터 나는 바깥세상에 대한 내 최초의 기억, 세상에 없는 풍경으로 들어가고 싶었던 것이다.

66

온 식구가 세간을 이고 지고 하추리로 내려오던 날 나는
불타는 듯 아름다운 단풍을 처음 보았다. 그 고운 빛깔의
단풍은 세상 풍경이 아닌 것 같았다.

99

잊을 수 없는 냄새

오르한 파묵의 ≪순수 박물관≫ 2를 읽고,
잊을 수 없는 냄새(또는 향기)에 대한 기억을 산문으로 쓰세요.

순수박물관 ─────────────────────

글감을 크게 네 부류로 나눠볼까요? 첫째, 사람들이 중요하게 여기는데 정말
로 중요한 것. 둘째, 사람들이 중요하게 여기는데 실제로는 중요하지 않은 것.
셋째, 사람들이 하찮게 여기는데 실제로는 중요한 것. 넷째, 사람들이 하찮게
여기는데 실제로도 하찮은 것.
첫 번째 글감을 상식이라고 합니다. 상식을 글로 쓰면 뻔한 글이 되니 좋은 글
감이 아닙니다. 두 번째 글감으로 글을 쓰면 반전이 있는 글이 되지만, 중요하
지 않은 것을 글감으로 선택했으니 좋은 글이 되기 어렵습니다. 네 번째 글감
으로 글을 쓰면 반전마저 없는 사소하고 하찮고 뻔한, 완벽하게 안 좋은 글이
나옵니다. 세 번째 글감으로 글을 쓰세요. 감춰진 진실을 보여주며 반전이 있
는 멋진 글이 나올 겁니다.
퓌순이 남긴 물건은 남들에게는 하찮아 보이지만 주인공 케말에게는 더없이
소중합니다. 케말이 물건을 매개로 소중한 기억을 떠올렸듯이 냄새를 매개로
소중한 기억을 떠올려보세요.

누나를 기다리는 동안

"여기서 기다리고 있으면 누나들이 과자랑 커피를 가져다줄게." 큰누나가 형과 나한테 한 말을 믿고 우리는 누나들이 시키는 대로 읍내 한가운데 있는 로터리 난간에 앉아 있었다. 크리스마스에 성당에 가면 과자와 빵은 물론이고 따뜻한 커피도 준다는 말을 들었다며 큰누나와 작은누나는 며칠 전부터 크리스마스를 기다려왔다.

처음부터 로터리 콘크리트 난간에 동생들을 앉혀놓을 생각은 아니었을 것이다. 성당에 데려가야겠다는 처음 생각은 성당에 가까워질수록 조금씩 바뀌었을 것이다. 세례명은 있지만 성당에 가본 적도 없고 아는 사람도 없는 곳에 먹을 걸 바라고 가는 발걸음이 가볍지 않았을 것이다. 그렇지만 과자와 빵, 먹어본 적도 없는 따뜻한 커피는 열한 살짜리 배고픈 여자아이와 두 살 터울의 여동생에게는 떨치기 어려운 유혹이었다. 초대받지 않은 남의 집 잔치에 어떻게 가나? 엄마가 있었으면 사람들 눈치가 덜할 텐데. 고민 끝에 내린 결론이 꼬리 자르기. 어린 아이의 눈으로 봐도 거지꼴을 하고 있는 두 남동생까지 어떤 사람들이 있는지도 모르는 곳에 데리고 갈 용기는 없었다.

영하 20도의 차가운 날씨는 내 편이 아니었다. 칼바람은 아니었지만 바람도 불어댔다. 잠바도 걸치지 못했고 장갑과 모자도 없었다. 털신을 신은 것도 아니어서 집을 나서면서부터 발이 시렸다. 입김을 불어도 곱은 손은 녹지 않았다. 찬 기운이 온몸을 파고들었다. 집 근처에서 일을 마치고 늦은 아침을 먹으려고 집에 들른 아버지가 네 남매가 집에 없는 것을 알고는 놀라서 찾아 헤매다가 로터리에 앉아 떨고 있는 우리 둘을 찾아내지 않았더라면 우리는 그날 파트라슈와 네로처럼 추위에 떨지 않아도 되는 세상으로 가버렸을 것이다. 아버지가 우리를 발견했을 때 나는 정신을 거의 잃은 상태였고 몸이 얼음장처럼 차가웠다고 한다.

아버지가 우리를 발견하기 전까지 차가운 날씨로부터 나를 지켜준 것이 있다. 한 번도 먹어본 적이 없는 과자의 맛과 맡아본 적 없는 커피 향기. 한번 맡기만 해도 꽁꽁 언 몸이 스르르 녹을 만큼 따뜻할 것 같았다. 이름이 코피와 비슷해서 누나들 입에서 그 이름이 나올 때마다 터져나오는 웃음을 참아야만 했던 그것이 이름과 달리 얼마나 환상적인 맛과 향기를 선사할 것인지. 가슴 설레며 누나들이 언제 오나 고개를 빼고 기다렸었다.

누나들을 기다리는 동안 로터리 주위로 덤프트럭이 지나가곤 했다. 어른 걸음으로 한 시간 넘게 산길을 걸어 내려와야만 하루에 한두 번 지나는 버스를 구경할 수 있는 산골에서 네 번의 겨울을 맞이한 것이 인생의 전부였던 내게 그것들은 얼마나 놀랍고 신기했던지. 커다란 바퀴와 흙을 가득 실은 짐칸, 엔진룸에서 터져나오는 굉음도 신기했지만 내 눈을 사로잡았던 것은 뒷바퀴 사이로 보이는 타원형의 차동기어 케이스와 거기서 뻗어나온 추진축이었다. 기름때와 흙먼지가 묻은 기계장치들 사이에서 먼지 하나 묻지 않은 채 쉬지 않고 돌아가는 추진축은 눈이 부셨다. 그리고 머플러에서 뿜어져 나오는 시커먼 매연과 매연 냄새. 꽃향기와 풀냄새, 나물 삶을 때 나는 냄새와는 다른 문명의 냄새를 맡으며 내 가슴은 얼마나 뛰었던지.

따스한 햇볕. 강원도 인제 아침의 찬 기운을 막아줄 수 있을 정도는 아니지만 먼 곳에서 우리를 걱정해주는 엄마처럼 있는 듯 없는 듯 내 작은 몸에 옅은 온기를 전해주던 그 고마운 햇볕.

환상적인 것

환상적인 것을 경험한 적이 있나요?
오르한 파묵의 ≪하얀성≫을 읽고 산문으로 써보세요.

하얀성

서양의 기술을 익혀서 무기를 만들고 그것을 앞세워 서양을 침략하면 이길 수 있을까요? 결과는 불 보듯 뻔한데, 직접 해봐야 깨닫는 사람이 너무나 많습니다. 해보지 않고도 아는 사람이 현명한 사람입니다. 서양을 따라하면 서양을 이길 수 있다는 생각을 점잖게 비판하는 책이 ≪하얀성≫입니다. 한 명은 서양인이고 한 명은 터키인인 도플갱어를 주인공으로 설정한 것도 기발합니다.

하얀성! 모방한 기술로는 절대로 부술 수 없는 환상적인 그 무엇입니다. 현실에 없을 것 같은 그 무엇을 경험한 적이 있다면 글로 쓰지 않을 이유가 없습니다.

빛벌레

엄마가 끓여주는 라면 김치찌개는 맛있다. 김치찌개에 물을 좀 더 잡고 라면을 넣는 거다. 라면 스프는 넣지 않는다. 엄마가 개발한 요리다. 라면 김치찌개만 있으면 밥 한 그릇은 뚝딱이다. 라면 김치찌개가 없어도 밥 한 그릇 정도는 뚝딱이긴 하다. 스프는 따로 모아놓는다. 생라면을 뽀개먹을 때 뿌려먹기도 하고 그냥 먹기도 한다.

라면처럼 맛있는 게 또 있을까? 며칠 전에 아버지가 라면 한 박스를 사왔다. 얇은 비닐봉지에 담긴 삼양라면이다. 봉지에 보면 소고기 맛이라고 쓰여 있다. 소고기를 먹어본 적이 없어서 정말 소고기 맛인지 그냥 라면 맛일 뿐인지 알 수 없지만 그냥 라면 맛이라도 상관없다. 라면만 끓여먹어도 담백한 것이 일품이다. 그냥 맛있는 게 아니라 환상적으로 맛있다. 라면 박스를 처음 열 때부터 나는 한눈에 라면이 맛있을 줄 알았다. 라면 박스에 빼곡하게 들어 있는 라면을 보고 형과 나, 누나 둘은 일제히 환호성을 질렀다. 아버지는 공군본부 PX에서 라면을 사왔다고 했다. 동네 구멍가게에서 파는 것보다 훨씬 싸니까 양껏 먹어도 된다고 했다. 박스째 라면을 사먹는 집은 우리 동네에서 우리 집뿐이라고 했다.

그 많던 라면이 다 어디로 갔을까? 이틀 만에 라면 한 상자를 빈 상자로 만들어버린 일등 공신은 형이다. 어른 밥그릇으로 두 그릇을 먹고는 불룩 튀어나온 배를 검지로 꾹꾹 눌러보면서 "오늘은 밥이 잘 안 들어가네" 하는 위인이다. 나와 누나들도 몇 개씩 먹기는 했지만 형은 정말 심했다. 우리가 한 개 먹는 사이에 두세 개 먹는 것은 기본이다. 생라면을 뽀개먹고, 스프를 솔솔 뿌려먹고, 동네에 놀러 나가면서 들고 나가서 먹고. 그뿐이 아니다. 라면 김치찌개에 있는 라면의 반은 형 차지다.

아버지는 어제 라면 한 박스를 또 사왔다. 지난번과 달리 웃는 얼굴이 아니었다. 라면을 또 사가는 걸 보고 직장 동료가 "권 문관, 구멍가게 차렸어요?" 하며 놀렸다며, 라면은 기호식품인데 배가 터지도록 먹는 애들은 세상에 너희들밖에 없을 거라고도 했다. 대방동에서 우리 집까지 라면 상자를 둘러메고 오는 게 힘들어서 그러는 게 아니라고 했다. 어쨌든 이제 다시는 라면을 사나르지 않겠단다. 그 말처럼 나를 절망에 빠뜨리는 말이 또 있을까? 이제 다시는 라면을 먹을 수 없을 거라는 생각을 하니 바위에 갇힌 것같이 가슴이 답답하고 울음이 터질 것 같았다. 슬픔에 빠진 나를 보고 누나들은 눈짓으로 이렇게 말했다. '아버지가 직장 동료한테 놀림을 당하고 분에 못 이겨서 분풀이를 하는 거야. 내일만 되면 언제 그랬냐는 듯이 라면 박스를 짊어지고 와서 라면을 박스째 사먹는 집은 우리 집뿐이라고 으스댈 거야.'

누나들을 믿고 라면 걱정은 하지 않기로 했다. 사실 나는 그것 말고도 걱정되는 일이 있다. 아침을 먹고 식구들이 나가고 나면 집에 나만 남는다. 혼자서 집을 보는 일은 심심하고 시간이 안 가는 것만 빼면 어려울 것이 하나도 없다. 안방에서 라디오를 듣기도 하고 손톱깎이며 성냥통 같은 것을 장난감 삼아서 놀기도 한다. 손톱깎이는 비행기도 됐다가 자동차도 됐다가 배가 되기도 한다. 마당에 나가서 빠삐랑 놀 때도 있다. 점심때가 되면 형이 학교에 갔다 돌아오니 그때까지만 견디면 됐다. 그 일이 있기 전까지는 심심했지만 평화로운 날들이었다.

벙어리 형제. 나만의 평화로운 시간을 끔찍한 시간으로 바꿔놓은 악당들이다. 그 녀석들은 뒷집에 산다. 동생은 나와 동갑이고 형은 우리 형이랑 나이가 같다. 둘 중에 형이 벙어리다. 그래서 원래대로라면 초등학교 3학년이어야 하지만 학교를 가지 않았다. 학교에 가지 않는 것은 좋다. 그런데 왜 나를 괴롭히느냐 말이다. 빈집을 지키고 있으면 벙어리 형제가 찾아온다. 나는 벙어리가 무섭다. 말을 해도 알아듣지 못하고 괴물처럼 괴상한 소리로 대꾸한다. 신기하게도 동생은 형이 하는 말을 다 알아듣는다. 벙어리 형제를 피해서 부엌에 숨어 있으면 어떻게 알았는지 부엌문을 열고 들어오려고 한다. 부엌 문고리를 잡고 버텨보지만 둘이서 당기는 힘을 당할 수는 없다. 아버지는 왜 부엌문을 안에서 잠그게 만들지 않았을까. 이런 원망을 할 여유도 없다. 이제 문짝을 열어젖히고 뛰어들어오겠구나 하는 생각을 하면 너무 무서워서 심장이 터져버릴 것 같다.

아침에 엄마를 못 가게 하면 안 된다는 것을 모르는 게 아니다. 내가 울면서 매달려도 엄마가 직장을 포기하지 않을 거라는 것도 알고 있다. 오늘 하루만 쉬는 일도 없을 것이다. 그렇지만 나도 방법이 없다. 엄마는 내가 이렇게 철없는 아이처럼 매달리는 이유를 알지 못한다. 집에 있기 심심해서 그런다고 생각하는 것 같다. 직장에 늦지 않으려고 엄마가 최후의 수단으로 사용하는 방법이 있다. 10원짜리 동전을 쥐어주는 거다. 효과가 있다. 동전이 벙어리 형제를 막아주지 못하는 걸 모르는 게 아니다. 동전으로 할 수 있는 게 많다. 건빵을 한 봉지 살 수도 있고 눈깔사탕은 열 개를 살 수 있다. 10원이면 맛있는 크림빵이 하나다. 색색깔의 구슬도 스무 개나 살 수 있다. 무서움을 없앨 수는 없다. 그렇지만 달랠 수는 있다. 그게 어디인가.

내가 제일 좋아하는 시간은 눈을 뜬 채로 자리에 누워서 이런저런 생각을 하는 이 새벽시간이다. 우리 집에 하나밖에 없는 창문으로 새벽녘의 옅은 빛이 들어와서 방안에 있는 것들이 희미하게 보이기 시작한다. 엄마도 아직 자리에서 일어나지 않았다. 이 시간만큼은 누구에게도 방해받지 않는다. 벙어리 형제라 해도 제멋대로 내 생각의 문을 열고 들어올 수는 없다. 며칠 전에는 이런 생각을 한 적이 있다. 사람들도 나처럼 머릿속의 세계가 있을 것이다. 그렇다면 세상에는 보이지 않는 세계가 얼마나 많은 것이냐. 내 세계만으로도 신기하고 놀라운데 사람 수만큼 많은 세계가 있으니 세상은 얼마나 대단한 곳인가.

내가 이 시간을 좋아하는 이유가 또 있다. 이 시간에는 빛벌레를 볼수 있다. 빛벌레는 반딧불이가 내는 빛보다 작고 희미한 빛이다. 몸통이 없이 빛만 떠다닌다. 새벽에 눈을 뜨면 눈앞에서 날아다닌다. 두 손으로 잡아서 이불 속에 모아놓았다가 살짝 들쳐보면 어느새 다 도망가고 없다. 빛벌레가 떠다니는 게 신기해서 자꾸만 손을 뻗어 잡게 된다. 새벽에 빛벌레가 방안에서 떠다니는 것도 식구들한테 말하지 않았다.

이 시간은 훌쩍 지나가 버린다. 빨리 지나는 시간 덕분에 더디게 지나는 시간을 견딜 수 있는 거라고 위로해본다. 이제 엄마가 일어나 아침을 지을 것이고, 식구들이 밥상에 둘러앉아 아침을 먹을 것이다. 형과 누나들은 가방을 싸서 학교에 가고, 아버지는 공군본부에 똥 푸러 가고, 엄마는 아모레 가방을 메고 집을 나서겠지. 나는 또 엄마를 붙잡아야 하나. 빈집이 되면 오늘도 벙어리 형제가 어김없이 찾아올 텐데. 어두운 부엌에서 문고리를 잡고 숨죽이고 있어도 순순히 돌아가지는 않을 텐데.

어머니(또는 아버지)

이청준의 단편소설 ≪눈길≫을 읽고,
어머니(또는 아버지)와 관련된 잊지 못할 사건을
산문으로 쓰세요.

눈길

이청준 소설의 장점은 주제의식이 깊고 시대를 앞서간다는 점입니다. 경험을
잘 활용해서 산문에 가까운 소설을 쓰는 것도 장점입니다. 아쉬운 것은 문체입
니다. 아름답지도 분명하지도 않은 번역투의 문체는 소설에 어울리지 않습니
다. 이청준의 소설을 좋아한다 해도 절대로 문체는 따라하지 말아야 합니다.
받은 만큼 돌려주는 것이 합리적이고 문제가 없는 행위라고 여기는 자본주의
사회에서는 사랑마저도 거래의 대상이 됩니다. 거래의 대상이 되면 사랑은
사랑이라고 할 수 없습니다. 이청준이 ≪눈길≫에서 이 말을 하고 있네요.

밤길

"버스 타고 갈래, 아니면 그냥 걸어서 갈래?"

어머니가 이렇게 물어봤을 때 내 머릿속에는 짧은 순간에 많은 생각이 떠올랐다. 대방동 이모네 집에서 상도동에 있는 우리 집까지 걸어서 가기에는 먼 거리였다. 더군다나 그때 나는 일곱 살밖에 되지 않았다. 당연히 버스를 타고 가고 싶었다. '엄마도 이런 사실을 잘 알 텐데 왜 나한테 그걸 물어보나?' 보통 때도 버스를 타보는 것이 소원이었는데 오늘처럼 밤중에 먼 길을 걸어가야 하는 상황에서는 더 타고 싶었다.

"그냥 걸어갈래."

내 입에서는 내가 원하지도 않는 말이 나왔다. 엄마가 버스비를 아끼고 싶어 하는 눈치여서 내 욕심껏 말할 수 없었던 것이다.

공군본부에 군무원으로 근무하고 있던 아버지는 '이 동네에서 우리 집이 제일 부자'라며 우리 네 남매에게 자랑스럽게 말씀하시곤 했지만 무허가 흙벽돌집으로 마을을 이룬 산동네에서 제일 잘 살아봤자 아무

실속이 없다는 것은 막내인 나도 아는 사실이었다. 어머니는 자식 교육을 제일 중요하게 생각해서 학용품이나 학습교재를 사는 데 쓰는 돈은 아까워하지 않았다. 그렇지만 나는 집안 형편을 생각해서 꼭 필요한 준비물이 아니면 준비물이 있다는 사실을 엄마한테 말하지 않았다. 나중에 어머니는 그런 나를 보면서 대견스러우면서도 한편으로 가슴이 무척 아팠다고 말씀하셨다.

어머니와 둘이서 집으로 가는 밤길은 참 멀었다. 다리는 아프고 졸음은 쏟아지고 해서 걸을수록 슬슬 부아가 나기 시작했다. 그렇지만 엄마에게 화풀이를 할 수는 없었다. 엄마는 이모네 집에서 얻어온 짐 보따리를 들고 있었다. 무거운 짐 보따리를 들고 있는 엄마가 나보다 더 버스를 타고 싶었을 거라고 생각하니 더욱 그랬다.

"엄마한테 업힐래?"

성대시장 앞을 지날 때였던 것 같다. 엄마가 이렇게 물어봤을 때 나는 하마터면 '응' 하고 대답할 뻔했다. '엄마가 짐 보따리만 들고 있지 않아도 얼른 업힐 텐데……' 하고 생각하면서 그냥 걷겠다고 말했다. 그 뒤로 내가 어떻게 집에 왔는지는 잘 기억이 나지 않는다. 내 발로 집까지 걸어온 기억이 없는 걸로 봐서, 졸음을 참아가며 길을 걷는 어린 아들을 엄마가 업었을 것이고, 나는 엄마 등에서 곤하게 잠이 든 채로 집에 도착했을 것이다.

그 일이 있은 뒤로 시간 여행을 하는 상상을 자주 했다. '내가 커서 돈을 벌면 타임머신을 타고 엄마와 밤길을 걷던 그 날로 돌아가리라. 엄마한테 버스비를 줘서 버스를 타고 갈 수 있게 하리라. 엄마는 한사코 받지 않으려 하겠지만 버스비를 쥐어주고 짐 보따리에 몰래 제법 큰돈

도 넣어주리라. 그러면 엄마는 집에 와서 짐 보따리를 풀어보다가 깜짝 놀라며 행복해하겠지.'

세월이 흘러 나는 어머니에게 그 정도의 돈을 드릴 수 있는 어른이 됐고, 내 어머니는 신부전으로 혈액 투석을 받는 환자가 됐다. 어머니가 신장병을 앓게 된 데에는 기구한 사연이 있다. 셋째를 출산한 뒤 열이 심해서 병원에 갔더니 의사가 방광염이라는 진단을 내렸다. 그런데 치료비가 없어서 더 이상 병원에 가지 못해 신장까지 상하게 된 것이다.

7년 전부터 신장기능이 거의 정지되어 어머니는 일주일에 세 번 투석을 받으러 다녔다. 당신 발로 걸어다닐 수 있을 때까지는 자식들에게 폐 끼치지 않을 거라며 새벽밥을 지어 드시며 병원에 다녔다. 한 번씩 투석실을 찾아가면 대바늘을 팔뚝에 꽂은 채로 웃는 얼굴로 나를 맞으면서 "뭐하러 왔냐, 네 일도 바쁠 텐데" 하신다. "엄마 된장찌개 좋아하잖아, 된장찌개 잘하는 식당에 가서 점심 먹자" 하면 "그럴까?" 하고는 환하게 웃으셨다.

어머니는 당신 병 관리에 철저했다. 투석을 열심히 받는 것은 기본이었고, 신부전 환자가 먹으면 안 되는 음식은 철저히 가렸다. 좋아하던 과일과 생야채도 딱 끊었고, '시원한 얼음물을 벌컥벌컥 먹다가 죽었으면 소원이 없겠다'고 매번 말씀은 하면서도 정해진 양을 초과해서 물을 마시는 법도 없었다. 이렇게 열심히 투병생활을 했지만 신부전은 나을 수 있는 병이 아니었다.

신부전은 시한폭탄과 같다고 의사인 형이 말하곤 했는데, 어느 날 폭탄이 터지고 말았다. 아침부터 입안이 타들어가고 균형을 잘 잡지 못하겠다며 이불을 펴고 누웠는데, 저녁때가 지나자 온몸에 경련이 일어났다. 종합병원 응급실을 찾았지만 뇌혈관이 터져서 이틀 뒤부터 의식불명 상태에 빠지고 말았다. 중환자실에 입원하고 뇌수술을 했다. 그리곤 호흡기에 의지한 채로 중환자실에서 세 달을 보냈다.

어머니가 중환자실에 누워 있을 때는 휠체어를 타고 다니는 환자들이 그렇게 부러울 수가 없었다. '어머니도 저 사람들처럼 휠체어에 앉아 있을 기력이라도 있으면 얼마나 좋을까?' 다행히도 어머니는 중환자실을 나와 일반병실로 옮겼고 휠체어를 타고 다닐 수 있을 만큼 기력이 회복됐다. 예전에는 휠체어 타고 다니는 사람들만 보였는데 이제는 보행기에 의지한 채 혼자 산책하는 노인들만 보인다.

일반병실 생활도 두 달 만에 마치고 요즘은 집에서 투병 생활을 한다. 혼자서는 거동을 못 하니 하루 종일 침대에 누워서 지낸다. 간병인을 쓸까도 생각했지만 큰누나와 형, 아버지와 내가 번갈아가면서 간병을 하기로 했다. 비엔나에 사는 작은누나도 1년에 한두 번 어머니 간병을 하러온다. 긴 병에 효자 없다고 하지만 우리 네 남매는 어머니가 살아 계셔서 우리가 어머니께 효도를 할 수 있게 된 것이 어머니가 우리에게 주는 마지막 선물이라고 생각하고 있다.

식사 때가 되면 어머니를 거의 업다시피 해서 식탁에 앉히고, 식사를 마친 뒤에는 다시 침대에 눕힌다. 어머니를 침대에 누이고 이불을 덮어드리면 힘겹게 웃으며 작은 목소리로 이렇게 말한다.

"고마워."

어머니를 부축할 때면 엄마와 함께 밤길을 걷던 일곱 살 그때가 떠오른다. 목적지도 없는 밤길에서 병마와 싸우다 지친 어머니는 이제 혼자

힘으로는 걸을 수 없다. 어머니는 일곱 살 내가 그랬던 것처럼 한사코 내 등에 업히지 않으려 하지만 이제는 내가 어머니를 업고 가야 하리라. '어머니 미안해하지 마세요. 어머니는 무거운 짐 보따리를 든 채로 잠든 나를 업고 먼 길을 걸어오셨잖아요.'

참모습을 본 경험

박완서의 ≪친철한 복희씨≫를 읽고,
처음 보는 것과 달랐던 사람이나 사건에 대한 경험을
산문으로 쓰세요.

친절한 복희씨

홀륭한 사람은 남의 눈치를 안 보기 때문에 보잘것없어 보입니다. 시간이 지나야 홀륭한 점이 눈에 들어오지요. 처음 봤을 때는 보잘것없어 보이지만 시간이 지나면 홀륭함이 드러나는 것, 무척 좋은 글감입니다.

박완서가 이런 사실을 깨달은 것이 ≪그 여자네 집≫을 쓸 무렵입니다. ≪친철한 복희씨≫에 실린 글은 모두 그 뒤에 쓴 작품이라서 글이 더 좋아졌습니다. 안타까운 것은 ≪친철한 복희씨≫가 박완서의 첫 책이 아니라 마지막 작품집이라는 점입니다. 높이 올라가려면 출발지점이 높아야 합니다. 박완서가 마지막에 도달한 지점이 여러분의 출발점이 되기를 바랍니다.

세상에 없는 집

성대시장을 지나서 경사진 길을 따라가면 커다란 당산나무가 있었다. 300년도 넘은 느티나무였다. 하굣길에 짝과 함께 느티나무 앞까지 왔던 적이 있다. 나는 초등학교 일학년이었고 학교라는 낯선 환경에서 새로운 것을 접하는 것이 즐거웠다. 낯을 많이 가리는 성격이어서 약간의 두려움이 없지 않았지만 오히려 학교에서 접하는 모든 것이 더 강렬하게 느껴져서 좋았다. 평상에 앉아서 또래 노인들과 한담을 나누고 있던 할머니는 손녀딸을 반가이 맞이했다. 나는 내 짝의 짝이라며 인사를 꾸벅 했다. 할머니가 너희 집은 어디냐고 물었다. 나는 우리 동네가 있는 곳을 손가락으로 가리키며 저 윗동네에 산다고 했다. 내 짝이 사는 동네는 검은 기와를 얹은 한옥이 많았다. 자기 집에 놀러가자고 했다. 할머니도 허락했다. 가고 싶었지만 나는 갈 수가 없었다. 친구 집에 놀러가면 다음번에는 우리 집에 데려가야 한다는 것을 알고 있었다. 아무한테도 배운 적이 없지만 나는 친구라면 당연히 그래야 한다고 생각했다. 다른 이유를 대며 다음에 놀러가겠다고 했다.

우리 집은 검은 기와집이 아니다. 붉은 기와집도 아니다. 기와집이 아니다. 우리 집을 지을 때 몇 번 와본 적이 있다. 한여름이었다. 땡볕 아래서 아버지는 흙벽돌을 찍고 있었다. 혼자는 아니었다. 주상이 아버지랑 둘이서 했다. 주상이 아버지는 새우젓 장사를 했다. 아버지보다 몇 살 나이가 적었고 아버지를 행님이라고 불렀다. 말을 할 때마다 '행님요'로 시작했다. 아버지처럼 빼빼 마른 체형이었다. 기는 아버지보다 작았다. 얼굴은 무말랭이처럼 생겼다. 아버지는 새우젓 장수가 아니었다. 그때는 공군본부에 다시 취직하기 전이어서 무직이었다. 어머니가 신림동에서 함바를 해서 먹고 살았다.

함바에 오는 일꾼 중에 관상을 잘 보는 사람이 있었다. 아버지 관상을 봐준다고 했다. 얼굴만 보고 앞일을 어떻게 알아맞추느냐며 처음에는 그 사람이 하는 말을 귓등으로 들었다.

"어머니가 두 분이시죠?"

"그걸 어떻게 알았어요?"

"제가 금강산에 들어가서 10년 넘게 관상 공부를 했습니다. 그동안 고생 많이 하셨네요."

"고생은 남부럽지 않게 했지요."

"이제 고생 끝났습니다. 내일이나 모레 사람이 올 겁니다. 고집 부리지 말고 하겠다고 하고 그냥 따라가세요."

아버지는 어안이 벙벙해서 대꾸를 못 했다.

"나중에 우연히 만나면 술이나 한잔 사세요. 자식들이 다 잘 돼서 만년에는 호강하며 살게 될 겁니다."

다음날 공군본부에서 사람이 찾아왔다. 인사담당업무를 볼 사람을 찾던 중에 권 문관이 서울로 돌아왔다는 소식을 듣고 부탁하러 왔다고 했다. 양식거리가 없어서 고구마를 한 가마니 사서 한 달 내내 먹다가 애들이고 어른이고 얼굴이 누렇게 떠서 혼이 난 것이 얼마 전이다. 자존심이고 뭐고 내세울 형편이 아니었다. 6년 전에 때려치운 직장의 그 부서로 다시 들어갔다.

아버지는 우리들한테 당신 직업이 똥 푸는 일이라고 말하곤 했다. 내가 여섯 살일 때는 아버지가 하는 농담을 이해하지 못했다. 아버지는 공군본부에 다니는데 그럼 거기서 똥을 푸는 건가? 퇴근하고 돌아오는 아버지에게서 아무 냄새도 나지 않는다고, 아버지가 똥 푸고 오는 게 아닌 것 같다고 했다. 아버지는 소리 내어 웃으면서 일이 끝나면 목욕을 하고 옷도 갈아입기 때문에 냄새가 나지 않는 거라고 둘러댔다. 친구랑 놀다가 불쑥 "우리 아부지는 똥 푼다"라는 말이 나왔다. 그러자 친구는 "우리 아부지는 강냉이 장산데"라고 대답했다.

집 지을 터에 널린 흙이 황토였다. 물을 넣고 흙 반죽을 해서 나무틀로 찍어내면 커다란 메주덩어리 같은 흙벽돌이 만들어졌다. 설계도는 아버지 머릿속에 있었다. 왼쪽에는 안방을 들이고 오른쪽에는 작은방을 낸다. 가운데는 부엌이다. 부엌바닥은 흙을 파내서 깊게 만들어야 한다. 그래야 내루식으로 아궁이를 만들 수 있다. 아궁이에는 연탄불을 땠다. 바퀴가 달린 연탄 화덕에 불을 피워서 밥도 끓이고 생선도 굽다가 불을 쓸 일이 없으면 구들장 깊숙이 밀어넣어서 난방을 했다. 부엌 바닥이 낮아서 장마철이면 물이 나왔다. 이런 것도 아버지의 설계도에 있었을까? 문틀은 노량진시장에 가서 사왔지만 문짝은 아버지가 직접 짰다.

부엌 문짝을 달았는데 무거워서 아래로 쳐졌다. 아버지는 우리 사남매를 불러놓고 문짝을 여닫는 시범을 보이셨다. "이렇게 들어서 닫고, 열 때도 이렇게 살짝 들어서 열면 잘 열린다." 그러고는 한말씀 덧붙이는 걸 잊지 않으셨다. "임시조치야."

집을 완성하는 데에는 두 주가 걸렸다. 이 집은 임시로 거처하는 집이라고 아버지는 말씀하시곤 했다. 당신이 이런 산동네에서 무허가 흙벽돌집을 짓고 살 사람이 아니라는 사실을 남들이 알아주길 바랐다. 그 집에서 4년을 살았으니 임시로 거처한 것 치고는 조금 오래 산 셈이다. 그 집에서 사는 내내 아버지는 그 집과 동네에서 벗어날 생각을 했다.

산 아래 신흥주택단지가 들어서기 시작했다. 우리 동네로 오려면 붉은 기와를 얹은 양옥집 사이로 난 길을 걸어와야 했다. 양옥집 중에는 우리 동네 사람들이 3천만 원짜리 집이라고 불렀던 집도 있다. 군 장성이 사는 집이었는데 이층집이었고 대문에 초인종도 있었다. 그냥 초인종이 아니고 인터폰이었다. 인터폰을 누르면 집 주인이 "누구세요?"라고 묻는 소리가 스피커에서 나온다. 누구라고 대답하면 '징~' 하는 기계음과 함께 철문이 철커덕 열렸다. 하굣길에 그 집 앞을 지나가다가 인터폰을 사용할 줄 몰라서 당황하는 군인에게 한 수 가르쳐준 적이 있다. 찜차를 타고 온 대령이었는데도 인터폰은 처음 보는 것 같았다.

다른 양옥집에는 초인종이 달려 있었다. 우리 동네 아이들에게 초인종은 장난감이나 마찬가지였다. 초인종을 누르고 숨어 있으면 주인이 나와서는 이쪽저쪽 둘러보다가 씩씩거리며 집으로 들어가곤 했다. 그 모습을 지켜보며 아이들은 묘한 쾌감을 느꼈던 것 같다. 나한테도 해보라며 시범을 보이기도 했는데 모르는 사람을 골려먹으며 재미있어 하는 것이 이해는 됐지만 따라하고 싶지는 않았다. 가끔 비용을 지불해야 할 때도 있었다. 주인에게 들키면 다른 아이들의 몫까지 물어내야 했다. 돈으로 낸 것은 아니고 머리통을 몇 대 쥐어박히고 잘못했다며 파리처럼 빌어야 했다.

신흥주택단지가 들어선 곳은 예전에는 야산이었다. 겨울에 바람이 세차게 부는 날이면 형을 따라서 여기까지 오곤 했다. 연을 날리기 위해서다. 비닐우산 대나무 살을 뜯어내어 뼈대를 만들고 신문지를 오려 붙여 가오리연을 만들었다. 형은 얼레도 만들었다. 나무에 못질을 하는 것은 물론이고 쇠꼬챙이를 달궈서 손잡이가 지나가는 구멍도 뚫었다. 연줄은 무명실이었다. 구멍가게에 가면 한 타래에 5원이었다. 손바닥을 펴서 양 손등으로 실타래를 지탱하고 있으면 형이 실을 풀어서 얼레에 감았다. 잘못 만든 연은 공중에서 큰 원을 그리며 돌다가 결국은 바닥에 처박힌다. 연실을 다시 매거나 연 꼬리를 손봐야 한다. 우리 연은 바람을 타고 하늘 높이 잘 날아올랐다. 연줄을 다 풀면 연은 바늘구멍보다도 더 작아졌다. 하늘 높이 나는 것은 연인데 내가 하늘을 나는 것처럼 심장이 뛰었다.

주택단지가 들어선 뒤로는 겨울이 와도 연을 날리는 아이들이 없었다. 형과 나도 연을 날리러가지 않았다. 대신 아이들은 초인종 놀이를 하거나 트럭 놀이를 했다. 트럭이 지나가면 꽁무니에 매달려서 가다가 길로 뛰어내리는 게 트럭 놀이였다. 아이들이 하기에는 위험한 놀이이고 트럭 놀이를 하다가 떨어져 발목이 부러진 친구도 있었다. 위험하다고 해서 아이들이 놀이를 포기하는 일은 없다. 트럭 놀이는 위험하기 때문에 더 매력적인 익스트림 스포츠였다. 나를 빼고 우리 동네 아이들 모두가 트럭 꽁무니에 매달리는 것에 익숙해지면서 트럭 놀이는 시들해졌다.

우리 집은 산동네에 있었다. 장승백이에서 걷기 시작하면 애들 걸음으로 한 시간을 걸어 올라가야 했다. 우리 집에서 내려다보면 아랫동네가 훤히 보였지만 볼 만한 경치가 아니어서 전망이 좋다고 말하는 것은 좀 그렇다. 햇볕이 잘 들었고 아버지가 늘 말했듯이 집에 오는 동안 운동이 충분히 되는 이점이 있었다. 찾아보면 이것 말고도 많은 장점이 있을 것이다. 여름에 바람이 시원하게 부는 것도 좋았다. 홍수가 나서 서울 시내가 다 잠긴다 해도 우리 동네가 잠길 일은 없었다. 장점이 많은 동네인데도 1960년대 중반까지 야산으로 남아 있었던 이유가 있다. 우리 동네에는 물이 나지 않았다. 물이 나지 않는 것은 모든 장점을 상쇄하고도 남을 정도로 치명적인 약점이다. 물 때문에 고생해보지 않은 사람에게는 말해봤자 입만 아프다.

부엌문 옆에 내 키만 한 물독이 있었다. 여기다가 물을 채우지 않으면 쌀이 있어도 밥을 할 방법이 없었고 빨래는 물론이고 세수도 할 수 없었다. 마을 뒷산이 국수산이었다. 산길을 따라서 어른 걸음으로 30분쯤 가면 사자암이 있었고 초입에 샘이 있었다. 동네 사람들은 여기서 물을 길어먹었다. 아버지가 퇴근해서 물을 길러 가보면 줄이 길게 늘어서 있어서 기다리는 시간만 두세 시간이 걸렸다. 몇 번 해보더니 아버지는 엄마와 형, 누나들에게 물 긷는 일을 떠넘겼다. 저녁 시간이 되기 전에는 기다리지 않고도 곧장 물을 길을 수 있다는 이유를 달았다. 큰누나는 중학생이었고 작은누나와 형은 초등학생이었다. 나는 초등학교도 들어가기 전이어서 면제를 받았다.

아버지처럼 물동이 가득 물을 담아올 수 없었다. 물독을 가득 채우려면 서너 번은 물지게를 져야 했다. 형이 물지게를 지고 오다가 얼음판에서 미끄러진 적이 있다. 그날 어머니가 아버지를 설득해서 물지게는 다시 아버지 차지가 되었다. 이번에는 사람들을 피해 새벽 한 시에 일어나 물을 길었다. 직장에 가면 병든 닭처럼 꾸벅꾸벅 졸았다.

스무 평 남짓한 터였지만 건평이 작으니 마당이 있었다. 앞마당에는 개집이 있었다. 빠삐가 집 주인이다. 빠삐는 혈통이 있는 개가 아니었다. 어느 동네에서나 흔히 볼 수 있는 누렁이였다. 그렇지만 무척이나 순하고 영리해서 풀어놓고 키웠는데도 말썽을 부린 적이 한 번도 없다. 엄마는 빠삐 밥을 주려고 큰 소리로 빠삐를 부르곤 했다. "빠삐야, 밥 먹어라." 그러면 빠삐는 귀신같이 그 소리를 듣고 밥 먹으러왔다. 이웃집 아줌마가 엄마한테 빠삐 엄마라고 부른 적도 있다. 아이 부르듯이 빠삐를 불러서 빠삐가 아들 이름인 줄 안 것이다.

아버지는 흙벽돌 벽에 닭장을 달아냈다. 날이 더워지면 닭똥 냄새가 고역이었지만 달걀을 먹을 수 있다는 게 어디인가. 그까짓 냄새는 충분히 참을 수 있었다. 아침마다 닭장에 들어가서 달걀을 여러 개 주워 담았다. 손바닥에 올려놓으면 따뜻한 기운이 느껴졌다. 소세지, 햄, 덴뿌라, 계란후라이. 양옥에 사는 아이들이 도시락 반찬으로 싸오던 것들이다. 닭장 덕분에 계란후라이만큼은 매일 먹을 수 있었다.

닭장 반대쪽 마당에는 커다란 바위가 있었다. 엄마는 시래기며 나물 같은 것을 이곳에 널어 말리곤 했다. 그때는 그 바위가 얼마나 특별한지 알지 못했다. 마당에 너럭바위가 있는 집이 몇 채나 있을까. 집이 무너지고 마당이 허물어진 뒤에도 남아 있을 것처럼 바위는 마당 한 귀퉁이 제자리를 지켰다.

시가 들어가는 산문

박완서의 단편소설집 ≪그 여자네 집≫을 읽고,
시가 들어가는 산문을 한 편 쓰세요.

그 여자네 집 ───────────────────────

소설이나 산문에 시가 들어가면 글이 독특해집니다. 시는 소설이나 산문과도
잘 어울립니다. 가끔은 시가 들어가는 소설이나 산문을 써보세요. 어떤 내용
을 쓸지 결정한 뒤에 그것을 어떤 방식으로 쓸지 구상하는 것이 보통이지만
글을 쓰는 방식을 먼저 정하고 거기에 맞는 내용을 찾아서 글을 쓸 수도 있습
니다.

라디오 시대

네모난 로케트 건전지는 어른 손바닥만 했다. 우주인 복장을 한 어린 아이가 건전지를 손에 들고 있는 그림이 인쇄되어 있었다. 그냥 들고 있는 것이 아니라 팔을 쭉 펴서 그림을 들여다보는 사람의 코앞에 들이밀고 있었다. 건전지를 들이밀어 상표가 잘 보이게끔 하지 않았더라도 건전지가 필요한 사람에게는 선택의 여지가 없었다. 인공 감미료가 미원밖에 없었듯이 건전지는 로케트밖에 없었다. 꼬마가 엄마 심부름으로 구멍가게에 가서 로케트를 달라고 하면 가게주인이 말없이 로케트를 찾아서 주던 시절이었다.

건전지가 다 닳아서 주파수를 잘 맞춰도 소리를 알아듣기 어려워지면 아버지는 퇴근하는 길에 로케트를 사가지고 와서 갈아끼웠다. 기저귀 고무줄이라고 부르던 튜브형 노란 고무줄로 칭칭 동여매는 것으로 작업은 마무리되었다. 볼썽 사나웠지만 눈살을 찌푸리는 사람은 없었다. 그 당시 사람들의 눈에는 볼썽사납지 않았다는 뜻이다.

전원을 켜거나 끄는 용도로 사용될 뿐 아니라 소리를 키우거나 낮추는 데에 쓰이는 다이얼이 하나, 주파수를 맞추는 데 쓰이는 다이얼이 하나 있었다. FM 방송은 없었다. 대신에 북한 방송이 있었다. 다이얼을 돌려 주파수를 맞추다 보면 북한 방송 채널에 맞춰질 때가 있었는데 우리 군부대에서 쏘아보내는 방해전파가 일으키는 소음으로 인해 오래 듣고 있을 수가 없었다. 자글자글하는 소음에 섞여 위대한 수령님 어쩌구 하는 상투적인 표현만 간간이 들릴 뿐 흥미 있는 내용이 없었으니 머릿속에 거미줄이 쳐지는 것 같은 불쾌한 기분을 참아가며 방송을 듣고 있을 이유가 없었다.

북한 방송을 들으면 경찰서에 잡혀간다고 했다. 동네 아이들 사이에서 통용되던 진실이었다. 집에서 몰래 듣는다 해도 경찰서나 군부대에서 다 안다고 했다. 방송을 듣는 것은 신호를 보내는 일이 아닌데 어떻게 알 수 있을까? 북한 방송을 듣는 사람처럼 보일까 봐 동네 친구에게 조심스럽게 의혹을 제기한 적이 있다. 다 아는 수가 있다고 했다. 잡혀간 사람도 있다고, 자기가 직접 목격한 것처럼 자신 있게 말했다. 내가 끝까지 수긍하지 않자 마지막 카드를 꺼내들었다. 100만 원 내기를 하잖다. 그 말을 액면 그대로 믿지 않았는데도 다이얼을 돌리다가 우연히 북한 방송에 채널이 맞춰지면 방송을 듣는 것으로 오인받을까 봐 불안해지곤 했다.

어린이 연속방송이 시작되는 다섯 시가 되기를 기다린 적이 있다. 초등학교 1학년이었던 나부터 중학교 2학년이었던 큰누나까지 라디오에 귀를 기울였다. 〈마법 두루마기〉. 주인공인 차돌이와 울보가 마법 두루마기를 입고 모험을 하는 이야기였다. 투명인간으로 만들어주는 마법 두루마기의 힘을 빌려서 주인공들이 모험을 펼치는 장소는 북한이었다. 북한 군인은 괴뢰군이라고 불렸다. 차돌이와 울보가 괴뢰군을 골탕먹이는 것이 재미있었다. 내게도 마법 두루마기가 있다면 좋겠다는 생각을 자주 했다. 그렇지만 그걸 입고 북한에 가고 싶다는 생각은 들지 않았다.

빠삐가 새끼를 두 마리 낳았을 때 힘들이지 않고 이름을 정할 수 있었다. 검정색 옷을 입고 태어난 영리하게 생긴 녀석은 차돌이가 됐고 흰색 옷을 입고 태어난 굼뜨게 생긴 녀석은 자동적으로 울보가 됐다. 울보는 욕심이 많아서 차돌이나 빠삐의 밥까지 뺏어먹었다. 빠삐나 차돌이가 밥그릇에 주둥이를 갖다 대려고만 해도 으르렁거리며 난리를 쳤다. 울보가 식사를 다 마친 뒤에야 모자는 평화롭게 식탁에 앉을 수가 있었지만 둘 중 누구도 싫은 표정을 짓지 않았다.

라디오는 시계의 역할까지 떠맡았다. 우리 집에서 시계가 있는 사람은 아버지뿐이었다. 스테인리스 줄을 달고 있는 오리엔트 손목시계. 지금이 몇 시인지 알려고 하면 아버지가 벗어놓은 시계를 들여다보거나 아버지에게 시간을 물어봐야 했다. 아버지가 출근하고 나면 라디오가 그 역할을 했다. '나는 시계가 아니니 30분 간격으로 시간을 알려주기만 해도 충분하지 않을까?' 이것이 라디오의 생각이었던 것 같다. 시간이 궁금한 사람에게 30분은 결코 짧지 않은 시간이다. 아나운서들도 이런 사실을 잘 알고 있었을 것이다. 방송을 하는 도중에 뜬금없이 지금이 몇 시 몇 분이라고 말해주곤 했다. 시간이 궁금하지 않을 때조차 뜬금없게 들리지 않았다.

교실이 부족했던 시절이었다. 1, 2학년은 2부제 수업을 했다. 오전반은 열두 시 전에 수업을 마쳤고, 오후반은 열두 시 반에 수업을 시작했다. 일주일마다 바뀌었다. 오전반일 때는 아무런 문제가 없었다. 아버지와 어머니가 출근한 뒤에 형이나 누나들이 학교에 가는 시간에 맞춰서 집을 나서면 됐다. 문제는 오후반이 됐을 때인데, 학교에 열두 시 반까지 가려면 열한 시 반에는 집에서 나와야 했다. 시간이 열한 시 반을 향해서 흐르고 있는 건지 목적지를 지나쳐서 열두 시를 향해 뚜벅뚜벅 발걸음을 옮기고 있는 것인지 알기 어려울 때가 가장 곤혹스러웠다.

그날도 그런 날이었다. 여덟 살 난 아이가 학교에 늦지 않겠다는 일념으로 매번 열시 반이나 열한 시부터 라디오에 귀를 기울인다면 정상이라고 할 수 없다. 이미 열한 시 반이 지난 것은 아닌지 불안한 마음으로 아나운서가 현재시각을 말씀해주기만을 기다리고 있었다. 내가 보내는 신호가 아나운서에게 닿지 않았는지 그는 엉뚱한 말만 늘어놓았고 〈번지 없는 주막〉이니 〈가거라 삼팔선〉 같은 구닥다리 노래만 줄창 틀어주었다. 그러는 와중에 노래가 한 곡 흘러나왔다.

당신은 무슨 일로
그리합니까
홀로히 개여울에 주저앉아서

파릇한 풀포기가
돋아 나오고
잔물은 봄바람에 해적일 때에

가도 아주 가지는

않노라시던

그러한 약속이 있었겠지요

날마다 개여울에

나와 앉아서

하염없이 무엇을 생각합니다

가도 아주 가지는

않노라심은

굳이 잊지 말라는 부탁인지요

노래가 끝나기까지는 5분도 채 걸리지 않았을 것이다. 그 짧은 시간
이 내가 그때까지 살아왔던 시간, 파란만장했던 8년 세월만큼 길게 느
껴졌다. 아니, 두 개의 시간은 애초에 비교가 될 수 없었다. 나는 그때
까지 인간이 만든 것 가운데 그렇게 기품이 있는 것을 만난 적이 없었
다. 노래를 듣고 나서도 오랫동안 여운이 남아, 라디오에 귀를 기울이
는 이유조차 잊어버렸고 이유를 떠올리고 나서도 나를 그토록 불안하
게 만들던 이유라는 것이 하찮게 느껴졌다.

해가 중천에 떠 있는데 책가방을 둘러메고 아무도 없는 길을 걸어서
학교에 갈 때면, 수업을 마치고 담임 선생님의 뒤를 따라서 교실 문을
나서는 우리 반 아이들을 정면으로 마주치게 되지 않을까 하는 불안함

을 마음 한구석에서 지울 수가 없었다. 우리 교실에서 오전반 아이들이 수업을 마칠 준비를 하는 것을 두 눈으로 확인한 뒤에야 마음을 놓을 수 있었지만, 그날은 달랐다. 운 좋게 좋은 노래를 들었으니 불운을 겪는다 해도 감수할 수 있을 것 같았고 세상은 어쩌면 내가 알고 있는 것과는 다른 멋지고 신기한 곳일지도 모른다는 기분 좋은 예감이 들었다. 나는 제목은 물론이고 의미도 모르는 노래 가사를 흥얼거리며 가보지 않은 길을 가는 것처럼 설레는 마음으로 학교로 난 길을 걸어갔다.

66

나는 그때까지 인간이 만든 것 가운데 그렇게 기품이 있는
것을 만난 적이 없었다. 노래를 듣고 나서도 오랫동안 여
운이 남아, 라디오에 귀를 기울이는 이유조차 잊어버렸고
이유를 떠올리고 나서도 나를 그토록 불안하게 만들던 이
유라는 것이 하찮게 느껴졌다.

99

동화 같은 경험

생떽쥐베리의 ≪어린 왕자≫를 읽고,
동화 같은 경험을 산문으로 쓰세요.

어린 왕자 ────────────────────────────

≪어린 왕자≫를 제대로 번역했는지 알고 싶으면 길들인다고 번역했는지 친해진다고 번역했는지 살펴보세요. ≪어린 왕자≫는 시적인 표현이 많아서 공을 들여 번역을 해야 합니다.

동화를 쓰고 싶으면 동화 같은 이야기를 지어내지 말고 동화 같은 경험을 글로 써보세요. 지어낸 이야기는 자연스럽지 않아서 독자들이 공감하지 못합니다. 동화 같은 경험을 쓰면 좋은 동화가 되고, 소설 같은 경험을 쓰면 좋은 소설이 됩니다.

지영이

"네가 정우구나. 우리 지영이 잘 부탁한다."

지영이가 학교에 잘 적응할 수 있을지 걱정이 돼서 지영이 엄마가 우리 엄마를 찾아왔다. 동네에 마음을 터놓고 얘기라도 나눌 수 있는 유일한 사람이 엄마였으므로 지영이 엄마는 엄마에게 부탁을 했고 엄마는 '우리 막내아들이 착하고 똑똑하니까 지영이에게 도움을 줄 수 있을 거'라고 지영이 엄마를 안심시켰다. 안방 벽 한 면을 거의 덮다시피 한 상장이 전부 내가 받은 것이라는 말을 듣고 나서야 마음을 조금 놓는 것 같았다.

지영이는 한 해 일찍 학교에 들어가서 1학년이었다. 나보다 두 살 어렸다. 1학년치고는 키도 작았다. 마른 체형에 얼굴은 갸름했다. 우리 동네 여자아이들과 달리 얼굴이 희었다. 지영이를 처음 보았을 때 인상적이었던 것은 눈이었다. 눈꼬리가 길게 뻗어서 야무져 보였고 눈매가 깊어서 총기가 느껴졌는데 왠지 모르게 슬퍼보였다. 지영이는 낯선 사람들 앞에서 주눅이 들지도 않았고 철없이 까불지도 않았다. 지영이가 어릴 때부터 야무지고 똑똑해서 한 살 일찍 학교에 보내봤노라고, 적응을 못 하면 한 해 뒤에 다시 보낼 생각으로 보냈는데 적응을 못 하기는 커녕 반에서 공부도 제일 잘하고 노래면 노래, 그림이면 그림, 무용까지 못 하는 게 없어서 선생님의 사랑을 독차지했다며 자랑을 한바탕 늘어놓았다. 지영이 엄마는 그래도 혹시 몰라서 그러니 새 학교에 잘 적응할 수 있을 때까지 꼭 좀 도와달라고 내게 부탁을 했다. 지영이는 자기 엄마가 딸 자랑을 늘어놓을 때 곤혹스런 표정을 짓다가 나와 눈이 마주치자 살짝 웃어보였다. '우리 엄마가 자랑을 늘어놓는 버릇이 있어, 오빠가 이해해'라는 뜻으로 알아듣고 나도 살짝 웃어줬다. '어른들이 다 그렇지 뭐, 심하지는 않지만 우리 엄마도 그래' 이런 뜻이었다.

지영이 엄마가 지영이를 데리고 돌아간 뒤에 엄마는 내게 지영이네 집 얘기를 해줬다. 지영이네는 마포에서 부자로 살았다. 지영이 아버지는 맥주회사에 다녔는데 직급이 높아서 월급도 많았고 부수입도 쏠쏠했다. 지영이에게는 큰아버지가 있었다. 서울시 고위 공무원이었는데 잘 다니던 직장을 그만두고 사업을 시작했다. 지영이 아버지는 형이 하는 사업에 투자를 했고, 어찌어찌 하다 보니 은행에서 큰돈을 대출받아 형의 회사에 밀어넣는 지경에 이르렀다. 회사는 부도가 났고 지영이네는 살던 집까지 처분을 했지만 대출금을 갚기에는 턱없이 모자랐다. 지영이 아버지는 경제사범으로 형을 살고 있는데 지영이한테는 돈 벌러 외국에 나간 걸로 했다. 감춘다고 모를 지영이가 아니었다. 지영이는 알면서도 한 번도 내색한 적이 없었다.

누나들이 온갖 심부름을 나한테 시킬 때, 자기 딱지를 다 잃고 왔다고 형이 부엌 바닥에 쓰러뜨리고 주먹질, 발길질을 할 때, 학교에서 돌아와도 날 반기는 것은 빠삐밖에 없을 때, 여동생이 있으면 좋겠다는 생각을 했다. 여동생이 있으면 나는 절대로 동생한테 심부름을 시키지 않을 거고, 내 딱지를 잃고 오더라도 속상해하지 말라고 오히려 동생을 위로해줄 테다. 학교가 끝나면 동생이랑 같이 집에 와서 숙제도 봐주고 공부도 가르쳐주고 할 테다.

친동생은 아니지만 여동생이 생긴 셈이다. 얌전하면서도 눈치 빠르고 게다가 예쁘기까지 한 동생이다. 지영이와 매일 학교에 같이 가고 하굣길에 같이 올 수 있다니! 나는 지영이를 좋아하는 게 아니라고, 엄마랑 친한 동네 아줌마가 부탁하는 거니까 지영이를 보살피는 것일 뿐이라고 속으로 나에게 변명했다. 나는 단지 지영이를 도와주는 역할을 맡은 것뿐이라고 내가 납득할 때까지 설득했다.

레이스가 달린 흰 드레스에 꽃이 달린 머리띠라니! 학교 가는 길에 새로 들어선 3천만 원짜리 집에 사는 여자애라면 이런 복장으로 학교에 가는 게 어색해 보이지 않을 테지만 지영이는 무허가 흙벽돌 집이 빼곡한 산동네에 살지 않는가. 먹을 물도 나오지 않는 산동네에서도 남의 집에 세 들어 살면서 딸에게 이런 옷을 입혀서 학교에 보내는 지영이 엄마가 이해가 되지 않았다. 내가 눈을 동그랗게 뜨고 자기를 바라보자 지영이는 쑥스러운 표정을 지으며 겸연쩍게 웃었다. '우리 엄마가 현실감각이 좀 없는 편이야, 나도 말릴 수가 없어'라는 뜻이었다. 나는 뒷머리를 긁적이며 허탈하게 웃어보였다. '너를 이상한 아이라고 생각하는 게 아니야. 옷차림이 뭐가 중요해. 현실감각 없는 엄마 밑에서 딸 노릇 하느라고 고생이 많다.' 지영이도 이런 내 생각을 알아들었는지 얼굴이 환해졌다.

집에서 상도초등학교까지는 우리 걸음으로 40분 정도 걸렸다. 학교 가는 길에는 밭이나 공터가 많았고 무덤도 있었다. 개울이 하나 있었 더라면 물이 불었을 때 지영이를 업고 건넜을 텐데, 산동네에 개울은 무슨 개울. 꼭 있으면 좋겠다고 생각하는 건 꼭 없다. 개울만 빼면 학 교 가는 길은 부족한 게 없었다. 사실은 많이 부족했지만 부족한 것을 지영이가 다 채워줬다. 나는 햇볕이 얼굴에 내리쬐는 걸 못 견뎌했다. 눈을 크게 뜰 수 없는 것도 갑갑하고 그보다 더 참기 어려운 것은 얼굴 이며 머릿속이 된장찌개가 끓는 뚝배기처럼 뜨거워지는 거다. 머릿속 에 들어 있는 생각은 뒤죽박죽이 되고 해를 피하고 싶다는 생각뿐이 다. 집에 오는 길에는 건물도 가로수도 없어서 머리 위에서 햇살을 쏘 아대는 해를 피할 수가 없었다. 손바닥이나 실내화 가방으로 해를 가 려보지만 제대로 가려질 리가 없다. 괴롭고 짜증나고 지긋지긋하던 하 굣길이 지영이가 등장하면서부터 즐겁고 신나고 기다려지는 길로 바 뀌었다.

나는 책을 읽으면 책 내용을 다 기억했다. 책에 있는 내용을 그대 로 얘기할 수도 있지만 그렇게 하는 건 재미없다. ≪플란다스의 개≫ 를 읽고 지영이한테 네로와 파트라슈 얘기를 해줬더니 자기도 읽었는 데 책에 없는 내용도 많고 훨씬 재미있다며 좋아했다. 나는 신이 나서 살을 붙이기도 하고 재치 있는 표현도 써가면서 지영이를 즐겁게 해줬 다. 나한테 이런 이야기꾼 기질이 있다는 걸 처음 알았다.

지영이는 노래를 잘 불렀다. 학교에서 배우는 동요도 잘했지만 내가 모르는 노래도 많이 알고 있었다. 이사 오기 전에 살던 집에 전축이 있어서 노래를 많이 들었다고 했다. 지영이는 노래를 한번 들으면 가사와 음정을 정확하게 기억을 해서 바로 노래를 하는 재주가 있었다. 나도 한번 듣고 가사와 음정을 기억하지만 음치라서 노래는 자신 있게 하지 못한다. 지영이는 가끔 〈엄마야 누나야〉를 불렀다. 앳되고 맑은 목소리였는데 듣고 있으면 뭔지 모르는 슬픔이 북받쳐 올라왔다. 그런 노래를 왜 부르느냐고 물어볼 수 없었는데 지영이가 대답했다. "엄마하고 아빠는 돈 때문에 많이 싸웠어. 가슴이 답답하고 눈물이 나오려하면 이 노래를 불렀어. 그러면 마음이 편안해져."

지영이네가 망하지 않았으면 얼마나 좋았을까 하는 생각을 수도 없이 했다. 그랬더라면 지영이를 알지 못했을 테고 지영이와 학교에 같이 다니는 일도 없었을 테지만 상관없었다. 지영이는 표정도 밝고, 웃기도 잘 했지만 얼굴에 슬픔이 배어나올 때가 있다. 그럴 때마다 나는 참기 힘들 정도로 가슴이 아팠다. 지영이는 가볍게 파도가 치는 바다 같았다. 아름답고 평온하고 경쾌해 보이지만 깊은 곳에 슬픔을 감추고 있는 바다. 그래서 더 끌렸다.

사람은 각자 태어나지만 짝을 이루고 살아가도록 되어 있는 것이 아니었을까? 혼자서 학교에 가고, 혼자 집에 돌아오고, 혼자 빠삐 밥을 주고, 툇마루에 앉아서 혼자서 라디오를 듣고, 형이나 누나들이 올 때까지 기다리는 일을 어떻게 했나 싶었다. 형이나 누나들이 와도 나와 놀아주는 일은 없었다. 다들 자기 일 하느라고 바빴다. 그래도 없는 것보다는 나았다.

우연찮게 나에게 찾아온 지영이라는 이름의 행운이 오래가지 않을지도 모른다는 불안한 생각이 내게서 떠나지 않았다. 책가방을 싸고 실내화 가방을 챙겨서 툇마루에 앉아 지영이를 기다릴 때마다 오늘은 지영이가 못 오는 게 아닐까, 지영이의 마음이 변해서 안 오는 게 아닐까 하는 불안한 마음이었다. 수업이 끝나고 지영이네 교실 앞 놀이터로 바삐 걸음을 옮길 때도 놀이터 옆에 있는 벤치에 지영이가 앉아서 나를 기다리고 있을 거라는 확신을 할 수 없었다. 지영이는 항상 제시간에 왔고 항상 벤치에 앉아서 나를 기다렸는데도 말이다. 지영이를 만날 때미다 안도의 한숨을 내쉬었다. 고마웠고 사랑스러웠다. 나는 매일 지영이와 두 번 만나서 두 번을 이별한 셈이다.

지영이는 전에 살던 집에서 키우던 개 이야기를 하곤 했다. "우리가 식탁에서 밥을 먹고 있으면 밥 먹는 걸 지켜보다가 자기 밥그릇을 물어서 식탁 위로 휙 던지곤 했어. 그러면 우리 식구는 집안이 떠나가라 웃어댔지. 한번은 엄마가 육개장을 끓였는데 밤새 백곰이 다 먹어버린 적도 있어. 큰 솥으로 한가득이었는데 국물이랑 고기랑 남김없이 먹어버린 거야." 먹성이 워낙 좋아서 가끔씩 사고를 치긴 했지만 족보 있는 사냥개여서 주인을 잘 따르던 백곰은 지영이네가 우리 동네로 이사 오면서 친척집에 맡겨야 했다. 지영이는 백곰이 보고 싶다는 말은 입 밖에 내지 않았다. 지영이가 전에 살던 집에서 있었던 일을 얘기할 때마다 나는 그때의 지영이를 만나보고 싶어졌다. 깊은 곳에 슬픔이 자리 잡기 전의 지영이는 어땠을까. 우연한 기회에 한 번이라도 만났더라면 얼마나 좋았을까. 그런 생각을 할 때마다 지영이가 더 안쓰럽게 느껴졌다.

빠삐는 백곰과 달리 족보가 있는 개도 아니고 사냥개도 아니었지만 주인을 잘 따르고 영리했다. 온 동네를 싸돌아 다녔는데 엄마가 "빠삐야, 밥 먹어라." 하고 부르면 자기 집에서 나온 것처럼 금새 달려왔다. 빠삐가 새끼를 낳던 날 나는 누나들 방에서 학급문고에서 빌려온 책을 읽고 있었다. 빠삐집을 들여다보고 지영이가 빠삐가 새끼를 낳았다며 좋아서 깡총깡총 뛰었다. 새끼는 두 마리였다. 검은 놈 하나, 흰 놈 하나. 지영이는 새끼들 이름을 지어줘야 한다면서 잠시 생각하더니 검은 놈은 차돌이, 흰 놈은 울보라고 지었다. 우리가 재미있게 들었던 라디오 드라마 〈마법 두루마기〉의 두 주인공 이름이었다. 차돌이와 울보는 털도 거의 없고 피부도 쭈글쭈글해서 생쥐 같았다. 지영이가 차돌이를 키우고 싶다고 해서 엄마한테 허락을 받았다. 젖 떼면 가져가도 좋다고.

지영이는 빠삐를 예뻐해서 산으로 놀러갈 때마다 데리고 가자고 했다. 우리 동네 뒷산은 국수산이었다. 이 산에는 사자암이라는 작은 절이 있었고 사자암 앞에는 약수터가 있었다. 사자암에서 수행을 하던 스님이 새벽에 가보니 물에 국수가 떠 있었다. 스님은 국수를 건져 맛있게 먹었다. 다음날 새벽에도 국수가 있었다. 국수가 나오는 약수터였던 것이다. 스님은 매일 새벽에 국수를 한 그릇씩 먹고 수행을 했다. 하루는 암자에 신도가 찾아왔다. 국수가 나오는 신기한 약수터 이야기를 해줬더니 믿지 않았다. 밤중에 누군가 국수를 갖다 놓는 것이려니 하면서 몸을 숨기고 밤새 약수터를 지켜보았다. 새벽이 됐는데도 아무도 오지 않았다. 그 뒤로 약수터에서는 국수가 나오지 않았다고 한다.

사자암으로 가는 길에 지영이한테 국수산에 얽힌 전설을 얘기해줬다. "스님이 약수터의 비밀을 아무한테도 얘기하지 않았더라면 지금도 계속 국수가 나왔을 텐데." 하면서 아쉬워했다. 얼마 전에 있었던 약수터의 비밀을 이야기해주려 하다가 지영이의 말을 듣고 참았다. 우리 동네 사람들은 이 약수터에서 물을 길어먹는다. 저녁이 되면 물을 길어가려는 사람들이 길게 줄을 선다. 줄이 길어지면 한두 시간 기다리는 건 예사여서 아버지는 한밤중에 일어나서 물을 길러가곤 했다. 어느 날 물을 길어와서 물동이에 부으면서 보니 물에 똥 덩어리가 떠 있었다. 물을 길으러온 사람들이 시끄럽게 떠들고 약수터 주변을 더럽히는 게 싫어서 암자에 사는 스님이 샘물에 똥을 들이부은 것이라는 아버지의 추리를 듣고 나는 그랬을 거라고 생각했다. 그렇지만 사실을 확인한 것은 아니었다. 스님은 아이들이 암자 주위에서 노는 것을 싫어해서 아이들을 쫓았고 골이 난 아이들은 '중중 까까중 대머리 까진 까까중' 큰 소리로 이런 노래를 부르면서 달아났다.

지영이를 데리고 국수산 정상에 올라간 적이 있다. 물론 빠삐도 함께였다. 도로를 내려고 불도저가 논밭을 밀고, 흙을 가득 실은 덤프트럭이 개미떼처럼 분주하게 움직였다. 도로를 닦는 뒤로 큰 산이 우뚝 솟아 있었고 산중턱에 건물이 여러 동 들어서는 중이었다. 그때 우리가 봤던 도로는 남부순환도로로 신림동과 봉천동을 잇는 구간이었고 산중턱에 짓고 있던 건물은 서울대학교 관악캠퍼스였다는 것을 시간이 많이 흐른 뒤에 알게 되었다. 내 눈에 보이는 풍경은 무척이나 낯설어서 국수산 너머에 내가 알지 못하는 새로운 세계가 있는 것 같았다. 나와 지영이는 우리가 사는 동네와 많이 다른 바깥세계를 말없이 바라보았다. 나는 세상의 비밀을 엿본 것처럼 가슴이 뛰는 것을 느꼈다.

지영이와 친하게 지내는 것은 칭찬받아 마땅한 일이었다. 지영이 엄마가 볼 때 나는 지영이의 방과후 교사였으며, 우리 엄마가 볼 때 나는 일찍 철이 든 믿음직한 아들이었으며, 지영이가 볼 때 나는 착하고 다

정한 오빠였다. 그렇지만 이 세 사람을 뺀 나머지 사람들이 봤을 때 나는 연애 대장이었다. 누나들이나 형은 한 번도 내색하지 않았지만 나를 바라보는 눈길이 예전 같지 않다는 것을 나는 알고 있었다. 달라진 눈길이 느껴질 때마다 나는 지영이를 좋아하는 게 아니라 돌봐주는 거라고 속으로 항변했다. 내가 들어봐도 수긍이 가지 않는 말이었다. 마음 한구석이 항상 불편했다.

"야, 연애 대장, 또 연애하러 가냐?"

내 짐작이 틀리지 않았다는 것을 처음으로 확인한 날이었다. 수업이 끝난 뒤 현관에서 운동화로 갈아신고 있는데 반 친구 중 한 명이 내게 직격탄을 날렸다. 나는 친구들한테 밉보인 적도 없고 두루두루 잘 지냈다. 누가 시킨 적 없는데도 전학 온 친구가 우리 반에 잘 적응을 할 때까지 잘 챙겨주었다. 반 아이들 중 한두 명은 내가 지영이의 친오빠 노릇을 한다는 것을 알 테지만 좋게 봐줄 것이라고 생각했었다. 아니, 좋게 봐주길 바랐다.

'어떻게 꼬셨냐, 그 계집애가 먼저 꼬리쳤냐, 국수산에서 연애하는 걸 봤다, 둘이 좋아 죽더라, 방에서 둘이 뭐 했냐……' 이게 모두 반 친구들의 입에서 나온 말이다. 그동안 내 앞에서는 입도 뻥긋 안 했지만 자기들끼리 있을 때는 내가 지영이와 친하게 지내는 것을 화젯거리 삼아 수근대고들 했다는 것을 알 수 있었다. 예쁘고 참한 여자친구를 사귀는 것이 부럽고 질투가 나서 그랬다는 것을 어린 내가 어떻게 알았겠는가. 실질적으로 나는 친구들 사이에서 부러움의 대상이었지만 친구들은 나를 비난의 대상으로 여겼다. 어른들 표현으로 하면 '대가리에 피도 안 마른 녀석이 무슨 연애질이냐' 정도가 될 것인데, 친구들은 재판관이라도 된 것처럼 의기양양했고 나는 죄인처럼 움츠러들었다.

쇠파리처럼 따라붙는 아이들을 끌고 지영이한테 갈 수는 없었다. 방향을 바꿔서 곧바로 교문을 향했다. 멀리서 나를 발견하고는 지영이가 달려왔다. 그때 나는 어떻게 행동했어야 했을까? 평소처럼 지영이를 데리고 집에 왔어야 했을까? 그러면 쇠파리들은 어떡하고? 쇠파리들은 신이 나서 집에 올 때까지 지영이의 피까지 빨아먹었을 것이다. 주먹을 휘둘러 쇠파리들을 응징했어야 했을까? 나는 싸움을 걸어본 적이 한 번도 없고, 싸움을 하면 누구에게라도 얻어터질 게 뻔했다. 지영이가 보는 앞에서 묵사발이 되는 것은 생각하기도 싫었다. 오늘은 쇠파리들이 따라붙어서 집에 데려다줄 수 없으니 혼자서 가라고 말해줬어야 하는데 나는 따라오지 말라고 소리를 질러버렸다. 나는 지영이와 연애를 하는 게 아니라는 것을 쇠파리들에게 보여주려는 의도였다. 쇠파리들의 눈치를 보지 말았어야 했다. 지영이가 상처 입지 않도록 했어야 했다. 부끄럽고 화가 나고 경황이 없었다고 해도 최악의 행동이었다.

지영이 눈에서 눈물이 흘렀다. 아빠가 감옥에 갔을 때도, 집달리들이 들이닥쳐서 텔레비전과 전축, 지영이의 피아노에까지 빨간딱지를 붙였을 때도, 방 한 칸밖에 없는 무허가 흙벽돌집으로 이사를 왔을 때도 울지 않았다고 지영이 엄마가 '독한 년'이라고 했다는 지영이가 울고 있었다. 달래줬어야 했는데, 눈물을 닦아줬어야 했는데 지영이를 남겨두고 집으로 와버렸다.

다음날 아침에 지영이는 오지 않았다. 수업이 끝난 뒤에 놀이터에 가봤지만 지영이 벤치는 비어 있었다. 텅 빈 벤치가 사람의 마음을 아프게 할 수 있다는 것을 처음 알았다. 잘 드는 칼로 심장을 도려내는 것 같았다. 혼자서 집으로 오는 길이 너무도 어색했다. 지영이와 함께 매일 걸었던 길을 걷는데 동굴에 갇힌 것처럼 가슴이 답답하고 길 위의 돌멩이와 길가에서 자라는 잡초를 봐도 슬퍼졌다. 외로운 것은 참으면 됐다. 나 때문에 지영이가 마음의 상처를 입어 얼마나 슬플까 하는 생각이 떠오를 때마다 고통스러워 견딜 수 없었다.

지영이네 집으로 곧장 갔으면 어땠을까? 내가 잘못했다고, 네가 싫어진 게 아니라 친구들이 놀려대는 바람에 나도 모르게 그런 말이 나온 거라고, 너랑 계속 친하게 지내고 싶은 마음에 그랬던 거라고 말했더라면 지영이는 나를 이해해줬을까? 지영이를 그렇게 좋아했으면서도 나는 왜 찾아가서 용서를 구하지 않았을까? 나는 지영이가 내 진심을 알고 있을 거라고 생각했다. 우리는 눈빛만으로 서로의 마음을 읽어내는 사이가 아니었던가. 진심을 알고 있는데 구차하게 말로 설명할 필요는 없는 거 아닌가. 게다가 나는 사과하는 것에 서툴다. 어렸을 때부터 집에서든 학교에서든 칭찬만 듣고 살아서 용서를 구할 일은 없었다. 아니다, 나는 지영이한테 너무 미안해서 지영이 얼굴을 볼 낯이 없었던 거다.

시간이 지나면 화가 풀려서 나를 찾아올지도 모른다는 기대를 했다. 차돌이와 울보가 눈을 뜨고, 젖살이 올라 통통해졌는데도 지영이는 오지 않았다. '왜 왔냐고 물으면 차돌이를 데려갈 때가 됐다는 걸 알려주려고 왔다고 하면 돼.' 망설이는 나를 몇 번이나 달랜 끝에 나를 간신히 지영이네 집으로 데려갈 수 있었다. 지영이는 없었다. 지영이만 없는 게 아니라 세간도 없었다. 지영이가 숙제를 하거나 그림을 그릴 때 쓰던 개다리소반도 없었고 문짝이 떨어져나간 자리를 천으로 가려서 지영이가 커튼농이라고 불렀던 장롱도 없었고 지영이 엄마 옷으로 꽉 차서 지퍼가 제대로 닫히지 않던 비키니 옷장도 없었다. 남아 있는 거라곤 장롱을 들어낸 자리에 있는 먼지와 구석에 뒹굴고 있는 다 쓴 화장품 병이 전부였다. 신문지로 도배가 된 벽에는 지영이가 매달 받아온 상장이 그대로 붙어 있었다.

칼로 심장을 도려내는 것보다 더 아픈 것은 없을 줄 알았다. 지영이가 정말 떠났고 다시는 볼 수 없다는 것을 확인하고 나니 심장이 얼어붙은 것 같았다. 밥을 먹어도 맛을 모르겠고 재미있는 말을 들어도 아무 느낌이 없었다. 눈물도 나지 않았다. 슬픔이 너무 크면 감정도 감각도 없어진다는 것을 처음 알았다. 내가 없어진 자리에 내 모습을 한 나무인형이 놓여 있는 것 같았다. 지영이와 함께 했던 몇 개월 동안 매일매일 내 몸을 채웠던 행복이 한순간에 흘러나가 버렸다. 내 몸은 깨진 물동이였다.

더 이상 남아 있는 물이 없을 줄 알았는데 아니었다. 아버지가 주상이 아버지와 함께 빠삐를 끌고 갔다. 엄마 몸보신하는 데 개고기만큼 좋은 게 없다고 했다. 나는 멀찌감치 떨어져서 빠삐를 따라갔다. 빠삐는 억지로 끌려갔다. 지영이와 몇 번 온 적이 있는 공터였다. 공터 구석에 있는 나무에 목줄을 거는 것을 공터가 내려다보이는 언덕에 앉아서 지켜봤다. 내가 빠삐를 위해서 할 수 있는 일은 아무것도 없었다. 울음소리는 내지 않았다. 지영이가 떠난 뒤 처음으로 눈물을 흘렸다. 빠삐의 생명과 빠삐에게 새겨져 있는 지영이에 대한 추억이 한꺼번에 사라지고 있었다. 축 늘어진 빠삐를 멍석에 말아서 짊어진 채 어른들이 동네로 돌아가고 구경하던 아이들이 흩어진 뒤에도 눈물이 멈추지 않았다.

흘러나온 물을 남김없이 모으면 물동이에 물이 얼마나 많이 들어 있었는지를 알 수 있다. 나는 확인하고 싶지 않았지만 시간이 억지로 확인시켜주었다. 책가방을 뒤적이다가 생일카드가 나왔다. 지영이와 만난 지 얼마 안 됐을 때 지영이가 준 거였다. 화선지를 오려서 카드 겉봉을 만들었고 카드와 속지도 가위로 자르고 풀로 붙여서 만들었다는 것이 그제서야 눈에 들어왔다. 귀여운 강아지가 뼈다귀를 물고 있는 그림도 그려넣었고 '오빠가 세상에 태어나줘서 고마워'라고 적혀 있다. 선물로 받은 연필도 그대로 있었다. 옷핀 같은 걸로 내 이름을 새겨넣은 연필이다. 공장에서 만들어질 때 새겨진 것처럼 반듯한 글씨였다. 만난 지 얼마 안 됐을 때, 하루하루가 이렇게 행복할 수 있는 것인가 하는 생각을 하던 그때의 기억이 떠올라 슬퍼졌다. 슬펐던 일은 기억해도 기쁘지 않은데 기뻤던 기억을 떠올리면 슬퍼진다는 것을 너무 이른 나이에 알아버렸다.

지영이를 만나기 전의 일이다. 엄마가 직장에 화장품 대금을 입금하려고 지갑을 열어보니 5천 원권 지폐 한 장이 보이지 않았다. 엄마 한 달 월급의 절반 가까운 금액이었다. 작은누나가 다니던 상도여중을 찾아갔다. 누나는 모르는 일이라고 대답했다. 엄마가 누나 학교에 찾아갔다가 허탕을 치고 집으로 오는 시간에 나는 구멍가게에서 빵과 과자와 사탕같이 평소에 먹고 싶었던 것을 잔뜩 사고 있었다. 내가 범인이 아니다. 나는 금세 들통 날 짓을 할 정도로 용의주도하지 못한 아이가 아니다. 안방 장롱 위에 있던 돼지저금통을 털어서 심심찮게 누나들을 울리던 형이 과감하게도 엄마 지갑에 손을 댄 것이다. 5천 원은 형한테 너무도 큰돈이어서 평소에 사고 싶었던 것을 몽땅 샀는데도 4천 원이 넘는 돈이 남았다. 어린애들이 돈을 펑펑 쓰는 것을 수상하게 여긴 동네 청년이 훔친 돈이라며 남은 돈을 뺏어가 버린 뒤에 엄마가 우리를 발견했다. 나는 형을 따라와서 군것질을 실컷 하긴 했지만 형이 남의 돈에 손을 대는 게 이해가 되지 않았다. 들통이 날 게 뻔한 짓을 매번 하는 것도 이해할 수 없었다.

학교 앞 문방구나 구멍가게에 들어간다. 주인이 나와 있지 않은 가게를 고르는 것은 기본이다. 아무도 보는 사람이 없는 것을 확인하고 캐러멜이나 풍선껌처럼 부피가 작고 한 개 정도 집어내도 표시가 안 나는 것을 골라 신발주머니에 넣는다. 크림빵이나 봉지사탕처럼 집어들면 비닐 구겨지는 소리가 난다든가 부피가 큰 것은 들킬 염려가 있으니 안 된다. 값이 싼 물건을 하나 집는다. 눈깔사탕 정도가 적당하다. 주인을 불러서 돈을 지불하고 가게 문을 나선다. 수업이 끝나고 집에 오는 길에 두세 번 가게를 들르기도 했다. 지영이와 이별을 한 뒤로 한 달 넘게 해온 일이다. 한 번도 들키지 않았지만 스스로 그만두었다. 그만둔 이유가 있다.

엄마는 우리 사이에 어떤 일이 있었는지 자세히 알지 못한다. 알았더라면 그렇게 중요한 말을 한 달도 더 지난 뒤에 전했을 리가 없다. 온 식구가 저녁을 먹는 중에 지영이네 얘기가 나왔다. 지영이네가 이사 가기 전날 엄마를 찾아왔다고 했다. 지영이 엄마 말로는 지영이 아빠가 출소를 하고 지영이 큰아빠한테서도 돈을 일부 돌려받았단다. 전에 살던 마포에 다시 집을 구했고 올 말이나 내년에는 미국으로 이민을 갈 계획이라고 했다. 얘기를 하는 말미에 엄마는 고개를 돌려서 나를 보며 이렇게 말했다. "아참, 지영이가 너한테 전해 달랬는데 깜박했다. 그동안 자기를 친동생처럼 보살펴줘서 고마웠다고."

나의 아름다운 날

성석제의 장편소설 《아름다운 날들》을 읽고,
나의 아름다운 날을 산문으로 쓰세요.

아름다운 날들 ————————————————————

성석제 소설의 장점은 독자들을 웃게 만든다는 점입니다. 독자를 울리는 것
보다 독자를 웃게 만드는 것이 더 어렵습니다. 성석제 소설이 불러오는 웃음
은 마음이 따뜻해지는 웃음입니다. 건강한 웃음이라서 좋은데, 때로는 웃음
을 유발하려는 의도가 지나쳐서 유치하다고 여겨지는 경우도 있습니다.
훌륭한 작품은 두 번, 세 번 읽으면 더 좋은데, 웃음이 주가 되는 작품은 읽을
수록 처음 읽었을 때만큼 웃게 되지 않는다는 약점이 있습니다. 그래서 웃음
을 주인공으로 내세우기보다는 조연이나 엑스트라로 머물게 하는 것이 낫습
니다.

아버지의 집

무허가 건물을 자진 철거하면 신흥주택 단지에 대지 열 평을 준다고 했다. 아버지는 당신의 인생에서 흔치않게 찾아온 좋은 기회라고 여겼다. 집을 짓고 살기에는 열 평이 작다는 것은 안다. 그렇지만 그게 어디인가. 어쨌거나 그것은 공짜가 아닌가. 열 평이 너무 적으니 더 받아내야 한다는 사람들이 있었다. 아버지는 그렇게 말하는 사람들을 현실을 모르는 사람들이라고 했다. 욕심을 너무 부리다가는 탈이 난다고도 했다. 손이 작아서 못 받나? 안 줘서 못 받는 거지. 나라에서 준다고 할 때 얼른 받아야지 더 받으려고 버티다가는 철거민이 되어 집도 절도 없는 신세가 된다. 박정희 정권에서 공무원을 하던 아버지가 박정희 정권의 실체와 공무원의 일 처리 방식에 대해서 역설하면 사람들은 토를 달지 못하고 고개를 주억거리며 듣고만 있었다.

당신의 말발이 동네 사람들에게 먹히는 것을 확인할 때마다 아버지는 많이 고무되었던 것 같다. 아버지가 하는 말에 동조하는 사람들을 모아서 철거대책위원회를 만들었다. 아버지가 대표직을 맡는 것은 당연한 수순이었다. 아버지는 철거대책위원장을 하기 위해서 태어난 사람 같았다. 상도 3동 동사무소 직원과 수시로 접촉해서 철거 계획을 전달받고 위원회를 통해서 마을 사람들에게 전달했다. 동사무소 직원은 아버지에게 마을 사람들의 의지를 보여주는 게 중요하다고 누누이 강조했다. '무허가 빈민촌을 철거해서 신흥 주택단지로 만들어 일반인에게 분양하고 철거민에게도 토지를 보상해주는 이번 사업은 도시 새마을 사업의 일환으로 정부가 강력히 추진하고 있다. 그런데 시범사업이기 때문에 모든 빈민촌 사람들에게 혜택이 돌아가는 것은 아니다. 나라에서 하는 일이 그렇듯이 갑자기 계획이 변경될 수도 있다. 그러니 먼저 사업을 따내는 것이 장땡이다.' 동사무소 직원이 이렇게 말하자 아버지는 똥줄이 탔다.

"시범단지에 선정되려면 어떻게 해야 합니까?"

"며칠 내로 높은 분이 당신네 동네를 시찰할 겁니다. 마을 사람들이 자진 철거를 할 의지가 있다는 것을 보여줘야 합니다."

"그걸 어떻게 보여주면 되겠습니까?"

"시찰을 나가는 것을 미리 알려줄 테니 지붕을 뜯어놓으세요. 한두 집 뜯는 것으로는 안 되고 군데군데 지붕을 뜯은 집이 보여야 합니다. 시찰이 끝난 뒤에 다시 덮으면 되니 일이 되도록 마을 사람들을 설득하세요. 되도록이면 길에서 보이는 집 지붕을 주로 뜯는 것이 좋아요."

아버지는 동사무소 직원이 한 말을 마을 사람들에게 전하며 당신이 솔선수범해서 지붕을 뜯을 것이라고 공언했다.

우리 동네 지붕은 거의가 아스팔트 루핑이었다. 골함석보다도 더 싼 지붕재였다. 쓰고 남은 루핑이나 지붕에서 떨어져 나온 루핑이 흔해서 우리는 불장난을 할 때 이걸 쓰곤 했다. 불을 붙이면 시커먼 매연을 내면서 불꽃이 일고 열기에 녹은 액체 상태의 아스팔트가 불이 붙은 채로 촛농처럼 떨어졌다. 불장난을 할 때가 아니면 아무도 관심을 갖지 않았던 루핑이 얼마나 소중한 역할을 했는지 알게 된 것은 모두 어른들 덕분이었다고 해두자.

높은 분이 시찰을 나온다는 전갈이 와서 아버지는 지붕에 올라가서 루핑을 뜯어냈다. 마을 사람들이 지붕을 뜯는 것을 독려하려고 이웃집 지붕에도 올라가서 루핑을 뜯어내는 걸 도왔다. 높은 분이 흡족한 표정으로 마을을 시찰하는 것을 숨죽이며 지켜봤다. 숙제검사를 받는 초등학생같이 긴장된 표정들이었다. 높은 분이 동네 어귀를 벗어나는 것을 확인하자마자 아버지는 루핑을 다시 씌웠고 밤늦은 시간까지 동네 사람들과 자축을 했다. 마을 사람들이 합심을 해서 예상했던 것보다 더 많은 집이 지붕을 뜯어냈지 않은가. 시범마을로 지정되는 것을 확신하는 분위기였다.

그렇게 한바탕 쇼를 해서 시범마을로 지정되었더라면 그날 있었던 일은 마을이 생긴 뒤로 처음 열린 축제로 기억되었을 것이다. 그날 밤은 정말로 축제 분위기였다. 마을 사람들은 입을 모아서 권 선생님 덕분에 양옥집을 짓고 살게 되었다며 듣기 좋은 말을 했다. 평소에 즐기지 않는 약주를 양껏 마셔서 불콰해진 아버지의 얼굴에서 웃음이 떠나지 않았다. 서울시에서 온 높은 분을 멋지게 속여먹은 것도 기분 좋은 일이었다. "제까짓 것들이 높은 자리에 있으면 뭐해. 우리들 손바닥 안인 걸."

서울시에 있는 높은 분은 한 분이 아니었다. 시찰도 한 번으로 끝나는 것이 아니었다. 동사무소 직원도 그것까지는 미처 생각하지 못했던 것 같다. 직원은 아버지에게 사정을 했다. '이번 시찰만 무사히 마치면 시범마을로 선정될 것이다. 한 번만 더 수고를 해달라.' 사정은 직원이 했지만 사정이 급한 것은 마을 사람들이었다. 한 번 더 지붕을 뜯으면 된다는데, 여기서 포기하자니 지난번에 지붕 뜯은 것이 아깝기도 하고 한 번 뜯어보니 지붕 뜯는 일이 아주 어려운 일은 아니기도 하고. 두 번째로 지붕을 뜯은 날은 축제 분위기는 아니었다. 지난번 지붕을 뜯었다가 덮은 뒤로 비만 오면 천장에서 물이 새서 밤잠을 설친다는 불평이 여기저기서 터져나왔다. 우리 집도 마찬가지다. "얼마 안 있으면 버리고 갈 집이니 불편해도 조금만 참읍시다. 세상에 쉽게 되는 일이 어디 있겠습니까? 고생한 보람이 있을 겁니다." 아버지는 간신히 사람들의 불만을 가라앉혔다.

지붕을 뜯어낸 뒤로 비는 꼭 밤에만 내렸다. 내려도 밤새 내렸다. 곤히 잠든 밤이었다. 이부자리가 축축해서 눈을 떴다. 불을 환하게 켜고 아버지와 어머니가 부산스레 움직이고 있었다. 물이 흥건한 바닥을 걸레로 훔쳐내고 물방울이 떨어지는 곳마다 바가지며 냄비며 밥공기를 받쳐놓았다. 빗물이 스민 요와 이불에서 물기를 짜고 비가 새지 않는 곳으로 자리를 옮겨서 다시 잠을 청했다. 빗물이 넘치면 물을 비워줘야 해서 어머니는 앉은 자세로 눈을 붙여야 했다.

밤중에 난리를 몇 번 치른 뒤에는 자다가 지붕에 빗방울이 떨어지는 소리가 들리면 가슴이 철렁 내려앉았다. 거미줄에 걸린 날벌레가 된 듯했다. 벗어나고 싶다는 생각을 할수록 거미줄은 나를 더 옥죄었다. 체념을 하고 이 상황을 그대로 받아들일 수밖에 없었지만 그런다고 해서 상황이 나아지지 않았고 마음이 편해지지 않았다. 비가 오지 않기만을 비는 것밖에는 할 수 있는 일이 없었다. 빈다고 되는 일도 아니라는 것을 알고 있었다.

높은 자리에 있는 분이 시찰을 또 나온다고 했다. 같은 사람이 계속 시찰을 나오는 게 아니라는 걸 알지만 시찰을 당하는 입장에서는 같은 사람이냐 다른 사람이냐는 중요치 않았다. 동사무소 직원은 점점 저자세가 됐다. 아버지는 그가 하는 부탁을 뿌리칠 수가 없었다. 노름판에서 돈을 잃은 사람의 심정이 이와 비슷하지 않을까. 웬만큼 현명하지 않은 사람이면 지금까지 들인 노력이 아까워서 깨끗이 손을 떼기 어렵다. 포기하는 사람이 점점 늘었다. 현명해서라기보다는 화딱지가 나서였고, 될 대로 되라는 심정이었고, 내 복에 무슨 양옥집이냐며 혼잣말을 했다.

아버지가 열 평도 감지덕지하면서 어떻게든 일이 되도록 애를 쓰는 쪽인 데 반해서 어머니는 열 평은 보상이 되기에 턱없이 부족하다고 여겼다. 최소한 스무 평 정도는 받을 권리가 있다며 동네 아주머니들을 설득했다. 아버지나 철거대책위원회 사람들 모르게 일을 진행했다. 아주머니들을 모아서 시청에 항의방문을 할 준비도 했다. 조심을 해도 결국에는 위원회 사람들 귀에 들어가게 되어 있었다. 아버지가 소문을 듣고 어머니를 추궁했을 때 어머니는 그런 일을 꾸민 적이 없다고 대답했다. 아버지 몰래 일을 벌일 생각이었다. 비밀은 오래가지 않았다. 아버지가 옆집 아주머니를 데리고 와서 어머니를 추궁했다. 어머니는 사실을 인정하고 아버지를 설득하려 했다. 열 평을 받는다 해도 집도 지어야 하고, 마당도 안 나오는 좁은 집에서 사느니 차라리 이대로가 낫지 않느냐. 스무 평을 받아도 제대로 보상을 받는 게 아니다. 아버지는 사람들이 보는 앞에서 어머니의 뺨을 때리는 것으로 대답을 대신했다. 사람들이 돌아간 뒤에도 아버지는 어머니를 심하게 나무랐다. '지금이 어떤 시댄데 사람들을 선동해서 시청 앞에서 시위를 하려고 했느냐. 경찰서에 끌려가고 조사를 받으면 당신이 처녀 적에 남로당 당원으로 활동했던 것도 밝혀질 텐데 뒷감당을 어떻게 하려 하느냐. 에미는 콩밥 먹고 애비는 직장에서 모가지 되면 자식들 꼴이 보기가 참 좋겠다.' 그 일이 있은 뒤로 어머니는 마을 일에서 완전히 손을 뗐다.

　높은 분들이 몇 번 더 다녀갔다. 높은 분들이 시찰을 나온다는 통보를 받아도 지붕으로 기어 올라가는 사람은 아무도 없었다. 한번은 아버지가 직장에서 퇴근해서 집에 왔는데 형이 지붕에 올라가서 놀다가 딱 걸렸다. 아버지는 이놈의 자식 당장 내려오라고 고함을 질렀고 형은 다람쥐처럼 재빨리 지붕에서 내려와서 도망을 쳤다. 형은 골목대장이었지만 애들 사이에서 그런 거고 초등학교 4학년이 어른보다 빠를 수는 없었다. 게다가 아버지는 젊은 시절에 육상선수까지 지내지 않았던가. 아버지한테 잡혀서 형은 머리통이고 엉덩이를 사정없이 두들겨맞았다. 형은 맞으면서도 무척 억울했을 것이다. 아버지는 지붕을 뜯는다고 몇 번이나 지붕에 올라가 놓고 자기가 한번 지붕에 올라갔다고 이렇게 화를 내는 건 또 뭐람. 시찰을 나와서는 거드름을 피우고 가는 높은 분들의 눈치를 보는 것도 짜증나고, 마을 사람들이 예전과 달리 당신을 비웃음 섞인 시선으로 바라보는 것도 기분이 안 좋은 것은 알겠다. 그렇지만 분풀이를 애꿎은 아들에게 하는 것은 현명한 처사는 아니었다.

아버지는 시범마을로 선정되기 어렵다고 판단했지만 이것마저도 아버지의 예상을 벗어났다. 지붕을 뜯은 모습을 보여주지 않아도 시범마을로 지정된 것을 보면 처음부터 지붕을 뜯을 필요가 없었던 것이 분명하다. 윗사람들에게 잘 보이고 싶은 동사무소 직원의 짧은 생각이 문제였고, 마을 사람들이 그의 농간에 놀아나서 문제를 키웠던 것이다. 시범마을에 선정된 뒤로도 보상이 이루어지고 마을이 철거되는 데에는 1년 가까운 기간이 필요했다. 당연히 우리는 비가 새는 집에서 1년 넘는 세월을 더 견뎌야 했다.

관에서 시키는 대로 하면 손해만 본다는 것을 깨달은 우리 아버지가 현명하게 일을 처리한 적이 있다. 신흥주택 단지의 택지를 분양받기 전에 임시로 거주하는 터를 분양받았다. 다섯 평 남짓한 터였다. 아버지는 날짜를 최대한 늦춰서 집을 지었다. 이웃집이 들어선 다음에 집을 들이면 이웃집 벽을 이용해서 집을 지을 수 있다. 판자로 된 벽에 구멍이 난 곳이 있었는데 이곳으로 들여다보면 옆집 사람들이 뭐 하는지가 다 보였다. 이 집에서는 1년 정도 살았다. 화장실이 없어서 마을 공동화장실을 썼다. 아침이면 화장실 앞에 길게 줄을 섰다. 화장지로 쓸 신문지 쪼가리를 들고 줄이 줄어들기를 기다리는 풍경이 매일 아침 반복됐다.

아버지가 감지덕지했던 열 평의 대지가 어디에 있었는지 나는 알지 못한다. 아버지는 50만 원인가를 받고 그 땅을 팔아서 큰외삼촌에게 빌려줬다. 큰외삼촌은 경북고등학교를 수석으로 입학해서 꼴찌로 졸업했다. 의미 있는 일을 하다가 그랬던 것이 아니다. 술 마시고 계집질하느라 그렇게 된 위인이다. 외삼촌이 어머니의 삶에 깊숙이 개입한 것은 이번까지 해서 세 번이다. 첫 번째 사건은 어머니가 고등학교 1학년 때 일어났다. 여름방학이 끝나서 학교에 가보니 기숙사에 있던 어머니의 짐이 하나도 없었다. 방학 때 외삼촌이 찾아와 동생이 자퇴를 할 거라며 짐을 빼내간 것이다. 빼낸 짐은 팔아서 술을 먹었다고 한다. 어머니는 선생님과 친구들 보기가 창피해서 자퇴를 할 수밖에 없었다. 두 번째 사건은 내가 태어나던 해에 일어났다. 직장 동료들과 잘 어울리지 못하던 아버지는 직장을 때려치우고 살던 집을 팔아서 외삼촌에게 빌려줬다. 이자는커녕 원금 한 푼 돌려받지 못했다.

아버지를 말릴 겨를이 없었다. 돈을 다 건네주고 나서 돈을 빌려줬다는 사실을 가족들에게 통보했다. 외삼촌의 사업이 성공하면 우리는 이층 양옥집에 살 수 있다고 했다. 형이 그렇게 소원하는 자전거도 사주겠노라 했다. 반찬으로 매일 김과 덴뿌라를 먹을 수 있을 거라고 했다. 내가 제일 끌렸던 말은 매일 덴뿌라 반찬을 먹을 수 있다는 말이었다. 아버지는 농담 반 진담 반, 과장된 억양으로 말하곤 했다. "명년이 되면 덴뿌라 먹기 싫다고, 이제 덴뿌라 반찬은 그만하라고 울게 될 거다." 그 말대로 될 것 같은 확신은 서지 않았다. 그렇지만 그 말을 듣고 있으면 우리가 이미 부자가 된 것같이 설레었다.

아버지가 매달 우리에게 사다줬던 ≪소년중앙≫에 프랑스 작가가 쓴 소설이 실려 있었다. 제목이 〈주울이 돌아오면〉이었다. 주인공이 우리 또래의 어린아이인데 아버지가 친척인 주울 아저씨에게 큰돈을 투자하고는 주울이 돌아오면 우리는 부자가 될 거라고 기대에 들떠 있었다. 몇 년이 지나도 주울 아저씨는 돌아오지 않았다. 주인공이 청년이 되어 섬에 놀러갔다가 주울 아저씨처럼 생긴 사람이 추레한 행색으로 굴을

까서 파는 것을 보게 된다. 아는 체를 하지 않고 굴을 사서 거스름 돈을 받지 않고 섬을 나왔다는 이야기다.

우리는 외삼촌에게 주울이라는 별명을 붙였다. 소설에서처럼 주울은 돌아오지 않을 것인가? 아니면 현실은 소설과 달라서 어느 날 주울이 돈을 한 보따리 싸들고 환하게 웃으며 우리 가족이 사는 판잣집을 찾아올 것인가? 아버지는 '내가 뭐래든, 이런 날이 온다고 했지' 하면서 호탕하게 웃으며 마당도 있고 빨간 기와를 올린 양옥집 보러가야겠다고 하고, 어머니는 그동안 마음 고생했던 것을 한 번에 씻어내며 행복한 표정을 지을 텐데. 형은 내일이라도 당장 자전거를 사러가자는 아버지의 말을 듣고 그동안 아버지로 인해서 받았던 마음의 상처가 한꺼번에 아물 텐데. 주울이 돌아오면, 명년이 되어 주울이 돌아와 주기만 한다면.

글쓰기 주제

유년의 즐거웠던 추억

J. M. 바스콘셀로스가 쓴 ≪나의 라임오렌지 나무≫를 읽고
유년의 즐거웠던 추억을 산문으로 쓰세요.

나의 라임오렌지 나무 ────────────────────

유년의 즐거웠던 추억은 좋은 글감입니다. 즐거웠던 경험을 떠올리면 즐겁게
글을 쓸 수 있으니 읽는 사람도 즐겁습니다. 유년은 지나가버린 시간이라서
세상에 없습니다. 사라져버린 소중한 것을 글로 표현하면 소중한 것의 일부
나마 복원할 수 있습니다.

아이들은 순수한 성격이 있지만 이와 더불어 유치한 측면도 있습니다. 순수
한 성격이 많이 드러나고 유치한 측면은 잘 보이지 않는 사건을 찾아서 글을
쓰면 좋습니다. 즐거웠던 추억을 통해서 어떤 효과를 얻을 수 있을지를 생각
해보면 더 좋은 글이 될 것입니다.

유년의 추억을 글로 쓴 작가는 많지만 ≪나의 라임오렌지 나무≫보다 잘 쓴
글은 찾기 어렵습니다. 특별한 경험을 자연스럽게 풀어냈기 때문입니다. 가
장 소중한 사건은 마지막에 말하는 거라고 작가가 알려주네요.

지금의 나를 있게 한 것

고모네 집에 가면 책이 많았다. 사촌들은 들쳐보지도 않는 책이 몇 개나 되는 책장에 가득 꽂혀 있었다. 우리 사남매는 책을 보려고 정신없이 달려들었다. 방바닥에 엎드려서 몇 시간이고 책만 봤다. 어떤 책을 먼저 봐야 하나 하는 즐거운 고민을 했다. 날이 어두워지면 벽지 대신 신문지를 발라놓은 우리 집으로 돌아왔다. ≪이상한 나라의 앨리스≫나 ≪오즈의 마법사≫ 대신에 신문지에 적힌 기사나 네 컷짜리 만화, 아니면 광고 문구를 읽고 또 읽었다.

초등학교 2학년 담임선생님은 독서교육에 관심이 많았다. 아이들에게 얼마씩 내게 하고 선생님 돈을 보태서 서른 권짜리 명작동화집을 샀다. 선생님 책상 옆에 책꽂이를 세워두고 거기에 우리들의 학급문고를 꽂아놓았다. 한반에 학생이 여든 명이 넘던 시절이었다. 책을 빌리려 줄을 섰는데 운 좋게도 서른 명 안에 들었다. 무슨 책을 빌릴 것인가로 즐거운 고민을 했던 기억이 아직도 생생하다. 고민 끝에 내가 빌린 책은 ≪암굴왕≫이었다. 표지가 윤기 나는 종이에 컬러로 그림과 글자가 인쇄된 책은 보석보다 아름답고 소중했다. 집에 오자마자 단숨에 읽어버렸다. 다음날 책을 반납하고 다른 책을 빌릴 수 있었다. 매일 집에서 책을 볼 수 있어서 행복했다.

그런데 이 행복은 오래가지 않았다. 학급문고를 빌려간 아이들이 제때 반납하지 않거나 아예 안 가져오는 일이 자주 있어서 결국에는 책꽂이가 텅 비어버렸다. 독서교육을 무척이나 중요하게 생각하는 선생님이었지만 텅 비어버린 책꽂이로는 어떤 교육도 할 수 없었다. 선생님은 예상하지 못한 사태를 맞아 씁쓸한 표정을 지으셨고 나는 눈물이 나올 정도로 속이 상했다. 책을 가져오지 않는 아이들을 아무리 원망해도 책꽂이는 예전의 모습으로 돌아오지 않았다.

믿었던 친구들로 인해서 인생의 쓴맛을 본 나는 오래도록 방황했다. 동네 만화책방에 들러 날이 저물 때까지 만화책을 보고 집에 가는 생활을 시작했다. 10원에 만화책이 열 권이었는데 다섯 권 보고 꽂아놓고 다시 다섯 권을 보고 꽂아놓는 방법으로 단돈 10원으로 몇 시간이고 만화책방에서 만화를 보는 것으로 소일했다. 하루도 빼지 않고 만화책방에서 살다시피 한 결과 믿기 어려운 일이 일어났다. 안 좋은 쪽으로. 세 달이 채 안 됐는데 만화책방에 있는 만화책을 남김없이 봐버린 것이다. 나의 울분을 달래주던 만화책방과도 작별을 할 수밖에 없었다.

며칠 전에 초등학교에 다니는 딸아이를 데리고 화정도서관에 갔는데 벽에 이런 문구가 적혀 있었다. "지금의 나를 있게 한 것은 어릴 적 우리 동네 도서관이다. – 빌 게이츠." '아, 내 어릴 적에도 동네 도서관이 있었더라면 나도 빌 모씨처럼 폼 나는 말을 할 수 있게 되었을까?'

어릴 적 우리 동네에는 도서관이 없었지만 그것이 반드시 나쁜 것만은 아니었다. 나는 지금도 좋은 책을 만나면 가슴이 설레고 뒤로 갈수록 아까워하며 책장을 넘기곤 한다. 세상에 좋은 책만큼 소중한 것이 별로 없다고 여기게 된 것도 책에 대한 배고픔에 사무쳤던 유년 덕분인지 모른다.

국문학과에 지원한 학생들에게 지원 동기를 물으면 대개는 '어릴 때부터 책 읽는 것을 좋아해서'라고 대답한다. 좋아하는 작가나 기억에 남는 책을 말해 보라고 하면 꿀 먹은 벙어리가 된다. 대학입학시험을 준비하느라 책을 읽을 시간이 없었다고 변명한다. 공부는 책을 읽는 것에서 시작해서 책을 읽는 것으로 끝나는데 공부하느라 책을 읽을 시간이 없다는 것이 얼마나 해괴한 말인가?

나의 유년시절과 청소년기에는 제대로 된 도서관도 없었고 읽을 만한 책도 드물었다. 그렇지만 좋은 책이 널렸는데도 문제집을 푸느라 책을 읽을 여유가 없는 요즘 청소년들과 비교하면 나는 그들보다 훨씬 풍요로운 환경에서 자란 셈이다. 지금의 나를 있게 한 것은 어릴 적 우리 동네에는 없었던 도서관이다.

잊을 수 없는 음식

허영만의 만화 ≪식객≫을 읽고,
잊을 수 없는 음식(혹은 식사, 밥상)에 대한 기억을
산문으로 써 보세요.
참고로, 이청준의 ≪눈길≫은
잊을 수 없는 밥상에 대한 기억을 소설로 쓴 것입니다.

식객

장르에는 우열이 없습니다. 작품이나 작가의 우열이 있을 뿐입니다. 우리 사회에서 만화는 열등한 장르 취급을 당합니다. 산문도 마찬가지입니다. 산문을 쓴다고 하면 잡문을 쓴다며 무시하기 일쑤입니다. 산문 중에 훌륭한 글을 찾아보기 어려운 것도 사실입니다. 좋은 글감은 전부 시나 소설로 쓰고 부스러기로 산문을 쓰기 때문에 훌륭한 산문이 없는 겁니다. 장르에 대한 편견을 버려야 훌륭한 작품을 알아볼 수 있는 눈이 생기고, 훌륭한 글을 쓸 수 있는 능력이 생깁니다.

형의 뒷모습

형이 어디 사는지 나는 모른다. 어머니가 돌아가셨다는 전화를 받고 서둘러 갈현동 형네 집에 가보니 형은 레퀴엠을 크게 틀어놓고 무표정한 얼굴로 의자에 앉아 있었다. 생명이 다 빠져나가 슬픔을 표현할 기력도 없는 것 같았다. 삼베 이불을 덮고 있는 어머니에게 다가가 얼굴을 쓰다듬는 나를 물끄러미 바라보다가 형은 자리에서 일어나 마당으로 나갔다. 진돌이를 끌고 뒷산으로 산책을 가면서 내게 말했다. "어머니가 돌아가셨으니 이 집안과의 인연은 끝났다. 아버지가 죽어도 나한테 연락하지 마라."

어머니 상을 치른 뒤로 형은 명절에도 나타나지 않았다. 1년에 두세 번 안부전화를 하곤 했는데 그마저도 받지 않은 지가 3년도 더 된 것 같다. 얼마 전에 애들 엄마가 형수랑 통화를 하더니 형이 지리산에 들어가서 혼자 살고 있다는 소식을 전했다. 비엔나에 있는 작은누나랑은 가끔 연락을 한다고 해서 누나에게 물으니 의사 일도 하지 않는 것 같다고 한다.

"산골에서 누구를 치료하겠어. 멧돼지? 고라니?"

"그러면 생활은 어떻게 하나?"

"머루랑 다래랑 먹겠지."

어릴 때 형은 명실상부한 골목대장이었다. 학교 성적과 달리 싸움 성적은 항상 1등이었다. 한두 살 나이가 많은 애들도 형의 매운 주먹맛을 보고는 눈물을 질질 짜면서 집으로 돌아가야 했다. 동네에서 싸움이 벌어졌다 하면 항상 형이 주인공이었고, 밑에 깔린 상대의 얼굴을 펀치볼 치듯이 쳐대곤 했다.

인간 펀치볼은 누군가에게 얻어터지고 들어온 것을 엄마한테 들키고, 엄마는 맞고 들어온 등신 같은 새끼를 앞세워서 귀한 아들의 멀쩡한 얼굴을 묵사발로 만든 망나니가 이놈이 맞냐고 묻고는, 등신 같은 자식이 맞다고 고개를 주억거리는 것이 채 끝나기도 전에 천하의 몹쓸놈의 에미에게 자식교육 똑바로 시키라며 따지고 들면서 은근슬쩍 남편이나 이웃집 여편네에게서 받은 스트레스를 풀었다.

어머니는 단호했다. '우리 아들이 당신 아들의 얼굴을 그렇게 만들었다니 엄마 되는 사람으로서 미안하다. 치료비도 드리겠다. 그렇지만 애들이 싸운 걸 가지고 자식 교육 똑바로 시키라느니 남의 아들에게 망나니라느니 하면서 막말을 하는 것은 참을 수 없다. 자기 자식이 귀하면 남의 자식도 귀한 거다. 일 크게 만들지 말고 치료비를 받고 얼른 돌아가라.' 어머니가 이렇게 타이르자 등신 같은 자식의 엄마는 궁시렁대면서도 치료비를 챙겨들고 꼬랑지를 내린 채 등신 같은 자식의 등짝을 후려치면서 집으로 돌아갔다. 안 그래도 없는 살림에 치료비까지 물게 한 장본인은 풀죽은 강아지처럼 엄마의 눈치를 살핀다. 어머니는 별일 아니라며 씨익 웃으면서 오히려 아들을 위로한 뒤에 하던 일을 마저 하러 부엌으로 들어가신다. 형은 어머니의 뒷모습에서 눈을 떼지 못한다.

또 다른 인간 펀치볼이 자기 엄마 손에 이끌려 우리 집에 왔다. 아버지가 퇴근한 시간에 사건이 시작되었다는 점에서 오늘은 며칠 전과 상황이 많이 다르다. 펀치볼 엄마의 말이 채 끝나기도 전에 아버지는 아들의 뺨을 후려치며 '어디서 이런 망나니가 태어난 거냐, 어찌 된 놈이 하라는 공부는 안 하고 맨날 싸움질이냐, 네 동생 본 좀 받아라, 동네 창피해서 얼굴을 들고 다닐 수가 없다'고 불같이 화를 낸다. 지켜보던 펀치볼 엄마가 머쓱해져서 그냥 돌아가려는데 자식놈 교육을 잘못 시켜서 미안하다며 연신 고개를 숙이며 치료비를 쥐어준다. 이렇게 많이 주실 필요 없다고 하는데도 면목이 없다고 하면서 주머니에 찔러넣어 준다. 펀치볼 엄마가 퇴장하자 아버지는 본격적으로 아들을 야단치기 시작한다. 황소 눈 같은 형의 눈에서 굵은 눈물이 떨어진다. 형이 눈물을 흘리는 것은 처음 본다. 어머니가 아버지를 불러서 무슨 말씀을 하신 것 같은데 아버지는 배고파 죽겠는데 저녁상을 왜 제때 차리지 않느냐며 이유를 댔지만 저녁 밥상이 날아간 것은 아마도 어머니가 한 말 때문일 거다.

오줌 쌌다고 영하 20도가 넘는 추위에 발가벗겨서 바깥으로 쫓아낸 거 하며 걸핏하면 밥상머리에서 손찌검을 해댄 것을 상기시키며 그때 생각만 하면 치가 떨린다고 대드는 형에게 아버지는 불같이 화를 내며 다시는 내 앞에 나타나지 말라고 소리를 질렀다. 형은 아버지 앞에 나타나고 싶지 않았겠지만 그렇게 할 수 없었다. 신부전에 뇌졸중으로 거동을 못 하는 어머니 병구완을 그만둘 수 없었기 때문이다.

부자간의 전쟁을 지켜보며 누나들은 형이 아버지를 그렇게 미워하지만 우리 네 남매 중에 아버지 성격을 제일 많이 닮은 사람이 형이라고 말한다. 형도 아버지처럼 자기주장이 강하고 화를 참지 못하며 주변 사람들과 어울리지 못한다. 그렇지만 아버지와 근본적으로 다르다. 그 사건이 없었더라면 나도 누나들처럼 생각했을 것이다.

선생님이 가정통신문을 나눠주며 설명할 때 사실은 우유가 먹고 싶었다. 그렇지만 나는 먹었으면 좋겠다는 생각마저 할 수 없었다. 아버지는 직장에 다니지만 공무원 월급은 얼마 안 된다는 걸 나는 안다. 3년 전, 그러니까 내가 일곱 살 되던 해부터 어머니가 아모레 화장품을 팔러 다니지만 사정이 나아진 것 같지가 않다. 아버지 월급날이 며칠 앞으로 다가오면 남은 돈이 없어서 어머니는 가게에 외상을 달아놓고 반찬거리를 사온다. 엄마는 돈이 없다는 말을 한 적이 한 번도 없지만 우리 네 남매는 우리가 가난하다는 것을 너무도 잘 알고 있다. 지난주에 급식을 신청하라는 가정통신문이 나왔을 때도 그 가정통신문은 안 받은 거나 마찬가지였다. 한 달에 200원이나 되는 급식비를 내야 우유를 먹을 수 있기 때문이다. 내가 건네준 가정통신문을 받아보시고는 어머니께서 내게 물으셨다. "정우야, 너 우유 먹을래?" 그 말을 듣고 나는 한참을 망설였다. 실제로는 짧은 순간이었을 테지만 내게는 정말 길게 느껴졌다. 나는 그 짧은 순간에 참으로 많은 생각을 했다. '먹고 싶지 않다고 말해야 하지 않을까? 먹고 싶다고 말하면 엄마가 사정이 안 돼서 너한테 미안하구나 하는 말을 할 것 같은데, 그런데 혹시라도 급식비를 내주려고 그렇게 물어보는 거라면 어떡하지?' 그러다가 나도 모르게 불쑥 "네"라는 대답이 튀어나오고 말았다. 어머니는 아버지께 '정우가 우유를 먹고 싶어 하니 급식비를 내주자'고 설득했고 아버지는 한창 자라는 아이들에게 우유만큼 좋은 건 없다며 흔쾌히 허락했다. 그러면서 이렇게 말씀하셨다. "우유가 200밀리리터나 된다는데 정우가 그걸 다 마실 수 있을까?" 나는 문제없다고 대답하고 싶었지만 침만 꼴깍 삼켰다. "혹시라도 우유를 남기면 아까우니까 정기 네가 동생 우유 먹을 때 가 봐라." 올 필요 없다고 생각했지만 말하지 않았다. 우유를 먹을 수 있게 된 것이 믿기지 않았다.

그 우유병이 내 앞에 있다. 투명한 서울 우유병에 담긴 흰 우유. 검지를 기역자로 구부려서 윗부분 한가운데를 내려친다. 비닐 뚜껑이 퐁! 소리를 내면서 뚫린다. 비닐 뚜껑을 떼어내고 종이마개를 검지손톱으로 파낸다. 종이 마개는 물기를 말려서 잘 간수해야 한다. 친구들과 딱지치기를 할 때 요긴하게 쓸 수 있다. 그러고는 마침내 우유를 마신다. 세상에 이렇게 시원하고 이렇게 고소하고 이렇게 깨끗한 맛이 또 있을까? 한 모금 마시고 나면 윗입술에 우유가 살짝 묻는다. 혓바닥을 내밀어 핥아먹는 맛이 일품이다. 몇 모금 마시지 않았는데 벌써 다 마셔버렸다. 아쉽다. 우유병을 쳐들고 거꾸로 세워서 한 방울도 남김없이 먹는다. 엄마는 내가 감기라도 들라치면 '우리 막내가 젖배를 곯아서 몸이 약하다'면서 미안해 한다. 그래서 엄마가 무리를 해서라도 우유를 먹게 한 걸까.

뒤에서 누가 나를 부른다. 돌아본다. 형이다. "우유 다 먹었냐?" 얼굴이 뜨거워진다. 형한테 너무 미안하다. 반만 먹었어야 하는데 그 생각을 미처 하지 못했다. 나는 바보다. 이렇게 맛있는 우유를 형이 얼마나 먹고 싶었을까. 그런데 형은 우유를 다 먹었으니 잘됐다는 얼굴로 씨익 웃음을 짓고는 "그럼 난 간다." 하면서 돌아서서 교실 뒷문으로 걸어간다. 형의 뒷모습이 누구의 뒷모습을 그대로 빼박았다. 그날 형이 그랬던 것처럼 나는 형의 뒷모습이 보이지 않을 때까지 눈을 떼지 못했다.

> 어머니는 별일 아니라며 씨익 웃으면서 오히려 아들을 위로한 뒤에 하던 일을 마저 하러 부엌으로 들어가신다. 형은 어머니의 뒷모습에서 눈을 떼지 못한다.

소설 같은 경험

데이비드 보더니스의 ≪일렉트릭 유니버스≫를 읽고,
소설 같은 경험을 산문으로 쓰세요.

일렉트릭 유니버스 ──────────────────

역사적 사실에 손을 대지 말고 각도만 달리해서 쓰면 ≪일렉트릭 유니버스≫
처럼 소설보다 더 소설 같은 멋진 책이 됩니다. 이 책을 읽어보면 사람들이 왜
소설을 안 읽는지 알 수 있습니다. 소설을 어떻게 써야 하는지도 알 수 있고
요. 이 책을 읽으며 배꼽 빠지게 웃지 않았다면 책을 제대로 읽지 못한 겁니
다. 너무 재미있어서 이보다 더 유명한 ≪E=mc²≫을 읽어봐야겠다고 생각하
는 사람은 틀림없이 고급독자입니다. 고급독자들께 살짝 알려드립니다. 너무
큰 기대는 하지 마세요.

시간이 가도 오지 않는 것들 1

ABCD

주울은 오지 않았다. 베이스캠프인 줄로만 알았던 우리의 판잣집과 작별해야 하는 날이 점점 가까워지고 있었다. 옆집의 외벽을 우리 집의 내벽으로 활용했기에 옆집이 철거하기 전에 우리가 먼저 짐을 싸지 않으면 한쪽 벽이 없는 단칸방에서 잠을 자고, 밥을 먹고, 옆집 흉을 보는 일이 벌어지게 되어 있었다. 남들보다 나중에 집을 지으면서 아버지는 한쪽 벽을 공짜로 얻었다고 좋아했었다. 아버지가 나중을 생각하지 않았던 것은 아니다. 아버지가 생각하는 나중은 항상 장밋빛이었던 것이 문제다. 아버지는 앞만 바라보며 사는 것으로 모자라서 위만 바라보고 살았다. 항상 위를 바라보는데 아래로만 내려가는 사람이 우리 아버지였다.

판잣집에서 우리는 가을에서 이듬해 봄까지 살았다. 그 사이에 많은 일이 있었다. 가장 기억에 남는 것은 화장실과 관련된 일이다. 다섯 평도 안 되는 땅에 임시로 집을 지었으니 화장실을 들일 여유가 없어서 마을 사람들이 공동 화장실을 만들었다. 아침마다 신문지 쪼가리나 휴지를 들고 화장실 앞에 길게 줄을 서 있는 풍경이 연출되었다. 나는 초등학교 2학년 사내아이였으니 조금 불편한 정도였지만 고등학교에 다니던 큰누나나 중학생이던 작은누나는 매일 아침이 지옥 같았을 것이다. 누나들의 소원은 화장실이 있는 집이었고, 내색하지 않았지만 엄마의 소원은 스무 평 남짓한 마당이 있는 집이었을 것이다. 아버지는 이제라도 주울이 돌아오기만 하면 우리는 이층 양옥집에서 살 수 있을 거라고 말했다. 나는 아버지의 말을 들을 때마다 어쩌면 아버지 말대로 될 수 있지 않을까 하는 생각을 했다. 그렇게 생각하면 기분이 좋아지고 마음이 편안해졌다. 주울이 돌아오면 형한테는 자전거를 사준다고 했다. 마당 구석에 자전거가 세워져 있는 이층 양옥집에서 덴뿌라 반찬을 물리도록 먹는 꿈을 형도 꾸었던 것 같다.

단칸방은 개량 온돌이었다. 부엌에서 연탄을 땠다. 연탄 화덕에 불을 피워서 밥을 하거나 국을 끓인 뒤에, 구들 밑으로 밀어넣어서 방바닥을 데웠다. 아랫목은 따뜻했지만 윗목은 냉골이었다. 겨우내 윗목에는 김장할 때 쓰는 커다란 양은 다라이에 무가 담겨 있었다. 무에서는 파랗게 싹이 올라왔다. 아랫목에 깔아놓은 이불에 발을 넣고 앉아서 밤늦도록 엄마랑 누나들이 하는 이야기를 듣다가, 출출해지면 칼로 껍질을 벗겨내고 크게 토막을 내서 하나씩 들고 먹었다. 달고 시원해서 웬만한 과일보다 나았다.

엄마가 연탄불에 석쇠를 얹어서 구운 갈치나 고등어 반찬은 덤이었다. 숯불에 구운 고등어라 해도 그 맛을 따라갈 수 없었다. 생선 굽는 냄새와 함께 뜸을 들일 때 나는 구수한 밥 냄새가 판자때기에 신문지를 바른 얇은 벽을 통과해서 방으로 들어오면 우리 네 남매는 하던 일을 멈추고 연신 부엌 쪽을 바라보며 밥상이 들어오기만을 기다렸다. 상 위에 놓인 고등어는 껍질이 황금색으로 바삭하게 구워졌고, 왕소금이 뿌려진 토막 난 갈치에는 낙인을 찍은 것처럼 석쇠자국이 남아 있었다. 보기만 해도 군침이 돌게 하는 낙인이었다.

성일이 형이 우리 집에서 두어 달 지낸 적이 있다. 성일이 형은 주울의 둘째아들이다. 그러니까 주울은 아버지에게서 땅을 판 돈을 몇 배로 불려주겠다고 하며 가져가는 것으로 모자라서 눈도 깜짝 안 하고 우리 집에 아들을 더부살이시켰던 것이다. 아버지는 주울이 아들을 우리 집에 떠넘기려 하는 것을 다른 식으로 해석했다. '약속한 대로 집 판 돈을 몇 배로 불릴 자신이 없었다면 아들을 어떻게 떠넘길 수 있었겠느냐'고. 그러면서 엄마한테는 주울이 했던 말을 그대로 전했다. "밥상에 밥숟가락 하나 더 놓으면 되는 거다." 아버지가 허황된 생각으로 주울에게 전 재산을 털어넣은 것을 못마땅하게 여기고 있던 차에 이런 말까지 듣고 나니 엄마는 그동안 참아왔던 말을 쏟아냈다. '밥숟가락 운운하는 것은 받아들이는 입장에서 듣기 좋으라고 하는 말이지 떠넘기는 처지에 어떻게 그런 말을 할 수 있느냐, 딸애들이 다 컸는데 단칸방에 남의 식구가 들어오면 얼마나 불편하겠느냐, 말도 안 되는 부탁을 하면 거절을 해야지 아무 생각 없이 덜컥 그러마고 하면 어떻게 하느냐, 말이 난 김에 하는 말인데 전 재산을 한 마디 상의도 없이 남의 손에 쥐어주는 사람이 어디 있느냐, 예전에도 우리 큰오빠한테 속아서 농금덕에 들어가 안 해도 되는 고생을 한 거 아니냐.'

과한 칭찬에는 귀를 닫고 남이 지적하는 말에는 귀를 기울여야 하는

데 아버지는 반대로 했다. "내가 운이 나쁘게 사기꾼한테 걸려들어서 그렇게 된 거야." 아버지가 항상 하는 말이었다. 당신이 허황된 욕심을 부려서 사기를 당했다는 것을 인정하는 법이 없었다. 그러니 실수를 반복할 수밖에.

당신과 전혀 다른 종류의 사람이 있다는 것도, 세상은 그런 사람들투성이라는 것도, 결혼을 해서 한두 해를 살아보니 남편이 그런 사람이라는 것도 알았지만 엄마는 포기하지 않았다. 엄마는 세상과 인간에 대한 애정이 있었고 사람을 변화시킬 수 있다는 믿음이 있었다.

그런데 때로는 애정과 믿음이 상황을 악화시키기도 한다. 엄마의 경우가 그랬다. 세상에는 당신처럼 쉬지 않고 자기를 변화시키는 사람도 있지만 그런 사람은 드물고, 절대로 변하지 않는 사람이 대다수라는 것을 몰랐던 것 같다. 당신의 남편을 현명하게 만들 수 있다고 믿고 엄마는 그런 날이 오기를 기다렸다.

큰누나가 신문배달을 한 적이 있다. 누나는 배화여고 1학년이었다. 고등학교를 시험 봐서 들어가던 시절이어서 배화여고는 이화여고나 숙명여고 다음 가는 명문이었다. 누나가 신문배달을 하는 것은 아무도 몰랐다. 누나는 새벽밥을 먹고 집을 나서서 학교 가는 길에 한두 시간 신문을 돌렸다. 누나가 성적표를 끝까지 감출 수 있었다면 몇 달 더 신문배달을 했을 것이다. 신문을 돌린 지 두 달밖에 안 됐는데도 60명 중에 59등을 했다. 꼴찌를 한 친구는 연식정구 특기생이었다. 엄마가 성적표를 보고는 어찌된 일이냐고 누나에게 캐물었다. 누나는 처음에는 묵비권을 행사했는데 어느 순간 설움에 복받쳐서 두 달 넘게 신문배달을 하고 있다는 것과 두 달치 월급을 한 푼도 받지 못했다는 것까지 모두 털어났다. 한 달에 두어 번 지각을 한 적이 있는데 지각할 때마다 벌금으로 반 달치 월급을 떼인 결과였다. 이 사실을 알고 아버지가 누나를 앞세워서 보급소를 찾아갔지만 보급소 소장이 막무가내여서 아무 소득도 없이 발길을 돌려야 했다.

성일이 형이 왔다. 시커먼 가방에서 제일 먼저 꺼낸 것은 영어사전이었다. 대구에서 고등학교를 마치고 서울에 있는 대학에 입학을 할 생각을 했던 것 같은데 그런 내색을 하지는 않았다. 형은 소아마비였다. 대부분의 소아마비가 그렇듯이 형도 머리가 좋았다. 명문대학을 들어갈수 있는 실력이었지만 상황이 좋지 않았다. 작은고모네 단칸방에 얹혀사는 처지였으며 아버지와는 연락도 되지 않았다. 어쩌면 아버지로부터 소식이 오지 않기를 바랐을지도 모른다. 소식이 온다 해도 반가운소식일 가능성이 없다는 것을 알고 있었을 테니.

성일이 형은 나와 형을 앉혀놓고 알파벳을 가르쳤다. 대문자를 금세익히자 소문자를 가르쳤다. 한두 시간 만에 알파벳을 다 익히는 것을보고 성일이 형은 기특해하며 엄마한테 내 칭찬을 했다. 엄마는 오랜만에 밝게 웃으시며 "우리 아들이 알파벳을 다 익혔으니 영어 공부는 더할 게 없네."라며 농담을 했다. 성일이 형은 내일부터 본격적으로 영어를 가르칠 거라고 큰소리를 쳤고, 나는 새로운 세계로 들어갈 마음의준비를 하며 소풍날을 기다릴 때처럼 시간이 빨리 가기를 바랐다.

다음 날이었다. 공부를 시작하자는 말이 나오기만 기다리고 있었는데 성일이 형은 아침밥을 먹고 나더니 목욕을 하러 가야 한다고 했다. 장승배기에 있는 옥류탕으로 형을 안내했다. 형을 따라서 가족탕에 들어갔다. 아버지와 함께 옥류탕에 몇 번 온 적이 있었지만 가족탕이 있다는 것은 그날 처음 알았다. 형과 함께 목욕을 하면서도 나는 빨리 끝내고 집에 가서 공부를 하고 싶은 생각뿐이었다. 집에 와서 점심을 먹고, 저녁도 먹고, 밤이 깊어갈 때까지 형은 공부하자는 말을 하지 않았다. 내가 먼저 공부를 하고 싶다고 한 것도 아니고, 계속 가르쳐주겠다고 약속한 것도 내가 아니다. 자기가 한 약속은 지켜야 한다고 나는 생각했다. 그렇지만 내가 먼저 말을 꺼내는 건 스승에 대한 예의가 아닌 것 같았다. 가르쳐줄 마음이 없는 사람한테 배우고 싶다는 말을 하는 것도 자존심 상하는 일이었다. 그렇게까지 해서 배우고 싶지는 않았다.

형이 우리 집에 머물렀던 두어 달 동안 엄마는 싫은 내색을 한 적이 한 번도 없다. 나는 형한테 살갑게 굴지는 않았지만 공부를 하자는 말을 다시 꺼내지 않을까 하는 기대를 버리지 않았다. 어느 날 학교에서 돌아와 보니 형의 검정색 가방이 보이지 않았다. 엄마한테 물어보고서야 형이 고향으로 내려갔다는 것을 알았다. 내가 얼마나 간절히 영어를 배우고 싶어 했는지, 내가 얼마나 오랫동안 기대를 버리지 않았는지 엄마한테 털어놨더라면 어땠을까? 그랬더라면 엄마는 '우리 아들이 속이 많이 상했겠구나' 하면서 나를 꼭 껴안아줬을 것이다. 사람에게서 받은 상처는 스스로 아무는 법이 절대로 없어서 다른 사람이 쓰다듬어주지 않으면 안 된다는 것을 이른 나이에 알게 됐을 텐데.

66

주울이 돌아오면 형한테는 자전거를 사준다고 했다. 마당 구석에 자전거가 세워져 있는 이층 양옥집에서 덴뿌라 반찬을 물리도록 먹는 꿈을 형도 꾸었던 것 같다.

99

나의 버킷리스트

영화 〈더 버킷리스트〉를 보고,
나의 버킷리스트를 산문으로 쓰세요.
글에는 '버킷리스트'라는 말을 넣지 않는 것이 좋습니다.

더 버킷리스트 ────────────────

고대 이집트인들은 죽음에 대한 생각이 우리와 달랐다는군요. 누구라도 저승
사자 앞에 서면 저승사자가 물어본답니다. 당신은 즐겁게 살았습니까? 그렇
다고 대답하면 다음 질문을 합니다. 다른 사람들이 당신을 좋아했나요? 이 질
문에도 그렇다고 대답하는 사람은 천국으로 갈 수 있습니다. 인생을 후회 없
이 살았다는 뜻입니다.

죽기 전에 해보고 싶은 것들이 버킷리스트입니다. 버킷리스트를 남김없이 지
우면 후회 없이 인생을 살았다고 할 수 있습니다. 버킷리스트를 다 지우지 못
했어도 후회 없이 살았다면 당연히 천국으로 갈 수 있습니다. 보증할 수 있냐
고요? 물론입니다. 제 말대로 되지 않으면 저를 찾아오세요!

108

시간이 가도 오지 않는 것들 2

판잣집을 허물었던 날이 기억난다. 철거 전문가답게 아버지는 집을 짓는 역순으로 집을 허물었다. 아버지가 지붕에 올라가서 루핑을 걷어내자 지붕과 천장 사이에 박쥐가 살고 있었다. 밝은 빛이 들어오자 어미들은 황급히 어디론가 날아가 버리고 아직 날개가 돋지 않은 새끼 박쥐 한 마리가 남아 있다가 바닥으로 떨어졌다. 새끼 박쥐는 바닥에 떨어져서 이쪽저쪽으로 고개를 돌렸다. 어미를 찾는 것 같았다. 자세히 들여다보니 채 눈도 뜨지 못한 상태였다. 나는 집 가까이 있는 풀숲으로 새끼 박쥐를 옮겨주었다. 내가 할 수 있는 것은 그것뿐이었다. '밤이 되면 어미가 돌아오려나. 와서 새끼를 데려갈 수 있으려나. 새끼를 데려갈 집은 있을까?'

다행히도 우리는 이사 갈 곳이 있었다. 판잣집으로 이사 오기 전에 우리가 살던 동네에 있는 집이었다. 이 집은 동네에서 가장 외진 곳에 있었다. 우리 네 남매는 집 주인의 이름을 따서 '한씨네 집'이라고 불렀다. 아버지는 철거를 기다리고 있는 한씨네 집을 전세금을 주고 세를 들었다. 철거가 되기 전까지 세를 사는 조건이었으니 집주인으로서는 손해 볼 게 하나도 없었다. 아버지는 4년 동안에 자기 집을 두 번 짓고 두 번을 자진 철거하는 흔치 않은 기록을 보유하게 되었다. 자격증만 없었을 뿐이지 철거 분야 전문가였다. 관에서 하는 일은 집을 짓는 것과 같이 계획대로 되는 법이 없어서 서두르는 사람만 손해를 보게 되어 있다는 것과 늦어져도 보통 늦어지는 게 아니라 기다리는 사람들의 진을 다 빼놓을 정도로 늦어진다는 것도 알고 있었다. 아버지는 한씨네 집이 2년 전에 헐려야 했지만 2년 뒤에도 그대로 있을 거라고 장담했다. 그러나 아버지도 다른 식구들처럼 이 집에서 그렇게 오래 살 생각은 없었다.

한씨네 집은 언덕 위에 자리 잡았다. 집 앞으로는 마당도 없이 잡초가 우거진 쓸모없는 땅이 있었고 그 땅이 끝나는 곳은 낭떠러지였다. 집 앞에서 우리 집이 있었던 상도 3동이 내려다보였다. 한씨네 집에 사는 동안 우리는 싫어도 매일 우리 집이 있었던 동네를 내려다봐야 했다. 너럭바위는 그대로 있었지만 집은 아버지가 자진 철거한 덕분에 집터만 남아 있었다. 아버지가 그토록 벗어나고 싶었던, 그래서 임시조치로 지었던 흙벽돌 집이 얼마나 소중한 우리 집이었는지 뼈저리게 알게되었다. 멀리 여의도도 보였다. 5 · 16 광장과 국회의사당이 있었다. 구리로 만들어 파란 녹이 슨 촌스러운 돔형 지붕이 선명하게 보였다. 여의도를 감싸고 한강이 흘렀을 텐데 한강을 본 기억은 남아 있지 않다.

저녁에서 밤으로 넘어가는 시간이면 박쥐들이 떼를 지어 날아가곤했다. 서울 하늘에 무리지어 날아가는 박쥐를 본 사람이 몇이나 될까?

박쥐들의 활동 영역은 주로 산이어서 한씨네 집에 오기 전에는 그런 광경을 본 적이 한 번도 없었다. 한씨네 집이 우리에게 준 선물인 셈이다. 선물이 하나 더 있었다. 여름이면 서쪽으로 난 작은 창문으로 바람이 들어왔다. 서쪽 창문 앞에는 윗집 사는 호랑이 할머니네 밭이 있었고 밭 너머는 산이었다. 국수산에서 불어오는 시원한 바람이 서쪽 창문을 통해 들어와서 한여름 볕에 뜨겁게 달구어진 단칸방을 식혀주었다. 창문 밑에 책상을 받쳐놓고 올라가면 머리카락이 나부낄 정도로 바람이 세차게 불었다. 우리는 그 창문을 선풍기라고 불렀다. 큰누나 친구가 놀러온 적이 있다. 작은누나가 나한테 "선풍기 나와?" 하고 물었다. 친구는 이렇게 가난한 집에 무슨 선풍기가 있나 의아해하는 표정을 지었다. 내가 책상에 올라가서 바람을 맞으며 "잘 나와."라고 하자 그제서야 무슨 뜻인지 알고 어이없어 하며 웃음을 터뜨렸다.

하루는 학교에 갔다가 집에 왔는데 하늘에 셀 수 없이 많은 비행기가 날고 있었다. 비행기에 난 문으로 낙하산을 탄 군인들이 차례차례 뛰어내렸다. 처음부터 낙하산을 펼치는 게 아니라 낙하산 배낭을 멘 군인들이 공중에서 지상으로 떨어지다가 어느 순간 버섯 모양으로 생긴 낙하산을 펼친다. 그 상태로 유유히 하늘을 날다가 5·16 광장에 차례차례 내려앉았다. 어린 내 눈에는 하늘에서 피어난 수많은 꽃송이가 공중에서 짧은 생을 살다가 지상에 닿자 지는 것처럼 보였다. 하늘에 비행기가 한 대도 남아 있지 않을 때까지 나는 그 아름다운 광경을 바라보았다.

그 놀라운 광경을 다시 볼 수 있을 거라는 기대를 하지 않았는데 다음 날 학교에서 돌아왔을 때 똑같은 광경이 펼쳐졌다. 똑같은 것이 아니라 전날보다 훨씬 더 세련되고 멋있었다. 어제 내가 봤던 것은 오늘을 위한 예행연습처럼 느껴졌다. 어제와 달리 광장에 수많은 사람들이 모여 있었고 하늘에서는 에어쇼도 펼쳐졌다. 광장에 있는 사람들은 고개를 쳐들고 에어쇼를 봐야 했지만 나는 우리 집에서 시선만 약간 바꾸면 하늘이건 지상이건 한눈에 볼 수 있었다. 무엇을 기념하기 위한 행사인지 알지 못했지만 행사를 제대로 감상한 유일한 사람이 나였다는 것은 분명한 사실이다. 행운의 주인공이 될 수 있었던 것은 모두 한씨네 집 덕분이다. 그 뒤로 나는 고개를 들어 하늘을 보는 버릇이 생겼다. 그렇지만 그날 이후로는 그 놀라운 광경을 다시 보지 못했다.

불운은 혼자 오는 법이 없다는 서양 속담이 있다. 한씨네 집으로부터 선물을 몇 개 받기도 했지만 판잣집에서 한씨네 집으로 이사를 가게 된 것이 우리 가족의 불운인 것은 분명한 사실이었다. 한씨네 집은 작은 부엌이 딸린 방 한 칸이 전부였고, 마당은 물론이고 화장실이 없었다. 볼일을 보려면 호랑이 할머니네 밭을 가로질러 잡목 숲으로 들어가야 했다. 호랑이 할머니는 우리 사남매 중 누군가가 자기네 밭에 들어가는 것을 볼 때마다 불같이 화를 냈다. 그러면 그 누군가는 중간에서 발길을 돌려야 했다. 발길은 돌릴 수 있었지만 배설의 욕구는 돌릴 수 없었으니 날이 어두워질 때까지 기다려야 했다. 호랑이 할머니는 우리가 중요한 임무를 완수하기 위해서 밭을 가로질러 가려 했다는 사실을 나중에야 알고는 그동안 우리에게 화를 냈던 것을 미안해했다.

우리가 살던 흙벽돌집에서 수챗물이 흐르는 작은 개울을 건너면 오씨네 집이 있었다. 그 집은 우리가 한씨네 집에 살 때도 그대로 있었다. 집만 그대로 있는 것이 아니라 식구들도 모두 그대로 살고 있었다. 자진 철거를 하지 않으면 시에서 주는 집터를 받지 못할 것이라는 공무원의 말을 그대로 믿고 우리 아버지는 자진해서 집을 철거했다. 우리의 흙벽돌 집에서 한씨네 집까지는 걸어서 10분 거리였지만 우리 식구가 판잣집을 거쳐서 한씨네 집까지 오는 데에는 2년이 넘는 시간이 걸렸다. 무척이나 무겁고도 힘겨운 걸음이었다는 것을 알 수 있다. 아마도 우리가 느꼈던 것만큼이나 길었던 그 시간을 그냥 버틴 사람이 오씨네다. 동네에 그런 집이 절반가량 됐던 것 같다.

오씨네는 아이들이 일곱이었는데 둘째 아들이 고등학교 1학년 나이였고 다섯째 아들이 나랑 동갑이었다. 둘째가 아버지 짐자전거를 끌고 나와서 나와 다섯째와 동네 친구 하나를 태워줬다. 방학을 맞아서 심심해하던 우리에게 둘째는 구세주 같은 존재였다고나 할까. 우리가 자전거 짐칸에 올라 비행접시에 탄 것보다도 더 신나하자 둘째는 기분이 한껏 좋아졌던 것 같다. 예정에 없이 신대방동까지 나갔다. 대낮의 아스팔트길은 한적했고 흙길에서는 맛볼 수 없는 속도에 우리 모두는 취해 있었다. 짐자전거 뒤에 짐짝처럼 실린 처지였지만 자전거를 타고 하늘을 나는 〈E.T.〉의 아이들보다 우리가 더 행복했다고 자신 있게 말할 수 있다. 끝이 보이지 않는 아스팔트 도로에는 차가 한 대도 없었다. 도로 주변의 택지에도 건물은 찾아보기 어려웠다. 택지개발 지구를 가로지르는 왕복 사차로의 넓은 도로는 우리의 짐자전거 레이서의 심장을 두 배로 뛰게 만들었던 것 같다.

사고는 왜 가장 행복한 순간에 찾아오는 것일까? 흔치 않았던, 그래서 무척이나 소중했던 우리들의 행복한 시간은 사고를 위한 예행연습이었던가? 속도감에 취해서 한눈을 팔고 페달을 밟는 데만 열중하던 둘째는 길가에 정차한 택시 꽁무니를 받아버렸다. 맨 뒤에 타고 있던 다섯째는 자전거 뒷자리에서 튕겨나가 인도로 떨어졌고 안장 바로 뒤에 타고 있던 나는 두 친구의 에어백 역할을 했다. 쓰러진 자전거에서 빠져나오며 경황이 없는 중에도 불두덩이 쓰라렸다. 택시 기사와 택시에서 내린 아주머니들이 황급히 달려와서 다친 데 없냐고 물었다. 보통때 같았으면 아픈 내색을 안 했을 텐데 그날은 왜 그랬는지 모르겠다. 택시기사가 상처를 확인하고는 근처에 있는 강남병원으로 데려갔다. 그때 택시를 처음 타봤다. 안락한 택시 뒷좌석에서 나는 앞일을 걱정했다. '병원에 갔는데 의사들이 보고는 별일 아니니 그냥 가라고 하면 창피해서 어쩌나. 많이 아프지 않으니 그냥 집에 가도 된다고 지금이라도 말해야 하나? 이제 와서 괜찮다고 말하면 기사 아저씨가 어이없어 하겠지?' 입을 꾹 다물고 병원까지 간 것은 순전히 수줍음 때문이었다.

상처를 살피더니 의사는 당장 수술을 해야 한다고 말했다. 그 말을 듣고 나는 안도의 한숨을 내쉬었다. 수술실로 옮겨져서 마취 주사를 맞고는 잠이 들었다. 얼마나 지났는지 알 수 없었다. 의사들끼리 수술에 관해서 이야기를 나누는 소리에 잠에서 깼다. 의사들이 상처 부위를 바늘로 꿰매기 시작했다. 생살에 바늘을 꽂는 것처럼 아팠다. 바늘을 꽂을 때보다 바늘에 딸린 실이 지나갈 때가 더 아팠다. 무슨 이유인지는 모르겠지만 마취가 되지 않았거나 수술도 하기 전에 마취가 풀려버린 것 같았다. 바늘이 살을 찌를 때마다 주사 한 대 맞는 셈 치자며 이를 악물고 고통을 참았다. 실에 생살이 쓸리는 아픔은 시간이 지나면 끝나겠지 하면서 참았다. 내가 이를 악물고 고통을 참는 것을 의사들도 아는 것 같았다. 자기들끼리 이렇게 잘 참는 애는 처음 본다며 혀를 내둘렀다. 며칠 전에 수술한 이야기도 했다. 아이가 울고불고 난리를 쳐서 수술하기 정말 힘들었다고. 내가 아픈 내색을 하지 않은 건 수줍음 때문이었다. 아프다고 소리를 지르거나 우는 모습을 남들에게 보이면 남들이 나를 참을성 없는 아이로 볼 것이라 생각했다. 그런 부끄러운 모습을 남들에게 보이고 싶지 않았다. 열두 번까지 세고 나서야 바늘로 살을 찌르는 고통의 시간이 끝이 났다. 나는 긴장이 풀려서 잠이 들고 말았다. 기절해버린 것일 수도 있다.

시끄러운 소리에 눈을 떠보니 나는 입원실 침대에 누워 있었고 엄마와 아버지가 와 있었다. 아버지는 주먹으로 눈물을 훔치며 의사에게 애원했다. "우리 아들 좀 살려주세요. 내가 이 녀석 하나 보고 사는 거예요. 우리 아들이 없으면 우리는 여망이 없어요." 나는 침대에 누워서 아버지가 그러는 걸 물끄러미 바라봤다. '내가 죽을병에 걸린 것도 아닌데 아버지는 왜 저렇게 과장해서 말을 하시나.' 그러면서도 아버지가 나를 그렇게 소중하게 생각하고 있다는 것을 알게 되어 눈물이 날 정도로 가슴이 벅차올랐다. 엄마는 옆에서 울음을 삼키면서 혼잣말을 했다. "안 되면 신부로 보내면 되지. 신부로라도 보내야지. 신부가 돼도 우리 아들은 잘 할 거야……." 엄마가 하는 말을 들으면서 내가 다친 부위가 불두덩이여서 수술 결과가 좋지 않으면 어떤 일이 벌어질지 눈치로 알았다. 그렇지만 어린 내가 생각하기에도 그런 일은 일어날 것 같지 않았다.

사고 경위를 조사하러 경찰이 왔다. 둘째는 택시가 갑자기 앞으로 끼어들어 정차한 것이라 하고, 택시 기사는 손님을 내려주려고 정차했는데 자전거가 들이받은 거라고 했다. 경찰관은 나한테 택시가 서 있는 걸 봤느냐고 물었다. 보지 못했다고 대답했어야 했는데 그러면 대답이 너무나 싱거울 것 같았다. 경찰관이 내게 중요한 질문을 하는 이런 특별한 기회를 싱거운 대답으로 망치고 싶지 않았다. 그래서 봤다고 대답해버렸다. 만화 주인공들도 결정적인 순간에 남들이 예상하지 못한 말을 하지 않는가 말이다. 경찰관은 사건을 해결할 수 있는 중요한 증언이라 여기는 듯했다. 나의 거짓말이 예상치 못한 결과를 불러올 수도 있다는 생각이 들어 정정하고 싶었다. 그래서 몇 미터 뒤에서 봤느냐고 물어왔을 때 병실 폭 정도의 거리였다고 대답했다. 4미터 정도 되는 짧은 거리에서 봤다고 말하면 택시가 서 있는 걸 봤다는 내 진술이 의미 없는 진술이라는 판단을 내릴 거라는 계산을 했다. 내 말을 듣더니 경찰관은 조서에 이렇게 적었다. '4미터 후방에서 관측.' 경찰관은 홀가분한 표정으로 병실을 나갔다.

택시기사는 병문안을 와서 내게 고마움을 표현했다. 선하게 생긴 마흔 정도의 아저씨였다. "내가 자기 앞에 끼어들었다고 그 젊은이가 자꾸 우기는 바람에 곤란했는데 네 덕분에 살았어. 네가 증언을 해줘서 정말 다행이다." 내 느낌으로는 그 아저씨도 사고가 어떻게 일어났는지 모르는 것 같았다. 거짓말을 한 덕에 아저씨가 마음 편해진 것이 내게는 위로가 됐다. 둘째도 모르기는 마찬가지였다. "택시가 길가에 서 있었던 거야? 내가 한눈을 팔았나 봐. 나는 택시가 갑자기 나타난 것 같은데." 경찰관이 다시 오면 나도 보지 못했다고 솔직하게 말하고 싶었다. 막상 그 순간이 오면 그렇게 할 수 있을지는 나도 알 수 없었다. 죄책감에 시달리며 병실에서 일주일을 보냈지만 경찰관은 다시 오지 않았다.

내가 거짓 증언을 한 바람에 아버지가 치료비를 부담해야 했다. 전부는 아니었다. 오씨네와 반씩 부담했다. 안 그래도 살림이 어려운데 사고를 당한 것도 모자라서 내가 자처해서 치료비를 물게 한 셈이었다. 누구한테 말도 못 하고 속으로 끙끙 앓으며 경솔하게 행동했던 것을 후회했다.

퇴원하는 날, 아버지와 엄마가 왔다. 수술한 자리가 아직 아물지 않아서 걸을 수가 없었다. 아버지가 나를 안고 강남병원 앞에서 버스를 탄다 해도 성대시장 앞에서 집까지는 또 어떻게 간단 말인가. 할 수 없이 아버지는 택시를 불렀다. 아버지에게 안겨서 택시에서 내렸을 때 나는 우리 동네에 그렇게 사람이 많이 모인 것은 처음 봤다. 어른이고 아이고 할 것 없이 멀찌감치 떨어진 곳에서 택시에서 내리는 우리를 내려다보고 있었다. 아버지는 상처 부위에 통풍이 잘 돼야 한다며 여름 이불로 내 몸을 대충 가려주었는데 그런 상태로 동네 사람들의 구경거리가 된 것이다. 나는 너무나 창피했지만 눈을 감고 자는 척하는 것 말고는 달리 방법이 없었다.

상처가 아물 때까지 나는 방 한구석에 누워서 지냈다. 상처가 덧나지 않도록 하루에 세 번 소독약을 발라주어야 했다. 그 일은 주로 누나들이 했다. 실제로는 한 주나 두 주 만에 상처가 아물었을 테지만 내 기억에는 여름방학 내내 방에 누워 있었던 것 같다. 책상에 올라가서 선풍기 바람을 쐴 수만 있다면! 한씨네 집에서의 여름은 지루하고도 우울하게 지나갔다.

큰누나가 수학여행 갔다온 날이었다. 아버지가 고함을 지르는 소리에 잠이 깼다. 실눈을 뜨고 보니 불은 환하게 켜져 있고 누나는 교복을 입은 채 고개를 떨구고 아버지 앞에 서 있었다. 경주로 수학여행 갔다가 그림엽서를 사온 것이 화근이었다. 아버지는 집안 살림도 어려운데 쓸데없는 데다 돈을 썼다며 불같이 화를 냈다. 주울에게 전 재산을 뜯기고 언제 철거될지 모르는 남의 집 단칸방에 세 들어 사는 당신의 처지를 생각하면 울화가 치밀 만도 했다. 누나는 아버지의 화풀이 대상이 된 셈이다. 아버지의 화를 돋우는 데 나도 한몫했다는 것을 나는 알고 있었다. 쓸데없이 거짓말을 해서 병원비를 부담시켰던 일이 떠오르며 나 때문에 누나가 야단맞는 것 같아 죄인이 된 것 같았다. 그렇지만 내가 할 수 있는 일은 없었다. 동네 사람들의 구경거리가 됐을 때처럼 눈을 감고 자는 척하는 수밖에 없었다.

> 사고는 왜 가장 행복한 순간에 찾아오는 것일까? 흔치 않았던, 그래서 무척이나 소중했던 우리들의 행복한 시간은 사고를 위한 예행연습이었던가?

조화로운 삶에 대한 기억

니어링 부부의 ≪조화로운 삶≫을 읽고,
조화로운 삶에 대한 기억을 산문으로 쓰세요.
글에 '조화로운 삶'이라는 표현은 쓰지 마시길……

조화로운 삶

평론가와 작가는 다른 점이 많지만 가장 중요한 차이는 실천입니다. ≪오델로≫가 ≪햄릿≫보다 더 좋은 작품이다! 평론가는 이런 말을 해도 문제가 없지만, 작가가 이런 생각으로 작품을 쓰면 좋은 작품을 쓸 수 없습니다. 생각을 하는 것만으로는 검증이 안 되니 해를 입을 일이 없습니다. 물론, 발전도 없습니다.

니어링 부부의 생각이 아니라 니어링 부부의 생각대로 살아본 이야기라서 ≪조화로운 삶≫은 보기 드문 책입니다. 여러분도 생각을 쓰지 말고 해본 일을 쓰세요.

시간이 가도 오지 않는 것들 3

아버지는 용달차를 불렀다. 이삿짐을 전부 싣고도 짐칸에 여유가 있었다. 나는 형과 함께 이삿짐과 섞여서 짐칸 바닥에 자리를 잡았다. 아버지는 짐이 떨어질지도 모르니 잘 보라고 당부하면서 조수석에 올라탔다. 우리가 살 집이 어떤지 알지 못했지만 나는 한씨네 집을 떠나는 것만으로도 기분이 좋았다. 차가 출발하자 한씨네 집 선풍기에 얼굴을 들이밀 때보다 더 세찬 바람이 느껴졌다. 우리 집으로 이사를 가고 있다고 생각하니 지붕을 열어젖힌 멋진 스포츠카를 타고 굉음을 내며 도로를 질주하는 것처럼 마음이 들떴다.

아버지는 주말마다 집을 구하려고 발품을 팔았다. 손에 쥔 돈이 없었기 때문에 변두리로만 돌아야 했다. 날이 저물어가는데 오두막집 옆을 지나고 있었다. 얼굴이 긴 사람이 아버지를 물끄러미 바라보았다. '다 쓰러져가는 집이지만 그래도 당신은 집이 있어서 좋겠네요.' 아버지는 그 사람을 부러워했다. 자세히 보니 사람이 아니라 말이었다.

우리가 살 집은 신정동에 있는 댓골 마을에 있었다. 마구간보다는 훨씬 나았다. 기역자형 집이었다. 가운데 안방이 있고 안방 왼쪽에 부엌이, 부엌 왼쪽에 작은 부엌이 딸린 누나들 방이 있고, 안방 오른쪽에 나와 형이 쓰는 방이 있었다. 우리 방은 구들방이었다. 아궁이가 있는 작은 부엌이 딸려 있었다. 마당이 있었다! 스무 평 남짓한 앞마당이었다. 마당 오른편에 있는 밭과 집 뒤에 있는 밭도 우리가 부쳐먹을 수 있었다. 뒷밭이 끝나는 곳이 뒷산과의 경계였다. 뒷산에는 소나무와 아까시 나무가 많았다. 산길을 따라가면 궁동도, 오류동도 갈 수 있었다. 마당 오른편 밭에 화장실도 있었다! 판자때기와 골함석으로 지은 허술한 화장실이어서 비만 오면 빗물이 흘러들어가 큰일을 볼 때면 튀어오르는 똥물과 사투를 벌여야 했지만 그런 사소한 불편은 웃으며 넘어갈 수 있었다.

작은 방 두 개는 오래 사람이 살지 않아서 수리를 해야 했다. 수리를 마칠 때까지 우리 식구는 안방에서 생활했다. 단칸방에 살 때와 생활은 다르지 않았지만 마음은 훨씬 여유가 있었다. 아버지는 마당을 반 갈라서 앞쪽에 텃밭을 만들었다. 상추와 고추, 가지, 토마토 등등을 심었다. 텃밭으로도 쓸 수 없는 자투리 땅에 엄마는 꽃을 심었다. 엄마가 좋아하는 채송화가 금세 무성해지고 여름내 꽃을 피웠다. 아버지는 앞집 영심이 할아버지가 꽃을 가꾸는 것을 보고 "꽃 심으면 밥 나와요?" 하며 비웃었다. 영심이 할아버지는 기가 차서 아무 말도 못 했고 나는 얼굴이 화끈거려 그 자리에 있을 수가 없었다.

아버지가 우물을 파던 기억이 생생하다. 아버지는 녹슨 못으로 마당 한 귀퉁이에 지름 2미터 정도 되는 원을 그렸다. 그러고는 곡괭이와 삽으로 땅을 파내려갔다. 같은 동네에 사는 민씨 아저씨가 일을 거들었다. 일용 노동자였던 민씨 아저씨는 아버지를 무척 따랐다. 우물 파는 일처럼 큰일뿐만 아니라 시멘트 미장일이나 비가 새는 지붕을 고치는 일처럼 잔손이 가는 일도 자기 일처럼 도왔다. 성실하고 순수했지만 어느 한구석이 모자라 보이는 그를 아버지는 민씨라고 불렀고 우리 사남매는 민땡이라고 불렀다. 우리 염소가 새끼를 뱄을 때 아버지는 민땡에게 선심 쓰듯이 이렇게 말했다. "새끼를 세 마리 낳으면 한 마리는 자네 줌세." 민땡은 고마워하면서 새끼가 태어날 날을 은근히 기다렸다. 염소가 새끼를 세 마리 낳을 확률은 1%도 되지 않는다는 것을 민땡만 몰랐던 것 같다. 새끼를 두 마리밖에 낳지 않았다는 소식을 전해 듣고 민땡은 무척 실망한 표정을 지었다. '다음번에 세 마리 낳으면 그땐 영락없이 자네 차지'라는 아버지 말을 듣고도 민땡은 기분 나빠하지 않았다.

어른 키의 두 배 정도 파내려갔을 때 바위를 만났다. 바위 아래로 물이 흐르고 있을 거라고 말한 사람은 아버지였지만 본인조차 확신이 없는 듯했다. 아버지 말을 그대로 믿고 정과 쇠망치로 바위를 깨뜨린 건 민땡이었는데, 그가 없었더라면 우리 집 숙원사업이었던 우물은 완성될 수 없었을 것이다. 한밤중이었다. "물이 나온다!"라고 외치는 소리가 안방에서 자고 있던 내 귀에까지 들려왔다. 6, 7년 동안 물지게로 물을 길어먹어야 했던 우리 집의 힘겨운 역사가 막을 내리게 되었다는 것을 알리는 반가운 소리였다. 마당으로 나가 보니 기쁨에 겨워 덩실덩실 어깨춤을 추는 아버지와 민땡 곁에 엄마도 있었다. 엄마의 가슴을 짓누르고 있었던 두꺼운 암반도 함께 깨졌는지 엄마는 오랜만에 활짝 웃고 있었다.

학교 가는 길은 멀었다. 궁동에 있는 125번 버스 종점까지 가려면 고개를 하나 넘어야 했다. 노량진에 내려서 학교까지 가는 길도 짧은 거리는 아니었다. 담임선생님은 초등학교 3학년이 다니기에는 너무도 먼 거리라며 걱정스런 눈빛으로 나를 바라보셨지만 나는 힘들다는 생각을 한 번도 해본 적이 없었다. 전학 수속이 제때 이루어지지 않아서 한 학기를 버스를 타고 다녔다. 여름방학이 끝난 뒤에는 학교 배정이 안 된 상태라서 학교를 가지 않았다. 동네친구들이 책가방을 메고 학교에 가는 시간에 나는 형과 함께 마을 앞 논두렁 밭두렁을 헤집고 다녔다. 마을 뒷산에도 자주 올라가 시간을 보냈다. 우연히 찾아온 긴 휴가를 우리는 마음껏 즐겼다. 휴가가 언제 끝날지 알지 못했지만 언제 끝나도 아쉬울 게 없었다. 우리 둘에게만 주어진 행복한 휴가였다.

댓골에 온 뒤로 엄마가 달라졌다. 엄마는 이사 오고 나서 처음 맞는 가을에 콩을 삶아서 메주를 만들어 띄웠고 이듬해 봄에 된장을 담갔다. 텃밭에서 따온 호박과 풋고추를 썰어넣고 직접 담근 된장을 풀어넣은 된장찌개를 매일 먹을 수 있었다. 찌개의 맛을 높이는 데는 아버지가 기여한 바가 있다. 아버지는 우리 집 우물물이 우리 동네에서 제일 맛있다고 자랑하곤 했다. 이웃 집 물맛보다 더 맛있었을 것 같지는 않지만 다른 동네 물맛보다 훨씬 나았던 것은 사실이었다.

댓골에 사는 동안 우리는 솔잎 효소를 매일 마셨다. 엄마는 뒷산에서 솔잎을 따서 커다란 항아리에 솔잎 효소를 담갔다. 솔잎 효소를 마시면 가볍게 취기가 돌아서 우리는 그것을 솔잎주라고 불렀다. 효소가 몸에 좋다는 것을 엄마가 어떻게 알았을까? 요즘 들어 효소 바람이 부는 것을 보며 엄마의 혜안에 감탄하곤 한다.

학교를 마치고 집에 오면 바깥에는 놀거리가 가득했다. 마을에는 공터가 많아서 동네친구들과 축구를 하거나 고무공으로 야구를 했다. 혼자서 노는 날도 많았다. 개구리나 메뚜기, 미꾸라지를 잡다 보면 하루가 훌쩍 지나갔다. 잡아온 것은 집에서 키우던 닭에게 모이로 줬다. 닭들은 저녁마다 별식을 먹었고 우리는 한 달에 한두 번 엄마가 해주는 닭볶음을 별식으로 먹었다. 흑염소 불고기를 먹은 적도 있다. 학교에 갔다 와보니 우리 염소 한 마리가 고랑에 처박혀 죽어 있었다. 깜짝 놀라서 엄마한테 알렸다. 그날 저녁 메뉴는 흑염소 불고기였는데 쫄깃하고 고소한 맛이 일품이었다. 그 일이 있은 뒤로는 염소를 데리러갈 때마다 나도 모르게 혹시나 하는 기대를 하게 되었다.

동네 친구들은 마을 어귀에 낯선 사람이 보이면 "산림계다!"라고 소리치며 자기 집으로 뛰어갔다. 아이들의 표정과 행동을 보고 심상치 않은 일이라는 것을 느꼈다. 산에서 나무를 하다가 산림계에게 들키면 콩밥을 먹게 된다는 말을 나중에 들었다. 소나무 아래 떨어진 마른 솔잎을 갈퀴라고 했는데 집집마다 부엌 아궁이에 갈퀴를 때곤 했다. 갈퀴를 해놓은 것을 들켜도 감옥행이라며 산림계가 마을 어귀에 나타나면 숨기느라 경황이 없었다. 산림계는 노란 모자를 쓰고 초록색 완장을 차고 있다고 했다(초록색 모자에 노란 완장이었을 수도 있다). 내 친구들 중에 산림계를 직접 본 친구는 없었다. 그런데도 마을 어귀에 낯선 사람만 나타나면 마을 사람 모두가 감시자가 되어서 "산림계다!"를 외치곤 했다.

아궁이에 불을 때지 않았을 때는 친구들이 그러는 게 남 일처럼 보였지만 형과 내가 자는 방에 불을 때기 시작한 뒤로는 나도 달라졌다. 산에서 주워온 마른 나뭇가지나 갈퀴를 숨겨본 적은 없지만 산림계가 온다는 말을 들으면 가슴이 철렁 내려앉았다. 낯선 사람이 마을로 들어오는 것 같으면 불안한 마음으로 유심히 살펴보게 되었다.

엄마가 라디오 방송국에 글을 써서 보낸 적이 있다. 엄마는 우리에게 글을 보여주지 않았지만 공들여서 쓰는 것은 우리도 알고 있었다. 가을을 주제로 산문을 썼다는 말을 큰누나한테서 들었다. 엄마는 당신이 투고한 글이 뽑힐 거라 믿고 매일 저녁 라디오에 귀를 기울였다. 엄마가 글을 쓰는 게 우리에게는 낯선 일이었지만 엄마는 믿는 구석이 있었던 것 같다. 중·고등학교 다닐 때 글쓰기 대회에 나가면 1등상은 항상 엄마 차지였고 경북 지역의 여학생들이 엄마가 쓴 소설을 모방해서 글을 쓰는 게 유행할 정도였다. 엄마는 생활에 치어서 잠시 미뤄두었던 오래된 꿈을 이루려 했던 것 같다.

엄마의 꿈은 하나 더 있었다. 그건 바로 이 마을을 벗어나는 것이었다. 그 당시 아버지는 직장에서 인사담당이어서 부수입이 생기곤 했다. 엄마는 아버지가 가져다주는 월급과 부수입을 차곡차곡 모아 양옥집을 살 계획이었다. 엄마는 우리에게 첫 번째 꿈을 내색하지 않았듯이 두 번째 꿈 또한 우리 모르게 준비해 나갔다.

댓골에 온 지 두 해만에 형의 소원이 이루어졌다. 어느 날 아버지가 퇴근을 하면서 자전거를 끌고 왔다. 아버지 표현에 따르면 '누군가 살짝 쓰던 신사용 자전거'였다. 자전거는 태어날 때 지니고 나온 윤기는 사라진 지 오래고 군데군데 녹도 슬어 있었다. 그래도 페달을 밟으면 앞으로 나갔고 브레이크를 밟으면 그 자리에서 멈추어주었다. 안장 뒤에는 책가방만 한 짐받이가 있었다. 형이 기분이 좋을 때면 그곳은 내 자리였다. 물론, 형이 집에 없을 때는 자전거는 내 차지였다. 안장이 높아서 까치발을 해야 간신히 페달을 굴릴 수 있었다. 자전거를 타고 나갔다가 밭둑에서 굴러떨어진 것이 몇 번인지 모른다. 그런데도 자전거 안장에만 오르면 행복했다.

반전이 있는 사건

스콧 피츠제럴드의 ≪위대한 개츠비≫를 읽고,
반전이 있는 사건을 산문으로 쓰세요.

위대한 개츠비 ─────────────────────────────

개츠비가 허세를 부렸다는 것이 밝혀지고 난 뒤에 사람들은 모두 등을 돌립니다. 이때에도 등을 돌리지 않은 사람이 개츠비를 진정으로 이해하는 사람입니다. 이해할 수 없는 일이 벌어져도 속을 들여다보면 나름의 사정이 있습니다.

개츠비를 한 마디로 정리하면 이렇습니다. '훌륭한 사람인 줄 알았는데 사실은 보잘것없는 사람이었다.' 반전은 있지만 감동적인 소설이 되지 못한 이유가 여기에 있습니다.

시간이 가도 오지 않는 것들 4

우리 방에 책상이 있으면 좋았겠지만 말을 꺼낸 적도 없고, 그런 희망을 가져본 적도 없다. 아버지가 민땡과 함께 건넌방을 수리한 뒤에 "자, 이제부터 이 방이 너희 방이다."라고 했을 때 나는 얼마나 기뻤는지 모른다. 책상이 있었다 해도 쓸모가 없었을 것 같다. 학교에 갔다 와서는 친구들과 노느라 바빴고 어두워지면 촛불 아래서 할 수 있는 일이 별로 없었다. 겨울철에는 낮에도 바깥에 나가지 않을 때가 많았다. 그래도 책상에 앉을 일은 없었을 것이다. 아랫목에 앉아 어깨까지 이불을 뒤집어쓰지 않으면 추위를 견딜 수 없었다. 중간에 구멍이 세 개 뚫려 있는 커다란 시멘트 벽돌을 우리는 보로꾸라고 불렀다. 보로꾸는 담장을 쌓을 때 쓰던 벽돌이다. 보로꾸를 홑겹으로 쌓아 만든 방이 우리 방이다. 다른 계절은 그래도 지낼 만했지만 겨울이 문제였다. 새벽녘이 되면 얼굴이 시려서 이불 밖으로 얼굴을 내밀 수 없을 정도였다. 물그릇으로 썼던 밥그릇을 아침에 일어나 들여다보면 수정 같은 얼음이 담겨 있곤 했다.

아궁이가 있었다. 맨 처음 불을 지피던 날을 기억한다. 불은 잘 들었다. 형과 나는 번갈아 불을 때며 구들장이 따뜻해졌는지 확인하러 방에 들락거렸다. 한 시간이 지났는데도 냉기가 그대로였다. 두 시간 넘게 불을 땐 뒤에야 아랫목에서 열기가 느껴졌다. 방바닥이 뜨끈뜨끈할 때까지 불을 땠다. 시간이 갈수록 아랫목은 더 뜨거워졌다. 비밀장판이 눈는 냄새가 났다. 요를 두 채나 겹쳐서 깔았지만 바닥이 뜨거워서 잠을 잘 수 없었다. 새벽녘에 간신히 잠이 들었는데 한 시간도 안 되어 싸늘하게 식어버렸다. 불지옥을 벗어나서 좋아할 새도 없이 곧바로 얼음지옥으로 떨어진 셈이다.

잘 만든 구들은 불을 때자마자 방 한복판이 따뜻해진다. 어른 팔뚝만한 장작 서너 개만 때도 다음 날 아침까지 방구들이 식지 않는다. 장작을 많이 넣어도 방바닥이 타는 일이 없다. 아랫목은 뜨끈뜨끈하고 윗목은 미지근하다. 날이 궂어도 아궁이 밖으로 불이 내는 일이 없다. 활활 타오르는 불길이 바람 소리를 내면서 고래로 들어간다. 굴뚝이 불길을 빨아들인다.

아궁이 바닥과 구들장 사이가 멀면 안 된다는 것과, 아랫목은 두꺼운 구들장을 깔아야 한다는 게 구들을 놓는 사람들이 지닌 상식이다. 구들을 잘 놓으려면 상식을 넘어서야 한다. 우리 방 구들은 나쁜 구들은 아니었다. 지극히 상식적인 구들이었다.

구들을 원망하지 않았다. 구들은 원래 그런 줄 알았기도 했고, 몇 시간이라도 따뜻한 아랫목에서 잘 수 있는 것에 감사했다. 아궁이에 불을 지피는 것도 행복했다. 아궁이에서 이글이글 타오르는 불길만큼 아름다운 것이 또 있을까? 장작불은 자기에게서 나오는 빛으로 자기를 빛나게 한다. 시커먼 나무토막이 어떻게 그토록 찬란한 빛으로 변할 수 있는 것인지. 게다가 그 빛은 오래가지 못해서 더 아름답다.

아궁이에 불을 지피고 있으면 마음이 편안해졌다. 마음 한구석에 자리 잡은 불안마저 불길에 태워버릴 수 있었으면 더 행복했을 것이다. 산림계가 들이닥쳐서 우리 방 부엌문을 열면 며칠을 때고도 남을 갈퀴와 삭정이가 쌓여 있는 것을 보게 될 것이다. 우리 아버지나 어머니에게는 우리 형제가 부지런하다는 증거지만 산림계에게는 중대한 범죄의 결정적인 증거일 것이다. 아궁이에 남은 재가 증거물이 될지도 모른다. 내가 누리던 행복이 한순간에 사라질 수 있다는 것을 나는 알고 있었다. 그래서 불길을 바라보는 시간과 지극히 상식적으로 만들어진 우리 방 구들마저도 더 소중하게 느껴졌는지 모른다.

할머니가 있었다. 할머니는 큰고모네 집에서 살고 싶어 했다. 사위 눈치도 보이고 큰고모 성격이 보통이 아니어서 가끔 가는 것으로 만족해야 했다. 작은고모네 집에 머물기도 했다. 작은고모는 얼굴만큼이나 심성도 고왔다. 그렇지만 할머니는 마음을 써주는 것보다는 물질적으로 여유 있게 사는 것을 더 좋아했다. 우리가 된장찌개에 들어 있는 멸치를 서로 먹으려고 다툴 때마다 할머니는 한심하다는 듯이 우리를 쳐다보면서 이렇게 말했다. "현욱이네 집에서는 국물을 낸 멸치는 건져서 내버린다." 할머니가 경멸하듯이 우리를 바라보는 것에 신경 쓰는 사람은 아무도 없었다. 할머니가 하는 말을 귀담아듣는 사람도 없었다. 우리는 할머니가 그럴수록 더 치열하게 멸치 쟁탈전을 벌였다. 할머니를 약 올리려는 의도도 있었다. 할머니 마음은 항상 큰고모네 집에서 살았지만 할머니 몸은 주로 우리 집에서 살았다.

우리 방이 생긴 뒤로 할머니는 우리와 방을 함께 썼다. 겨울이 되면 할머니는 "나는 따순 방이 정이 들어." 하며 아랫목을 차지했다. 할머니의 아랫목 사랑이 지나쳐서 가끔 문제를 일으켰다. 바깥에 나갔다 들어왔는데 아랫목에 다른 사람이 있으면 비집고 들어와 앉아 벽에 등을 대고는 다리를 뻗어서 원래 있던 사람을 조용히 밀쳐냈다. 자리 좀 내달라고 요구했으면 누구라도 군소리 없이 비켜드렸을 것이다. 이런 일을 몇 번 당하고 나자 슬슬 약이 올랐다. 형이나 누나들도 할머니가 이렇게 미운 짓을 할 때마다 질색을 했다.

그날 사건의 주인공은 나였다. 우리 네 남매 중에 할머니의 사랑을 독차지하던 내가 악역을 도맡은 것이 할머니로서는 더 괘씸했을 것이다. 방에 들어와 보니 할머니가 아랫목을 차지하고 있고 형과 누나들은 방 가운데 앉아서 얘기를 나누고 있었다. 나는 할머니가 평소에 하던 대로 아랫목으로 비집고 들어가서 발을 뻗어서 조용히 할머니를 밀어냈다. 내 발에 할머니가 밀려나던 느낌이 지금도 생생하다. 밀리지 않을지도 모른다고 생각했는데 할머니는 맥없이 밀려버렸다. 헝겊으로 만든 곰 인형이 할머니 자리를 차지하고 있었던 것 같았다. 할머니는 눈이 동그래지더니 화가 나서 귀밑까지 달아올라서는 아무 말도 않고 나를 노려봤다. 나는 계산을 벌써 끝냈다.

  1. 할머니가 야단칠 게 뻔하다. 귀를 닫고 있으면 된다.
  2. 할머니가 매를 들 수도 있다. 도망가면 된다.
  3. 서러워서 할머니가 울 수도 있다. 마음이 약해질 테지만 이런 일은

절대로 일어나지 않는다.

그리고 그동안 할머니가 우리한테 얼마나 어른답지 못한 행동을 했는지를 알려주기 위해서 준비한 대사를 읊었다. "나는 따순 방이 정이들어." 할머니는 분에 못 이겨서 '애들이 어른을 공경해야지 어떻게 이렇게 버르장머리 없는 짓을 할 수 있느냐'고 했다. 야단이라면 야단이고, 하소연이라면 하소연이었다. 할머니는 길게 말했지만 나는 자세한 내용이 기억나지 않는다. 계산한 대로 귀를 닫아버렸기 때문이다.

나는 귀를 닫고 있고 형과 누나들은 쌤통이라는 표정으로 할머니를 바라봤다. 이 방에는 아군이 한 명도 없다는 것을 깨닫고 할머니는 씩씩거리면서 안방으로 건너갔다. 그 순간 나는 생각이 짧았던 것을 후회했다. 경우의 수가 하나 더 있었다.

4. 우리 아버지한테 이른다. 나는 이제 죽었다!

'내 머리만 믿고서 까불다가 경을 치게 됐구나' 하는 생각이 들면서 정말로 하늘이 노래졌다. 하늘만 노란 게 아니라 세상이 다 노랬다. 나는 어정쩡하게 일어나서 창호지가 발라져 있는 우리 방 미닫이문을 열고 안방에서 나는 소리에 귀를 기울였다. 세상에 하나밖에 없어서 아쉽기 짝이 없는 누군가의 아들인 동시에 세상에 하나밖에 없어서 정말로 다행인 누군가의 아버지가 거기 있었다는 것을 내가 왜 깜박했을까! 할머니는 분기탱천한 채로 당신이 사랑해마지 않는 손주가 어떤 만행을 저질렀는지를 당신의 소중한 아들에게 소상히 일러바쳤다. 다음 순서가 무엇인지 내가 어찌 모르겠는가? 별것 아닌 일에도 성질을 버럭 내는 것이 우리 아버지의 특기가 아닌가. 아버지는 나를 심하게 편애해서 나는 아버지한테 매를 맞은 적이 없었고 꾸지람도 한번 듣지 않았다. 그렇지만 오늘 내가 저지른 일은 아버지한테 손찌검을 당해도 쌀 만큼 변명의 여지가 없는 일이었다.

할머니가 하는 말을 자른 것은 엄마였다. 엄마는 당신의 시어머니 되는 양반이 그동안 저질러온 셀 수 없을 정도로 많은 악행을 낱낱이 끄집어냈다. 엄마는 젊었을 때부터 할머니로부터 수없이 괴롭힘을 당했지만 묵묵히 참고 살아왔다. 오늘 같은 날을 위해서 아껴둔 것이었을까? 엄마는 평소에 입이 무겁지만 한번 입을 열면 좌중을 휘어잡았다. 아버지가 우리 외가에 처음 인사를 왔을 때 그 넓은 마당에 사람이 꽉 찼다고 한다. 엄마가 전라도 사람에게 시집가는 것이 경상도 사람들이 보기에는 영 마땅치 않았을 것이다. 여기저기서 불만이 터져나오자 아버지는 기가 죽어서 눈치만 보고 있었는데 엄마가 나서서 사람이 중요하지 출신이 뭐가 중요하냐고 일장연설을 했다. 누구 하나 이의를 제기하지 못했다고 한다. 엄마가 예전에 있었던 일부터 조목조목 따지고 들자 할머니는 기억이 없다면서 꼬리를 내렸다. 그러면서 내가 할머니에게 버릇없이 굴었던 사건도 조용히 묻혀버렸다. 그 뒤로 나는 예전에 했던 것보다 훨씬 더 예의 바르게 할머니를 대하게 되었다. 내가 경솔하게 행동하면 나를 아끼는 사람이 곤란한 일을 겪을 수 있다는 것을 알게 되었기 때문이다.

산림계는 죽음과 비슷했다. 시간이 흐를수록 만날 확률이 높아지니 불안감은 점점 커져만 간다. 산림계는 오지 않아도 두려운 존재, 오지 않을수록 더 두려워지는 그런 존재였다. 산불이 난 날을 기억한다. 산불은 앞산에 났다. 학교에 갔다 와서 집에서 놀고 있는데 길 옆 산비탈에서 연기가 피어올랐다. 불이 났다는 소문은 불길보다도 더 빠르게 동네에 퍼졌다. 나는 동네 친구들과 함께 불을 끄러갔다. 마른 풀이 불쏘시개 역할을 해서 키가 큰 소나무도 밑둥이 타고 있었다. 아궁이에서 보던 불과 달랐다. 바람이 불 때마다 불길이 어린아이 키보다 높이 솟아올랐다. 그래도 나는 불이 무섭지 않았다. 산으로 기어오르는 불길을 잡아야 했다.

소나무 가지를 꺾어서 불을 꺼나갔다. 불은 거대한 뱀 같았다. 검게 타버린 풀숲과 불이 붙기 직전의 풀숲 사이로 난 길을 천천히 기어갔다. 앞산 건너편에 있는 철거민촌에서도 사람들이 몰려왔다. 양동이로 물을 나르는 사람도 있었고 나처럼 솔가지로 불을 끄는 사람도 있었다. 우리 동네에 그렇게 많은 사람들이 모인 것은 처음 봤다. 그런데도 불길은 잡히지 않았다. 날이 저무는 것을 신호로 사람들이 하나 둘 집으로 돌아갔다. 집에 와서도 나는 산불에서 눈을 뗄 수가 없었다. 산불이 앞산의 팔부 능선에 걸쳐 있는 것을 우리 마당에서 지켜봤다. 자리에 누워서도 산불 생각뿐이었다. '불길이 산을 넘어서 어디까지 갈까? 산을 두 개 넘으면 오류동이고, 그 동네에는 사람이 많이 사는데.'

다음 날 새벽같이 일어나 보니 연기가 보이지 않았다. 밤사이에 불이 꺼진 것 같았다. 학교에 갔다 와서도 아무 일이 없었다. 친구들은 가끔 산불이 났을 때 얘기를 하곤 했지만 시간이 지나면서 차츰 잊혀졌다. 나는 산불이 난 날 산림계를 보게 될 거라고 걱정했다. 내가 그토록 열심히 불을 끈 데에는 산림계가 두려웠던 것도 한몫했다. 나는 불을 끄면서도 산림계가 나에게 불이 난 이유를 물어보면 어떻게 대답해야 할지를 생각하고 있었다. '내 알리바이를 믿어주지 않으면 어떻게 하나, 우리 방 부엌문을 열어보면 안 되는데' 하는 걱정이 떠나지 않았다. 그런데 이상했다. 그날도, 다음날도, 그 뒤로도 산림계는 나타나지 않았다. '아궁이에 불을 때려고 갈퀴만 긁어도 감옥에 간다는데 어떻게 산불이 났는데도 아무 일도 없는 거지?' 그때 나는 알았다. 산림계도 시간이 가도 오지 않는다는 것을, 산림계가 오지 않은 것은 지금까지 시간이 가도 오지 않았던 것들에 대한 보상일지도 모른다는 것을.

66

장작불은 자기에게서 나오는 빛으로 자기를 빛나게 한다.
시커먼 나무토막이 어떻게 그토록 찬란한 빛으로 변할 수
있는 것인지. 게다가 그 빛은 오래가지 못해서 더 아름답다.

99

내가 알지 못했던 나

소포클레스의 희곡 ≪오이디푸스왕≫을 읽고,
내가 알지 못했던 나를 알게 된 경험을 산문으로 쓰세요.

오이디푸스왕 ─────────────────────────

오이디푸스는 아버지를 죽이고 어머니를 아내로 맞이할 운명을 지닌 채 태어
났습니다. 운명대로 되지 않게 하려는 인간의 노력이 오히려 운명을 실현시
키게 되는 역설이 오이디푸스 설화의 핵심입니다. 오이디푸스 설화는 소포클
레스에 의해서 다시 해석됩니다. 소포클레스가 중요하게 여긴 것은 이것입니
다. '오이디푸스는 왜 이런 벌을 받아야 하는가?' 프로이트는 아버지를 죽이고
어머니를 차지하고 싶어하는 것이 남자 아이들의 본성이라고 설명했지만 소
포클레스의 생각은 다릅니다. 이것은 인간의 본성이 아니라 지도자의 욕망입
니다. 지도자는 백성들을 위해서 희생하고 봉사한다고 여기지만 백성들이 볼
때는 자기 욕망을 실현하기 위해서 권력을 휘두르는 인간일 뿐입니다. 자기
도 모르는 사이에 아버지를 죽이고 어머니를 차지한 셈이지요. ≪오이디푸스
왕≫만큼 권력의 참모습을 제대로 보여준 작품이 또 있을까요? 오이디푸스
는 정직한 사람이라서 자기가 어떤 짓을 했는지를 알게 되자 자기에게 벌을
내립니다.

138

흑백 텔레비전의 시대

무하마드 알리와 안토니오 이노끼가 이종 격투기 시합을 벌인다는 소문이 반 아이들 사이에 쫙 퍼졌다. 소문의 진원지는 텔레비전이다. 6월 26일 두 시에 세기의 대결이 펼쳐진다는 광고가 한 달 전부터 시도 때도 없이 방송되었을 것이다. 나는 한 번도 본 적이 없다.

우리 집에는 텔레비전이 있다. 몇 해 전에 이모네가 새 텔레비전을 장만하면서 구석에 처박아두었던 것이 우리 차지가 됐다. 텔레비전을 가져올 무렵만 해도 우리 동네에는 전기가 들어왔다. 안방에서 텔레비전을 보다가 그 자리에서 그대로 잠이 들어도 되는 그때는 얼마나 행복했던가. 네 남매가 채널다툼을 하다가 로터리식 채널을 빼내서 줄행랑을 치던 것도 지금 와서 생각해보면 즐거운 추억이다.

아버지가 주도해서 대골 마을 발전위원회를 만든 뒤에 가장 먼저 한 일이 마을에 전기를 끌어오는 일이었다. 마을 숙원 사업이었던 만큼 일이 쉽지는 않았다. 형편이 안 되는 집도 있고 식구가 없는 집도 있고,

스무 가구 남짓한 작은 규모인데도 뭣 좀 바꿔보려고 하니 걸리는 게 많았다. 그래도 마을에 전기를 끌어올 수 있었던 것은 전깃불에 대한 마을 사람들의 열망이 강했기 때문이었을 것이다. 나를 포함해서 우리 동네 아이들은 텔레비전에 굶주려 있었다. 토요일이나 일요일 같은 날 프로레슬링 시합을 중계할 때면 텔레비전을 보러 철거민촌에 있는 텔레비전 가게를 찾아가야 했다.

프로레슬링 시합은 두 명이 한 팀이 되어 경기를 치른다. 상대 선수의 등을 링 바닥에서 떼지 못하게 만들어 심판이 셋을 셀 때까지 버티는 쪽이 이긴다. 게임의 규칙은 간단하지만 게임 내용은 간단하지 않다. 로프에 던져서 반동으로 튀어나오는 상대를 당수로 가격하는 기술이나 어깨에 올라타서 허벅지로 목을 조른 뒤에 상체부터 링 바닥으로 떨어지면서 상대를 바닥에 패대기치는 기술만으로도 레슬링은 우리를 열광시키기에 충분했다.

프로레슬링의 하이라이트는 김일이 나오는 경기다. 김일은 박치기만 잘하는 게 아니어서 처음부터 박치기 기술을 쓸 필요가 없다. 정정당당하게 시합해서는 김일 팀을 이길 수 없다는 걸 알기에 상대팀은 반칙을 한다. 팬티에 쇠붙이 같은 걸 숨기고 있다가 시합에 질 것 같으면 심판 모르게 꺼내들고는 김일의 이마를 찍어서 유혈이 낭자해진 적도 있다. 김일은 상대가 어떤 반칙을 쓰더라도 마지막에 박치기 기술로 쓰러뜨린다. 텔레비전 앞에서 숨을 죽이고 있던 우리는 환호성을 지른다. 김일이 일본인 레슬러를 때려눕힐 때는 더 열광한다.

마을 발전위원회가 결성된 지 얼마 안 됐을 때다. 아버지가 회의에 갔다 와서는 '권선생님 같은 분이 한 분만 더 있었어도 진작 전기가 들어왔을 거'라고 사람들이 입을 모았다며 자랑하셨다. 아버지는 남들한테 칭찬을 들으면 물불을 안 가리는 성격이다. 그 뒤로 눈에 띄게 마을 일에 열성을 보였다. 집집마다 전기 배선을 할 때만 해도 정말 전기가 들어올 것이라고 확신하는 사람은 없었다. 이웃 마을까지 와 있는 전봇대에서 전기를 끌어오는 게 쉽지 않다는 것을 알고 있기 때문이다.

동사무소와 구청에 찾아가서 민원을 제기했다. 개발제한구역에는 전기 공급을 할 수 없다는 대답을 들었다. 다른 동네는 도시 새마을 운동의 일환으로 나라에서 돈을 대가며 마을에 전기시설을 해준 것이 벌써 몇 해 전이다. 마을 주민들이 자비로 전기시설을 해서 전기를 쓰겠다는데 개발제한구역이라는 이유를 대며 전기를 주지 않았다.

납득할 수 없었다. 포기할 수도 없었다. 마을 발전위원회가 벌인 첫 사업이라서 더 그랬다. 지역 국회의원을 만나서 도움을 받자는 의견이 나왔다. 국회의원 사무실에 가도 의원을 만날 수 없었다. 국회의원 선거에서 낙선한 사람을 만날 수 있었다. 책임 있는 답변은 아니었지만 마을에서 가장 가까운 전신주에서 전기를 따서 쓰면 되지 않겠느냐는 말을 들었다. 그 말에 힘을 얻어서 마을 발전위원회 주도로 허가 없이 전기를 끌어다 쓰게 되었다.

우리 동네에는 동네 뒷산에서 베어온 소나무와 개박달나무 같은 생나무 전봇대가 서 있다. 마을 사람들이 구덩이를 파고 세운 전봇대는 콘크리트 전봇대와 비교할 때 초라하고 빈약해 보였다. 그렇지만 우리가 할 수 있는 최선이었다. 친하지 않은 사람들처럼 거리를 두고 서 있는 전봇대는 빨간색 파란색의 두 가닥 전깃줄로 이어져 있었다. 키 작은 전봇대에 잠자리채를 뻗으면 닿을 정도로 낮게 전깃줄이 드리워져 있었지만 전깃줄을 볼 때마다 내 몸이 발전기라도 되는 것처럼 심장이 뛰었다.

마을에 전기가 처음 들어오던 날을 기억한다. 천장에서 내려온 한 가닥 전깃줄에 검은 플라스틱으로 된 소켓이 달려 있다. 여기다가 삼십 촉짜리 백열전구를 돌려서 끼운 뒤에 소켓 중간에 튀어나온 네모난 귀를 돌린다. 전구가 빛을 낸다. 눈부시게 환한 빛이다. 방안 구석구석 까지 환하다. 그을음도 나지 않고 심지를 갈아끼울 필요도 없다. 석유를 부어주지 않아도 됐으며 호야를 닦을 필요도 없다. 아버지가 나서서 이룬 것이고 마을 사람들이 합심해서 얻어낸 것이어서 기쁨은 더욱 컸다. 내가 기억하기로는 아버지가 한 일 가운데 처음으로 보람 있는 일이었던 것 같다.

전기가 들어와도 쓸 일이 없다며 볼멘소리를 하던 사람들도 가전제품을 들여놓기 시작했다. 대단한 가전제품은 아니고 텔레비전 정도다. 마을로 들어오는 전력은 그대로인데 수요가 늘자 전압이 떨어졌다. 전기를 많이 쓰는 저녁시간이 되면 사정이 더 안 좋아졌다. 텔레비전 화면에 가로줄이 가고 화면이 일그러지면서 쉴 새 없이 위로 넘어가는 일이 잦았다. 백열전구 불빛도 약해졌다. 필라멘트가 붉어지고 마는 것을 맨눈으로 볼 수 있었다.

"우리도 도란스 하나 장만해야겠다." 아버지가 옆집에 놀러갔다가 그 집 텔레비전은 잘 나오는 걸 보고 와서 한 말이다. 가정용 승압기를 들여놓고 텔레비전을 볼 때 사용하는 사람들이 몇 명 있었다. 아버지가 도란스를 구해왔지만 효과는 얼마 가지 않았다. 집집마다 도란스를 쓰게 되어 저녁시간에는 어느 집 텔레비전도 정상이 아니었다.

마을 사람들은 발전위원회에 따지고 들었다. '텔레비전도 제대로 못 보지 않느냐. 이러려고 고생하고 돈 들여가면서 전기를 끌어온 거냐. 일을 하려면 제대로 해라.' 비난은 아버지에게로 쏟아졌다. 남들이 하는 칭찬에 우쭐해서 일을 벌였던 것을 후회하며 '이 마을 것들은 하나같이 저질이다, 발전위원회고 뭐고 수준이 안 맞아서 못 하겠다'며 손을 떼버렸다.

해가 바뀌면서 마을에 들어오던 알량한 전기마저 끊겨버렸다. 작은누나가 어디서 듣고 와서는 올해가 '도전일소(盜電一掃)의 해'로 지정되었다고 했다. "아버지가 하는 일이 다 그렇지 뭐." 아버지가 나서서 전기를 도둑질한 것을 문제 삼은 것이 아니다. 도둑질하다가 재수 없게 걸린 것이 억울했다. 입 밖에 내지는 않았지만 아버지가 우리 아버지인 것도 억울했다.

전기가 끊기자 마을 사람들은 다시 아버지를 찾아왔다. '이 마을에 권 선생님만 한 분이 어디 있느냐. 마을 사람들을 설득해서 전기를 끌어온 것은 아무나 할 수 있는 일이 아니었다. 사람들이 전부 권 선생님만 바라보고 있으니 마을 발전을 위해서 한번만 더 나서 달라.' 아버지는 꽁하고 있던 마음이 봄 햇살에 얼음 녹듯이 풀려서 '여러분이 나를 다시 찾아올 줄 알았다, 내가 아니면 누가 이런 어려운 문제를 풀 수 있겠느냐'며 해결책을 제시했다.

"한전 직원이 철거해버린 20여 미터 되는 구간을 밤에만 몰래 이어서 쓰는 거다. 어두워질 무렵에 전선을 잇고 날이 밝기 전에 회수하면 된다." "그 일을 누가 하느냐?" "우리 아들이 중학교 1학년이니 그 정도 일은 할 수 있다. 친구를 한 명 붙여서 둘이서 하면 될 거다."

형과 형 친구 물렁이는 매일 마을에 전기를 끌어오는 중책을 맡게 되었다. 그 일을 해본 사람이 아무도 없어서 얼마나 힘든 일인지 알지 못했다. 한두 번 해보더니 물렁이가 나자빠져서 그 일은 온전히 형의 몫이 되었다.

형을 따라가서 몇 번 구경한 적이 있다. 20여 미터 되는 전선을 어깨에 짊어지고 마을 어귀까지 가는 것은 그리 어려운 일은 아니었다. 그렇지만 그 일을 매일 아침, 저녁으로 하는 것은 성실한 어른이라도 하기 힘든 일이었다. 전봇대에 기어올라 전선을 연결하는 것은 위험해보였다. 전선 끝에 달린 집게로 피복을 벗겨놓은 전깃줄을 집으려 하면 불꽃이 튀었다. 비가 오는 날 전봇대에 올라가다가 미끄러져서 바닥으로 떨어진 적도 있다. 아버지는 매달 월급을 주마고 약속했다. 큰돈은 아니고 중학생 두세 달 용돈 정도 되는 금액이었던 것 같다. 형은 돈을 바라고 일을 한 게 아니었다. 저녁이 되면 동네 사람들이 전선을 연결해주기를 기다린다는 것을 알고 있었으니 형의 어깨는 무거웠다. 아침 일찍 전선을 걷어오는 일도 소홀히 할 수 없었다. 아무도 말하지 않았지만 자기가 전기 도둑이라는 것을 잘 알고 있었다. 전선을 연결하고 오면서 보면 집집마다 전깃불이 새어나오는 게 보였다. 키 작고 엉성한 전봇대가 다른 동네에 있는 콘크리트 전봇대보다도 더 믿음직스러웠다.

마을에 전기가 다시 들어오자 사람들은 소년 전기도둑에게 고마워했다. 그렇지만 고마움은 오래 지속되기 어려운 감정이라서 시간이 지나자 전기가 들어오는 걸 당연하게 여겼고, 나부터도 형이 얼마나 힘겹게 그 일을 하고 있는지 생각하지 않게 되었다. 형은 첫 월급은 물론이고 두 번째, 세 번째, 네 번째, 다섯 번째 월급 중 어느 것도 받지 못했다. 전기 도둑 일을 시작한 지 여섯 달을 채워갈 무렵 신고가 들어갔고 마을에 전기가 또 끊겨버렸다. 누가 신고했는지는 알 수도 없고 중요하지도 않았다. 도둑 전기를 계속 쓸 수 있을 거라고 생각했던 것이 순진한 생각이었다. 한 번 더 법을 어기면 벌금이 부과되고 누군가가 콩밥을 먹을 수도 있다는 말을 듣고 가장 움츠러든 사람은 마을에서 유일하게 번듯한 직장에 다니고 있었던 사람, 바로 우리 아버지였다. 아버지는 마을 발전위원회를 해체하면서 마을 일에서 완전히 손을 뗐다. 여섯 달이라는 짧지 않은 시간이 흘렀지만 형이 월급을 한 푼도 받지 못했다는 말을 하는 사람은 아무도 없었다.

전기가 끊긴 뒤에도 집안에 있는 전선과 전구는 물론 텔레비전도 그대로 두었다. 모르는 사람이 보면 전기가 안 들어오는 것을 알 수 없었다. 작은누나가 반 친구 두 명을 데려온 적이 있다. 누나가 데려온 것이 아니라 친구들이 따라온 거였다. 누나는 날이 어두워지기 전에 보내려고 애를 썼다. 가라고 하는데도 친구들은 가지를 않았고, 불을 켜자고 하는데도 누나는 조금 있다 켜자며 켜지 않았다. 깜깜해지기 전에 친구들을 보내고 누나는 안도의 한숨을 내쉬었다. 우리는 누나가 마지막 자존심을 지킨 것을 축하해주었다.

다음 날 학교에 갔더니 교실에 소문이 쫙 퍼졌더란다. 친구들이 우리 동네를 벗어나면서 동네 사람한테 물어서 사실을 확인했던 것이다. 누나를 괴롭히려고 소문을 퍼뜨린 게 아니었을 것이다. 아직도 전기가 안 들어오는 동네가 있다는 것이 믿기지 않았을 테고 친한 친구가 그런 마을에 살고 있다는 게 신기했을 것이다.

가정환경 조사서를 받아보면 텔레비전이 있냐고 묻는 항목이 있다. 나는 잠시 망설이다가 '있다'에 동그라미를 친다. 집에 전기가 들어오는지를 묻는 항목은 없다. 다행이다. 나는 가끔 텔레비전 코드를 콘센트에 꽂고 전원 스위치를 켜본다. 전기가 끊긴 것을 알지 못하는 사람처럼 자연스럽게 그런 동작을 해본다. 텔레비전은 켜지지 않는다. 코드를 뽑고 전원을 껐다가 다시 해본다. 이번에는 종교 의식을 거행하는 성직자처럼 경건한 마음으로 신중하고 조심스럽게 해본다. 이렇게 간절히 원하면 혹시라도 소원이 이루어지는 게 아닐까.

소원이 이루어졌다면 오늘 이노끼와 알리의 시합을 보러 이모네 집에 갈 필요도 없었을 것이다. 이모네 집은 양옥이다. 입식 부엌이 있고 수돗물도 나온다. 식모도 있다. 당연히 전기는 들어오고 텔레비전도 있다. 최신형 17인치 일제 텔레비전이다. 이모네 집은 도림동에 있다. 궁동 125번 버스 종점에서 버스를 타고 영등포 역 앞에서 내린 뒤에 30분쯤 걸어가면 된다. 골목을 몇 번 꺾어져야 하지만 엄마랑 두어 번 와봐서 찾을 수 있다. 혼자서 가는 것은 오늘이 처음이었지만 길을 찾지 못할 거란 생각은 하지 못했다. 맞는 것 같은데 가다보면 처음 보는 동네가 나왔다. 되돌아와서 다시 길을 찾아가 봤지만 번번이 엉뚱한 곳이 나왔다. 세기의 대결이 벌어지는 시간이어서 길에는 사람이 없었다. 서울에서 그 시간에 밖에 나와 있는 사람은 나 혼자였던 것 같다. 해는 중천에 떠서 날은 덥고 이모네 집은 찾을 수 없고 시간은 점점 흘러갔다. 시합을 중계하는 아나운서의 목소리가 골목까지 흘러나왔다. 시합이 끝나기 전에 이모네 집을 찾을 수 있을 거라는 희망을 버리고도 시간이 한참 지난 뒤에 이모네 집에 도착했다.

시합이 어땠는지 사촌형들에게서 들을 수 없었다. 형들은 오늘 그런 시합이 있었다는 것을 잊어버린 것 같았다. 나도 물어보지 않았다. 알리와 이노끼의 시합은 처음부터 없었던 것이 아닐까. 나는 그 이유를 안다. 이모네 집 안방에서 중계방송을 본 것은 아니지만 나도 경기 내용이 어땠는지 알고 있었다. 골목길을 헤매면서 내 귀는 중간중간 들려오는 아나운서의 목소리를 흘려듣지 않았고 내 눈은 담장 너머로 언뜻언뜻 보이는 텔레비전 화면의 경기 장면을 놓치지 않았다. 이노끼는 링 바닥을 한 손으로 짚고 발차기로 알리를 공격했다. 그런 소극적인 공격이 먹힐 리 없었다. 알리의 주먹이 아무리 강해도 바닥에서만 맴도는 이노끼에게는 한 방도 먹일 수 없었다.

텔레비전을 보고 저녁도 먹고 내일 가라며 사촌형들이 붙잡았지만 나는 아무 미련 없이 이모네 집을 나와서 전기가 안 들어오는 우리 동네로 돌아왔다. 텔레비전을 보고 싶은 생각이 없어졌고 동네에 전기가 들어오지 않는 것이 아쉽지도 부끄럽지도 않았다. 지금까지 내가 그렇게 열광했던 것이 모두 흑백 화면이었다는 것을 왜 이제껏 알지 못했을까. 나무 전신주가 가로수처럼 서 있었다. 형과 함께 전선을 잇고 돌아오면서 봤던 그 믿음직스러운 전봇대가 아닌 것 같았다. 바지랑대처럼 가늘고 약해 보였다. 자세히 보니 전봇대마다 몸통 여기저기에서 파랗게 나뭇잎이 자라고 있었다.

차별에 대한 기억

박민규의 장편소설 ≪죽은 왕녀를 위한 파반느≫를 읽고,
차별에 대한 기억을 산문으로 쓰세요.

죽은 왕녀를 위한 파반느

차별을 당하고 있지만 차별을 하는 사람도, 당하는 사람도 차별이라고 여기지 않는 것이 있습니다. 그 중 하나가 외모입니다. 외모는 타고나는 것인데, 아름답지 않게 타고난 사람은 엄청난 차별을 당하게 됩니다. 아름답지 않은 여주인공이 차별당하는 이야기가 ≪죽은 왕녀를 위한 파반느≫입니다.
차별을 당하면서도 차별인 줄도 몰랐던 것이 있나요? 그런데 왜 차별인 줄 몰랐던 것을 글로 써야 하냐고요? 그것이야말로 감춰진 진실이기 때문입니다. 모두가 차별이라고 여기는 것은 드러난 진실이고 이것의 다른 이름은 상식입니다. 상식적인 것을 쓰면 뻔한 글이 됩니다.

아빠가 너만 했을 때 1

　집에 친구를 데려온 적이 없었지. 왕따였냐구? 천만의 말씀! 공부도 잘하고 얼굴도 잘생기고 성격도 좋아서 반 애들이 모두 좋아했지. 그런 나한테 아킬레스건과 같은 게 있었는데 그건 바로 우리 집이 신정동에 있었다는 거지.

　아빠가 다니던 세곡초등학교에는 두 부류의 학생들이 있었단다. 먼저, 개봉동에 사는 애들. 개봉동은 신흥주택단지였어. 여기 사는 애들은 거의가 콘크리트나 붉은 벽돌로 지은 양옥집에 살았지. 집에 들어가 보지는 않았지만 텔레비전은 기본이고 냉장고와 전화기까지 다 있었을 거야. 과자나 빵 같은 것을 집안에 쌓아놓고 먹고 싶을 때면 언제든지 꺼내먹었을 거야.

　아빠는 신정동에 살았어. 개봉동 사는 친구들의 입에서 신정동이라는 말이 무심코 흘러나오기만 해도 어린 나는 주눅이 들었단다. 그때마다 나는 속으로 이렇게 주문을 외웠어. '나는 신정동에 살지 않는다. 개봉동에 사는 건 아니지만 어쨌든 신정동에는 살지 않는다.' 신정동이라는 말을 걸러주는 귀마개가 있었다면 잘 때도 벗지 않았을 거야.

신정동에는 동네가 네 개 있었지. 학교에서 오자면 제일 가까이 있는 동네가 하천부지야. 구정물이 흐르는 개울 옆으로 판잣집이 줄지어 서 있었지. 하천부지에서 올려다보면 야산 꼭대기까지 게딱지 같은 집들이 들어차 있었는데 이 동네가 철거민촌이야. 이 동네 사는 애들 아버지 직업은 노가다거나 무직, 그게 아니면 아버지 없음이었지. 노가다를 마치고 술에 잔뜩 취한 채 집에 들어와서는 애들이나 자기 여편네에게 손찌검을 해대는 사내들을 추려놓은 동네였어. 철거민촌에서 내려다보면 오른편으로는 양계촌이 있었고 왼편으로는 대골이 있었어. 양계촌은 닭이나 젖소를 기르는 집이 많았고. 양옥집은 아니었어도 넓은 터에 집을 짓고 젖소도 키우고 했으니 신정동에서는 제일 부자 동네였지. 신정동에 사는 애들의 자존심을 지켜줬다고나 할까? 신정동에도 밥술이나 먹고 사는 사람들이 있다 이거야!

아쉽게도 아빠가 살던 동네는 양계촌이 아니었어. 대골! 이름에서부터 촌티가 묻어나는 이 동네 이름이 개봉동 사는 애들의 귀에 들어가지 않기를, 이름이 들어가더라도 그 동네가 어떤지 알지 못하기를, 그 동네가 어떤지 알게 되더라도 내가 그 동네 산다는 것만은 알 수 없기를 얼마나 간절히 바랐던가.

한번은 나랑 친하게 지내던 친구가 누구한테 들었는지 "정우야, 너 정말 대골 살아?" 하고 물어보는 거야. '누가 그래?'라는 대답을 기다리는 표정이었지. '그래, 나 대골 산다. 어디에 사는 게 뭐가 중요해?' 이렇게 반응하자니 자격지심에서 그러는 거 같아 보일 것 같고, '응, 그런데 왜?' 하면서 대범한 척하기에는 실제로 대범하지가 않았으며, '너는 개봉동 산다믄서?' 하면서 농담으로 받아넘기기에는 경황이 너무 없었다. 얼굴이 빨개져 가지고 대답도 못 하는 것으로 대답을 하고 말았어.

대골을 한 마디로 정리하면 전기가 안 들어오는 동네였지. 우리 동네 초입에는 개발제한구역이라는 글자가 선명하게 적힌 콘크리트 말뚝이 박혀 있었어. 어린 나는 그 글자를 매일 읽으며 학교를 다녔지만 그게 무슨 뜻인지는 중학생이 되기 전에는 알지 못했지. 그린벨트로 지정이 됐으니 동네에 새 집이 들어서는 것은 당연히 안 되고, 양계촌은 물론이고 하천부지나 철거민촌까지도 전기가 들어왔지만 미안하게도 대골은 안 되고, 집이 좁아도 방을 새로 들일 수가 없었어. 왜? 대골이니까.

대골에 살아서 불행한 어린 시절을 보냈느냐면 그건 또 아니지. 집 뒤로는 산이 붙어 있었고, 텃밭이 있어서 채마밭도 일구고, 뒤꼍에 닭장이며 토끼장을 지어서 닭이랑 토끼도 키우고, 마당 한 귀퉁이에 우물을 파서 물도 길어먹고 했지. 염소를 키운 적도 있었단다. 염소가 새끼를 낳는 것도 봤지. 어미 뱃속에서 나온 아기 염소 두 마리가 몇 번을 주저앉았다가 벌떡 일어서서 걸어다니는데 얼마나 귀엽고 신기하던지. 남들이 보면 전기도 안 들어오는 무허가 보로꾸집이었지만 우리는 제대로 전원생활을 즐긴 셈이지.

여름방학이었을 거야. 마당에 돗자리를 깔아놓고 온 가족이 둘러앉아 저녁을 먹었지. 저녁 밥상의 주인공은 텃밭에서 따온 애호박이랑 풋고추를 썰어넣고 엄마가 담근 된장으로 끓인 된장찌개였어. 이보다 완벽한 맛은 없다는 걸 그때는 알 수 없었지. 저녁상을 치우고 어머니 아버지가 해주는 이런저런 얘기를 듣다가 밤이 깊어지면 네 남매가 자리에 누워서 하늘을 봤지. 밤하늘이 별로 가득 차 있었어. 아차 하는 사이에 별똥별이 지나가고 하늘을 가로질러 은하수가 흘러갔지. 모깃불이 사그라지면 강남병원에서 한씨네 집으로 나를 옮겼을 때처럼 아버지는 잠든 나를 조심스럽게 안아주었어. 나는 그때처럼 눈을 뜨지 않은 채로 아버지 품에 안겨 있었지. 마당에서부터 안방까지 행복한 여행을 했지. 마을에 전기가 들어오지 않았기 때문에 밤하늘의 맨얼굴을 볼 수 있었다는 걸 그때는 알지 못했지.

66

대골을 한 마디로 정리하면 전기가 안 들어오는 동네였지.
우리 동네 초입에는 개발제한구역이라는 글자가 선명하게
적힌 콘크리트 말뚝이 박혀 있었어.

99

비현실적으로 느껴진 현실

김영하의 단편소설집 ≪오빠가 돌아왔다≫를 읽고,
현실이 비현실적으로 느껴진 경험이 있으면 산문으로 쓰세요.

오빠가 돌아왔다 ―――――――

수준 높은 사람들이 최선을 다해서 더 훌륭해지려고 노력하고, 다른 사람을
이해하고 배려하는데도 일어나는 문제, 이것이 수준 높은 갈등입니다. 수준
높은 사람들이 이 갈등을 해결하기 위해서 애를 쓰지만 완전히 해결이 되지
않습니다. 사람도, 상황도, 사람들 간의 소통방식이나 원하는 바도 완전하지
않기 때문입니다. 소설은 인간이 완전하지 않다는 것을 보여주는 것이 목적
입니다. 그런데 모자라는 인간의 미진함이 아니라 훌륭한 사람들의 미진한
면을 보여주어야 훌륭한 작품이 됩니다. 모자라는 인간은 너무도 흔하고, 그
런 사람의 미진함을 들춰내는 건 유쾌한 일이 아니니까요.
김영하 소설에는 비현실적인 사건이 많이 등장합니다. 비현실적인 사건은 특
별하기 때문에 독자의 눈길을 끌 수 있습니다. 실제로 일어난 비현실적인 사
건이 꾸며낸 사건보다 더 좋은 글감입니다.

마지막 예언

그날 나는 학교에 갔다 와서 엄마와 함께 점심을 먹고 마루에 앉아 있었다. "어느새 봄이 또 와버렸네." 우물 앞 텃밭에 흰나비가 날아다니는 걸 보고 엄마는 혼잣말을 했다. 처음 보는 할머니가 마당에 들어서는 게 보였다. 치마저고리를 입고 쪽진 머리에는 비녀를 꽂았다. 체구는 작았지만 허리가 꼿꼿해서 노인네 같지가 않았다. "주인 계세요? 지나가다가 점심때가 돼서 들렀어요. 라면 가진 게 있으니 물 좀 끓여주면 좋겠는데." 하기 어려운 부탁일 것 같은데 할머니에게서는 기가 죽은 기색을 찾아볼 수 없었다. "방으로 들어와서 기다리시면 점심상 얼른 차려드릴게요." 엄마는 친한 사람이 찾아왔을 때처럼 반갑게 맞아주었다. 낯선 사람이지만 마음 상하지 않게 신경을 쓰는 데에는 이유가 있다. 화장품 가방을 메고 집집마다 다니며 화장품을 팔러다녔던 적이 있다. 점심때가 되어 라면 좀 끓여먹을 수 없겠냐고 하면 싫은 내색을 하는 사람도 있었고 따뜻한 밥상을 차려주는 사람도 있었다고 한다.

엄마는 그때 받았던 은혜를 할머니한테 갚으려 했던 것 같다. 할머니는 생각지도 않았던 밥상을 받고 행복한 점심식사를 했다. 후식으로 내온 과일을 먹으면서 할머니가 말했다. "내가 오늘 신세를 제대로 졌네요. 신세를 갚을 겸 식구들 사주를 봐줄게요."

"자식들이 모두 괜찮겠어요. 째진 글씨가 없으니 다들 대학은 무난히 들어가겠고, 큰딸이랑 막내아들은 나라의 녹을 먹을 게예요. 큰아들은 사람의 몸을 만지게 될 거구요. 작은딸 팔자도 좋아요. 옷나무에서 옷 열리고 밥나무에서 밥이 열리네요." 할머니는 우리 식구 사주를 자세히 봐주고는 인연이 되면 또 보자는 말을 남겼고 엄마와 나는 할머니가 고개 너머로 사라질 때까지 지켜보았다.

큰누나는 교육대학에 다니고 있었으니 나라의 녹을 먹게 되리라는 것을 모르는 사람은 없었다. 다만, 교사 적체가 심해서 대학을 졸업하고도 교사가 되려면 몇 년씩 기다리던 때였다. 할머니 예언 덕분에 임용이 되지 않으면 어쩌나 하는 근심을 덜 수 있었다. 막내인 나는 공부를 곧잘 했으므로 고시를 봐서 공무원이 되는 거라고 짐작을 했다. 그렇지만 워낙 먼 일이라 염두에 두지 않았다. 공부와는 담을 쌓았던 작은누나가 걱정이었는데 팔자가 좋다니 안심이었다. 그런데 짐작하기 어려운 것은 형의 미래였다. 사람의 몸을 만진다? 안마를 해서 밥을 벌어먹고 산다는 말인가? 아무리 생각해도 무슨 뜻인지 알 수가 없었다.

시간이 지나면서 할머니가 했던 예언은 하나씩 현실이 되었다. 제일 먼저 실현된 것은 큰누나에 대한 예언이다. 누나가 대학을 졸업할 때쯤 되었을 때 임용 적체가 풀려서 누나는 대학 졸업장을 받자마자 발령을 받았다. 누나는 여의도 초등학교에 발령을 받았다. 학부모들의 치맛바람이 센 곳이라서 5년을 근무하면 평범한 교사는 집 한 채 살 돈을 모으고, 수완이 좋으면 여러 채 살 돈을 벌기도 한다는 말이 나돌았다. 아버지는 은근히 기대를 했다. 누나는 평범한 교사가 아니어서 학부모들이 주는 촌지를 하나도 받지 않았다. 나라에서 주는 녹만 먹었다. 햇병아리 교사일 때 사표를 쓰고 짐 보따리를 들고 집에 와버린 적이 있다. 반 아이들끼리 장난을 치다가 한 아이가 눈을 다쳤는데 부모가 찾아와서 누나에게 심하게 굴었다고 한다. 아버지가 학교에 찾아가서 사표를 물리고 누나는 다시 출근을 했다. 그 뒤로 20년 넘게 잘 다니고 있으니 할머니의 예언은 적중한 셈이다.

할머니는 그날 '아버지가 사업을 한다고 나서게 될 텐데 변씨 성을 가진 사람과 고씨 성을 가진 사람은 피하라'는 말을 했다. 전두환 정권이 들어서면서 숙정바람이 불었다. 언론에서는 부정부패 공무원을 징벌하는 것이라고 떠들었지만 실제는 달랐다. 각 부서마다 인원이 할당되어 나이가 많은 사람이 자진해서 옷을 벗거나 책임자가 임의로 해고 대상자를 정해야 했다. 작전 편제처에서 정년퇴직 일자가 가장 가까웠던 아버지는 이때 퇴직을 했고, 퇴직금을 받자마자 인천으로 가서 다 썩어빠진 고깃배 한 척을 사버렸다. 배 이름은 금풍호였다. 대여섯 명 정도의 선원을 실을 수 있는 어중간한 크기의 어선이었다. 어머니와 상의한 적이 없었고 어머니는 퇴직금 구경도 못 했다고 한다. 아버지가 수산학교를 나온 경력을 잘 살려서 바다에 나갈 때마다 만선으로 돌아왔으면 우리 여섯 식구가 잘 살고 있던 부천의 양옥집을 팔 필요도 없었을 것이다. 풍어를 한 적이 한 번도 없는 금풍호를 헐값에 처분해서 빚잔치를 한 뒤에 엄마는 할머니가 했던 말을 떠올렸다. 아버지를 꼬득여 금풍호를 비싼 값에 팔아먹은 인간이 변가였다.

형은 그때 경희대학교 의대를 다니고 있었는데, 우리 부모님은 전세 얻을 돈을 간신히 마련해서 형네 학교가 있는 회기동으로 이사를 했다. 학교 가까이로 이사하면 더 많은 시간을 공부에 투자할 수 있을 거라는 우리 부모님의 바람과 달리 형은 운동에 전념했다. 예과 때는 의대 축구부 주장까지 맡을 정도로 운동에 빠져 있었고, 본과에 올라간 뒤에는 학생운동으로 전향을 해서 골수 운동권이 됐다. '사람 몸을 만지게 될 거'라는 할머니의 예언은 예언으로 그칠 뻔했는데, 다행히도 형은 좋은 친구를 두었다. 고등학교 때부터 친하게 지내던 친구가 시험 예상문제를 가르쳐주며 형을 챙겨주지 않았더라면 형은 아마 졸업을 할 수 없었을 것이다.

막내인 나는 20대 중반에 고생을 심하게 할 거라고 했다. 한동안 까맣게 잊고 있었는데 이 예언도 실현되었다. 학생운동을 하면서 경찰서 유치장을 들락거리고 서대문 구치소에 세 달 넘게 갇혀 있었던 것, 구치소에서 나오자마자 군대에 끌려갔고, 학생운동 전력이 있어서 전방에서 소총수로 군 생활을 한 것이 모두 20대 중반에 있었던 일이다.

중·고등학교 때 공부를 온몸으로 거부하던 작은누나는 전문학교에 들어갔고, 졸업을 한 뒤에 조리사 자격증과 영양사 자격증을 따서 영양사로 취직을 했다. 내가 군대에 있을 때 오스트리아 국적을 가진 폴란드 출신의 남자를 만나서 결혼을 했다. 결혼한 뒤로 지금까지 비엔나에서 살고 있다. 작은누나는 아버지 같은 남자만 아니면 된다는 생각으로 외국인과 결혼을 했는데 매형이 하는 짓을 보면 우리 아버지를 쏙 빼닮았다. 골라도 어떻게 그런 걸 골랐느냐고 우리가 걱정해주면 작은누나는 '그래도 아버지보다는 조금 낫다'면서 자기의 매력 포인트라고 주장하는 덧니를 드러내면서 환하게 웃는다. 누나는 남편 복은 없지만 그 대신 나라 복이 있다. 아이를 낳았다고 분유값, 기저귀값은 물론 양육비까지 꼬박꼬박 나오고 애들 셋을 낳았더니 양육비만으로도 생활이 된단다. 집에서 놀면 실업수당까지 나오니 밥나무에서 밥 열리고, 옷나무에서 옷 열리는 게 맞다. 작은누나는 옷나무 밥나무가 겨우 이런 거였느냐고 불만이지만 국가가 국민들을 못살게 구는 나라도 많은데 그게 어디인가.

할머니가 했던 예언 중에 확인되지 않은 것은 하나 남았다. 막내아들이 나라의 녹을 먹는다고 한 것. 10년 전에 결혼을 해서 두 아이의 아버지가 됐고 박사과정을 수료한 지 10년이 다 돼 가는데 아직 박사논문 주제도 잡지 못했으니 대학교수가 되는 것은 물 건너간 것 같다. 이런 사실을 누구보다도 잘 알고 있는데도 어머니는 나에 대한 기대를 저버리지 않으신다. 신장이 망가져서 일주일에 세 번 혈액 투석을 받으러 병원에 다니는 내 어머니. 어머니는 오늘도 내게 이렇게 말씀하셨다. "댓골 살 때 우리 집에 왔다가 사주 봐주고 간 할머니 있지? 나는 그 할머니처럼 용한 사람은 본 적이 없다. 그 할머니가 우리 막내아들은 나라의 녹을 먹는다고 했으니까 너는 틀림없이 국립대학 교수가 될 거다. 나는 우리 아들을 믿는다."

박사학위 논문을 쓰는 것은 어렵지 않지만 일이 꼬여버렸다. 여섯 해 전에 논문 발표를 했는데 심사에서 떨어졌다. 그런 일이 가끔 있었다. 심사에서 떨어지면 다음 학기에 논문 발표를 생략하고 심사를 받는 것이 관례였다. 그런데 발표를 다시 하라고 했다. 자존심을 버릴 수 없어서 발표를 계속 미루다가 여기까지 오게 되었다. 그 할머니가 아무리 용하다고 해도 학위가 없이는 절대로 대학교수가 될 수 없다. 학위를 딸 가능성도 없다. 그걸 알면서도 깨끗이 포기할 수 없는 것은 어머니 때문이다. 학생운동을 하다가 구치소에 들어갔을 때도 어머니는 나를 자랑스러워하셨고, 학위도 못 따고 보따리 장사로 대학을 여기저기 전전하는데도 언젠가는 빛을 볼 날이 있을 거라며 내 능력을 믿어주신다. 교수가 뭐라고 내가 거기다 목을 매겠는가. 내 길이 아니라고 진즉 포기했어야 하는데 나는 차마 어머니의 기대를 저버릴 수가 없었다.

'권군, 내가 알아보니 지도교수 재량으로 발표를 생략할 수 있다고 하네. 이번 학기에 학위를 받을 수 있도록 논문 준비를 하게.' 지도교수한테서 이런 전화가 오는 기적 같은 일이 일어날 수 있을까? 논문 마지막 학기에 학위를 따고 마흔두 살을 넘기기 전에 대학에 자리도 잡고, 그런 모습을 어머니께 보여드릴 수 있을까? 이렇게만 된다면 어머니는 '내가 뭐래든, 이런 좋은 날이 온다고 했지?' 하면서 행여 아들이 볼세라 가슴을 누르고 있는 커다란 돌덩이를 살며시 내려놓으며 환하게 웃으실 텐데.

"댓골 살 때 우리 집에 왔다가 사주 봐주고 간 할머니 있지? 나는 그 할머니처럼 용한 사람은 본 적이 없다. 그 할머니가 우리 막내아들은 나라의 녹을 먹는다고 했으니까 너는 틀림없이 국립대학 교수가 될 거다. 나는 우리 아들을 믿는다."

현실의 변화

현실의 변화를 피부로 느낀 적이 있다면
오르한 파묵의 장편소설 ≪내 이름은 빨강≫을 읽고,
산문으로 써보세요.

내 이름은 빨강

세밀화 화풍이 서양 근대 화풍의 영향을 받아서 점차 변하는 것을 보며 작가
는 사라지는 것에 대해서 슬픔을 느낍니다. 작가가 느낀 슬픔이 ≪내 이름은
빨강≫의 바탕에 깔려 있습니다. 어떻게 변해갔느냐, 변화가 옳은 것이냐와
같은 학자적 관심도 중요하지만 이보다 더 중요하고 깊이 있는 관심은 변해
가는 것에 대한 작가의 느낌입니다. 사라지는 것을 보며 안타까워하거나 슬
퍼하지 않는다면 작가라고 하기 어렵습니다.

아빠가 너만 했을 때 2

우리 가족이 처음으로 여름휴가를 갔는데 피난 가는 것 같았지. 여행 가방이 없이 아버지는 회사 갈 때 들고 다니던 007가방을 들고, 놀러 갈 때 입는 옷이 없어서 큰누나가 빠진 우리 세 남매는 교복을 입고 큰할머니 산소가 있는 농금덕에도 가고 해수욕장에도 가고 설악산도 갔다 왔지.

지금도 있는지 몰라. 춘천댐에서 양구까지 배를 타고 갔지. 배로 가면서 소양호를 둘러봤어. 어마어마하게 넓어서 눈이 휘둥그레졌단다. 최대 담수량이 27억 톤이고 그날의 담수량은 23억 톤이라는 안내문을 본 기억이 나. 댐을 만들면서 물에 잠긴 마을이 얼마나 많았을지, 고향을 떠나야 했던 사람들 심정이 어땠을지는 생각하지 못했지. 그런 걸 생각할 수 있는 나이가 아니었지.

배에서 내리는데 아버지가 순경에게 검문을 당했어. 양복바지에 검정색 구두를 신고 흰색 와이셔츠에 007가방을 들었으니 출근하는 복장이었는데, 어울리지 않는 선글라스까지…… . 아버지는 여유 있게 웃으면서 공무원 신분증을 꺼내 보였어. 젊은 순경이 상관에게 하듯이 깜짝 놀라며 깍듯하게 경례를 붙였어. 주민등록증을 보여줘도 되는데 '공군 본부 인사과 편제처'라고 소속이 적혀 있는 신분증을 꺼내 보여준 이유가 빤히 보였지.

농금덕이 내려다보이는 고갯마루에 올라서니 도라지꽃이 한창이었어. 흰색과 보라색이 뒤섞여 아무도 흉내낼 수 없는 분위기를 만들어냈지. 아버지는 10년 만에 만난 동네 사람한테 자랑을 해댔어. "애들이 밥을 얼마나 많이 먹는지, 우리 큰딸 옥경이가 60키로나 나가지 뭐요." 동네 아저씨는 "60키로믄 100근인디." 하면서 맞장구를 쳤어. 우리가 서울로 이사간 뒤에 귀남이 누나가 '옥경이는 서울에서 고등학교에 다닐 텐데' 하면서 부러워했다는 얘기도 전해들었지. 10년 만에 큰할머니 산소도 돌아봤어. 젊어서는 애를 못 가진다고 구박당하고, 늙어서는 우리 친할머니 눈칫밥을 얻어먹으며 어렵게, 어렵게 살다가 비석도 없이 농금덕에 묻혔단다.

농금덕에서 하루를 자고 양양 가는 버스를 탔는데 난간도 없는 꼬불꼬불한 구룡령 길에서 차창으로 내다보면 금방이라도 벼랑으로 떨어질 것만 같았지. 낙산 해수욕장에 도착해서 짐도 풀기 전인데 아버지가 옷을 홀렁홀렁 벗어버리고 팬티 바람으로 모래사장을 달려서 바다에 뛰어드는 거야. 수평선 너머까지 헤엄쳐 갔다고 돌아오는데 우리 세 남매는 우리 아버지가 아닌 척했어. 나중에 왜 그랬냐고 물어봤더니 더워서 그랬대.

민박집에 짐을 풀고 가족들은 모두 바다에 나갔는데 나만 혼자 집에 남았어. 햇볕이 너무 뜨거워서 나가고 싶지 않았었나 봐. 차가운 방바닥에 누우니 졸음이 쏟아지는데 파리가 얼굴에도 앉고 팔다리에도 앉고, 파리가 날갯짓하는 소리에 잠에서 깼다가 다시 까무룩 잠이 들었다가…….

깜깜할 때 온 가족이 일어나서 졸린 눈으로 바다에 나갔지. 해가 돋는 걸 보러 의상대에 올라갔어. 판자로 만든 의상대 바닥에 구멍이 뚫려 있어서 들여다보면 저 밑으로 바닷물이 들어왔다 나갔다가 하는 게 보였지. 하늘에 구름 한 점 없어서 해가 뜨는 장관을 제대로 봤지. 그때는 그게 얼마나 운이 좋은 건지도 몰랐단다.

한 사람이 밀어도 흔들리고 백 사람이 밀어도 흔들린다는 안내문을 철석같이 믿고 아버지는 주변에 있는 사람들을 모아서 있는 힘껏 바위를 밀어댔지. 깜짝 놀란 안내원이 달려와 말리지 않았다면 흔들바위는 그때 벼랑으로 굴러서 박살났을 거야. 그랬더라면 안내문을 이렇게 고쳐야 했겠지.

흔들바위가 있던 자리.
1978년 8월 권모 씨를 비롯한 몰지각한 사람들이 굴려 떨어뜨렸음.

흔들바위 옆에는 제법 긴 바위굴이 있었어. 어머니는 (아! 그때는 너희 할머니가 살아계셨단다) 구경을 마치고 어떤 아저씨를 안내해줬는데 얼마냐고 묻기에 농담으로 500원이라고 했대. 아저씨가 진짜로 돈을 내밀고 어머니는 얼떨결에 받고 만 거야. 그러고는 그 아저씨를 만날까 봐 수건으로 얼굴을 가리고 다녔지.

울산바위까지 올라갔다 와서 물치 가는 버스를 타려는데 사람이 너무 많아서 막차마저 못 타고 말았어. 밤길을 하염없이 걸어가야 했지. 그 와중에도 아버지는 옆에 가는 아저씨한테 이러는 거야. "내년에 휴가 올 때는 중고차라도 한 대 사서 타고 와야겠어요, 허허허." 우리랑 걷던 사람들이 하나 둘씩 민박집을 찾아들어가고 우리 가족만 남게 됐어. 누나와 형은 다리 아프다고 불평을 하고 어머니는 짐도 무거운데 언제까지 걸어갈 거냐고 짜증을 냈지만 여비가 다 떨어져서 민박집에 묵을 수가 없다는 말을 아버지는 자존심 때문에 차마 하지 못했지. 얼마나 걸릴지도 모르는 물치를 향해 걸어가던 중에 아버지는 용기를 내서 아무 집 대문이나 두드렸어. 하룻밤 묵어갈 수 없겠냐고 했더니 주인 내외가 반갑게 맞아줬지. 집안으로 들어가 보고서야 고래등 같은 한옥이라는 걸 알았지. "애들은 장성해서 서울 나가 살고 우리 두 내외만 살고 있다우." 우리를 사랑채로 안내했는데 안채에서 한참을 올라가야 했지. 시장하겠다며 그 늦은 시간에 찰옥수수를 쪄서 갖다 줬어. 얼마나 맛있었는지 아직도 그 맛을 잊을 수가 없어. 다음 날 아침도 한상 제대로 얻어먹고 길을 떠나는데 내년에 꼭 놀러오라며 자식들 보내는 것처럼 아쉬워했지. 아버지는 내년에는 자동차를 몰고 오마고 약속을 하고…….

서른다섯 해나 지났는데 지금 찾아가면 주인 내외야 없겠지만 집은 그대로 있을까? 열다섯 해 뒤에 다시 찾아가 보니 농금덕은 유격장으로 변하고 할머니 산소도 찾을 수가 없었는데 달도 없는 밤에 물치 가는 길을 하염없이 걷던 우리 가족을 오래전부터 기다리고 있었던 것만 같은 그 집은 그대로 있을까?

> 흔들바위가 있던 자리.
> 1978년 8월 권모 씨를 비롯한 몰지각한 사람들이 굴려 떨어뜨렸음.

02

귀거래사

뒷모습

요즘 군대가 얼마나 달라졌는지,
얼마나 좋은 부대로 가게 됐는지,
신이 나서 설명하던 아들이
귀대시간이 가까워지자
혼잣말을 합니다

아, 들어가기 싫다……

신음소리는 이를 꽉 물어도
흘러나오게 되어 있지요

내가 우리 아들 나이였을 때
온 식구가 첫 면회를 왔습니다

등이 터서 거칠어진 내 손을 쓰다듬는
어머니 눈에서 눈물이 흘렀습니다

이승에서의 마지막 면회일 것 같았지만
내색하지 않았습니다

어머니는 떠나고
나는 남았지요

사랑하는 사람의
뒷모습을 보지 못한 채

몰랐을 거라며,
몰랐을 거라며,
서른 번의 겨울을 보냈습니다.

관습에 저항했던 경험

헨리 데이비드 소로의 ≪월든≫을 읽고,
관습에 저항했던 경험을 산문으로 쓰세요.
자유주제로 시나 산문을 써도 됩니다.

월든 ————————————————————————

눈을 멀게 하는 빛은 어둠! ≪월든≫에 나오는 말입니다. 시적인 표현인데, 시적인 표현만으로는 시가 되지 못합니다. 이런 표현은 감탄을 자아내지만 감정을 움직이지는 못하기 때문입니다. 시든, 산문이든, 소설이든 감탄하게 하지 말고 감동하게 해야 합니다. 감동하게 하려면 독자의 감정을 자극해야 합니다. 글을 쓰는 사람이 아무 느낌이 없는데 독자가 감정의 변화를 느끼는 일은 없습니다. 그렇다면 작가는 글을 잘 쓰는 사람이기 이전에 감수성이 풍부한 사람이네요. 감수성이 없다면 감수성을 길러야 합니다. 감수성이 없으면 좋은 작가가 되기 어렵습니다.

수현이

수현이는 숫기가 없는 아이였다. 자기 생각을 말하는 적도 없었고 같이 다니는 친구도 없었다. 강의실에서도 과방에서도 얼굴은 볼 수 있었지만 그것이 다였다. 일상적인 대화를 나눈 적이 몇 번 있었다. 착한 심성을 지녔다는 것과 소극적인 자세로 사람을 대한다는 인상을 받았다. 수현이는 과 행사에 거의 참여하지 않았다. 입학도 하기 전부터 시작되어 3월 중순까지 산발적으로 이어진 신입생 환영회에서 수현이를 본 기억은 나지 않는다. 신입생 MT에서도 수현이를 본 기억이 없다. 그런데 지금 생각해보니 청평역 플랫폼에서 찍은 단체사진 귀퉁이에 수현이가 있었다. 그러니까 수현이는 MT를 하는 내내 없다가 사진에만 찍힌 것이다.

수현이가 학사경고를 받았다는 소식을 들었다. 밥 먹듯이 수업을 빠졌고 친구를 만날 시간은 있었지만 시험 준비를 할 시간은 없었던 나도 학사경고를 면했는데 수현이는 어떻게 경고를 맞았을까? 알 수 없는 일이었지만 내가 그랬듯이 우리 동기들 중 누구도 수현이에게 깊은 관심을 보이지 않았다. 수현이가 진도를 좋아한다는 소문이 돌기도 했다. 진도를 좋아하는 여학생이 한둘이 아니었고 진도는 연애에는 도통 관심이 없었다. '수현이처럼 눈에 안 띄는 친구가 진도와 어울리겠나' 하는 생각을 다들 했던 것 같다. 그래서 이 소문도 주목받지 못한 채 금방 잊히고 말았다.

서울대 프락치 사건이 터졌을 때 이 사건이 수현이의 신상에 큰 영향을 미치리라는 예상을 할 수 있었던 사람은 아무도 없다. 물론 수현이도 몰랐을 것이다. 복학생 협의회장이었던 유시민이 주도해서 가짜 대학생을 감금하고 고문하는 사건이 일어났다. 그것도 네 번씩이나. 그들이 순수한 가짜 대학생이었는지 아니면 학생들이 주장하는 것처럼 학원 사찰을 목적으로 형사가 고용한 정보원이었는지는 알 수 없다. 세상사가 늘 그렇듯이 이번에도 진실은 묻혀버리고 사건에 대한 상반된 해석이 충돌하게 되었다.

유시민은 물론이고 학도호국단장이었던 백태웅, 총학생회장이었던 이정우를 비롯해서 학생회 임원들에게 수배령이 내려졌다. 학생회를 불법 폭력집단으로 인식시키려는 불순한 의도가 빚어낸 결과였다. 학생회에서는 수업거부와 시험거부로 맞섰다. 학생회를 탄압한 것이 학문도 교수도 아닌데 왜 수업거부와 시험거부라는 방법을 택했을까? 지금이라면 사태를 객관적으로 봤겠지만 그때는 그럴 수가 없었다. 거부는 학생이 선택할 수 있는 유일한 항의표시였다.

중간고사가 시작되는 날이었다. 교문을 들어서니 진풍경이 벌어져 있었다. 완전군장을 한 전경이 정문에서 대학본부 건물까지 줄지어 서 있었다. 대운동장 앞 잔디밭, 대학 건물 주변까지 전경이 없는 곳이 없었다. 가을의 한가운데 나타난 초록의 무리. 자연과 어울리지 않는 것은 당연하고 대학 공간과도 이질적이었다. 전경들이 입고 있는 군복이 살기를 뿜고 있는 것이 몸으로 느껴졌다. 전경 6천 명이 투입되었다는 사실을 신문을 통해서 알았다. 여차하면 학생을 대신해서 전경을 강의실에 들여보낼 생각이었을까? 이 작전을 계획한 지휘관에게 생각이라는 게 있기는 했을까? 아무튼 돌대가리 지휘관의 인해전술은 역효과를 불러일으켰다. 학생운동에 관심이 없던 학생들마저도 시험거부 투쟁에 동참하게 되었다.

과방에 들어서니 동기들이 모여 있었다. 눈빛만으로도 시험은 물 건너갔다는 것을 알 수 있었다. 농구나 하러 가자고 누군가 운을 띄웠고 남학생들 열두어 명이 우르르 몰려나갔다. 소운동장에서 농구를 하는 사진이 외신기자의 카메라에 포착이 되어 〈타임〉지 한 귀퉁이에 실렸다는 것을 나중에 남사장 입을 통해서 듣게 되었다. 우리는 그날 학생 '운동'으로 근엄한 얼굴로 유치한 짓을 하고 있는 정권에 한 방을 먹인 것이다.

나처럼 시험거부의 의사가 확실한 학생들도 시험이 치러지는 강의실 앞까지는 가 있었다. 옆 강의실 앞에서 철학과 과대표가 시험거부를 주도하다가 시험지를 들고 오던 교수와 마주쳤다. 선량한 학생들을 왜 선동하냐며 교수가 학생의 뺨을 후려치자 학생은 교수의 눈을 똑바로 바라보며 이렇게 말했다. "이것이 서울대 교수의 지성입니까?" 교수는 대꾸하지 않고 강의실로 들어갔고 지켜보던 학생들은 과대표에게 말없이 지지하는 눈빛을 보냈다.

강의실 뒷문으로 들여다보니 넓은 강의실에 동기 두 명이 시험을 치르고 있었다. 과 수석을 놓치지 않던 여학생과 장학금을 받지 않으면 대학을 다닐 수 없다며 시험을 봐야겠다고 당당하게 말하던 남학생이었다. 거기에 수현이는 없었다. 여학생 몇이 수현이를 강의실에 들여보내려고 애썼다. 수현이는 괜찮다며 끝내 강의실에 들어가지 않았다. 수현이가 과수석과 장학금 사이에 앉아 시험을 봤다 하더라도 이해 못 할 친구는 없었을 것이다. 심지어 우리들은 시험을 보러 들어간 친구들마저도 이해하려고 했었다. 수현이는 친구들의 눈보다 자기 눈을 더 두려워했던 것 같다. 수현이가 시험을 거부하고 친구들이 만류하는 것마저 거부하는 것을 보면서도 나는 수현이가 왜 그런 힘든 선택을 하는지 깊이 있게 생각해보지 않았다. 선택은 각자의 몫이고 결과도 스스로가 책임지는 것이 맞지만 원칙만이 강조되는 사회는 단일수종으로 이루어진 숲처럼 단조로울 수밖에 없다. 1980년대는 단일수종으로 이루어진 숲도 아니고 잡초만 자라는 민둥산이었지만…….

나는 시험을 거부한 대가로 학사경고를 받았다. 우리 학년에서 경고를 받은 친구가 열 명 남짓이라는 말을 들었다. 나는 학사경고가 화제에 오를 때마다, 경고를 받은 학생들 가운데 내가 가장 학점이 높았다는 농담을 하곤 했다. 학구적 능력, 성실성, 인간성, 비판정신, 양심…… 학점은 이 모든 것이 어우러진 결과인 것은 분명한데 문제는 누구도 평가 방법을 알 수 없다는 것이다. 그래서 나는 내가 받아든 결과인 성적표를 대수롭지 않게 여기기로 했다. 그럴 수 있었던 것은 한 번의 경고만으로는 경고에 그치기 때문이었다. 다이너마이트는 폭발력이 강하지만 열이나 충격에도 강하다. 뇌홍이나 아지드화납과 같은 기폭제가 없이는 폭발하지 않는다.

학사경고를 알리는 성적표를 받기 전이었다. 엽서를 한 장 받았는데 수현이가 보낸 거였다. 친한 사이가 아닌데 왜 엽서를 보냈을까 의아해하며 읽어보았다. 더 친하게 지낼 수 있었는데 그러지 못해서 아쉽다, 기회가 되면 그러고 싶다, 잘 지내라. 대략 이런 내용이었다. 수현이가 왜 엽서를 보냈는지 알지 못한 채로 방학이 지나갔고 개학을 한 뒤에야 사실의 한 조각을 보게 되었다. 수현이는 가까웠든 소원했든 관계없이 친구 모두에게 엽서를 보냈다. 수현이가 학사경고를 받은 열 명 남짓한 친구들 중 하나였다는 것도 그때 알았다. 그러니까 수현이는 대학을 떠나게 될지도 모른다는 예감을 하고 친구들에게 편지를 보낸 것이다. 사실을 알고는 답장을 하지 않은 걸 후회했지만 이미 늦었다.

안타깝게도 수현이에게는 2학기에 받은 경고가 기폭제였다. 폭발을 막아보려는 노력이 없었던 것은 아니다. 2학기 과대표는 진도였는데, 수현이가 제적되는 것을 피해 보려고 수현이와 함께 교수 연구실 문을 두드렸다. 이때도 수현이는 교수들을 찾아가는 것을 한사코 거부했다고 한다. 진도가 간신히 설득을 했지만 학점을 올려주겠다는 교수를 만날 수가 없어서 좋은 결과는 얻지 못했다. 2학기 과대표가 진도인 것도 수현이에게는 불운이었다. 진도는 과대표 역할을 성실하게 하느라 시험거부를 독려할 수밖에 없었고, 수현이는 진도를 실망시키는 일을 하고 싶지 않았을 것이다. 진도와 함께 교수 연구실을 두드리며 학점을 구걸해야 했으니 자존심을 지킨 대가로는 너무나 가혹했는데 수현이는 그걸 어떻게 견뎠을까?

수현이가 학력고사를 다시 봐서 다음 해에 연세대에 들어갔다는 소식을 들었다. 대학생활을 잘하고 있다고 했다. 수현이는 우리 마음에 얹힌 짐을 덜어주려고 좋은 소식을 전한 게 아니었을까? 수현이로부터 비롯된 좋은 소식도 마음의 짐을 전부 덜어줄 수는 없었다.

내가 복학을 할 무렵 문민정부가 들어서면서 대학에도 변화의 바람이 불었다. 학사경고 누적으로 제적을 당한 학생들을 구제하는 조치도 그 중 하나였다. 법대 1학년 때 제적이 되어 국문과로 입학했다가 국문과에서도 제적을 당한 학우가 있었는데 법대로 돌아갔고, 사범대에서 제적되어 국문과에 들어온 여학우도 사범대로 돌아갔다. 혹시나 수현이가 다시 올지 모른다는 기대를 품었지만 수현이는 끝내 돌아오지 않았다. 수현이는 그곳 생활에 만족해서 그랬을까, 아니면 우리들한테 실망해서 돌아오고 싶지 않았던 것일까?

최근에 나는 대학입학 30주년 모임을 하는 자리에서 수현이 소식을 들었다. 수현이는 원래 소심한 성격이 아니었다고 한다. 중학교 때는 전교회장을 할 정도로 활달하고 자기 주장도 강했다고 한다. 그런데 우리한테는 왜 그런 모습을 보여주지 않았을까? 한 친구의 입을 통해서 진실의 일부가 드러났다. "나중에 들었는데 수현이 아버지가 여당 국회의원이었대. 수현이는 대학에 들어와서 아버지가 어떤 사람인 줄 깨닫고는 힘들어했을 거야. 말하자면 아버지가 지은 죄를 씻으려고 딸이 희생양이 된 거지."

다이너마이트는 폭발력이 강하지만 열이나 충격에도 강하다. 뇌홍이나 아지드화납과 같은 기폭제가 없이는 폭발하지 않는다.

비밀 혹은 거짓말

은희경의 ≪비밀과 거짓말≫을 읽고,
내가 경험한 비밀 혹은 거짓말에 대한 산문을 써보세요.

비밀과 거짓말 ──────────────────

참말보다 더 진실에 가까운 거짓말이 있습니다. 은희경의 ≪비밀과 거짓말≫
은 이런 멋진 생각이 바탕에 깔려 있습니다. ≪비밀과 거짓말≫은 은희경이
쓴 맨 처음 소설이라고 할 수 있습니다.

거짓말에는 나쁜 것이라는 꼬리표가 붙어 있습니다. 글을 쓰는 사람은 '참말
보다 더 진실한 거짓말', '참말보다 더 아름다운 거짓말', '참말보다 더 고귀한
거짓말'에 관심을 가집니다.

다니카와 슌타로는 〈거짓말〉이라는 시에서 이렇게 말했습니다.

　　말은 거짓이어도

　　거짓말을 하는 마음은 거짓이 아닐 때가 있어,

　　거짓말이 아니면 말할 수 없는 진실이 있어

남사장

　그때 나와 남사장은 시위대의 선두에 있었다. 시위를 주동했던 것이 아니다. 우리는 대학교 2학년이었고 시위에 참여한 것도 그때가 두 번째였다. 시위 주동자가 품에서 광목으로 만든 플랭카드를 꺼내들며 구호를 외치자 시위에 참여하기 위해서 주변에서 기다리고 있던 학생들이 구호를 따라 외치며 모여들었다. 주동자는 가장 가까이에 있는 학생에게 플랭카드를 건넸다. 그는 빛이 바랜 촌스러운 청바지에 재래시장에서 산 것이 분명한 짝퉁 아디다스 운동화를 신고 있었다. 가슴께에 흰색 줄무늬가 두 줄 들어간 회색 티셔츠는 땀으로 얼룩져 있었고, 뒷머리가 어깨를 살짝 덮을 만큼 장발이었지만 딱 봐도 감은 지 일주일은 넘어보여서 전혀 멋스럽지 않았다. 안 그래도 큰 얼굴이 더 커보였다. 키는 185 정도에 건장한 체격이었는데 아쉽게도 아랫배가 불룩 나왔다. 초등학생 때는 수업이 끝나기만 하면 학교 운동장에서 짜장면 내기 축구시합을 하느라 시간 가는 줄 몰랐다고 한다. 축구선수가 되겠다고 아버지께 말씀드렸다가 귓방망이를 한 대 얻어맞고 소중한 꿈을 접어야 했던, 중학생이 되어서는 체육 선생님 눈에 들어 씨름선수가 될 뻔했지만, 내가 그랬듯이 문학평론가가 되겠다는 어설픈 꿈을 안고 대학에 들어온 친구였다. 우리는 대운동장에서 치러진 대학 입학식에서 처음 만났다. 관악산의 칼바람이 뼛속까지 시렸던 기억이 난다. 우리는 얼마 안 있어 친해졌고 그는 나에게 권마담이라는 별명을, 나는 그에게 남사장이라는 별명을 붙여주었다.

남사장은 어색한 손놀림으로 플랭카드를 펼쳤다. 나는 한쪽 끝을 잡아주었다. 주변에 있던 학생들이 우리를 앞으로 갈 수 있도록 길을 터주기도 하고 떠밀어주기도 해서 우리는 시위대의 맨 앞에 서게 되었다. 시민들에게 유인물을 나눠주는데 한 아주머니가 안타까운 목소리로 말했다. "학생들, 이러다가 다치면 어떡하려구 그래." 유인물을 나눠주던 학생이 말했다. "우리는 시민들에게 진실을 알리기 위해서 이러는 겁니다." "학생들이 이러지 않아도 우리는 다 알고 있어. 그러니 이렇게 하지 않아도 돼." 아주머니는 자기 아이를 바라보듯이 걱정스런 눈빛으로 우리를 바라보았다. 나는 아주머니의 진심이 느껴져서 울컥 눈물이 났다. 광주학살의 주범이 대통령의 자리에 앉아 있는 현실이, 도둑처럼 경찰에 쫓기면서 진실을 말해야 하는 현실이 스무 살 청년이 감당하기에는 힘겨웠다.

사이렌이 울렸다. 먼 곳에서 나던 소리가 점점 가까워지고 있다. 사이렌 소리가 커지면서 내 심장이 뛰는 소리도 함께 커진다. 주동을 뜬 학생이 선두에서 "독재정권 타도하자!" 구호를 더 크게 외쳐보지만 학생들의 동요를 잠재울 수는 없다. 닭장차가 100미터 전방에 도열하고 전투경찰이 쏟아져 나온다. 일사분란하게 대오를 갖추고 우리를 향해 한발 한발 전진한다. 30미터 앞까지 와서 방어태세를 갖추고 팔차선 도로를 가득 메운 시위대와 대치한다. 나도 모르게 악을 쓰며 구호를 외친다. 옆에 있는 학생들도 긴장한 표정이 역력하다. 경찰차 스피커에서 음질이 안 좋은 소리가 흘러나온다. "학생 여러분, 여러분은 지금 불법적인 행위를 하고 있습니다. 지금 당장 해산하십시오. 학생 여러분……." 공중에서 최루탄이 펑펑 터지는 것을 신호로 대열의 앞에 있는 학생들부터 흩어지기 시작한다. 구호를 외치는 소리, 여학우들의 비명소리, 최루탄 터지는 소리, 시위대를 잡으러 달려오는 전경들의 군홧발 소리.

나와 남사장은 플랭카드를 차마 팽개칠 수 없어서 주변에 있던 학생들이 흩어질 때 그 무리에 섞이지 못했다. 앞에서는 전경들이 우리를 잡으려고 뛰어오고 뒤에서는 시위대들이 썰물처럼 사라져갈 때 남사장과 나는 우리의 책임을 다했다는 눈빛을 교환했다. 전력을 다해서 인도로 뛰고 있는데 뒤에서 누군가 소리를 질렀다. 정확히 알아듣지 못했지만 "이거 놔!" 하는 비명에 가까운 소리였고 뒤돌아서 보니 그 소리의 주인공은 남사장이었다. 남사장만큼 허우대가 좋은 백골단원이 뒤에서 두 팔로 허리를 감고 있었다. 내 눈으로 보고 있는 현실이 현실이 아니기를 바랬으며 그냥 가야 하는 게 아닌가 하는 생각이 얼핏 들었지만 위험에 처한 친구를 버릴 수는 없었다. 곧장 백골단원에게 돌진해서 주먹으로 얼굴을 한 방 날렸다. 다른 사람의 얼굴을 때려본 건 처음이었다. 커다란 샌드백을 친 것 같았다. 깨끗한 펀치를 맞았지만 백골단원은 아무런 충격도 받지 않은 것처럼 한 손으로 내 허리춤을 잡아챘다. 그는 한 손으로 남사장을, 다른 손으로 나를 잡고 있었는데 우리 둘이 온 힘을 다해서 발버둥쳐도 그의 손아귀에서 빠져나올 수가 없었다.

한 무리의 학생들이 우리를 향해서 달려오는 것을 보고 나는 안도의 한숨을 내쉬었다. 속으로 '백골단원, 너는 이제 죽었다' 하는 생각을 하며 오른손 주먹을 치켜들고 큰 소리로 외쳤다. "학우여!" 내가 외치는 소리를 들었는지 학생들은 우리 쪽으로 우루루 몰려왔다. 그런데 낌새가 이상했다. 전부 청바지를 입고 있었고 상의 색깔은 달랐지만 무채색 계열의 잠바를 입고 있었다. 얼굴도 검게 그을렸고 험악해 보였다. 욕을 해가면서 우리를 두들겨패기 시작했을 때 비로소 그들이 백골단이라는 것을 알았다.

남사장과 나는 닭장차로 끌려갔다. 그들이 시키는 대로 좌석 바닥에 얼굴을 처박고 있는데 우리와 악연을 맺었던 백골단원이 버스에 올라왔다. "아까 내 얼굴 때린 새끼 어딨어?" 화가 잔뜩 나서는 나를 찾으러 온 것이다. 잡혀온 학생들을 하나씩 살피면서 자기 동료에게 "안경 낀 새끼였는데." 했다. 나는 고개를 더 깊숙이 처박았다. 내 옆에 와서 "이 새끼 아냐?" 하면서 철모로 머리통을 몇 대 때린 뒤에 뒤쪽으로 갔다. 안경을 쓴 학생이 한 명 있었나 보다. 자기가 안 때렸다고 하는데도 백골단과 그 동료는 실컷 화풀이를 했다. 나 때문에 억울하게 얻어맞는 것은 알았지만 '그만 해라, 내가 때렸다' 하면서 나설 분위기가 아니었다.

고개를 처박고 나는 머리를 굴리기 시작했다. '경찰서로 끌려가서 조사를 받을 텐데 어떻게 둘러대야 훈방조치로 끝날 수 있을까?' 시위를 하지 않았다는 알리바이를 만들어야 하는데 문제가 있었다. 내가 시위를 한 곳이 어디인지 모른다는 것이다. 학교에서 수유리 4·19 묘역까지는 국문과 선후배들과 같이 버스를 타고 갔다. 수유리에서 1차 시위가 끝난 뒤에 전경들을 피해서 산을 넘었고 2차 시위 장소를 아는 선배들을 따라 버스로 이동을 했다. 서울에서 15년을 살았지만 서울 구석구석을 다 알 수는 없다. 서울 도심에서 내가 아는 곳은 광화문과 경복궁, 남산처럼 어렸을 때 가족과 함께 나들이를 와본 곳이거나, 서점과 까페가 있는 종로, 헌책방이 있는 청계천, 학원가인 서대문과 종로학원이 있던 서울역 근처 정도다. 확신은 서지 않지만 내가 잡힌 곳은 청계천에서 멀지 않은 것 같았다. '오늘 김윤식 선생님의 한국 현대문학의 이해 수업이 있었으니 수업 과제로 읽어야 하는 최인훈의 ≪광장≫을 사려고 나온 거라고 진술해야겠다. 나는 서점이 있는 청계천에 가려고 시내에 나온 거다. 시내에 나왔다가 시위대로 오인되어 붙잡힌 거다.'

  시위 현장에서 붙잡힌 학생들은 전부 중부 경찰서에서 조사를 받았다. 형사들끼리 나누는 이야기를 듣던 중 오늘 붙잡힌 학생이 열 명 정도라는 말을 듣고 나는 깜짝 놀랐다. 지난번 목동 시위에는 시위대가 500명 정도였는데 현장에서 체포된 학생들이 다섯 명이었다. 그러니까 시위에서 붙잡힐 확률은 1/100 정도 되는 거구나. 나는 그런 계산을 했고 오늘 시위에 참여할 때도 시위 인원이 3000명가량 되니 30명 정도 체포될 것이고 내가 그 안에 들어갈 확률은 1/100로, 거의 무시해도 좋을 만한 확률이었다. 그런데 내가 거기에 포함되었다. 1/100의 확률이 아니라 1의 확률이었다. 붙잡힐 리 없다고 생각한 나도 붙잡혔으니 도대체 얼마나 많은 학생들이 붙잡혔을까 걱정했었다. 그런데 달랑 열 명이고 열 명 안에 내가 들어 있다는 것을 알고 나니 다른 학생들이 무사히 달아난 것이 서운해지고 1/300의 확률로 내가 불운의 주인공이 되었다는 것이 기가 막혔다.

그렇지만 그런 내색을 할 만큼 상황은 한가하지 않았다. 운이 없었든 어쨌든 내가 잡혀 들어와 있는 것은 현실이다. 잡힌 것을 후회해봤자 아무 소용이 없다. 어떻게든 훈방 처분을 받고 내일이나 모레 경찰서에서 나가야 한다. 그러려면 먼저 알리바이를 완벽하게 짜야 한다. 그리고 알리바이가 사실로 여겨지도록 최대한 자연스럽게 연기를 해야 한다. 난생 처음 해보는 일이다. 잘 해낼 수 있을 거라는 확신은 없었다. 초등학교 저학년 이후로 거짓말을 해본 적이 없다. 게다가 상대가 누군가. 피의자를 심문하는 것이 직업인 사람이 아닌가. 그는 피의자를 다루어본 경험이 많다. 그가 볼 때 나는 아마추어다. 생쥐를 잡아서 겁주고 어르고 하다가 재미가 없어지면 머리부터 꼬리까지 하나도 남김없이 씹어먹는 고양이를 본 적이 있다. 나는 고양이한테 붙잡힌 한 마리 가련한 생쥐였다.

불리한 상황이었지만 희망이 아주 없지는 않았다. 형사가 거짓말을 잡아내는 선수라면 나는 거짓말을 하는 선수나 마찬가지다. 문학만큼 완벽한 거짓말이 어디 있겠는가. 중·고등학생 때부터 지금까지 손에서 소설을 놓지 않았고 작가가 어설프게 거짓말을 하는 것을 잡아내는 것이 내 습관이었다. 게다가 나는 몹시 절박하다. 이제 막 시작할 거짓말 대결에서 형사는 지더라도 구류를 살지는 않는다. 내가 구류를 살게 되면 시위에 참여했다는 사실을 부모님이 알게 될 것이다. 학교로도 통보가 되고 징계를 받겠지. 징계는 겁나지 않지만 군대에 끌려갈 수도 있다. 녹화사업 대상이 되는 것은 생각만 해도 끔찍하다.

마흔 정도 되어 보이는 형사는 사무적으로 취조를 시작했다. 시위가 있는 줄은 어떻게 알았으며 누구와 함께 왔느냐고 물었다. 나는 닭장차에서부터 몇 번이고 고쳐쓴 내 머릿속에 있는 대본대로 대답했다. '시위가 있는 줄 알지 못했다. 수업에 필요한 책을 사려고 청계천 서점에 가는 중에 시위자로 오인받아 연행된 거다.' 형사는 피식 웃더니 연행되기 전까지 오늘 있었던 일을 자세히 적으라며 A4 크기의 줄이 없는 누런 종이를 던져주었다. 내 머릿속에 있는 대본을 글로 적어가며 더 정교하게 만들 수 있는 좋은 기회였다.

형사는 내가 쓴 대본을 보면서 오늘 있었던 일을 다시 말로 해보라고 했다. 방금 쓴 대본을 기억 못 한다면 그건 작가도 아니다. 대본을 토씨 하나 안 틀리고 그대로 외울 수도 있지만 그렇게 하면 자기가 쓴 것을 외워서 말한다는 의심을 살 수 있다. 전체적인 내용은 다르지 않게 하고 군데군데 표현은 달리 했다. "순둥이로 생겼는데 하는 꼴을 보니 이놈 정말 악질이구만." 형사는 얼굴 표정을 바꾸고 플라스틱 자를 들어 마음에 들지 않는 대답이 나올 때마다 내 뺨을 때렸다. 모욕을 줘서 자기가 원하는 진술을 받아내려는 의도였다. '자로 뺨을 맞는 것이 모욕적인 것이 아니다. 내가 거짓말을 했다고 자백하는 것이 더 모욕적인 것이다.' 사실대로 말하면 형사가 어떻게 나올지 나는 잘 알고 있었다. "네깟 놈이 거짓말을 하면 내가 모를 줄 알았어. 네, 네, 그러셨군요. 데모하러온 게 아니었군요. 할 줄 알았냐. 내가 네 머리 꼭대기에 앉아 있다 이놈아." 하면서 분풀이 삼아 손바닥으로 내 뺨을 때려댈 것이다.

내 옆자리에서 취조를 받던 학생은 시내에 친구를 만나러 나온 거라고 둘러댔다가 몇 번 버스를 타고 왔냐는 물음에 말문이 막히고 말았다. 경상도 사투리를 쓰는 걸 보고 서울 지리에 밝지 않다는 걸 형사가 간파한 것이다. 그는 거짓진술이 들통나는 바람에 상습 데모꾼에 비열한 거짓말쟁이가 됐다. 형사에게 머리를 쥐어박히며 모욕을 당해도 아무 대꾸도 하지 못했다.

내 담당 형사는 옆의 동료에게 재수 없게 악질을 맡게 됐다며 대질심문을 해서 사실을 확인해야겠다고 했다. '대질 심문이라면 나를 붙잡은 백골단원을 데려온다는 얘긴가? 나를 떠보려는 수작일까? 아니면 정말 백골단원을 데려올 것인가?' 나를 떠보려는 수작인 것 같았나. 그게 아니라면 백골단원을 그냥 불러오면 되지 내가 듣게끔 불러올 거라고 떠벌일 이유가 없었다. 백골단원이 나를 알아보지도 못했는데 그를 어떻게 찾을 것인가. 형사는 자기 딴에는 머리를 써서 내가 동요하는 기색을 보이면 강도 높게 심문을 하려 했던 것 같다. 여기까지 생각이 미치자 마음이 편안해졌다. 마지막 고비다. 이 고비만 잘 넘기면 된다. 형사가 쓸 수 있는 카드는 남아 있지 않다. 무표정한 얼굴을 유지해서 마음의 동요가 없다는 것을 보여주었다.

자기가 생각해낸 수가 먹히지 않자 형사는 잔뜩 약이 올랐다. 책상을 두드리고 소리를 질렀다. "내가 밤을 새워서라도 이 새끼한테서 진술을 받아내고 말 꺼다." 그 말은 나한테 이렇게 들렸다. '이 정도 했으면 나도 최선을 다한 거다. 여기서 그만 끝내야겠다. 내가 졌다.' 겁먹을 필요가 없었으나 겁먹은 표정을 지으면서 나는 이게 마지막 연기일 거라 기대하며 이렇게 말했다. '나는 시위를 하러온 것이 아니다. 사실이다. 제발 믿어 달라.' 형사는 오늘 있었던 일을 다시 쓰라고 했다. 아까 쓴 진술서와 다른 부분이 있으면 트집을 잡아서 전세를 역전시키려고 하는 것 같았다. 그렇지만 진술서 복사본이 내 머릿속에 들어 있다. 열 번을 써도 똑같이 쓸 수가 있다.

　진술서를 대조해보더니 형사는 '이 자식 정말로 악질'이라고 혼잣말을 하면서 내가 쓴 조서를 건네주었다. 조서에 지장을 찍었다. 나는 경찰서에 잡혀 있지만, 형사를 상대로 해서 내가 원하는 결과를 얻어냈다. 내가 이긴 것이다. 무척이나 기뻤지만 나는 마지막까지 연기에 충실했다. 지장을 찍은 뒤에도 기쁜 내색을 하지 않고 굳은 표정으로, 겁먹은 얼굴로 앉아 있었다. 형사가 자리를 뜨고 의무경찰이 와서 나를 유치장으로 데려갔다.

　남자들을 가두는 방이 세 개 있었고 여자 방이 하나 있었다. 내가 들어간 방에 남사장이 먼저 와 있었다. 그에게 조서를 어떻게 썼는지 물었다. "책 사러온 거라고 거짓말을 했지. 그런데 책 살 돈을 꺼내보라고 하더라구. 주머니를 다 까뒤집어 봐도 100원짜리 동전 네 개가 전부더라구. 거짓말했다고 귀싸대기를 몇 대 맞으니까 기분이 더럽더라구. 내가 왜 이 자식한테 맞으면서 훈계를 들어야 하나 하는 생각이 들더라구. 그래서 시위하러 왔다고 말해버렸어. 그랬더니 돌멩이 던졌을 거 아니냐고 하더라. 안 던졌다고 하니까 또 거짓말한다고 뺨을 때리는 거야. 진짜 안 던졌는데 짜증이 나서 던졌다고 해버렸어. 몇 개 던졌냐고 해서 여러 개 던졌다고 하니까 정확하게 말하라는 거야. 그냥 다섯 개 던졌다고 해버렸어."

　남사장 말고도 학생이 세 명 더 있었다. 그 중에 닭장차 뒤에서 백골단원에게 두들겨맞은 학생이 있었다. 우리 학교 미학과 1학년 학생이었다. 나 때문에 맞은 거라고 미안하다고 사과를 하니 몇 대 맞았지만 상처난 데도 없고 선배가 잘못한 것도 아니지 않느냐며 씨익 웃었다.

"내가 오늘 산만 타지 않았어도 백골단원이 뒤에서 붙잡았을 때 업어치기 한 방으로 날려버리는 거였는데." 남사장이 분위기를 바꿔보려고 너스레를 떨었다. 모두 웃음을 터뜨렸지만 내일 훈방으로 나갈 수 있을지 아니면 구류를 살아야 하는지가 결정되지 않았으므로 마음 한구석에 자리 잡은 불안감은 씻어낼 수 없었다. 멤버도 적당하니 고스톱이나 치자며 남사장이 신문지를 손으로 오리고 볼펜으로 그려서 화투장을 만들었다. 전두환 사진을 오려서 팔광으로 썼다. 필광이 나올 때마다 우리는 터져나오는 웃음을 참느라 애를 먹었다.

다음날 아침에 나는 전날 취조를 받던 곳으로 불려갔다. 그곳에 아버지가 와 있었다. 아버지 얼굴을 본 순간 난 잠시 멍해졌다. 아버지는 흰색 와이셔츠를 입고 있었고 화난 표정이었는데 형사 같았다. 아버지가 가족들에게는 비밀로 하고 경찰서에 근무하고 있었던 것이 아닌가 하는 생각이 스쳐지나갔다. 대학교 2학년이면 엄연한 성인인데 훈방조치를 하면서 보호자를 불러대리라고는 상상도 못 했다. 아버지는 형사들에게 자식 교육 잘 시키겠노라고 머리를 조아렸다. 아버지가 비굴해보였지만 나는 내색할 수 없었다. 아버지한테 나는 죄인이었다.

경찰서를 나오니 한낮이었다. 하루 만에 다시 보는 햇빛이 반가웠고 자유롭게 나다니는 행인들이 낯설게 느껴졌다. 공기도 달랐다. 어제도 내가 들이마셨던 공기지만 지금까지는 느껴보지 못했던 청량한 기운이 폐 속까지 전해졌다. 아버지는 경찰서 앞에 있는 냉면집으로 나를 데리고 들어갔다. 오장동 함흥냉면 집이었다. 냉면을 다 먹을 때까지 아버지는 한 마디도 하지 않았다. 어색한 분위기가 견디기 힘들었다. 죄송하다는 말을 해서 아버지의 화를 풀어주는 게 도리인 줄은 알았지만 그 말은 쉽게 나오지 않았다. 그 말을 하면 신념을 가지고 한 나의 행동을 스스로 부정하는 꼴이 될 것 같았다.

"엄마가 걱정한다. 집에 들어가 봐라." 아버지는 이 말 한 마디를 남겨놓고 당신이 근무하는 회사를 향해 걸음을 옮기셨다. 나는 아버지의 뒷모습이 시야에서 사라질 때까지 지켜봤다. 사업에 실패해서 퇴직금과 집까지 날리고 대낮에 출근을 한 지 삼 년째 되는 아버지. 이모부가 책임자로 있는 주류 하치장에서 경비 일을 하면서도 자식들이 하나같이 번듯하게 자라줘서 주눅들 일 없다던 아버지. 힘없이 걸어가는 뒷모습을 지켜보면서 나도 모르게 눈물이 흘렀다.

남사장은 구류 20일 처분을 받았다. 돌을 던졌다고 거짓말을 한 대가치고는 너무 심한 거였지만 남사장은 달게 받아들였다. 남사장 형과 면회를 가는 길이었다. "내 동생이 학교 다닐 때 공부를 얼마나 잘했는지, 학력고사 두 번 본 점수를 합하면 600점이 넘는다니까." 그러니까 남사장은 우리한테는 남사장이었고, 학과 여자 동기가 남사장의 배를 두드리면서 "이 속에는 뭐가 들었는고?" 해서 웃음을 터뜨린 적도 있는데, 집안에서는 기대를 한몸에 받는 모범생에 수재로 자타가 인정하는 효자 아들이었구나.

장한 아들인 남사장은 구류를 살고 나온 뒤 바로 군대로 직행했다. 남사장은 내색하지 않았지만 부모님이 강제로 휴학을 시키고 군대에 보낸 것 같았다. 부모님의 뜻을 거슬러본 적이 한 번도 없었지만 이번만은 그러고 싶지 않다는 뜻을 비치기도 했었다. 리더십이 있고 주관이 강한데도 결정적인 순간에는 고집을 꺾고 마는 그런 친구였다. 남사장은.

남사장이 군대에 가는 날 친한 동기들 몇이 입소하는 곳까지 배웅을 해주었다. 장발이 아닌 남사장을 본 적이 없어서 빡빡머리가 더 어색하게 여겨졌다. 학교에서 제일 먼 곳에 자리 잡은 곳이 군대인데 남사장이 무사히 군 생활을 마치고 우리 곁으로 돌아올 수 있을까? 남사장이 돌아왔을 때 우리는 어떻게 변해 있을까? 그때 내가 학교에 있기는 할까? 남사장이 입소하는 것을 지켜보면서 나는 지금 저기 걸어가는 것이 나인 것 같은 착각에 빠졌다. 그러면 남사장은 어디 있을까. 빡빡머리를 하고 걸어가는 내가 뒤를 돌아본다. 멀리서 손을 흔들고 있는 장발의 남사장이 보였다.

앞에서는 전경들이 우리를 잡으려고 뛰어오고 뒤에서는 시
위대들이 썰물처럼 사라져갈 때 남사장과 나는 우리의 책
임을 다했다는 눈빛을 교환했다.

두 번째 숨결

필립 포조 디 보르고의 ≪1%의 우정≫을 읽고,
내가 경험한 두 번째 숨결을 산문으로 쓰세요.
글에는 '두 번째 숨결'이라는 표현을 넣지 않는 것이 좋습니다.

1%의 우정 ────────────────────────

술술 읽히는데도 유치하지 않으며 영화로도 만들어졌다면 중간소설이라고
할 수 있습니다. 중간소설은 당대 대중의 눈높이에 맞췄기 때문에 그 사람들
이 모두 흙으로 돌아가고 나면 읽어줄 사람이 없습니다. 시간이 지날수록 빛
이 나는 작품과는 다른 길을 걸을 수밖에 없습니다.
중간소설을 잘 들여다보면 작가가 살고 있는 사회의 대중이 수준이 어떤지,
어떤 것에 관심이 있는지, 무엇을 좋아하는지를 알 수 있습니다. 당연히, 중간
소설에서도 의미 있는 주제를 끌어낼 수 있습니다.

쿤타 1. 미도관

"어떡해요, 3학년 선배들이 형을 혼내려고 벼르고 있대요."

"나는 선배들에게 혼날 짓을 한 적이 없는데?"

"합숙훈련 끝나고 무전여행 할 때 형이 제대로 안 했다고 그러던데
요?"

소영이는 걱정스러운 표정을 감추지 못했다. 집사람들이 모두 모인
자리에서 공개적으로 망신을 당하면 자존심이 강한 내가 집을 뛰쳐나
갈 게 뻔히 보였기 때문이다.

"제대로 안 한 사람은 내가 아니라 그 인간들이지."

3학년들 전부가 문제였던 건 아니었다. 문제는 쿤타였다. 이번 일도
쿤타가 꾸민 일일 것이다. 동기들을 들쑤셔 눈엣가시 같은 나를 골탕
먹이려는 수작이다.

집에서 나오면 어떻게 될까? 당장은 마음이 편할 것 같다. 꼴 보기 싫
은 선배들 얼굴을 보지 않아도 되고, 가투를 나갈 일도 없을 테고, 짬새

에게 언제 달려갈지 몰라 불안해하지 않아도 된다. 마음이 편한 건 잠시겠지. 운동을 그만두는 건 친구와 후배와 선배를, 지금껏 내가 가장 가까이 지내던 사람들을 한꺼번에 잃어버린다는 뜻이다. 거기에는 소영이도 포함될 것이다. 소중한 사람들을 잃어버리는 것보다 더 견디기 어려운 건 나를 잃어버리는 것이다. '쟤들은 왜 저러고 살까?' 이해할 수 없었고, 이해했다 해도 불쌍해 보였던, 불쌍해 보이지 않았다 해도 그렇게는 살고 싶지 않았던 운동하지 않는 친구들, 운동을 그만둔 친구들, 이제 나도 그들처럼 살아야 한다는 뜻이었다. 그건 살아도 사는 게 아니었다. 그러니까 쿤타는 내 몸에 보이지 않는 손을 집어넣어 소중한 것들만 쏙 빼가려는 속셈이다. 자기한테는 아무 쓸모도 없는 거니 아무 데나 버리겠지, 왼손이 하는 일을 오른손도 모르게.

　지저분한 계단을 올라가서 간유리가 끼워져 있는 미도관 미닫이 문을 열었다. 미도관은 사거리 건너편에 있는 왕도장과 함께 봉천사거리에서 가장 유명한 중국집이다. 음식 맛이 기가 막혔다면 더할 나위 없이 좋았을 테지만 맛을 기대하고 이곳을 찾아오는 손님은 없었던 것 같다. 중국집은 학교 앞 서점과 더불어 운동권 학생들의 아지트였다. 시내에 가투가 있는 날이면 서점은 학생들이 잠시 맡겨놓은 책가방으로 발 디딜 틈조차 없었다. 평상시에 서점은 학생들에게 정신의 양식이었던 이념서적을 공급하는 역할을 했고 일주일에 한두 번 정도는 학생들의 가방을 맡아주는 탁아소 역할을 했다. 저녁이 되면 맡겨놓았던 가방을 찾으러온 학생들로 서점은 다시 북적였다. 밤늦은 시간까지 남아 있는 책가방이 몇 개씩은 꼭 있었다. 가방도 표정이 있다는 것을 알려주기라도 하려는 듯 그것들은 하나같이 슬픈 표정을 짓고 있었다. 그들이 말을 알아들을 수 있었다면 나는 참지 못하고 사실을 말해줬을 것이다. '네가 기다리는 사람은 너보다 더 너를 만나고 싶어할 거야. 내가 잘 안 다니까.'

서점도 서점이지만 신림동, 봉천동 일대에 중국집이 없었다면 1980년대 관악의 학생운동은 제대로 뿌리내리지 못했을 것이다. 17, 8세기 프랑스에 쌀롱이 있었다면 1980년대 대한민국에는 중국집이 있었다. 서점에서 가방을 찾아온 행운의 주인공들이 향하는 곳은 대개가 중국집이었다. 중국집에는 4, 50명이 들어갈 수 있는 방이 여러 개 있었다. 중국집 문을 열고 들어오는 사람은 낯선 광경에 두 번 압도되었다. 방에서 경쟁적으로 불러대는 노래 소리에 청각이 먼저 압도되고, 방문 앞에 어지럽게 널려 있는 신발에 시각이 압도되는 것이다. 이렇게 많은 신발의 주인이 한 사람도 빠짐없이 방으로 들어가려면 각자가 목소리로 변신하는 방법뿐이었겠지!

점심시간이라서 미도관은 조용했다. 미도관이 이렇게 조용해도 되는 건가? 소리를 키워서 방음 효과를 내던 평소의 방법 대신 이날 미도관은 소리를 죽여 방음 효과를 내는 참신한 방법을 쓰고 있었다. 미닫이 문을 열고 문지방을 넘어섰다. 7, 80명은 족히 앉을 수 있을 만큼 큰 방이었다. 빈자리가 거의 없었다. 공교롭게도 쿤타가 앉아 있는 맞은편에 두 명이 앉을 수 있는 자리가 있었다. 소영이와 함께 자리에 앉아서 주위를 둘러보니 아는 얼굴은 열 명 남짓이었다. 쿤타는 나와 눈이 마주치자 어색하게 웃어보였다. 나는 가볍게 고개를 숙여 인사를 했다.

소중한 것을 떠나보낸 경험

에밀 아자르의 ≪자기 앞의 생≫을 읽고,
소중한 것을 떠나보낸 경험을 산문으로 쓰세요.

자기 앞의 생 ────────────────────

모모는 로자 아줌마가 세상을 떠나고 난 뒤에야 그녀가 얼마나 소중한 사람
이었는지 깨닫게 됩니다. 사라지고 나면 그것이 얼마나 소중했는지 알 수 있
습니다. 현명한 사람은 곁에 있을 때도 소중한 것과 그렇지 않은 것을 알아보
고 현명하지 않은 사람은 사라지고 난 뒤에도 소중한 것을 알아보지 못하지
만요.
아이는 소중한 것을 보낼 때마다 조금씩 어른이 됩니다. 소중한 것을 보내지
않고도 더 나은 어른이 될 수 있다면 진짜 어른이라고 할 수 있겠지요.

쿤타 2. 가스버너

쿤타를 볼 때마다 나는 이런 생각을 했다.

'저 인간은 왜 운동을 하는 걸까?'

쿤타의 가슴 한복판에 창문이 있다면 열고서 안을 들여다보고 싶었다. 가슴에 창을 내는 사람은 없으니 속을 알고 싶으면 아쉽지만 창문 틈으로 엿보는 수밖에 없다.

우리는 낙성대 근처에 있던 근이의 자취방에서 세미나를 하곤 했다. 3학년 선배 서너 명이 돌아가면서 2학년 대여섯을 지도했다. 쿤타는 우리를 직접 지도하는 선배는 아니었다. 한번은 쿤타가 세미나에 참석했다. 시커멓고 커다란 얼굴 한가운데 주먹코가 자리를 잡았고, 심하게 곱슬거리는 머리카락에, 목이며 팔꿈치 쪽이 늘어난 빛이 바래고 때가 묻은 스웨터를 입고 있으며, 금방이라도 엄지발가락이 얼굴을 내밀 것 같은 다 떨어진 운동화를 신은 사람을 1980년 중반에 봉천동이나 신림동에서 만났다면 그가 바로 쿤타이다. 가투를 하다가 짭새에게 달려들어가 조서를 쓰는데 서울대 법대에 다닌다고 사실대로 말했는데도 형사가 믿지를 않더란다. 거짓말한다며 몇 번을 쥐어박힌 뒤에 옆자리에서 조서를 쓰고 있던 친구가 증인이 되어주어 운 좋게 신분을 증명할수 있었다나 뭐래나.

세미나를 마치고 늦은 점심으로 라면을 끓여먹은 뒤에 방에서 나가려고 다들 일어서는 중이었다. 쿤타가 가스버너를 만지작거리며 혼잣말을 했다.

"이것 참 좋다."

근이가 쿤타의 속셈을 눈치채고 못을 박았다.

"형, 이거 내 거 아니라예. 세미나 하는 날 밥 끓일 때 쓰라고 정우가 갖다놓은 거라예."

"정우야, 나 이거 며칠만 빌릴게."

지금 생각해보면 쿤타는 돌려 말하기의 달인이었다.

"솔직히 말하면 가스버너가 나한테 꼭 필요한 건 아니야. 등산을 할 일이 생길 것 같지도 않고, 생긴다 해도 돈이 없어서 가기도 어려워. 그런데 왜 버너에 욕심을 내냐구? 정말 몰라서 묻는 거야? 공짜니까! 정 쓸 데가 없으면 집에서 밥을 할 때 쓰지 뭐. 쓸 일이 없으면 구석에 쳐박아둬도 되고. 최소한 밑질 일은 없잖아."

쿤타가 나에게 이렇게 말했다면 내가 버너를 순순히 건네줬겠는가? 더군다나 그건 내가 산 것도 아니었다. 누나가 등산 갈 때 들고 다니는 걸 잠깐 쓰겠다고 말하고 가져온 거였다.

며칠만 쓴다던 약속은 당연히 지켜지지 않았다. 나는 쿤타를 만날 때마다 버너를 돌려달라고 말했다. 처음에는 기분 상하지 않게 조심스럽

198

게 부탁을 했다. 그 다음에는 화를 참으며 짜증이 섞인 말투로 쏘아붙였다. 그 다음에는 더러워서 더 이상 말도 꺼내기 싫지만 마지막이라 생각하고 사정을 했다. 교내집회가 열리는 도서관 앞 광장(우리는 그곳을 아크로폴리스라고 불렀다), 철야 농성을 하던 도서관, 가투가 벌어지는 시내 한복판. 내가 우연히 쿤타를 볼 수 있는 장소는 이것이 전부다. 나는 장소를 가리지 않고 쿤타를 만나기만 하면 버너를 돌려달라고 했다.

쿤타는 요지부동이었다. 그래도 안 준다는 말은 안 했다. 얼굴색 하나 변하지 않은 채로 며칠 있다가 준다는 말을 열 번도 넘게 하는 저 인간은 도대체 뭘까? 누나는 버너가 돌아오지 않는 사정을 내게 듣고는 뭐 그런 인간이 다 있냐며 기막혀 했다. 나는 누나가 쿤타로 인해서 내 선배들을 같잖게 볼까 봐 속이 상했다.

가스버너가 돌아왔다. 돌려받는 걸 포기하고 마음이 가벼워질 때쯤이었다. 쿤타는 며칠 빌렸다가 돌려주기라도 하는 것처럼 자연스럽게 버너를 내게 건넸다. 나는 쿤타에게서 버너를 받은 게 아니라 난해한 문제를 하나 받은 셈이었다.

'왜 돌려줬을까?'

쿤타는 집에서 가스버너를 요긴하게 썼을 것이다. 자주 쓰지는 않았고, 한 달에 한 번 정도? 그러던 어느 날 가스가 다 닳아 버너는 무용지물이 된다. 버너를 계속 쓰려면 아는 사람에게 가스를 빌려야 했다. 가스를 빌릴 수 없다면 가스버너는 돈 잡아먹는 기계가 된다. 버리느니 주인한테 돌려주는 게 낫다. 쿤타는 이번 일로 중요한 깨달음을 얻었을 것이다. 물건을 빌릴 때는 돈이 들어가지 않는 놈을 골라야 한다.

이보다 더 중요한 이유가 있었을 것이다. 나는 쿤타가 저지른 만행을 아무한테도 이야기하지 않았다. 사정이 어떻든 나는 고자질쟁이가 되고 싶지 않았다. 소영이한테 이야기를 꺼낸 건 나처럼 멋모르고 당하는 일이 없기를 바랐기 때문이다. 소영이는 놀라거나 분개하는 기색을 보이지 않고 묵묵히 내 말을 듣고 있었다. 소영이는 쿤타가 어떤 인간인지 이미 알고 있었던 것 같다. 몇 달 동안 요지부동이던 쿤타가 갑자기 태도가 바뀌었고, 그 시점이 내가 소영이에게 쿤티의 만행을 성토한 직후라는 점을 고려하면 쿤타를 찾아가서 문제를 깨끗이 해결한 사람이 있었다는 것은 확실하다. 그가 누구인지는 절대로 알 수 없지만.

> 교내집회가 열리는 도서관 앞 광장(우리는 그곳을 아크로
> 폴리스라고 불렀다), 철야 농성을 하던 도서관, 가투가 벌
> 어지는 시내 한복판. 내가 우연히 쿤타를 볼 수 있는 장소
> 는 이것이 전부다. 나는 장소를 가리지 않고 쿤타를 만나
> 기만 하면 버너를 돌려달라고 했다.

인생의 법칙을 깨달은 사건

요나스 요나손의 장편소설
≪창문 넘어 도망친 100세 노인≫을 읽고,
인생의 법칙을 깨닫게 해준 사건을 산문으로 쓰세요.

창문 넘어 도망친 100세 노인 ─────────────

베스트셀러 중에는 베스트북이 없다는 말이 있습니다. 책이 많이 팔렸다는
건 대중의 눈높이에 맞는다는 것입니다. 대중이 추구하는 것은 재미이고, 재
미를 얻은 대가로 작가는 깊이나 높이를 지불해야 하는 것이 문학의 법칙입
니다. 대중의 눈높이에 맞는 책 중에서 수준 높은 책을 찾는 것은 대도시에서
아름다운 밤하늘을 보려는 것과 다르지 않습니다. 예외가 없지는 않습니다.
≪잠수복과 나비≫는 좋은 책인데도 많이 팔렸습니다. 좋은 책이라서 많이
팔린 것이 아니라 좋은 책인데 대중이 좋아할 만한 요소가 있었던 거지요.

쿤타 3. 안양 가투

병훈이 형이 근이와 나를 과방으로 불렀다. 방학이라 과방에는 우리 밖에 없었다. 과방 옆에는 과사무실이 붙어 있었다. 강의실 용도로 만든 공간을 칸막이로 나누어 두 개의 공간을 만든 것이다. 과방에서 대화를 나눠도 과사무실에서 다 들리는데 과사무실에서 나는 소리는 과방에서 들리지 않았다. 소리가 강물이라도 되는 것처럼 한 방향으로만 흘렀다. 병훈이 형은 대학노트를 한 장 찢어서 약도를 그렸다. 병훈이 형이 의심의 눈초리로 과방 구석구석을 살피는 것을 보고 있으면 과방 어딘가에 도청장치가 있을지도 모른다는 생각이 허황된 것이 아닌 것처럼 여겨진다. 과방 창문으로 잎이 무성한 벚나무 가지가 보였다. 자하연의 벚나무에게는 3층 높이가 가슴 부근이었다. 나무도 표정을 지을 수 있었다면 한가로운 여름 아침에 어두컴컴한 과방에서 밀담을 나누는 우리를 애잔한 눈길로 바라보았을 것이다. 병훈이 형은 인간이 낼 수 있는 가장 작은 목소리로 택을 설명했다. 귀로 들어온 목소리가 심장으로 전해지는 과정에서 엄청나게 증폭되어 내 몸이 락커가 내지르는 목소리를 내보내는 스피커처럼 쿵쿵 울렸다.

"여기가 안양역이고 그 앞으로 왕복 4차선 도로가 있어. 버스 정류장 부근에서 기다리면 두 시 정각에 육교에서 동이 뜰 거야. 동이 피를 뿌리면 도로로 뛰어들어와서 스크럼을 짜. 전투조가 도로 양쪽에 바리케이트를 칠 거고 전경이 출동하면 바리케이트를 사이에 두고 대치할 거야. 그러다가 상황을 봐서 퇴가해. 도주로는 이곳과 이곳이야. 뒷풀이 장소는 청벽집이다. 만약에 짭새한테 달려가면 1동 화장실에서 16절지 1/4 크기의 찌라시에 가투 장소와 시간이 적혀 있는 걸 보고 왔다고 말해. 질문 있어?"

전투조! 체격이 좋고 운동신경이 뛰어난 3학년 남학생들로 구성된 정예멤버. 무술 유단자가 절반이 넘어 백골단과 맞붙어도 밀리지 않으며, 가투 현장에서 전경이나 백골단으로부터 학생들을 보호하고 도주상황에서도 침착하게 자리를 지키다가 학생들이 안전하게 대피한 것을 확인한 뒤에 여유롭게 퇴각할 뿐 아니라 백골단에게 붙잡힌 학생이 있으면 번개처럼 달려가서 적을 제압하고 전우를 구출해오는 전투적 지성! 우리는 이런 전투조를 꿈꾸었지만 실제 전투조는 이름뿐이었다. 공부밖에 할 줄 아는 것이 없는 젊은이가 대학교 3학년이 됐다고 갑자기 이소룡으로 변신할 수는 없지 않은가. 가투에 나갔다가 무사히 돌아오려면 눈치껏 알아서 해야 했다. 각자도생! 자기 살 길은 자기가 찾아야 하는 인생의 법칙이 시위 현장이라고 다르지 않았다.

근이와 나는 입을 꾹 다문 채 없다고 고개를 저었다. 병훈이 형은 약도를 그렸던 종이로 사각 기둥을 만들어 윗부분에 불을 붙였다. 담배

한 개비를 꺼내서 화르륵 타오르는 불길로 불을 붙여 한 모금 빨고는 후욱하고 연기를 내뿜었다. 불길이 아래까지 다 타들어가 약도가 재가 되는 데에는 10초도 걸리지 않았다. 병훈이 형한테 택을 전달받을 때 보니 긴장한 표를 내지 않으려고 근이 얼굴이 잔뜩 굳었다. 내 얼굴도 그럴 것이다. 오늘 가투가 있는 줄은 학교에 와서야 알았다. 책가방을 과방에 두고 근이와 함께 안양역을 찾아갔다. 신림 사거리에서 버스를 갈아타야 했다. 두 시간이 넘게 걸리는 긴 여정이었다.

안양역 앞 버스 정류장에는 버스를 기다리는 학생들이 유난히 많았 다. 매일 그 시간에 버스를 타러 나오는 사람이 있었다면 버스 정류장 이 생긴 뒤로 그렇게나 많은 손님이 버스를 기다리는 것은 처음 보았을 것이다. 하나같이 굳은 표정이다. 자연스럽게 보이려고 애를 쓰는 것이 더 어색해 보였다. 아는 얼굴도 몇 명 있었지만 서로 모른 척한다. 가투 는 긴장의 연속이지만 가장 긴장이 되는 순간은 동이 뜨기 직전이다.

대학생으로 보이는 내 또래의 청년들이 육교를 중심으로 여기저기 흩어져 있는 것만 빼면 거리 풍경은 전혀 낯설지 않다. 도로에는 버스 와 자동차가 지나가고 거리에는 많지도 적지도 않은 행인이 각자의 목 적지를 향해서 바쁘게 혹은 여유 있게 움직인다. 누구도 몇 년째 제자 리를 지키고 있는 보도블럭을 유심히 들여다보지 않는다. 도로를 향한 건물의 유리창은 대개가 닫혀 있고 한두 군데 열려 있지만 머리를 내 밀고 바깥을 내다보는 사람은 없다. 거리에는 자동차에서 나는 엔진소 리뿐, 경적소리도 들어보기 어렵다. 장마가 끝나고 본격적인 무더위가 시작되려는 칠월 중순의 안양역 앞은 평화롭다기보다는 무료한 풍경 이었다.

잠시 후에 누구도 예상하지 못하는 일이 벌어질 것을 미리 아는 사람의 심정이 이럴 것인가? 긴장을 해서 입안은 열병을 앓을 때처럼 바싹 마르고 나무토막이라도 된 것처럼 손과 발이 몸통과 따로 논다. 동이육교 위에서 피를 뿌리며 구호를 외치면 주변에서 대기하던 학생들이 구호를 따라 외치며 도로로 뛰어들어 스크럼을 짠다. 방금 전까지 아무 일 없이 자동차가 줄지어 달리던 도로는 학생들과 차가 뒤엉켜 아수라장이 된다. 가방에 화염병을 넣어서 들고 온 학생들이 주변에 있는 학우들에게 화염병을 나눠준다. 보도블럭은 학생들에 의해서 파헤쳐지고 조각이 나서 투석전에 쓰일 무기로 변신한다. 싸이렌이 점점 가까워지고 음질이 불량한 스피커에서 시위를 중단할 것을 경고하는 전경 부대장의 목소리가 들린다. 최루탄이 날아오기 시작한다는 뜻이다. 시위대의 머리 위 여기저기서 폭죽 소리를 내며 최루탄이 터지고 노란색 가루가 슬로우 비디오에서처럼 천천히 아래로 내려앉는다. 시위 대열의 선두에서는 남학생들이 보도블럭 조각과 화염병을 던지며 전투경찰과 맞서고 나머지 학생들은 스크럼을 짠 채로 구호를 외친다. 시위대와 전투경찰 간의 힘의 균형이 깨어지는 건 한순간이다. 백골단이 도착해서 시위대를 향해 달려들면 학생들은 스크럼을 풀고 골목으로 도망치기 바쁘다.

일반적인 가투는 이렇게 전개된다. 그런데 그날의 가투는 정상적인 가투와 많이 달랐다. 일단, 가투에 참여한 인원이 너무 적었다. 기껏해야 여든 명 정도? 학생들이 도로를 점거한 지 30분이 지나도록 전경이 출동하지 않은 것도 정상이 아니었다. 심지어는 백골단도 오지 않았다. 백골단이 오지 않으니 전경과의 대치는 무한정 길어졌고 시위대는 점점 지쳐가고 있었다. 그 와중에 눈에 띄는 인물이 하나 있었는데 그가 바로 쿤타였다. 쿤타는 때묻은 손수건으로 코와 입을 가리고 운동회에 나온 초등학생처럼 흥에 겨워하며 시위현장을 뛰어다녔다. 그의 트레이드 마크인 구멍난 운동화도 그가 시위현장을 종횡무진하는 것을 방해할 수 없었다. 가장 근거리에서 전경대에게 화염병을 가장 많이 던진 학생도 그였다.

화염병과 돌멩이가 다 떨어져서 막을 내린 가투는 그날이 처음이었다. 지역 사학자가 그날의 가투를 목격했다면 안양 시내가 생긴 이후 있었던 최초의 가투라고 기록했을 것이다. 백골단이 출동하지 않아서 시위에 참여한 학생 전원이 무사 귀환을 하는 쾌거를 달성하긴 했지만 도대체 어떤 정신 나간 인간이 지방 소도시에서 가투를 벌일 계획을 한 걸까 하는 생각을 떨칠 수 없었다. 그날 출동한 전경대원은 관악경찰서 소속이었다. 신림동에서 오느라 시간이 오래 걸렸던 것이다. 백골단이 출동하지 않은 이유는 알 수 없지만 아마도 지방 소도시에서 벌어진 시위가 전경 부대장이 보기에도 같잖았던 것 같다.

가투가 끝난 뒤에 쿤타는 근처에 있는 후배들 몇 명을 데리고 자기 집으로 갔다. 거기에 나도 끼어 있었다. 쿤타는 보로꾸를 쌓아 만든, 부엌이 딸린 방 하나뿐인 허름한 집에 살고 있었다. 홀어머니와 함께라고 했다. 파출부 일을 해서 어렵게 키운 외아들이 서울 법대에 들어갔다는, 텔레비전에 나올 법한 이야기의 주인공이 쿤타였다. 쿤타는 자기가 고등학교에 다닐 때 얼마나 유명한 학생이었는지 자랑을 했다. 그런 것이 자랑이 된다고 생각하는 순진한 인간이었다, 쿤타는. 쿤타의 자랑질이 끝나고 얼마 되지 않았을 때 어머니가 집에 돌아오셨다. 이웃집 아주머니가 시위대열에서 쿤타를 발견하고 그 즉시 어머니에게 달려가서 놀라운 소식을 전한 것이다. 쿤타는 어머니의 놀란 가슴을 진정시키려고 그 덩치와 얼굴에 어울리지 않게 애교를 떨었다. 유명인사라는 인간이 자기 동네에서 벌어진 시위에서 그토록 설치고 다닌 이유가 궁금했지만 물어보지 않았다. 머저리에게 무슨 기대를 하겠는가. 더 기가 막힌 건 그날 시위에 참여한 학생들은 전부 우리 집 사람들이었다는 것이다. 3학년들끼리 나누는 대화를 우연히 듣게 되었는데 그날의 시위를 무척 자랑스러워하고 있었다. 엉뚱한 곳이 시위장소로 정해진 데에는 쿤타의 의견이 결정적인 역할을 했다. 자기 동네에서 시위를 벌이는 것이 쿤타에게는 금의환향이었던 것이다.

66

안양역 앞 버스 정류장에는 버스를 기다리는 학생들이 유
난히 많았다. 매일 그 시간에 버스를 타러 나오는 사람이
있었다면 버스 정류장이 생긴 뒤로 그렇게나 많은 손님이
버스를 기다리는 것은 처음 보았을 것이다.

99

시 읽고 산문쓰기 1

이백의 〈춘사〉, 두보의 〈곡강〉,
김소월의 〈산유화〉, 백석의 〈적막강산〉을 읽고,
자유주제로 산문을 쓰세요.

시 읽기 ─────────────────────────────

시를 읽을 때는 시집으로 읽어야 합니다. 시의 최소 단위는 시 한 편이 아니라
시집 한 권입니다. 시집에서 시를 뽑아 다른 시집에 있는 시와 비교하며 읽는
것도 좋습니다. 시가 더 잘 보일 겁니다.

귀거래사 1. 꿈의 여행

"여권 꼭 챙겨라."

"알았다."

대학 동기들과 황산에 간다고 했더니 누나가 황산에 갔던 얘기를 해줬다. 잔도를 따라서 올라가는 길이 인상적이었고 잠은 황산 꼭대기에 있는 호텔에서 잤는데 아침에 일어나보니 날씨가 좋아서 황산의 운해를 볼 수 있었다고, 말 그대로 장관이었다고.

잔도는 사진으로 본 적이 있다. 남사장이 보내준 여행 안내서에도 있었다. 천길이나 되는 절벽에 쇠말뚝을 박아서 계단을 낸 것을 보며 살짝 걱정을 했다. 고소공포증으로 중간에서 올라가지도 내려가지도 못하게 되는 거 아냐? 나보다 훨씬 겁이 많은 남사장이 같이 가는데 걱정 안 해도 되겠지?

여행을 가자는 말이 나온 건 10년 전이었다. 그때도 가장 적극적이었던 친구는 남사장이었다.

"우리 예전에는 기냥 여행이나 갈까? 하면 다들 군말 없이 따라나서 선운사도 가고 보길도도 가고 했었는데⋯⋯."

결혼하기 전에는 그랬다. 결혼한 뒤로는 친구들끼리 훌쩍 여행을 떠난 적이 한 번도 없다. 이유는 말하지 않겠다.

남사장이 바람을 넣을 때마다 현실성이 없다는 걸 알면서도 귀가 솔깃했던 이유는 젊은 시절로, 더 구체적으로 말하면 결혼하기 전의 자유롭던 그 시절로 돌아가고 싶었기 때문일 것이다. 우리에게 어행은 금기였지만 여행을 꿈꿀 자유마저 빼앗긴 건 아니었다. 여행을 가자는 말이 나오면 우리는 즉석에서 여행 계획을 짜고, 입고 있는 옷 그대로 배낭하나 없이 훌훌 여행을 다녀왔다. 잘츠부르크, 산티에고 가는 길, 설산 트래킹, 라싸, 리장, 시베리아 횡단 열차 여행, 쿠사츠 온천, 샹그릴라, 마추픽추, 알래스카, 터키 쪽 지중해, 세렌게티, 몽골⋯⋯. 그렇게 해서 다녀온 곳의 목록이다. 우리의 몸은 음식점이나 맥주집, 카페에 갇혀 있었지만 우리의 영혼은 예비군복을 입고 위병소를 통과하는 군인보다 더 자유로웠다. 우리들의 꿈의 여행 목록에 황산은 ⋯⋯ 없었다.

시간이 우리 편인 적이 있었나? 나이 서른을 넘긴 뒤로 나는 계속 시간과 싸웠던 것 같다. 가장으로서 생계를 책임지기 위해 학생들을 가르쳤으며 본업인 문학 공부를 해야 했고, 평론과 시를 썼으며 아들과 딸을 기르는 데에도 시간과 노력이 많이 들어갔다. 즐겁고 보람이 있는 시간도 있었고 힘들었던 시간도 있었다는 평범한 말로는 지난 20년 세월을 제대로 설명할 수 없을 것 같다. 내가 시간을 내 편으로 만들지 못했던 것은 의무감이 너무 강했기 때문이었다. 당연히 그때는 그런 줄 몰랐다. 요즘 와서 드는 생각이다.

나는 아내에게는 좋은 남편이 되고 싶었고 부모님에게는 좋은 아들, 아이들에게는 좋은 아빠, 학생들에게는 좋은 선생님, 독자들에게는 좋은 작가 …… 좋은 친구, 좋은 사람, 좋은 한국인, 좋은 인간이 되고 싶었다. 외계인을 만났더라면 나는 아마도 좋은 지구인이 되려 애를 썼을 것이다. 마치 지구에 사는 모든 생명체와 생명이 없는 것들이 내게 지구를 대표할 자격을 주기라도 한 것처럼…….

"제가 지금까지 써온 산문을 쭉 훑어봤더니 전부 교통사고를 당했던 경험만 썼더라고요. 이제 그만 울궈먹어야 하는 게 아닌가 해서요."

"물릴 때까지 써. 관심이 있다는 건 필요하다는 뜻이야."

글쓰기 상담을 받으러온 학생에게 이런 말을 해준 적이 있다. 마흔 중반을 넘기면서 나는 그저 좋은 나로 살기로 했다. 좋은 누군가로 사는 것에 질렸기 때문일 것이다. 생각을 바꾸자마자 시간도 태도가 싹 바뀌었다. 하는 일마다 사사건건 방해하고 시간이 좀 있었으면 좋겠다고 생각하면 코빼기도 보이지 않고, 시간이 좀 빨리 갔으면 좋겠다 생각하면 곁에 붙어서 떨어질 줄 모르던 그 시간이 아니었다.

남사장은 중국 여행 갔다 와도 되냐고 아내에게 물었더니 얼마 전에 갔다왔는데 뭘 또 가냐고 뱁새눈이 되더란다.

"그건 공무로 출장 간 거고, 이번에는 친구들이랑 여행 가려 한다니까."

10년 전부터 한 약속이고, 내가 빠지면 이번에도 흐지부지될 거고, 나이가 더 들면 그때는 기운이 없어서 여행도 못 다닐 거라면서 아내를 간신히 설득했다고 하는데, 내가 생각하기로는 애걸하는 남편이 불쌍해서거나 여행 전후로 한 달 동안 설거지를 하겠다는 조건이 탐났기 때문일 것이다.

시 읽고 산문쓰기 2

김진경의 ≪지구의 시간≫을 읽고
자유주제로 산문을 쓰세요.

지구의 시간 ————————————————

노벨 문학상 심사위원 가운데 눈이 밝은 사람이 있어서 훌륭한 시인을 찾아
냅니다. 인터넷과 방송이 그의 이름을 지구별 구석구석까지 전해줍니다. 들
어본 적이 없는 이름입니다. 심지어는 시인의 조국에서조차. 그의 이름은 김
진경이고 수상작으로 결정된 작품은 ≪지구의 시간≫입니다.

이런 멋진 사건이 일어날 수 있을까요? ≪지구의 시간≫이 수상작이 된다면
노벨상 위원회가 오히려 영광스럽게 여겨야 하는 게 맞는데, 이 시집은 절판
상태입니다. 재판을 찍을 가능성은 없어 보입니다. 벌을 받아야 할 사람이 상
을 받으면, 상을 받아야 할 사람은 벌을 받지요. 김소월이, 백석이, 정지용이
그랬듯이.

귀거래사 2. 주인공이 빠진 사건

"일요일 오후 여섯 시까지 영종도 에메랄드 빌딩으로 와라."

"월요일 아침 비행기라며?"

"출근 시간이랑 겹쳐서 차가 막힐 수도 있으니까 전날 가 있는 게 좋아."

'뭘 그렇게 까지'라는 말은 꺼내지 않았다. 공식적인 직함은 없었지만 남사장은 우리 모임의 실질적인 리더였다. 리더가 하자는 대로 군소리 없이 따르는 게 구성원이 갖춰야 하는 미덕이다. 계룡산 자락에 자리 잡은 대학에서 외국인 학생들에게 한국어를 가르친 적이 있다. 그 당시 미국 대통령은 부시였다. 이라크전을 일으켜 그에 대한 평판이 안 좋았을 때다. 미국에서 온 학생, 짐과 대화를 나누는 중에 부시에 대해서 어떻게 생각하냐고 물어봤는데 예상 밖의 대답을 들었다. 대통령은 우리가 선택한 것이니 믿고 따라야 한다. 잘못된 결정을 할 수도 있지만 그로서는 최선의 선택이었을 것이다. 국민들이 지지해주지 않으면 지도

자가 할 수 있는 일은 없다. 대답의 요지는 이랬는데 짐은 똑똑하지도 성실하지도, 그렇다고 얼굴이 잘생기지도 않은 학생이었다. 짐이 새벽에 치킨 배달원과 멱살잡이를 하며 싸운 사건으로 퇴사에 퇴학처분을 받기 전까지 1년 반 정도의 세월을 봐왔는데 이때처럼 현명한 말을 한 적은 한 번도 없었다. '이것이 미국을 움직이는 힘이구나'라는 생각을 했다. 나는 아직도 부시가 이라크전을 일으킨 것은 히틀러의 작품인 2차 대전만큼이나 잔인하고 정신 나간 짓이라고 생각한다. 믿을 만한 사람을 뽑아야 하고, 뽑은 뒤에는 믿어야 한다. 바다를 건넌다 해도 퇴색하지 않는 명언이다. 남사장이 부시 같은 짓을 하면 나는 어떻게 해야 하는가? 말려야겠지! 나는 미국 국민도 짐도 아니니까.

에메랄드 빌딩은 에메랄드와 거리가 멀었다. 허름한 오피스텔 빌딩인데 우리처럼 여행 전날 미리 와서 하룻밤을 보내는 사람들을 상대로 방을 빌려주는 모양이었다. 방은 제대로 관리가 안 되어 곰팡이 냄새가 났다. 스멀스멀 짜증이 나려 하는 것을 꾹 참았다. 남사장도 인터넷으로 검색만 해보고 정했을 거였다.

저녁을 먹고 맥주도 한잔하고 들어왔지만 시간은 겨우 아홉 시. 곰팡이 냄새가 반기는 숙소로 다시 돌아왔다. 남사장의 쥐약 사건 이야기를 꺼낸 것은 진도였다. 이 사건에 등장하는 인물은 남사장을 포함해서 네 명이다. 사건이 일어난 다음날 지도교수 연구실에서 정환이 형한테 처음 들었던 것이 15년 전이다. 같은 사건인데 다른 인물을 통해서 들으니 새로웠다.

정환이 형이 남사장에게 전화를 걸었다. 남사장은 낙성대에 있는 다세대 주택 방 한 칸을 얻어 자취를 하고 있었다. 대학원 입학시험을 치른 지 두 주 정도 됐을 때였다. 남사장은 석사논문이 통과되어 박사과정 시험을 치렀다. 석사 진입도 어려웠지만 박사 진입은 더 어려웠다. 현대문학 박사과정 TO가 일곱 명이었으니 선생님 한 분당 한 명씩의 제자를 받을 수 있다는 뜻이었다. 우리 방만 하더라도 남사장을 포함해서 세 명의 학생이 시험을 치렀다. 시험은 형식일 뿐이었고 지도교수가 낙점을 했다.

"남사장, 나 정환이다."
"으으으…… 나 쥐약 먹었어……."

전화는 끊어졌고 놀란 정환이 형이 몇 번을 다시 해봤지만 받지 않았다. 정환이 형은 남사장의 자취방을 알고 있는 사람을 찾아서 선생님들 연구실마다 노크를 하고 다녔다. 방학이라서 연구실 문은 대부분 잠겨 있었다. 권 선생님 연구실에 방돌이로 있던 진도와 대학원 연구실에 있던 진원이 형을 만날 수 있었다. 다행히도 진도가 남사장 자취방에 가본 적이 있었다. 대학본부 앞에서 택시를 잡아타고 낙성대로 가는 길에 정환이 형은 감정이 격앙되어 속에 담고 있던 말을 다 내뱉었다.

"내가 이런 일이 생길 줄 예전부터 알고 있었어. 대학원 입학시험을 그렇게 치르는 법이 어디 있어? 경쟁이 치열할수록 시험이 공정해야 하는 거 아냐? 한 방에 한 명씩 TO가 정해진 것도 말도 안 되고, 지도교수가 당락을 결정하는 것도 웃기는 일이지. 시험을 봤으면 시험 성적으로 학생을 뽑아야지 왜 지도교수가 멋대로 정해?"

진도와 진원이 형은 대꾸하지 않았다. 이유야 어떻든 남사장이 사경을 헤매고 있는 상황이다. 대학원 선발 방식이 옳으냐 그르냐를 따질 계제가 아니었다. 솔직히 말하자면 대학원 학생 선발방식의 최대 수혜자는 정환이 형이었다. 정환이 형은 오 선생님의 대학원 첫 제자여서 석사과정은 물론이고 박사과정 시험도 한 번에 붙었다. 시험의 공정성에 대해서라면, 학생의 능력을 평가하는 데에는 시험성적보다는 지도교수의 판단을 따르는 게 낫지 않을까? 물론, 지도교수가 사심 없이 판단을 내린다는 전제 하에서.

남사장의 자췻집 앞, 택시에서 내린 세 사람은 황급히 달려가 방문 손잡이를 돌려봤지만 예상했던 대로 방문은 굳게 잠겨 있었다. 독한 마음을 품은 남사장이 방문을 안 잠가놨을 리가 없었다. 진도가 주인집인 3층에 올라가 봤지만 집에 아무도 없었다. 진도가 허탕을 치고 내려오는 사이에 정환이 형과 진원이 형은 쪽창문 유리창을 깨고 방안을 들여다보고 있었다. 어두컴컴한 방에는 이불이 깔려 있었고 담배꽁초가 수북한 우유팩이 여러 개 널려 있었다. 이불은 한가운데가 불룩 솟아 있었다. 진도는 그 광경을 보자 속에서 뜨거운 것이 올라오며 눈물이 핑 돌았다. '겉으로는 대범한 척해도 소심하기 짝이 없는 남사장이 아무한테도 말 못 하고 몇날 며칠을 고민하다가 결국은 되돌릴 수 없는 선택을 한 거구나. 친구가 이불 속에서 고통스럽게 이 세상과 하직을 하게 될 때까지 나는 무얼 하고 있었나.'

진원이 형이 골목에 나가 대나무 막대기를 하나 주워왔다. 깨진 창문 틈으로 집어넣어 이불을 들춰보기 위해서였다. 막대기 끝으로 이불을 들추는 것은 쉽지 않아서 몇 번을 다시 시도해야 했다. 이불이 낯선 이들의 어설픈 시도를 잘 막아내고 있는 게 다행이기도 했다. 이불을 들추고 나면 싸늘하게 식은 남사장의 모습을 보지 않을 수가 없었다. 막대기를 들고 있는 진원이 형의 손이 떨리고 있었다. 참혹한 광경을 가려주고 있는 붉은 꽃무늬가 새겨진 무거운 커튼을 자기 손으로 걷어내고 싶어한 사람은 없었다. 그걸 잘 알고 있기 때문에 진원이 형은 후배들을 대신해서 총대를 짊어진 것이다. 속 깊은 선배의 성스러운 시도가 계속 진행되는 동안 지켜보는 두 사람은 아무 말도 하지 않았다. 남사장의 부모님이 소식을 들으면 얼마나 슬퍼할까 하는 생각을 하니 진도는 가슴이 더 무거워졌다. '우리 셋 중에 누가 이 사실을 알려야 할까?' 그건 대나무 막대기로 사실의 열매를 따는 것보다 더 부담스러운 일이었다. 진도는 남사장의 불운이 자기 책임인 것처럼 괴로웠다.

완강히 저항하던 이불자락이 마침내 두 손을 들었다. 이불 속에 있던 것은 남사장이 아니라 남사장이 빠져나간 자리였다. 이불 속에 남사장이 없다는 것을 확인하고 세 남자는 안도의 한숨을 내쉬었다. 일단 남사장이 이 방에 없는 것을 확인한 것만으로 큰 짐을 던 셈이다. 진도는 그때 이런 생각을 했다. '아무도 없는 이불이 사람의 마음을 이렇게 편하게 만들 수도 있는 거구나.'

'남사장은 어디에 있는 걸까? 쥐약 먹었다고 했던 전화는 뭐지?' 의문이 모두 풀린 건 아니지만 일단 남사장의 신변에 문제가 생긴 것은 아니라는 결론을 내리고 세 사람은 학교로 돌아왔다. 그 와중에 진원이 형은 대나무 막대기를 있던 자리에 갖다놓았다. 그게 없었더라면 방문을 부수고 들어갔을 것이다. 돌아오는 버스에서 정환이 형은 입시제도의 부당함에 대해서 한 마디도 하지 않았다. 오늘 사건의 주인공은 남사장이 아니라 자기였다는 것을 깨닫고 자기가 오해를 할 수밖에 없었던 이유를 두서없이 이야기했지만 나머지 두 사람은 귀기울이지 않았다.

소동이 벌어진 그 시간에 남사장은 자취집에서 얼마 떨어지지 않은 만화방에서 만화를 보고 있었다. 허영만의 〈아스팔트 사나이〉. 만화를 다 보고 집에 돌아와 보니 창문은 깨져서 방안에 유리조각이 흩어져 있고, 이불은 뒤집힌 채 요 바깥으로 팽개쳐져 있고⋯⋯. 도둑이 든 게 분명했다. 그런데 어떤 정신 나간 도둑이 가난한 자취생의 방을 턴 걸까? 방안에 있는 물건 중 값이 나가는 거리곤 286컴퓨터와 도트프린터인데 그건 그대로 있었다. 당황한 남사장은 유리조각을 대충 치운 뒤에 정환이 형에게 전화를 걸었다.

"형, 내 방에 도둑이 들었나 봐. 창문을 깨고 들어온 것 같아."

"어디 갔다 왔는데?"

"만화방에⋯⋯."

"열한 시쯤 내 전화 안 받았어?"

"아침 먹자마자 집에서 나왔는데?"

정환이 형은 됐다면서 전화를 끊었고 남사장은 영문을 몰라 수화기를 든 채로 한참을 그대로 있었다.

66

그런데 어떤 정신 나간 도둑이 가난한 자취생의 방을 턴 걸까? 방안에 있는 물건 중 값이 나가는 거라곤 286컴퓨터와 도트프린터인데 그건 그대로 있었다.

99

평범한 사건의 특별한 의미

≪안네의 일기≫를 읽고,
특수한 상황에서 특별한 의미를 지니게 된,
평범한 사건을 경험한 것을 산문으로 쓰세요.

안네의 일기 ──────────────────────────────

'전쟁이 끝나면 우리 가족이 전쟁을 견뎌낸 이야기를 소설로 써야겠다.' 안네
는 이런 꿈을 꾸었습니다. 이루어질 수 없는 꿈이었지만 실제로는 이 꿈이 이
루어졌습니다. 전쟁에서 무사히 살아남아 소설을 썼다 해도 ≪안네의 일기≫
만큼 훌륭한 소설은 쓰기 어려웠을 것입니다. 안네가 어린 나이에 훌륭한 작
품을 쓸 수 있었던 이유는 두 가지입니다. 책을 읽는 능력이 뛰어났으며 좋은
글을 쓸 수 있는 상황에 처했기 때문입니다. 나에게는 일상이지만 다른 사람
이 보기에는 특별한 사건을 글감으로 글을 쓰면 안네처럼 좋은 글을 쓸 수 있
습니다.

귀거래사 3. 1984년 봄

　학교 정문에서 대학본부로 올라가는 길에는 은행나무가 가로수였다. 대학에 입학하고 교양영어 수업을 듣는데 수업 중에 강사가 한 말이 기억난다. 땡볕을 막아주는 게 가로수의 중요한 역할인데 서울대학교 가로수는 너무 듬성듬성 심어놔서 제 역할을 하지 못한다고……. 수업과 관련 없는 말을 많이 했던 것 같은데 다른 것은 기억이 나지 않는다. 영어 교재는 기억이 난다. 짙은 녹색 표지에 영어로 제목이 쓰여 있었다. 영문으로 된 에세이와 산문을 묶어놓은 책인데, 흥미를 끄는 글은 한 편도 없었다. 좋은 글이 아니어서가 아니라 신나는 일이 너무 많아서 좋은 글이 눈에 들어오지 않았던 거다. 지금이라면 원서를 읽는 즐거움에 푹 빠지겠지만 그때는 너무 젊었다. 청춘이 그렇듯이 좋은 수업도 젊은이에게 주기에는 너무 아까운 선물이다.

　아, 영어 강사가 했던 말이 하나 더 생각난다. 수업 첫날 이런 말을 했다. "지금까지 여러분이 배운 영어는 모두 잊어버리세요." 대학에서 학생들에게 문학 수업을 하며 나는 이런 말을 하곤 한다. "중·고등학교 6년 동안 문학수업을 받으며 문학에 질렸을 법도 한데 대학에 와서까지 문학수업을 들으러온 여러분은 둔감하거나 문학에 대한 갈증을 느꼈거나, 둘 중 하나일 테지요. 미안하지만 지금까지 여러분이 들었던 문학수업은 모두 잊어버리고 내 수업을 듣기 바랍니다." 쓰지 않으면 힘들게 배운 외국어를 잊어버리고, 쓰지 않으면 애써 키운 근육도 원래대로 돌아가고, 쓰지 않으면 아무리 소중한 물건도 먼지가 쌓이는 법이다.

영어 수업을 한 기억은 없지만 대신에 시험에 대한 기억이 남아 있다. 1학년 1학기 중간고사를 어찌 잊을 수 있을까? 중간고사 기간인 4월 중순이 되니 교정이 난리가 났다. 4월 초부터 핀 개나리가 한창이었고 진달래가 뒤를 이었다. 개나리는 능수버들처럼 축대 아래로 드리워져야 제맛이다. 교문을 나와서 봉천 사거리로 가려면 학교 담장을 끼고 고개를 넘어야 한다. 노랗게 물든 개나리가 고갯마루 축대를 반도 넘게 뒤덮고 있었다. 교문을 들어서면 왼쪽으로 수위실이 있었다. 진달래는 수위실 옆 화단에 무리 지어 피어 있었다. 학교 부지를 조성하기 전부터 그 자리에 있었던 것처럼 말없이 피어 있었다. 진달래는 순환도로에 접한 야산에 지천으로 피었다. 4·19 탑 주변에 핀 진달래도 아름다웠다.

벚꽃이 얼마나 아름다운지를 알게 된 것만으로도 나는 나의 모교에 고마워해야 한다. 순환도로 가로수가 벚나무여서 4월 중순이 되니 학교가 아니라 무릉도원 같았다. 버들골 주변의 벚나무도 아름다웠지만 자하연과 에덴동산의 벚나무와는 비교가 되지 않았다. 자하연은 국문과가 있는 1동 건물에 붙어 있어서 나는 오며가며 자하연 벚꽃을 볼 수 있었다. 꽃그늘 아래서 친구들과 이야기를 나누던 기억이 있다. 무슨 이야기를 했는지는 기억나지 않지만 꽃그늘에서 나가고 싶지 않았던 기억은 그대로 남아 있다. 벚꽃이 한창일 때가 중간고사 기간인 것을 한탄했던 기억이 난다.

우리의 에덴동산에는 사과나무 대신 벚나무가 한 그루 서 있었다. 무리 지어 피지 않아도 충분히 아름답다는 것을 알려주려고 그렇게 서 있는 것 같았다. 나무가 한 송이 커다란 꽃처럼 보였다. 연예인 식당(음·미대 근처에 있는 2식당을 우리는 이렇게 불렀다) 가는 길에 에덴동산 벚나무를 보며 탄성을 지르곤 했다. 유난히 햇살이 따사로운 날이었다. 친구들과 점심을 먹고 오는 길에 활짝 핀 벚나무가 너무도 아름다워 벚나무 그늘로 뛰어들어갔다. 잔디밭에 누워 꽃나무를 올려다보았다. 살랑살랑 불어와 살갗을 간지럽히는 봄바람 속에서 꽃그늘이 드리워진 잔디밭에 누워 봄 햇살을 받아서 환하게 불이 켜진 꽃나무를 바라보는 그 시간이 영원하면 좋겠다는 생각을 했다. 시간이 얼마나 흘렀을까? 멀찌감치 떨어진 곳에서 친구들은 벚나무와 그 아래 누워 있는 나를 바라보았다. 나무의 이데아가 지상에 있다면 그건 아마도 꽃을 활짝 피운 에덴의 벚나무일 것이다. 다닥다닥 붙어 있는 꽃송이 주위에는 벌들이 한가로이 날갯짓을 하며 날아다녔다. 부지런함의 상징인 벌조차도 어마어마한 양의 꽃송이 앞에서는 여유를 찾을 수 있었나 보다. 친구들과, 시험 준비와, 중간고사가 기다리고 있는 일상으로 돌아가야 하는 것을 잊어버린 것처럼 나는 꽃그늘 아래 한참을 누워 있었다.

대학국어 시험이 끝났다. 동기들이 강의실 이곳저곳에 대여섯 명씩 모여 시험문제에 대해서, 남은 시험에 대해서 이런저런 얘기들을 하고 있었다.

"강 건너에 가서 막걸리 한잔할 사람!"

호기를 부린 거였다. 이런 제안을 하는 나조차도 친구들이 어떤 반응을 보일지 알 수 없었다. 그거 좋은 생각이라며 환하게 웃는 얼굴로 맞장구를 쳐준 건 과대표인 창건이였다. 다른 친구들은 반응을 보이지 않거나 내가 무안하지 않게 웃는 얼굴로 가만히 있었다. 어색한 분위기를 바꿔보려고 영석이가 한마디 했다.

"내일 영어 시험이잖아."

"영어가 하루 이틀 준비한다고 되냐? 반나절이면 충분하지!"

"그렇지? 머리 나쁜 애들이나 하루 종일 공부하는 거지!"

강 건너 막걸리집에 모인 친구들은 예닐곱 명 정도였다. 여학생은 한 명도 없었던 걸로 기억한다. 진도와 남사장도 있었을 텐데 명확하게 기억이 나지 않는다. 막걸리집은 키 큰 벚나무 사이에 자리 잡고 있었다. 바람이 불면 벚꽃 잎이 하롱하롱 우리의 머리며 어깨, 막걸리 잔에도 떨어져내렸다.

"한 잔 먹새 그려, 또 한 잔 먹새 그려. 곳 꺾어 산 놓고 무진무진 먹새 그려……."

정철의 장진주사가 저절로 나왔다. 술이 좋아서가 아니라 분위기가 좋아서 술을 마시지 않을 수가 없었다.

교문 버스 정류장 앞에 문방구가 있었다. 문방구에서 영어교재 번역본을 팔았다. 우리는 그걸 해례본이라고 불렀다. 수업을 열심히 듣지 않았으므로 해례본이라도 구해서 시험에 대비했어야 하는데 자존심 때문에 그럴 수가 없었다. 해례본으로 시험 준비를 한 친구들도 있었을 것이다. 떳떳하지 못한 일이라고 여겨서 대놓고 보는 친구는 없었다.

수업도 제대로 듣지 않은 주제에 나는 그런 친구들을 은근히 무시하기도 했었다. 이제 와서 생각하니 대놓고 무시하지 않았던 것이 얼마나 다행이었는지…….

1984년은 내가 대학에 입학했던 해이며 학도호국단이 총학생회로 바뀐 해이다. 그해 3월이었던 걸로 기억한다. 불법으로 간주되던 학내 집회가 허용되었다. 운동권 학생들이 중심이 되어 대학본부 앞 잔디밭에서 토론회를 열었다. 학도호국단 임원이 사회를 봤고 학생들이 커다란 원을 그리며 앉아 있었다. 학생회를 어떻게 구성해야 하는가의 문제부터 독재정권을 규탄하는 발언까지 토론회에서는 다양한 의견이 오고갔다. 토론의 내용은 인상적이지 않았다. 집회의 자유에 목말라 하던 학생들이 마음껏 자유를 누리고 싶어 했고 집회를 열 수 있게 된 것만으로도 감격하고 있는 것이 느껴졌다.

나보다 한 학년 위였던 김민상 선배가 발언을 하는 모습이 아직도 기억에 남아 있다. 군부독재 정권이 정통성을 갖지 못하므로 학생들이 정권에 어떻게 맞서야 하는지를 역설했는데 과방에서 선배들에게 늘 듣던 내용이었다. 그 선배는 나를 만날 때마다 자기가 소속되어 있는 모임에 가입시키려고 애를 썼다. 나는 거절할 명분이 없었다. 다만 가입시기를 유예하고 싶었다. 내 인생에서 처음 누리는 자유로운 시간은 오래 지속될 수 없다는 것을 나는 알고 있었다. 내년에도 봄은 올 테지만 그때는 한가로이 봄의 아름다움을 즐길 수 없을 것이다. 그 뒤로도 대학에서 몇 번의 봄을 맞이했지만 그해 봄만큼 내게 특별하게 기억되는 봄은 없었다.

가장 아름다웠던 시절

위화의 장편소설 ≪인생≫을 읽고,
내 인생에서 가장 아름다웠던 시절을 산문으로 쓰세요.

인생

위화의 소설 가운데 가장 훌륭한 소설입니다. 그 이유는 위화가 이야기를 채록하는 역할에 충실했기 때문입니다. 주인공은 노름을 해서 재산을 몽땅 잃어버리는데 이것이 그의 목숨을 살립니다. 그것이 좋은 일인지 아닌지를 결정하는 것은 미래에 일어날 사건입니다. 새옹지마라는 고사성어를 제대로 해석한 셈입니다.

내 인생에서 가장 아름다웠던 시절은 시간이 지나면 달라질 것입니다. 지금 내가 생각하는 내 인생에서 가장 아름다운 시절을 글로 써놓지 않으면 나중에 후회하게 될 것입니다. 반드시!

에이오피

우리 중대원들은 완전군장을 하고 꽁꽁 얼어붙은 북한강을 걸어 목적지로 가고 있었다. 강물 위로 걸을 수만 있다면 물길만 한 지름길은 없다. 그러니까 물고기들은 항상 지름길을 이용하고 있었던 셈이다. 지름길이 먼 길이라는 속담이 있다는 것도 모르는 채로. 우리의 목적지는 41소초였다. 우리는 그곳을 사 하나 소초라고 불렀는데 우리가 듣기에 그곳은 7사단의 파라다이스였다. 파라다이스 하니까 3연대의 파라다이스가 생각난다. 3연대의 파라다이스는 단연코 에이오피다. 에이오피가 뭐 하는 곳이냐 하면, 바로 대공 감시를 하는 곳이다. 여기서 하는 일은 공식적으로는 대공 감시인데 실질적으로는 놀고먹으며 시간을 때우는 것이었다. 비행기 소리가 들리면 분대 막내가 옥상으로 올라가서 어떻게 생긴 비행기가 어디에서 날아와서 어느 방향으로 갔는지 보고 와서는 상황 근무를 서는 고참에게 알려주면 고참병은 중대본부로 무전을 날린다.

'현재 시간 17시 50분. CH-47 한 마리 남동에서 북서로 이동 중.'

그러고는 상황 일지에 기록을 남긴다.

비무장지대 근처에서 비행기가 날아다닐 일이 얼마나 되겠는가? 많아야 하루에 두세 번? 날이 어두워지면 비행기가 뜨지 않으니 근무일지에 기록할 일도 없었다. 비행기 소리가 나면 막내는 반사적으로 옥상으로 올라갔다 와서 고참에게 보고를 했지만 실제로는 이것도 불필요한 일이었다. 막내가 보고를 하러 내려오기도 전에 고참이 상황실에 무전을 날리는 경우가 다반사였다. 비행기의 종류라 봤자 헬기와 수송기, 전투기가 전부였고 그것들은 소리만 들어도 구분이 가능했다. 헬기 두 대가 동에서 서로 날아갔어도 전투기 한 대가 서에서 동으로 날아갔다고 보고를 해도 문제가 될 건 없었다. 전투기 수십 대가 북에서 남으로 날아오고 있다고 보고를 했어도 관심을 보이는 사람은 아무도 없었을 것이다. 에이오피에서 중대본부로 보내는 상황보고는 숙제검사를 하는 사람이 없이 하는 숙제와 같아서 시늉만 하면 되는 거였다.

분대장을 포함한 열 명의 분대원은 매일매일 넘치는 시간을 어떻게 처리해야 하느냐로 골머리를 앓았다. 그곳이 군대가 아니었다면 그들은 좀 더 생산적이고 좀 더 재미있으며 좀 더 보람 있는 일을 찾아서 했을 것이다. 군대에서 제일 중요한 일은 시간을 보내는 일이다. 전역을 하는 날까지 아무 탈 없이 시간을 보내면 성공한 거라는 생각을 다들 하고 있었다. 그러니까 에이오피를 지키는 분대원들은 군인이면 겪어야 하는 고전적이며 근본적인 문제, 시간을 어떻게 보내야 하는지와 씨름을 하고 있었던 것이다.

시간을 때우는 데에는 잠이 최고다. 에이오피의 기상시간은 오후 두 시였다. 등화관제용 커튼을 걷지 않으면 막사 안은 대낮에도 숙면을 취하는 데 지장이 없을 정도로 어두컴컴했다. 마지막 불침번이 외치는 소리, '기상! 기상하십시오! 아침이 밝았습니다!' 내가 누워 있는 이곳은 우리 집, 내 방이 아니라 군대 내무반임을 분명하게 일깨우는 외침, 단잠을 자고 있는 내게로 살금살금 다가와서 무쇠주먹으로 머리통을 갈기는 것 같은 외침을 듣지 않아도 되다니!

자대배치를 받으려고 사단본부 대기막사에서 며칠을 보낸 적이 있는데, 같이 있던 이등병이 자기가 생각해낸 군대식 셈법을 침을 튀겨가며 설명해주었다.

"군복무 기간은 2년 6개월이지만 실제로 우리가 근무하는 기간은 이보다 훨씬 적다는 말씀! 자, 먼저 정기휴가 기간 45일을 빼고, 일요일과 공휴일을 180일로 잡고 빼는 거야. 그러면 23개월이 남는데 여기서 취침시간을 빼야 돼. 잘 때는 근무를 안 하잖아. 적게 잡아도 7개월은 빠지는 거야. 그러니까 우리가 실제로 근무하는 기간은 길어야 16개월밖에 안 되는 거라구."

그는 내가 군대에서 만난 사람 가운데 가장 낙관적인 군인이었다. 쉽게 쉽게 2년이라는 짧은 시간을 보내고, 좋은 추억만 가득 안고서 사단 위병소를 나설 수 있다는 대목에서는 헛웃음이 나왔지만 완전군장을 하고 아리랑 고개를 넘을 때나 갈대창고 뒤로 집합을 당했을 때, 정기휴가를 마치고 부대로 복귀하는 버스에서 불현듯 그가 한 말이 떠오르곤 했다. 특히 군 복무기간에서 취침시간을 빼야 한다는 주장이 설득력이 있었다. 자는 동안에는 훈련과 작업과 고참들의 괴롭힘으로 지칠 대로 지친 몸은 내무반 침상에서 국방색 군용 모포를 덮고 있었지만 정신

만큼은 막사를 떠나 집이든 학교든 녹두거리든 내가 가고 싶은 곳으로 갈 수 있었으니까.

에이오피에서는 중대막사가 한눈에 내려다보였다. 막사 옆에 있는 커다란 갈참나무가 너럭바위 위에 딱 자기 몸집만 한 그늘 돗자리를 펼쳐놓는 시간이었다. 때마침 국방색 옷을 입은 개미들이 손바닥만 한 연병장에 오와 열을 맞춰서 서 있었다. 단상에서 거드름을 피우며 일장연설을 하는 개미는 중대장 개미일 것이다. 노대우 대통령의 6·30선언은 구국을 위한 결단이라는 식의 어처구니없는 말을 너무도 확신에 찬 어조로 늘어놓고 있을 것이다. 아무 내색도 하지 않고 열심히 듣고 있는 척하던 개미 한 마리가 나였다. 그 개미가 에이오피에 올라가 있으니 중대장 개미는 얼마나 신이 났을까. 한낮이 되기까지는 두어 시간이 남았지만 유월의 햇살은 아침부터 따가웠다. 땡볕 아래서 부동자세로 평소보다 두 배는 길어진 중대장 개미의 훈화를 듣고 난 개미들은 소대장 개미가 해산하라는 명령을 내리자 소대별로 오와 열을 맞춘 채로 자기들의 개미굴을 향해서 발걸음을 옮겼다.

세 주 전만 해도 나를 포함한 우리 1분대원들은 개미굴이나, 손바닥만 한 연병장, 아니면 그 주변에서 꼼지락거리는 개미들이었다. 내가 개미였을 때, 가여운 표정으로, 아니면 고소해하는 얼굴을 하고 높은 곳에서 나를 내려다보는 누군가가 있을 거라고는 꿈에도 생각하지 못했다. 물론, 내가 한 마리 개미에 불과하다는 사실도 알지 못했다. 가끔 고개를 들어 에이오피가 있는 앞산 마루를 바라보기는 했다. 그곳은 너무 높고 멀어서 나와는 상관없었고, 눈에 보이지만 없는 것이나 마찬가지였다. 없다고 여기는 것이 마음이 편했다.

없는 곳에 내가 있다. 나무그늘 아래서 살랑살랑 부는 바람을 온몸으로 느끼며. 텅 빈 연병장을 하루 종일 내려다보고 있어도 좋을 것 같았다. 마법에서 풀려 다시 사람으로 돌아올 수 있게 된 것을 누구에게 고마워해야 할까? 중대장 개미? 대대장에게 에이오피의 필요성을 역설해서 원하던 대답을 이끌어냈을 뿐 아니라 막사 짓는 것을 지휘했으니 그가 없었다면 에이오피도 없었을 것이다. 막사를 짓느라고 개고생을 한, 나를 포함한 우리 중대원 개미들한테도 고마워해야 할 것 같다. 고맙다 개미들아. 그렇지만 아주 고맙지는 않다. 이름표 위에 예비군 마크를 달고 사단 위병소를 나서기 전까지는 마법이 완전히 풀린 것이 아니며 지금은 신선놀음을 하고 있지만 며칠 있으면 다시 개미로 돌아가야 하는 처지이기 때문이다. 누구에게 고마워해야 할까가 아니라 무엇을 고마워해야 하나를 고민했어야 했던 것 같다. 그랬더라면 인간이 된 것처럼 착각하는 개미 한 마리를 내려다보는 누군가가 있다는 것을 눈치챌 수 있었을 것이다.

나와 다른 부류의 사람

영화 〈쇼생크 탈출〉을 보고,
나와 다른 부류의 사람을 만났을 때의 일을 산문으로 쓰세요.

쇼생크 탈출 ────────────────────────────

가장 힘든 상황에 처했을 때 어떻게 행동하는지를 보면 그 사람이 어떤 사람
인지 알 수 있습니다. 앤디는 누명을 쓰고 감옥에 오고 나서야 깨닫습니다. 자
기가 얼마나 좋은 조건이었는지, 자유가 얼마나 소중한 것인지, 다른 사람을
배려하는 것이 얼마나 고귀한 것인지.
나와 다른 부류의 사람들을 만났을 때를 떠올려보면 내가 어떤 사람인지 잘
알 수 있습니다. 누구와 어떤 갈등이 있었고 갈등이 어떻게 진행되었는지를
그대로 보여주기만 해도 됩니다. 설명할 필요가 없습니다.

땅콩

권 병장이 면회를 갔다가 부대에 복귀한 것이 일곱 시쯤이다. 땅콩은 부대 복귀시간을 두 시간이나 어긴 권 병장을 잔뜩 벼르고 있었다. 최 일병과 함께 부대에 복귀한 권 병장은 땅콩에게 이렇게 보고했다. "면회 끝내고 바로 복귀하려고 했는데 부대로 들어오는 버스가 만원이어서 두 대를 놓치고 이제야 오게 됐습니다. 소대장님, 죄송합니다." 땅콩은 권 병장이 하는 말에 대꾸하지 않았다. 최 일병을 엎드려뻗치게 하고 각목으로 엉덩이를 때리기 시작했다. 막사 뒤편에서 매질하는 소리가 막사 안에서도 다 들렸다. 각목이 엉덩이를 내려칠 때마다 최 일병의 앙다문 이 사이에서 신음소리가 흘러나왔다. 내무반 창문에 매달려 최 일병이 맞는 것을 지켜보면서 우리는 땅콩이 권 병장을 어떻게 다룰 것인지, 권 병장은 어떻게 나올 것인지를 숨죽이며 지켜봤다.

내가 자대배치를 받아서 일주일 동안 내무반 침상에 책상다리를 하고 허리를 꼿꼿이 세운 채 앉아 있을 때 권 병장은 상병 군화조였다. 신병의 눈에는 군화조만 하더라도 하늘 같은 존재였다. 하루 일과가 끝나면 내무실 현관문 옆에 부대원들의 군화를 잔뜩 늘어놓고 구두약을 발라서 광을 내는 것이 군화조가 하는 일이다. 사회에서야 구두를 닦는 일쯤이야 전혀 부러워할 일이 아니지만 군대에서는 다르다. 군화조가 되기까지는 신발 정리조, 침상 정리조, 총기 정리조를 거쳐야 한다. 권 병장은 여느 고참들과 달랐다. 쫄따구들이 잘못을 하면 욕을 하고 주먹질을 하는 고참들과 달리 잘못한 것을 지적해서 고치도록 했다. 권 병장도 병장계급장을 달기 전까지는 식기조나 병장계급장을 막 단 고참들한테 집합을 당해서 얻어맞아야 했다. 그렇기는 해도 고참들은 권 병장을 함부로 대하지 못했다. 권 병장이 휴가를 나가거나 근무를 나가는 때에는 어김없이 한 따까리를 했기 때문에 쫄따구들은 권 병장이 안 보이면 불안해할 정도였다.

고참들이 권 병장을 어려워하는 데에는 이유가 있다. 권 병장에게 대단한 빽이 있다는 것이다. 그가 이등병일 때의 일이다. 부대원들이 혹한기 훈련을 준비하는데 찝차가 와서는 그를 태우고 사라졌다. 훈련을 제대로 치르지 못할 정도로 날씨가 추워져서 훈련을 중단하고 부대원들이 부대로 복귀했다. 부대원들이 복귀할 때를 기다렸다는 듯이 그를 태우고 갔던 찝차가 와서 그를 내려놓고 갔다. 상병 때는 두 번이나 그런 일이 있었다. 한번은 평화의 댐 공사를 할 때였다. 우리 중대는 채석장에서 지뢰제거 작업을 했다. 움막을 치고 겨울 내내 힘든 작업을 했다. 오지에서 작업할 때라 중대장이 휴가를 안 보내주는 때였는데도 그는 유유히 부대를 빠져나갔다 왔다. 또 한 번은 우리 대대가 철책에 투입되기 직전이었다. 철책 투입교육을 받는 중에 사라지더니 교육이 끝날 때쯤 돌아왔다.

권 병장이 아닌 다른 부대원이 그랬더라면 고참들이 가만두지 않았을 것이다. 잊을 만하면 며칠씩 사라지곤 하는 쫄따구를 함부로 대하지 못했던 것은 권 병장이 만만한 상대가 아니라는 것을 느끼기 때문이다. 권 병장은 어떤 상황에서도 주눅 들지 않았다. 이등병 때 상병 군화조를 때려서 식기조가 자기들 밑으로 다 집합시켰을 때 그가 이런 말을 했다고 한다. "제가 잘못한 것이니 모든 책임을 제가 지겠습니다. 다른 사람들은 돌려보냈으면 합니다." 식기조들은 어이없어 하면서 권 병장을 매질했다. 식기장 바닥에 머리를 박으라고 하자 권 병장은 못 한다고 했고 식기조들은 화를 참지 못했다. 기세등등한 식기조들도 얼마간 매질을 더 하다가 제풀에 지쳐서 그만두고 말았다. 아마도 권 병장의 기에 눌렸을 것이다.

작업을 할 때나 훈련을 받을 때 그의 몸은 다른 병사들의 그것보다 더 바쁘게 움직였다. 그렇지만 그의 얼굴은 항상 편안한 표정을 짓고 있었다. 누군가가 그의 몸뚱이를 군대 담장 안에 가둬놓았지만 그의 영혼은 미처 가두지 못한 것이 분명했다. 그의 얼굴만 보면 집 앞 공원에 잠시 산책을 나온 사람을 보는 듯한 착각이 들곤 한다. 그와 함께 있다 보면 잠깐 잠깐씩 나의 영혼도 부대 담장을 빠져나가곤 한다.

권 병장이 병장계급장을 달면서 우리 소대는 완전히 달라졌다. 변화가 하루아침에 이루어진 것이 아니어서 얼마나 큰 변화가 있었는지 우리 소대원들은 잘 몰랐던 것 같다. 2소대에서 전입 온 송 일병이 하룻밤을 자고 나더니 이런 말을 했다. "천국이 따로 없습니다." 우리는 그의 말이 과장이 아니라는 것을 알고 있다. 우리 소대가 천국인지 아닌지는 잘 모르지만 2소대가 지옥인 것만은 분명하다. 그리고 몇 달 전만 하더라도 우리 소대는 2소대와 다르지 않았다.

"쫄따구가 잘못을 하면 먼저 왜 그랬는지 물어봐라. 납득 못 할 이유를 대면 야단치되 절대 손찌검을 해서는 안 된다. 야단쳐도 잘못을 인정하지 않으면 나한테 맡겨라." 권 병장은 내무반 군기 담당인 식기조와 군화조에게 이렇게 당부하곤 했다. 손찌검이 완전히 사라진 것은 아니었지만 남들 보는 곳에서 하는 일은 없어졌다. 저녁 점호가 끝난 뒤에 갈대창고 뒤로 집합하는 일은 옛날 얘기가 되어버렸다.

우리 소대가 달라진 것을 피부로 느낀 사건이 있다. 크리스마스를 몇 주 앞둔 때였다. 군화조와 식기조가 권 병장에게 크리스마스에 소대 크리스마스 행사를 하고 싶다고 했다. 권 병장은 땅콩에게 건의를 했다. 땅콩이 쾌히 승낙을 해서 행사를 치르게 됐다. 군화조는 연극을 준비했고 우리 식기조는 스피드퀴즈와 몇 가지 게임을 준비했다. 군대에서 크리스마스에 행사를 하게 되다니. 일과시간이 끝나고 행사를 준비하다 보면 내가 교회에 와 있는 듯한 착각이 들곤 했다.

군화조가 준비한 연극 공연을 마치고 내가 스피드 퀴즈를 진행할 차례였다. 내가 문제를 내면 박 상병이 문제를 설명하고 그것을 이 병장이 맞추게 되어 있었다. 몇 문제가 지나가면서 소대원들이 점점 더 집중하며 분위기가 무르익고 있었다. 질문지를 보니 '땅콩'이라고 적혀있었다. 박 상병이 땅콩을 골려준다며 낸 문제다. 자기가 땅콩에 대해서 설명하면 이 병장이 "땅콩!"이라고 문제를 맞출 테고 소대원들이 웃음을 터뜨리게 될 거라는 계산이었다. 그런데 박 상병이 땅콩에 대해서 설명하는 것이 아니라 땅콩의 눈을 피해 땅콩을 가리키며 '땅콩'이라는 답이 나오기를 유도했다. 이 병장은 눈치를 채지 못하고 답을 맞히지 못했다. 소대원들은 반은 웃고 반은 눈치를 보는 애매한 상황이 벌어졌다. 내가 애매한 상황을 수습하려고 다음 문제로 넘어갔지만 땅콩 눈치를 보느라 어떻게 마무리했는지 기억이 없다.

소대원들 앞에서 공개적으로 망신을 당한 셈이니 나였어도 화를 내고 행사를 중단시켰을 텐데 땅콩은 그 자리에서는 불쾌한 심사를 드러내지 않았다. 육사 출신으로 직업에 대한 자부심이 남달랐던 땅콩은 소대원들이 자기 권위를 인정하지 않는 것을 참지 못했다. 그런데 미안하게도 군대는 계급보다는 짬밥이다. 소대장은 기껏해야 일병 짬밥밖에 되지 않는다. 일병이 소대원을 지휘하는 꼴이어서 상병인 내가 보기에도 어설프기 짝이 없다.

땅콩과 권 병장은 나이가 같다. 한 사람은 육사를 나왔고 한 사람은 서울대를 다니다 왔다. 개인적으로는 얘기가 잘 통한다 싶다가도 소대를 꾸려나가는 것에 대해서는 갈등이 심했다. 구타문제 하나만 봐도 그렇다. 권 병장이 솔선해서 소대 내 구타문제를 말끔히 해결했으니 소대장이 상을 줘도 시원치 않다. 그런데 땅콩은 심사가 편하지 않다. 권 병장 덕분에 구타문제도 없고 소대원들의 사기도 높으니 좋긴 하다. 그렇지만 소대원들이 땅콩이 하는 말은 귓등으로 듣고 권 병장을 소대장처럼 따르는 것이 불편하다. 병장이 할 일과 소대장이 할 일은 다르므로 각자 맡은 일을 하면 된다는 권 병장의 생각에 땅콩은 동의할 수 없다. 병은 장교의 지시에 따라야 한다. 병장이라도 장교가 봤을 때는 까마득한 쫄병일 뿐이다.

최 일병에 대한 매질을 끝내고 땅콩은 권 병장에게 엎드려뻗치라고 했다. 권 병장은 다시는 이런 일이 없을 거라며 사태를 마무리 지으려 했다. 아마도 권 병장은 땅콩이 최 일병에게 매질하는 것을 말리지 못한 것을 자책하고 있었을 것이다. 땅콩은 권 병장의 어깨며 팔뚝, 옆구리를 가리지 않고 두들겨팼다. 권 병장은 이등병 때 그랬던 것처럼 꼿꼿이 선 채로 사정없이 들어오는 매를 온몸으로 받아냈다.

우리는 내무반으로 들어오는 권 병장의 기색을 살폈다. 전역을 일주일 앞두고 이런 일을 당했으니 화가 날 만도 한데 그의 얼굴은 화가 난 표정이 아니었다. 무척이나 슬픈 표정이었다. 그를 안 뒤로 그의 얼굴에서 그런 표정은 처음 본다. 지난주에 권 병장은 나를 불러서 이런 당부를 했다. "내가 전역하면 한 상병이 내 역할을 해줬으면 해. 한 상병이라면 잘할 수 있을 거야." 나는 얼결에 그렇게 하겠다고 대답했다. 그런데 지금은 내가 그렇게 할 수 있을지, 그렇게 한다 해도 그것이 얼마나 갈 수 있을지 확신이 서지 않는다.

> 작업을 할 때나 훈련을 받을 때 그의 몸은 다른 병사들의
> 그것보다 더 바쁘게 움직였다. 그렇지만 그의 얼굴은 항상
> 편안한 표정을 짓고 있었다.

03

어머니의 가을

어머니의 집

어머니의 집은 어디인가
자식들이 힘을 모아
아파트를 구해 드린 게 십 년 전인데
이 집이 당신 집이 아니라면
어머니의 집은 어디인가

한푼 두푼 모아서 장만했지만
빚 때문에 팔아야 했던
부천의 양옥집도 아니고
텃밭도 있고 우물도 있던
신정동 무허가 보로꾸 집도 아니고
화장품 팔러 다니다 병을 얻었던
상도동 산동네 흙벽돌집도 아니라면
어머니의 집은 어디인가

아버지가 직장을 때려치우고
일곱이나 되는 식구들을 끌고 들어간
강원도 산골짝의 오두막도 아니고
자수성가한 외할아버지가
금강송으로 번듯하게 지은 외갓집도 아니라면
어머니의 집은 어디인가

중풍으로 쓰러진 어머니
모르는 집에 맡겨진 아이처럼
우리 집으로 가자고 애원하는데

어머니의 집은 어디인가
오래전부터 대문을 열어놓고
주인을 기다리고 있었는데도
한 번도 살아보지 못한 어머니의 집은

잃어버려서 아쉬운 것

장 도미니끄 보비가 쓴 ≪잠수복과 나비≫를 읽고,
잃어버려서 아쉬운 것을 산문으로 쓰세요.
글에는 '잃어버려서 아쉬운 것'이라는 표현을 쓰지 마시길……

잠수복과 나비

소설이 무엇인지 알고 싶으면 ≪잠수복과 나비≫를 읽어보세요. 경험을 그대로 썼으니 ≪잠수복과 나비≫는 소설이 아니라 산문입니다. 그런데, 내가 장 도미니끄 보비의 이야기를 글로 쓰면 소설입니다. 산문은 자기가 직접 경험한 것을 글감으로 하기 때문에 글감이 무궁무진할 수 없습니다. 아주 특별한 경험도 많지 않고요. 그런데 내 경험에서 한 가지 요소만 바꾸면 특별하지 않은 경험이 특별해집니다. 예를 들자면 내가 로크트인 신드롬 환자가 되었다고 가정하고 나의 하루하루를 글로 쓰는 것이지요.

프랑스에서는 책에 날개가 달린 것처럼 팔렸지만 우리나라에서는 절판되었다가 겨우 재판을 찍은 책, 최악의 상황에 처했는데도 독자를 불편하지 않게 하기 위해서 위트를 구사한 책, 산문의 진수를 보여주는 흔치 않은 책입니다.

잠수복과 나비

사고는 한 달 전에 일어났다고 치자. 테니스를 시작한 지 15년이 됐고, 자전거로 출퇴근을 하며, 새벽에는 한 시간씩 조깅을 하는 나에게 어울리지 않게 뇌혈관이 터져버렸다. 뇌간이 제 기능을 하지 못해 손가락 하나 까딱하지 못한다. 마음대로 움직일 수 있는 것은 왼쪽 눈꺼풀뿐. 세상에서 가장 사랑하는 어린 딸이 문병을 와도 안아줄 수 없는데 이제 나는 무엇을 할 것인가? 중풍으로 중환자실에 누워 계신 어머니 앞에서 눈물을 흘릴 때 어머니는 내게 차분한 목소리로 울지 말라고 말씀하셨다. 당신이 아픈 것은 참을 수 있지만 당신이 사랑하는 아들이 슬퍼하는 것은 참기 힘들다는 뜻이었을 것이다. 아빠는 괜찮으니까 슬퍼하지 말라고, 네가 슬퍼하는 모습을 보는 것이 가슴 아프다고 말해줄 수도 없는데 살아 있는 동안 나는 무엇을 할 것인가?

왼쪽 눈꺼풀을 깜박이는 것만으로 책을 쓴 사람이 있다. ≪잠수복과 나비Le Scaphandre Et Le Papillon≫의 저자 장 도미니크 보비가 바로 그 사람이다. 얇은 책 한 권을 쓰기 위해서 그는 눈꺼풀을 2만 번 깜박여야 했다. 로크트인 신드롬locked-in syndrome 환자가 된 그가 책을 쓰기 위해서는 당연히 다른 사람의 도움을 받아야 했다. 그의 동료가 알파벳을 순서대로 불러주면 원하는 알파벳이 나올 때 눈꺼풀을 깜박여서 한 단어를 완성하고, 문장을 완성하고, 마침내 책 한 권을 쓴 것이다.

로크트인 신드롬 환자들은 병실 침대에 누워서 죽음이 찾아오기를 기다릴 뿐인데 장 도미니크 보비는 사고 이후부터 의미 있는 삶을 살기 시작했다. 사고가 그를 변화시킨 것이 아니라 사고를 계기로 그에게 잠재해 있던 역량이 분출되었을 것이다. 그는 얼마 남지 않은 시간을 문학 작품을 쓰면서 보내겠다고 결심할 만큼 현명했으며, 누가 보아도 최악의 현실에 처했는데도 웃음을 잃지 않을 만큼 용기가 있었고, 글을 쓰는 것 말고는 어떤 것도 할 수 없는 상황이었으니 좋은 책을 내는 것과 관련해서는 운도 따랐던 셈이다. 물론 그런 운이라면 누구도 원하지 않을 테지만.

내가 아끼는 제자에게 이 책을 추천한 적이 있다. 그 학생의 가정환경은 최악이어서 차라리 로크트인 신드롬 환자의 처지가 더 나아보일 정도였다. 어렸을 때부터 할머니 손에 맡겨졌는데 초등학생이 되고부터는 1년에 열두 번도 넘는 제사를 도맡아서 하게 되었다. 제사 음식을 준비하는 것은 물론이고 제사가 끝난 뒤 제기를 씻고 마른 행주로 닦아서 정리를 하고 나면 새벽 세 시가 넘곤 했다. 몸이 힘든 것은 견딜 수 있었지만 시도 때도 없이 "검은 머리 짐승은 거두는 게 아니라고 하더니"로 시작하는 할머니의 모진 소리는 정말 견디기 어려웠다. 집안일을 해야 해서 고등학교 다닐 때도 야자를 한 번도 할 수 없었다. 공부가 하고 싶어서 야자 한 번 해봤으면 소원이 없을 정도였다.

　대학에 와도 상황은 별로 나아진 것이 없다. 학비를 벌기 위해서 새벽까지 아르바이트를 하고 있다. 잠이 부족해서 수업시간에 자꾸 눈이 감기는 것이 너무 속상하다고 한다. 거식증 증세가 심해서 정신과 치료를 받고 있는데 요즘 조금 나아졌다며 밝게 웃는다. 그렇게 힘든 상황에서 엇나가지 않고 어떻게 이렇게 반듯하게 자랄 수 있었느냐고 물어보니 자존심 때문이었다고 한다. 자기를 지켜봐주고 믿어주는 선생님들을 생각하면 다른 생각을 품을 수 없었단다. ≪잠수복과 나비≫를 읽어보라며 "우리학교 도서관에 있는지 모르겠다"고 했더니 "아니에요, 선생님. 좋은 책은 사서 봐야지요."라고 한다.

　자기를 둘러싼 많은 것들이 잠수복처럼 옥죄어 꼼짝도 할 수 없게 만드는데도 그의 영혼은 나비처럼 자유롭다. 그녀는 아직 책을 읽지 않았지만 이미 장 도미니크 보비만큼 현명하고 용기 있게 살고 있다. 아르바이트를 하느라 잠이 부족할 일도 없으며, 눈꺼풀 하나로 의사소통을 해야 할 정도로 불운을 겪지도 않았고, 소나기에 씻겨 더 푸르러진 여름 숲을 내년 이맘때 다시 볼 수 있는 확률이 윔블던에 나가지 못할 확률보다도 높은 처지에 있는 나는 무엇을 해야 할까? 나비처럼 자유롭게 날아다니는 삶은 잠수복이 내 몸을 옥죄는 날이 올 때까지 미뤄둬야 하는 걸까? 한 생을 사는 것처럼 하루하루를 살지 않았다면 나는 오래전부터 잠수복을 입고 있었던 셈이다. 겉으로만 멀쩡해 보이는 로크트인 신드롬 환자다. 준비는 다 됐다. 이제 나비처럼 아름답게 날아오르기만 하면 된다.

원치 않은 결과

이청준의 ≪당신들의 천국≫을 읽고,
최선을 다했으나 원했던 것을 얻지 못한 경험을
산문으로 써 보세요.

당신들의 천국

조백헌 원장의 모델은 박정희입니다. 이청준은 이렇게 말하고 있습니다. 박정희가 어떤 의도로 권력을 사용했는지는 알기 어렵습니다. 선한 의도로 권력을 사용했다 하더라도 천국을 만들 수 없는데, 그 이유는 실제 국민들의 요구가 아니라 자기 머릿속에 있는 국민들의 요구를 실현하려고 했기 때문입니다. 국민들과 소통해야 한다는 생각이 없었던 것이지요.

≪당신들의 천국≫에는 한센병 환자들이 나옵니다. 이들은 실재하는 사람들이 아니라 이청준의 머릿속에 있는 사람들입니다. 한센병 환자들의 이야기를 읽으면서도 슬픔이 느껴지지 않는 것은 이 때문입니다. 두리안 스케가와의 소설 ≪앙≫을 읽으면 이런 사실을 잘 알 수 있습니다.

부레옥잠

　나는 야채밭이 여섯 개다. 야채밭을 사는 데 거금 3만 6천 원이 들어
갔다. 야채밭에 채울 흙도 샀다. 전문가용이라서 믿음이 가는 인공 흙
이다. 이 흙만 있으면 비료를 줄 필요도 없고 해충도 꼬이지 않는다는
말을 들으니 일이 착착 진행되는 것 같아서 신바람이 났다. 근처 화원
에서 모종을 살 차례다. 청양고추, 풋고추, 가지, 토마토, 상추, 들깨까
지 골고루 넉넉하게 주워 담았다. 모종 값도 만만치 않았지만 내가 키
운 싱싱한 채소를 가을까지 마음껏 먹을 수 있다는 생각을 하니 부자가
된 듯했다. 흙을 몇 포대 실어날라 야채밭에 채운 뒤 모종을 심으면서
도 힘든 줄 몰랐다.

　한 번씩 이렇게 바람이 불 때가 있다. 좋아하는 것에 푹 빠져서 누가
뭐라고 해도 듣지 않고 한 가지 일에만 몰두하게 되는 때. 바람이 언제
불지, 언제 그칠지 나도 모른다. 나로 말할 것 같으면 초등학교를 다니
는 내내 숙제를 제대로 해간 적이 없으며 대학원 다닐 때는 석사학위

논문을 한 달 만에 써버린 사람이다. 누가 시키는 것은 절대로 안 하는 성격인데다 스스로 선택한 일도 목숨 걸고 하는 것은 아니어서 최선을 다해서 무언가를 한 적이 별로 없다. 대학 입학시험을 준비할 때도 잠을 줄여본 적이 없다.

20대 중반에 대학원에 진학하면서 학자가 되기 위한 길을 걸었고 30대가 되자마자 문학평론가로 등단을 했다. 대학에서 학생들을 가르치기 시작한 것도 이 무렵이다. 시인으로 등단한 것은 마흔두 살 때다. 그어느 것도 실속이 없지만 나는 학자이자 교육자이고 문학평론가이자 시인이다.

평론가로서 최선을 다해 글을 쓴 적이 있다. 한국 현대시 가운데 스무 편을 골라 좋은 시인 이유를 밝혔다. 단행본 한 권 분량의 원고를 쓰는 데 1년 가까운 시간이 걸렸다. 이 잡지 저 잡지에 실렸던 원고를 모아서 내는 평론집과는 차원이 다른 책이라는 자부심이 있었는데 출판을 하려 하니 여의치가 않았다. 이런 종류의 책은 나온 적이 없으므로 출판할 수 없다는 대답을 매번 들어야 했다.

원고만 완성되면 고생이 끝나는 줄 알고 모든 일을 미뤄둔 채 원고쓰는 데만 몰두했는데 책 모양을 갖춰서 나오기까지는 집필 기간의 세배가 넘는 시간이 필요했다. 출판사의 취향에 맞게 원고를 고치는 것도 만만한 작업이 아니었다. 내용을 제대로 이해하지도 못하는 사람의 요구대로 글을 고치기 위해서 원고를 스무 번도 넘게 읽어야 한다는 것을 미리 알았더라면 애초에 원고를 쓸 결심을 하지 않았을 것이다. 성질죽이고 출판이 되게끔 애를 썼다. 출판만 되면 고생한 것에 대한 보상을 충분히 받을 줄 알았다.

책을 읽어본 사람들은 좋은 책이라고 칭찬해주었다. 그런데 그뿐이었다. 책은 1쇄를 넘기지 못했고 출판사는 2년을 넘기지 못했다. 내 책을 출판해서 망한 것이 아니라는 것을 밝혀야겠다. 내 책이 좋은 책이라면 그런 책을 1쇄도 넘기지 못할 정도로 무능한 출판사니 망해도 싸고, 좋은 책이 아니라면 이런 책을 출판할 정도로 책을 보는 안목이 없으니 망할 만하다. 실제로 망한 것은 나다. 홍역을 한 번 치른 뒤로는 책을 쓰고 싶은 욕구가 샘솟을 때마다 나를 말리곤 한다.

시인으로서 최선을 다해 글을 쓴 적이 있다. 본격적인 이야기를 하기 전에 평론가로 등단하게 된 사정을 말하는 것이 좋을 듯하다. 고등학교 때 이 책 저 책을 보는 중에 문학연구서를 보게 되었다. 시 분석을 토대로 논지를 전개하는 글이 무척이나 재미있었다. 이런 글이 평론이라고 지레짐작을 하고는 문학평론가가 되면 좋겠다는 생각을 했다. 국어국문과에 입학해 보니 동기들 중에 문학평론을 하겠다는 친구가 몇 명 있었다. 평론 공부를 하는 모임을 만들어 '비평'이라는 이름을 붙였는데 호의적인 선배나 동기들은 '크리티쿠스'라고 불러줬고 우리를 같잖게 여기는 사람들은 '공룡'이라고 불렀다.

우리는 문학이론서를 공부하면 문학평론을 할 수 있을 거라고 생각하고 공부를 시작했는데 공부를 해보니 그게 아니었다. 문학이론서를 읽는 것은 평론을 쓰는 데 아무 도움이 되지 않는다는 것을 깨달을 때쯤 모임은 해체되었다. 학생운동에 전념하다가 교도소와 군대를 거쳐 다시 학교로 돌아온 뒤에 대학원에 진학했다. 석사논문을 쓰고 나니 지도교수님이 평론을 한 편 써오라 하셨다. 일주일 걸려서 평론을 한 편 썼고 두 달 뒤에 문학사상에서 연락이 왔다.

내가 잡지사나 신문사에 직접 투고를 해서 쓴맛도 보고 했으면 평론가가 된 뒤에도 열심히 글을 쓰지 않았을까 하는 생각을 한 적도 있다. 문제는 다른 데 있었다. 문학도 평론도 인생도 제대로 알지 못하는 나이에 평론가가 된 것이 문제였다. 평론이 무엇인지 어렴풋이 아는 나이가 되니 그때 글을 열심히 쓰지 않은 것이 얼마나 다행인지.

시에 관심을 가진 것은 중학교 2학년 때부터다. 고등학교에 막 입학한 형은 국어선생님이 사서 보라고 했다며 김현승 시인이 엮은 ≪한국 현대시 해설≫이라는 두꺼운 책을 한 권 샀고, 책을 뒤적이다가 작은누나에게 서정주의 〈문둥이〉를 읽어주며 이 시의 주제를 맞춰보라고 했고, 고 3이던 작은누나는 아무 대답을 못 했고, 옆에서 듣고 있던 내가 '인간 존재의 비극적 운명을 노래한 거 아니냐'고 대답했고, '너 이 책 봤냐?'며 형은 깜짝 놀랐고, 나는 어린 나이라 으쓱했고.

문둥이

　　　　－ 서정주

해와 하늘빛이
문둥이는 서러워
보리밭에 달 뜨면
애기 하나 먹고

꽃처럼 붉은 울음을 밤새 울었다

시를 해석하는 게 재미있다는 것을 알게 되어 형이 하루 이틀 뒤적이다가 팽개쳐놓은 책을 책가방에 넣고 다니면서 틈날 때마다 꺼내보고 마음에 드는 시는 모두 외웠다. 대학 들어가기 전까지 외운 시가 200편 정도였다. 시상이 떠오르면 시도 썼다. 내가 시인이 되기 위한 길을 걷는 데 지도교수님이 또 등장하신다. 대학원 다닐 무렵이다. 써놓은 시가 있으면 가져와 보라고 하셨다. 몇 편을 추려서 가져갔다. 내 시를 보시고는 '이렇게 잘 쓴 시를 얼마를 묵혀둔 건가. 지금이라도 늦지 않았으니 빨리 발표를 하게.' 하실 줄 알았는데 웬걸, 성의 없이 대충 훑어보시고는 "자네는 시 쓰지 말고 공부나 하게." 하는 것이었다.

자존심이 팍 상해서 이를 악물고 시 쓰기에 매달렸으면 좀 더 일찍 시인이 됐을 테지만 핑계 김에 창작에서 손을 놓아버렸다. 마음이 홀가분했는데 시간이 지날수록 세상에 빚을 지는 느낌이었다. 다시 시의 길로 들어서게 한 것은 내가 가르치던 학생들이다. 그들에게 글쓰기를 가르치면서 나는 이런 말을 하고 있었다. "글을 잘 쓰고 못 쓰고는 중요하지 않다. 꾸준히 쓰는 게 중요하다. 다른 사람 눈에 드는 글을 쓰려 하지 말고 자기 마음에 드는 글을 써라. 자기도 애정을 안 가지면 누가 내 글에 애정을 갖겠는가."

내 강의를 한 번도 **빼놓지** 않고 들었을 뿐만 아니라 강의시간에 한 번도 한눈을 판 적이 없는 학생이 있다. 바로 나다. 나는 다시 시를 쓰기로 했다. 소식을 어떻게 들었는지 지도교수님이 또 부르셨다. 이번에는 어떤 말을 들어도 흔들리지 않아야겠다고 마음먹고 새로 쓴 시를 보여드렸다. 빨간 볼펜으로 황칠을 해놓으셨는데 단어 두어 개만 남은 시도 있었다. "다음 주까지 스무 편을 새로 써오게." 새로 써간 시도 황칠이 되어 돌아왔다. "다음 주에도 스무 편……." 이렇게 해서 네 주가 흘렀고 마침내 지도교수님 입에서 이런 말이 흘러나왔다. "이 시는 좋구나." 내 등단작이 된 〈풍경〉이다.

풍경

대웅전 뒷 마당

거미줄에 걸린 잠자리에게

거미가 고운 수의를 한 벌 해 입혔다

허공에 새로 생긴 봉분 앞을 지날 때마다

바람이 경을 읽는다

마흔이 넘은 나이에 등단을 해서 시인이 됐지만 시를 열심히 쓰지는 않았다. 평소에 최선을 다하면 정작 최선을 다해야 할 때 진이 빠질지도 모른다는 생각을 하고 그런 건 아니지만 어쨌든 평소에 빈둥댄 덕에 가끔씩 의욕이 생기고 한 가지 일에 몰두하게 되니 평소에 최선을 다하지 않는 것이 나쁜 것만은 아닐지도……. 청탁을 받아서 시 두 편을 쓴 적이 있다. 내 시를 눈여겨본 평론가가 있었다. 일류로 막 인정을 받기 시작하던 김석준이라는 평론가다. 학부는 다르지만 대학원에서 같은 지도교수를 모셨기 때문에 그럭저럭 아는 사이다. 사석에서 만났는데 내 시가 좋다며 칭찬을 아끼지 않았다. 지도교수님이 인정하는 이유를 알게 되었다는 말도 했다. 둘 다 처음 들어보는 말이었다.

칭찬에 목말라 있었던 것 같다. 자신감을 얻어서 반 년 남짓 시에 매달렸다. 시집이 나오기까지는 1년 반이 걸렸지만 지난번에 비하면 힘든 것도 아니었다. 시집 원고를 수도 없이 다듬어야 했지만 성가시지 않았다. 시집이 나오면 유명세를 타리라는 기대를 하지 않으려 애썼다. 애쓴 보람이 있었다. 시집이 조용히 묻혀버렸지만 예전과 달리 크게 실망하지 않았다. 친한 시인에게서 다음 시집은 더 좋을 거라는 말을 들었다. 별로 위로가 되지 않았다. 최선을 다해서 시집을 냈는데 다음 시집은 어떻게 내나 하는 걱정에 저절로 한숨이 나왔다. 걱정할 필요가 없다는 것을 알고 있다. 내가 지금보다 더 훌륭해지면 좋은 시는 저절로 나오게 돼 있다.

평론가로 시인으로 최선을 다해봤지만 원하는 결과가 나오지 않아서 서운했던 적이 있다. 그렇지만 지금 돌이켜보면 나는 무척이나 운이 좋았던 셈이다. 젊은 나이에 유명세를 얻어서 자만하다가 인생이 망가진 사람이 어디 한둘인가?

이야기를 시작한 김에 교육자로서 최선을 다했던 시절에 대해서도 말해야겠다. 사람에게는 자기 이야기를 남들에게 전하려는 욕구가 있는 것 같다. 술만 들어가면 했던 말을 또 하는 인간들이나, 훈화 말씀이 지겨워서 운동장에 쓰러지는 학생이 속출하는데도 한번 잡은 마이크를 절대 놓지 않으려는 교장선생님이 있지 않은가. 이야기가 지루하다 싶으면 책을 덮으면 되니 글로 표현 욕구를 푸는 것은 점잖은 편이 아닐까.

처음으로 학원에서 학생들을 가르칠 때의 일이다. 화곡동 변두리에 있는 영세학원에서 (영세는 학원 이름이 아님!) 고등학교 1학년 학생 다섯 명을 놓고 영어를 가르쳐야 하는 상황이었지만 나는 조금도 위축되지 않았다. 구멍가게나 복덕방을 지키기 위해서 태어난 것이 틀림없는, 작은 체구에 대머리이기까지 한 중늙은이 원장은 학생들 수업료가 10만 원이고 강사료는 50:50이라고 했다. 한 달을 열심히 강의하면 25만 원을 받게 된다는 뜻이다. 그래도 할 거냐고 물어본 셈이다. 두세 달 안에 다섯 명이 쉰 명으로 불어나는 기적을 보게 될 거라는 말을 입 밖으로 꺼내지는 않았다. 중늙은이 원장의 눈이 휘둥그레지는 상상을 하며 가벼운 마음으로 학원을 나왔다.

다음날부터 나는 대학원생에서 학원 강사로 변신을 했다. 화려한 변신은 아니었지만 대학원생이라면 학비와 용돈을 벌어야 하는 것은 물론이고 집에 생활비도 어느 정도 갖다 줘야 한다는, 내가 봐도 대견한 생각을 하고 있었으므로 바람직한 변신이라며 나를 위로했다. 나는 이제부터 학원 강사다! 아이들을 애정으로 대했으며 빈틈없이 수업준비를 했다. 열정적으로 수업을 했고 수업 전이나 수업 후에도 학생들 공부를 봐줬다.

이렇게 모범적으로 강사 생활을 한 지 세 달이 채 되기도 전에 예상했던 일이 현실이 되어 소문을 듣고 학생들이 구름처럼 몰려들어 수강생이 쉰 명을 넘긴 뒤에도 기세가 멈추지 않을 거라 굳게 믿었는데 현실은 이랬다. 두 번째 월급으로 20만 원을 받은 다음날, 학원에 나가 보니 학생이 달랑 한 명 남아 있었다. 원장도 나도 마지막까지 남아준 고마운 학생도 이 상태로는 수업이 되지 않을 거라는 사실을 알고 있었다. 집으로 오는 버스에서 무엇이 문제였는지 곰곰이 생각해보았다. 사실 생각하고 싶지 않아서 즐거웠던 일을 떠올리려고 노력했지만 허사였다. 문제는 명확했다. 수업이 너무 어려웠다. ≪영어의 왕도≫라는 책에 있는 지문 중에서도 어려운 것만 골라서 했으니 우리말로 자세히 설명해줘도 이해하지 못하는 학생들에게 무슨 도움이 됐겠는가?

수업을 재미있어 한 사람이 두 명 있었다. 한 명은 최후까지 남아 나의 마지막 자존심을 지켜준 고마운 학생이자 공부도 잘했고 성실하고 일찍 철이 든, 게다가 용모까지 준수했던 나의 수제자고, 나머지 한 명은 바로 나다. 나는 영어로 된 좋은 글을 뽑아서 우리말로 자연스럽게 해석하는 재미에 푹 빠져 있었다. 고급스런 취미 생활을 두 달 즐긴 대가는 컸다. 직장을 잃어야 했으니. 잃은 것이 있으면 얻은 것도 있는 법. 학문이나 예술과 달리 교육은 서비스업이라는 걸 깨달았다. 서비스업에서는 고객과 눈높이를 맞추는 것이 중요하다는 사실과 취미생활은 자기 돈으로 해야 한다는 사실을 알게 된 건 덤이다.

여섯 개의 야채밭에 가득 심어놓은 모종은 열매 한 번 제대로 맺어보지 못한 채 비실비실하더니 운명하는 날짜는 달랐지만 입이라도 맞춘 것처럼 하나같이 같은 결과를 맞이하고 말았다. 생명력이 왕성한 것으로 치면 맞설 자가 없다는 대파도 심어놓으면 며칠 만에 말라죽곤 했다. 문제는 흙이었다. 아무 영양분이 없는 푸석한 인공 흙에서는 잡초조차 자라지 않았다.

야채밭을 사나를 때 자배기도 하나 들여놓았다. 논에서 흙을 퍼왔다.

물을 채워 연꽃을 키울 생각이었다. 연씨를 사서 설명서에 나와 있는 대로 싹을 틔운 뒤에 심어봤지만 또 실패. 개구리밥만 넘쳐나서 물고기 몇 마리를 사넣고 물이 썩을까 봐 부레옥잠 몇 포기를 던져넣은 것이 작년 봄인 것 같다. 그 뒤로 1년 동안 생각날 때마다 가끔 물을 채워준 것이 전부다. 내팽개쳐 두었다는 말을 다르게 표현한 것이라고나 할까.

부레옥잠이 꽃을 피운 것은 오늘 아침의 일이다. 연보라색 나비 예닐곱 마리가 꽃대에 앉아서 꿀을 빨고 있는 줄 알았다. 자세히 보니 나비는 일곱 마리였고 여섯 개나 되는 날개를 달고 있었다. 맨 위에 있는 날개에는 노란색 점도 박혀 있었다. 석가가 부레옥잠 꽃을 보여주려 했으나 마침 근처에는 연꽃밖에 없어서 아쉬워하면서 연꽃을 꺾어 들었을 게 분명하다는 생각이 저절로 떠올랐다. 나는 가섭과 달리 미소 지을 여유가 없었다. 사바세계에 어느 날 홀연히 솟아오른 꽃을 넋을 놓고 바라보다가 속죄하는 마음으로 오랜만에 자배기에 물을 듬뿍 부어주었다. 물고기 한 마리가 부레옥잠 사이에서 유유히 헤엄치고 있었다.

66

수업을 재미있어 한 사람이 두 명 있었다. 한 명은 최후까
지 남아 나의 마지막 자존심을 지켜준 고마운 학생이자 공
부도 잘했고 성실하고 일찍 철이 든, 게다가 용모까지 준
수했던 나의 수제자고, 나머지 한 명은 바로 나다.

99

내가 꿈꾸는 현실

조지 기싱의 ≪기싱의 고백≫(이상옥 역, 효형출판)을 읽고,
내가 꿈꾸는 현실을 산문으로 쓰세요.

기싱의 고백

영산문 강독이라는 수업을 들었습니다. 이상옥 선생님 수업이었고 1989년
가을이었으니 필자가 3학년으로 복학한 뒤에 두 번째로 맞이하는 학기였습
니다. ≪The Private Papers of Henry Ryecroft≫에 실려 있는 산문을 학생
이 읽은 뒤에 우리말로 해석하면 선생님이 수정해주는 수업이었습니다. 그때
는 몰랐습니다. 저자가 죽음을 예감하고 이 책을 썼다는 것도, 에세이가 주류
인 영국에서는 예외적인 산문 형식의 글이었다는 것도, 나중에 이 책이 '기싱
의 고백'이라는 이름으로 번역되리라는 것도. 기싱이 꿈꾸었던 행복한 미래
가 실현됐지만 아쉽게도 한 해로 끝이 납니다. 끝을 예감하고 있었기에 더 소
중한 시간이었을 것입니다. 이런 이유로 기싱이 누리는 행복은 두려움과 슬
픔, 절실함이 배어들어 묘한 분위기를 띱니다.

고양이 마을

마을은 진입로부터 달랐다. 아스팔트나 시멘트 포장도로가 아니었다. 개울을 따라 이어진 길에는 잔자갈이 깔려 있었고 양 옆으로는 쑥부쟁이와 구절초, 물봉선 같은 야생화가 자연 상태로 우거져 있었다. 마을로는 차를 몰고 들어갈 수가 없다. 짐이 있으면 손수레에 옮겨 싣고 가야 한다. 마을길은 전부 흙길이다.

마을 어귀에는 커다란 당산나무가 한 그루 있다. 당산나무 밑에는 나무로 만든 넓은 평상이 있어서 동네 사람들 몇이 바둑도 두고 한담을 나누기도 한다. 아이들은 당산나무 옆에 있는 공터에서 팽이치기나 딱지치기를 하면서 논다. 어른이고 아이고 낯선 사람에게 반갑게 인사한다. 나도 이 마을 사람인 것처럼 마음이 편안해진다.

마을을 만들 때 기계의 힘을 빌리지 않았다고 한다. 구릉이나 개울가 여기저기에 자리를 잡고 있는 집이 마을 터와 자연스럽게 어울렸다. 마치 오래전부터 그 자리에 놓여 있었던 바위나 나무 같았다. 축대를 쌓고 그 위에 앉힌 집도 있었는데, 잔돌을 주워서 쌓은 축대여서 정겹게 느껴졌다. 집은 모두 작았다. 서너 평쯤 되어 보이는 작은 집이 많았고 넓은 집이라고 해봐야 열 평 남짓? 이 마을 사람들은 동네 사람들 힘을 빌려서 자기 집을 직접 지었다고 한다. 집은 순차적으로 짓는다. 주방과 거실만 있는 서너 평짜리 집을 지어 살면서 침실이나 서재로 쓸 별채를 들이는 식이다. 한 집에 별채가 두 세 채씩은 됐다. 목조주택에서 한옥까지 건축양식이 다양했고 이웃집과 어울려서 동네가 포근하면서 아름다웠다.

울타리도 집주인의 취향만큼 다양했다. 관목을 심어놓은 집, 돌담을 허리 높이로 쌓아놓은 집, 나무 울타리를 해놓은 집 등등. 콘크리트 옹벽을 쌓아서 자기 집을 감옥처럼 만들어버린 집은 없었다. 울타리 사이로 고양이들이 제 집처럼 드나드는 것을 볼 수 있다. 그러고 보니 마을 어귀에 있는 당산나무 아래에도 고양이 몇 마리가 낮잠을 자고 있었다.

마을 사람들은 모두 고양이를 좋아한다. 그런데 집에서 기르는 고양이는 없다. 고양이는 마을과 뒷산을 무대로 자기들끼리 사회를 이루고 산다. 마을 사람들이 고양이에게 해주는 것은 끼니때마다 먹이를 챙겨주는 것, 그리고 겨울을 따뜻하게 날 수 있도록 창고나 마루 밑에 집을 마련해주는 것뿐이다. 이 마을에 사는 고양이들은 인기척이 느껴지면 줄행랑을 치는 도시 길고양이들과 완전히 다르다. 붙임성이 좋은 녀석들은 처음 보는 사람에게 다가가 다리에 얼굴을 비비기도 하고 품에 안기기도 한다. 사람 눈치를 보는 고양이는 없다.

한국의 대도시에서는 아파트가 주인이고 아파트 숲에는 고양이가 살고 있다. 우리는 그들을 길고양이라고 부른다. 사람들이 아파트를 짓기 전부터 고양이들은 그곳에서 살았을 것이다. 야산과 들판이 아파트 숲으로 변한 다음에는 먹을 것이 없으니 쓰레기통을 뒤지는 신세가 되었다. 굶주리는 길고양이가 눈에 띄면 돌멩이를 던지는 사람도 있지만 밥을 챙겨주는 사람도 생기게 마련이다. 동물이 살 수 없는 도시에서는 인간도 살기 어려운 법인데 길고양이에게 밥을 주는 사람들을 못마땅한 눈으로 바라보는 사람들이 꼭 있다.

밥 주는 사람들이 인터넷에서 동호회를 만들었고 그것이 계기가 되어 결국은 고양이 마을을 이루고 살게 되었다. 길고양이들의 평균 수명은 3년이고 집고양이는 11년 정도인데, 이 동네 고양이들의 평균 수명은 15년가량 된다. 고양이 마을은 사람과 동물과 자연이 조화를 이루며 사는 보기 드문 마을이다. 조만간 유네스코에서 지정하는 세계문화유산에 등재될 수도 있다.

고양이가 갑자기 좋아져서 이 마을에 한번 가보고 싶다고? 이 마을에 가려면 고양이 버스를 타야 한다. 왜 있지 않은가, 미야자키 하야오 감독이 만든 애니메이션 〈이웃집 토토로〉에 나오는 버스. 이 버스를 타면 사츠키와 메이가 사는 마을보다 더 아름답고 신비로운 고양이 마을에 내려줄 것이다. 마음만 있다면 버스는 어디서도 탈 수 있고, 버스 요금은 무료니까 즐겁게들 다녀오시라.

내가 가장 좋아하는 일

이규보의 산문집 《조물주에게 묻노라》를 읽고,
내가 가장 좋아하는 일에 대한 산문을 쓰세요.
단, 글에는 '내가 가장 좋아하는 일'이라는 표현을
사용하지 마세요.

조물주에게 묻노라

고전 산문집 가운데 가장 훌륭한 책을 한 권 고르라고 하면 저는 주저하지 않고 이 책을 고를 것입니다. 이규보의 산문은 교훈적인 성격은 강하지 않고 개성이 강합니다. 상상력을 마음껏 발휘한 것도 장점입니다.
'내가 가장 좋아하는 일이 무엇일까?' 이 질문에 대답을 하다 보면 내가 누구인지 좀 더 분명히 알게 됩니다. 내가 싫어하는 것도 그렇지만 내가 좋아하는 것은 나에게로 난 길 가운데 하나이기 때문입니다. 참고로, 내가 싫어하는 것이라는 주제는 내가 좋아하는 것이라는 주제와 비교할 때, 좋은 글을 쓰기 어렵습니다.

시를 읽는 즐거움

교수 테니스 동아리 총무를 맡은 적이 있다. 회원들에게 매주 이메일로 공지사항을 보내면서 시를 한 편씩 골라서 보냈다. 처음에는 계절의 아름다움을 노래한 시나, 자연이나 계절에 대해 느끼는 시인의 정서가 잘 드러난 시와 같이 쉽게 읽을 수 있고 공감할 수 있는 시로 골랐다. 예를 들자면 교정이 신록으로 물들기 시작하는 이른 봄에는 이정록 시인의 〈지금 저 앞산 나뭇잎들이 반짝반짝 뒤집어지는 이유는〉 같은 시를, 벚꽃이 만발한 날에는 김영남 시인의 〈저 벚꽃의 그리움으로〉 같은 시를 보내는 것이다. 정서가 잘 드러나는 시로 시에 대한 구미를 돋운 다음에는 안도현의 〈바닷가 우체국〉처럼 표현력이 뛰어난 시, 위선환의 〈새떼를 베끼다〉처럼 상상력이 뛰어난 시를 거쳐서 나희덕의 〈그곳이 멀지 않다〉처럼 삶에 대한 깨달음의 깊이가 있는 시나 김진경의 〈슬픔의 힘〉처럼 시대에 대한 깊이 있는 통찰을 보여주는 시의 순으로 보내주었다. 총무 임기인 1년이 끝나갈 즈음에는 시인의 감각으로 리메이크한 도연명의 〈음주시〉나 〈귀거래사〉를 보내주기도 했다.

큰 기대 안 하고 시작한 일이었는데 회원들의 반응이 의외로 좋았다. 법대나 공대, 자연대 교수들이 더 좋아했다. '시가 이렇게 좋은 건지 몰랐다'는 두루뭉수리하고 책임 안 져도 되는 무난한 감상부터 '시인의 상상력에 감탄했다'거나 '표현력이 뛰어나 놀랐다'와 같은 구체적인 감상까지. 그들은 이미 시 중독자였고, 시인을 찬양하는 광신도였으며, 고급 평론가였다 – 고까지는 말 못 해도 시를 읽는 즐거움을 알고 있었다.

의외의 결과에 고무된 나는 회원들을 테니스장 귀퉁이에 앉혀놓고 시를 제대로 읽기 위해 기본적으로 알아야 할 것들, 즉 '모든 문학 · 예술작품이 그렇듯이 시도 돌려 말하기이며, 달리 말하기이고, 예를 들어 말하기이며, 빗대어 말하기이고, 듣기 좋게 말하기이므로 시에 표현된 것이 전부라고 생각하지 말고 시인이 시를 통해서 말하려는 바를 알려고 해야 한다는 것을, 빗대 말하자면 시는 달을 가리키는 시인의 손가락이니 손가락이 가리키는 것을 보아야 한다'는 것을 말해주고 싶은 마음이 굴뚝같았으나 참았다. 그들은 이미 가슴으로 알고 있었다.

사람들이 시를 안 읽는 것은 시가 얼마나 좋은지 몰라서이고, 이것을 모르는 이유는 좋은 시를 접해본 적이 없어서이고, 접해본 적이 없는 이유는 시를 안 읽기 때문이다. 이 무지의 악순환을 깨는 데에는 좋은 시를 지속적으로 읽는 것보다 더 효과적인 방법은 없다. 계속 읽다보면 시를 읽는 즐거움을 알게 되고 시의 원리를 스스로 깨우치게 된다.

하루는 테니스장에 잘 나오지 않는 회원한테서 전화가 왔다. 내가 보내주는 시를 보는 낙으로 한 주를 산다고. 과도한 칭찬은 그것으로 끝나는 법이 없다. 부탁할 것이 있다는 뜻이다. 제자 결혼식에 주례를 서

기로 했는데 주례사에 어울리는 시를 골라달라고 한다. 아름다운 부탁
이어서 흔쾌히 승낙했다. 두 번 생각할 것도 없이 책장에서 함민복 시
인의 시집 ≪말랑말랑한 힘≫을 꺼내들어 시 한 편을 보내주었다. 친한
사람이 결혼해도 잘 안 가는 나지만 주례 선생님이 예비부부를 위해서
시를 읽어주는 결혼식장이라면 가보고 싶다는 생각을 했던 것 같다.

부부

  - 함민복

긴 상이 있다
한 아름에 잡히지 않아 같이 들어야 한다
좁은 문이 나타나면
한 사람은 등을 앞으로 하고 걸어야 한다
뒤로 걷는 사람은 앞으로 걷는 사람을 읽으며
걸음을 옮겨야 한다
잠시 허리를 펴거나 굽힐 때
서로의 높이를 조절해야 한다
다 온 것 같다고
먼저 탕 하고 상을 내려놓아서도 안 된다
걸음의 속도도 맞추어야 한다
한 발
또 한 발

소설의 주인공 같은 사람

천명관의 장편소설 ≪고래≫를 읽고,
자기가 만난 사람 가운데 이 소설의 주인공과 유사하거나
소설의 주인공이 될 만한 사람에 대한 산문을 쓰세요.

고래 ───────────────────────────────

≪고래≫는 장점이 많은 소설입니다. 소설가가 자기만의 방식으로 소설을 끌고 나가는 것이 가장 큰 장점입니다. 하고 싶은 말을 하고 싶은 방식으로 하면 좋은 글이 됩니다. 인물의 이름 대신 별명을 부르는 방법은 나쓰메 소세키가 ≪도련님≫에서 이미 쓰긴 했지만 효과적인 방법입니다. 가브리엘 가르시아 마르께스의 ≪백년의 고독≫에 나오는 인물이나 사건이 많이 수정되지 않은 채로 작품에 쓰인 것은 아쉽습니다.

작은 목수

한 사내를 안다. 며칠 전 그와 함께 그의 외할머니 상가에 간 적이 있다. 상가로 가는 차에서 그는 어머니로부터 쉬지 않고 잔소리를 들어야 했다. 외할머니 상을 치르러 가는데 작업복 차림으로 오면 어떡하냐는 것이 잔소리의 요지였다. 상가든 예식장이든 자기가 편한 옷을 입고 가면 되는 거지 사람들 시선을 신경 쓸 필요가 뭐가 있냐고 항변하는 이 사내는 올해로 마흔세 살이고 직업은 일용직 건설 노동자다. 알기 쉽게 말하면 노가다. 지난주에는 사흘 동안 강원도 고성에서 초등학교 건물에 마루를 까는 일을 했다. 이번 주에는 무슨 일을 하느냐고 물어보니 아직 일감이 없어서 작업반장한테서 연락이 오기를 기다리는 중이라고 한다. 일이 힘들지 않느냐고 물었더니 그냥저냥 할 만하단다. 지금 복장에 작업장갑만 끼면 바로 현장으로 투입되어도 아무런 문제가 없을 것 같았다. 때 묻고 구멍난 작업복이 작업 현장이라면 몰라도 할머니 상가에 가는 데에는 물론이고 이 사내의 곱상한 얼굴과도 어울리지 않는다는 생각이 들었다.

그는 두 달 전에는 가구 공장에 있었다. 정식 직원은 아니었지만 매일 출근할 직장이 있었고 6개월 정도의 수습 기간이 끝나면 정식 직원으로 채용될 것이라는 언질도 받았으니 작업반장으로부터 연락이 오기만을 기다리는 지금의 처지보다는 조금 나았던 것 같다. 가구공장에서는 원 없이 일을 했다고 한다. 아침 여덟 시에 출근해서 저녁 여덟 시에 퇴근했으며 주말에도 쉬지 못했다. 컨베이어 벨트가 돌아가는 50분 내내 한눈 팔 겨를이 없었다. 〈모던 타임스〉의 주인공이 된 기분이란다. 이 잘난 직장도 몇 달 못 다니고 사전 통보도 없이 해고되고 말았다. 정식 직원을 채용하기 전까지 빈자리를 메우는 사람이 필요했다는 대답을 들었다.

그는 이 일을 하기 전에는 자기 공방을 가진 목수였다. 10년 전쯤 그가 공방을 차렸다는 소식을 듣고 나는 그에게 '작은 목수'라는 별명을 지어주었다. 원목을 사용해서 전통 짜맞춤 방식으로 가구를 만들어 인터넷 사이트에 올리면 생계는 꾸려갈 수 있을 거라는 계산이었다. 그는 '작은 목수'라는 인터넷 사이트를 만들어 자기가 만든 가구 사진도 올려놓고 목공 관련 자료도 모아놓았다. 일요일에는 공방에서 목공교실을 운영했다. 그는 나무를 다루는 게 좋다며 목수 일을 계속하고 싶어 했다. 그가 원하는 것은 두 가지였다. 좋은 가구를 만드는 것과 하루 종일 가구를 만드는 대가로 일당 10만 원을 받는 것. 좋은 가구를 만들겠다는 바람은 이루어진 듯했다. 그가 만든 가구는 튼튼하고 실용적이며 아름다웠다. 주인의 손때가 묻을수록 애착이 가는 가구여서 공장에서 만든 겉모습만 그럴듯한 가구와는 차원이 달랐다. 우리 집에도 그가 만든 옷장과 책장, 책상, 탁자 등등 많은 가구가 있다. 가구는 어디에 놓아도 주변과 잘 어울린다. 은은하게 풍기는 나무 향기는 덤이다.

　나는 그가 만든 가구를 볼 때마다 감탄하곤 한다. 나무를 짜맞춘 틈새에 면도칼도 들어가지 않을 정도다. 나보고 해체하라고 하면 절대로 할 수 없는데 어떻게 조립을 한 것인지. 내가 제일 좋아하는 가구는 좌탁이다. 우리 딸이 거실에서 텔레비전을 보다가 밥을 차려먹을 때나 그림을 그릴 때, 가끔씩 공부를 할 때도 쓰는데 상판 하나와 다리 역할을 하는 옆판 두 개로 이루어진 단순한 구조다. 나무판 세 개가 원래 한몸이었나 보다. 가구를 주물로 찍어낸 것처럼 이음새가 보이지 않는다.

　좋은 가구를 만들겠다는 바람과 달리 일당 10만 원을 받겠다는 바람은 바람으로 끝났다. 일당 10만 원이면 그의 노력이나 기술에 비해 많은 것도 아닌데 현실은 녹록치 않다. 작은 책상을 하나 만드는 데 닷새가 걸리면 책상 가격은 재료비를 포함해서 60만 원 정도가 된다. 가구 공단에 가면 크고 폼나는 사장님 책상도 2, 30만 원에 살 수 있으니 이 돈을 주고 그가 만든 가구를 사려는 사람은 찾기 어려울 수밖에. 나는 그에게 조언을 했다. 방법은 두 가지다. 사람을 써서 인건비를 줄여라. 아니면 값비싼 목재를 사용해서 고가의 가구를 만들어라. 사람을 쓰면 가구의 질이 떨어지고 비싼 가구를 만들면 일반인이 살 수 없다는 이유를 대며 그는 내 조언을 받아들이지 않았다. 남은 방법은 한 가지 뿐이라는 걸 알고 있었지만 그에게 말할 수 없었다. 그도 이미 알고 있거나, 모르고 있다고 해도 시간이 지나면 알게 될 것이었다. 그건 바로 공방 문을 닫는 것이다. 우려했던 일이 현실이 되어 작은 목수 공방은 10년을 넘기지 못하고 문을 닫았다. 그와 더불어 좋은 가구를 만들겠다는 그의 바람도 접을 수밖에 없었다.

공방을 차리겠다는 결심을 할 무렵 작은 목수는 설계사무소에 다니고 있었다. 강남에서 비교적 잘 나가는 설계사무소에서 소장의 신임을 한몸에 받는 건축설계사였다. 성실하고 꼼꼼하고 아이디어도 풍부한 설계사니 소장의 신임을 받지 못할 이유가 없었다. 설계사무소를 6년 넘게 다녀서 설계기사 자격증을 딸 수 있는 자격도 갖췄던 것 같다. 자격증을 따서 설계사무소를 차릴 계획도 했던 것 같은데 마음이 바뀐 이유는 물어보지 않았다. 아무튼 작은 목수는 명문대 건축학과를 나와서 건축설계를 6년 넘게 한 적이 있다. 그가 건축설계사 일을 평생 직업으로 삼지 못할 수도 있다는 생각은 아무도 하지 못했다. 작은 목수 스스로도 그랬을 것이다. 그는 설계 사무소에 취직하기 전에 2년 정도 은행에 다닌 적이 있다. 지금은 우리은행으로 이름이 바뀐 상업은행이었다. 그는 부동산 가치를 감정하는 부서에 근무했다. 월급도 많이 받았고 일도 어렵지 않았지만 직장을 때려치운 이유는, 표면적으로는 본업인 건축설계를 하고 싶다는 것이었고 이면적으로는 상업은행 지점장이자 내 아이들의 외할아버지이기도 한 아버지의 입김으로 취직한 것이 마음에 걸렸기 때문이다. 이것은 어디까지나 내 추측이지만 사실과 다르지 않을 것이다.

은행원에서 건축설계사로, 건축설계사에서 목수로, 목수에서 가구공장 직원으로, 가구공장 직원에서 노가다로 작은 목수는 직업을 바꿔왔다. 모르는 사람이 보면 작은 목수는 조금씩 망하는 길을 걸어왔다고 할 것이다. 그럴지도 모르지만 그를 20년 가까이 지켜보고 있는 나의 눈에는 달리 보인다. 그는 쉬지 않고 집을 짓는 공부를 해온 것이다. 좋은 집을 지으려면 대목과 소목이 손발이 착착 맞아야 한다. 작가와 화가가 손발을 맞춰서 한 편의 동화책을 완성하는 것처럼. 한 사람이 글을 쓰고 그림도 그려서 완성한 동화가 가장 이상적이듯이 집도 한 사람이 대목 일과 소목 일을 하는 것이 이상적이다. 작은 목수는 제대로 된 집을 짓기 위해서 언제 끝날지도 모르는 목수 수업을 받고 있는 것이다. 길고 힘든 수업을 달게 받고 있는 그를 보면 노자가 한 말이 떠오른다.

"큰 그릇이 만들어지려면 시간이 오래 필요한 법입니다."

생을 포기할 수 없는 이유

≪난도의 위대한 귀환≫을 읽고,
내가 생을 포기할 수 없는 이유가 드러나는 산문을 쓰세요.
'생을 포기할 수 없는 이유'라는 표현은
제목에서도 본문에서도 쓰지 마시길…….

난도의 위대한 귀환

난도는 인간의 능력으로는 더 이상 견디기 어려운 상황을 이겨냅니다. 생을
포기할 수 없었던 이유가 있었기 때문에 극한상황을 견딜 수 있었던 것입니
다. 내게 가장 소중한 것이 무엇일까? 이 질문에 바로 대답을 할 수 없다면 질
문을 바꿔보세요. 내가 생을 포기할 수 없는 이유는 무엇일까? 이 질문에 대
한 대답이 바로 내게 가장 소중한 것은 무엇인지에 대한 대답일 것입니다.

어머니의 가을

그해 여름은 유독 습하고 더웠다. 성한 사람들도 견디기 어려운 여름이었으니 어머니는 오죽했을까. 신부전으로 9년 전부터 일주일에 세 번씩 혈액투석을 해왔고, 뇌졸중으로 반신불수가 된 지 1년 반째. 밥을 씹어삼킬 기력이 없어서 유동식에 의존했으며 심심찮게 중환자실을 들락거리던 것이 당시 어머니의 건강 성적표였다.

나날이 쇠약해지는 어머니를 지켜보며 죽음은 한순간에 들이닥치지 않는다는 것을 알았다. 가을이 깊어지면서 나뭇잎이 붉게, 혹은 노랗게 물들어가는 것처럼 어머니도 조금씩 저세상의 빛깔로 물들어갔다. 이런 어머니를 가까이에서 지켜보는 것이 자식으로서 어머니에게 해줄 수 있는 유일한 일이었다.

하루는 투석을 마친 어머니를 모시고 집으로 들어가려다가 문득 가을을 느꼈다. 숨이 막힐 것 같던 뜨거운 바람과 피부에 내리쬐던 따가운 햇살이 아니었다. 어머니를 휠체어에 태우고 아파트 단지에 있는 공원으로 갔다. 8월 중순이었는데도 한낮의 공원은 완연한 가을이었다. 계수나무는 우듬지부터 노랗게 물들었고 하늘은 애월 앞바다를 그대로 옮겨놓은 듯 깊고도 파랬다. 부드러운 바람은 또 얼마나 상쾌했던가!

공원을 한 바퀴 도는 동안에 어머니는 예정보다 앞서 찾아온 가을을 두 눈으로 찬찬이 음미하셨다. 나는 어머니가 계절을 즐기시는 걸 방해하지 않으려고 휠체어를 조심스럽게 밀고 다녔다. 한 바퀴 돌고 나서 어머니는 힘겹게 한마디 하셨다. "참 좋구나." 오랜만에 어머니의 환해진 얼굴을 보면서 나는 미리 찾아온 가을에게 속으로 이렇게 말했다. '정말 고맙다.'

어머니가 이 아름다운 계절을 조금이라도 더 맛볼 수 있도록 공원을 한 바퀴 더 돌았다. 어머니는 세상에 다시 태어난 듯이 어린 아이의 얼굴을 하고 가을 풍경을 바라보았다. 어머니에게 이 가을은 일흔다섯 번째 맞이하는 가을이 아니었다. 나도 어머니를 따라 아이의 눈으로 공원을 바라보았다. 나무와 풀은 물론 사람들과 운동기구마저도 햇살을 받아서 반짝였다. 누군가가 나를 이 세상에 태어나게 해준 것보다 더 고마운 일이 없다는 것을 깨닫게 할 만큼 모든 것이 아름다웠다.

일주일 뒤에 어머니는 생명의 빛깔이 다 바랜 나뭇잎이 되어 이승의 나무에서 떨어져내렸다. 연락을 받고 서둘러 서울에 있는 형네 집에 가보니 어머니는 눈을 감은 채 일주일 전처럼 환한 얼굴을 하고 계셨다. 말씀은 안 하셨지만 어머니는 이 아름다운 세상에 왔다 가는 것이 축복이었다고 생각하면서 눈을 감으셨던 것 같다. 나는 곱게 물든 계수나무 이파리를 어루만지듯 어머니의 얼굴을 쓰다듬어주었다.

이번이 어머니를 잣나무 아래 묻고 온 뒤로 맞이하는 다섯 번째 가을이다. 계절이 가을로 접어들 때마다 어머니와 함께 보았던 가을날의 풍경이 떠오른다. 나는 더위에 지친 사람들 앞에 구원병처럼 나타나는 가을 같은 사람은 되지 못할지라도, 가을이 올 거라는 희망을 가지고 여름을 견디는 사람이 되거나, 이르게 오든 더디게 오든 여름의 끝에 찾아오는 가을을 고마워하며 가을의 아름다움을 온전히 느끼는 사람이 되려 한다.

어머니와 함께 그해 가을을 보기 전까지 나는 가을을 제대로 본 적이 없다. 이 세상에 태어난 것이 얼마나 큰 행운인지 알지 못했다. 살아야 하는 이유와, 어떻게 살아야 하는지도 모르고 있었다. 이제 와서 생각해보니 그날 내가 어머니의 휠체어를 밀고 있는 동안 어머니는 내 깨달음의 수레바퀴를 밀고 계셨다. 온몸으로, 마지막 힘을 다해서.

나의 새로운 인생

헤르만 헷세의 ≪싯다르타≫를 읽고,
나의 새로운 인생에 대한 산문을 쓰세요.

싯다르타 ─────────────────────────────

곤충이 껍질을 벗듯이 비약적으로 성장할 때가 있습니다. 껍질을 벗기 전의
나와 껍질을 벗은 뒤의 나는 같은 나이기도 하고 다른 나이기도 합니다. 껍질
을 벗는 순간은 무척이나 소중한 순간입니다. 이 순간을 자세히 들여다보면
두 명의 나를 볼 수 있고, 내가 어디서 왔으며 어디로 가고 있는지를 알 수 있
습니다.
내가 잘못된 방향으로 가지만 않는다면 껍질을 자주 벗을수록 나는 처음의
나로부터 멀리 떨어져 원래의 나와 다른 훌륭한 사람이 될 수 있습니다. 껍질
을 벗을 때마다 우리는 새로운 인생을 사는 것입니다. 오래 사는 것보다는 껍
질을 자주 벗는 것이 중요합니다.

테니스

테니스는 도구를 사용하는 운동이다. 라켓으로 공을 쳐서 상대방 코트로 보내면 된다. 라켓을 사용한다는 것은 많은 의미가 있다. 먼저, 부상이 적다. 라켓을 잘못 휘둘러 부러지는 경우가 있지만 팔이나 다리가 부러지는 것에 비하면 양반이다. 테니스는 라켓이 주인을 대신해서 부상을 당해주는 안전한 경기다. 라켓을 사용하는 방법을 익히기 위해서는 많은 노력과 시간이 필요하다. 이것이 테니스의 매력이다. 운동신경이 둔한 사람도 노력을 하면 운동신경이 좋은 사람보다 공을 더 잘 칠 수 있다. 테니스는 구력이 중요하다는 말은 여기서 나온 것이다. 조기 축구를 3년 정도 한 적이 있다. 때려치운 이유는 운동신경을 타고난 사람을 노력으로 극복할 수 없다는 것을 깨달았기 때문이다. 라켓은 주인의 능력을 끌어올린다. 테니스 공을 손으로 때려 서브를 넣는다면 시속 60킬로미터를 넘기 어려울 것이다. 남자 테니스 선수들의 서브가 시속 200킬로미터를 넘는 것은 라켓 덕분이다. 도구를 이용함으로써 다

양한 기술을 사용할 수 있다는 것은 다른 말로 하면 테니스 게임을 하는 사람들이 재미있게 경기를 한다는 뜻이다. 테니스의 재미는 라켓으로부터 나온다. 테니스 라켓은 무게가 250~300그램 정도다. 탁구라켓이나 배드민턴 라켓보다 크고 무겁다. 참고로 배드민턴 라켓은 무게가 70~90그램 정도다. 테니스 라켓은 크고 무거워서 손목이나 팔과 같은 작은 근육을 쓰면 안 된다. 어깨나 허리와 같은 큰 근육을 써야 하기 때문에 운동량이 많고 상대를 속이는 기술이 없다. 테니스는 정직한 운동이라서 자기보다 공을 잘 치는 사람과 경기를 해서 시합에 지더라도 약이 오르지 않고 한 수 배웠다는 생각을 하게 된다.

테니스는 발로 하는 운동이다. 내 테니스 코치는 선수 시절에 몇 시간씩 운동장 트랙을 돌았다고 한다. 하루는 육상선수가 와서 물어보더란다. 자기보다 더 열심히 트랙을 도는데 무슨 운동을 하느냐고. 테니스 선수라고 했더니 이해할 수 없다는 표정을 지으며 가더란다. 달리기는 좋은 운동이지만 재미가 없다. 달리기를 하면서 배꼽이 빠지게 웃는 사람을 본 적이 있는가? 테니스장에서는 웃음소리가 그치지 않는다. 두세 시간씩 달리기를 하는데도 지루하기는커녕 시간이 빨리 가버린 것을 아쉬워하게 되는 운동이 테니스다.

나는 자전거를 타고 무심천을 지나고 있었다. 고등학생쯤 되어 보이는 육상부 학생들이 계단을 이용해서 훈련을 하는데 하나같이 고통스러운 표정이었다. 학생들은 다람쥐 쳇바퀴 돌듯이 계단을 쉴 새 없이 오르내리고 육상부 선생님은 계단 가까이에 있는 벤치에 앉아서 담배를 피우며 무심한 표정으로 무심천을 바라보는 것, 이것이 우리 체육

교육의 현실이지 않을까. 아이들이 불쌍해서 자전거를 세우고 한참을 지켜봤다. 내가 육상부 선생님이라면 학생들을 두 개 조나 세 개 조로 나눠서 계주 시합을 시킬 텐데, 자장면 내기 시합을 시키면 즐거운 마음으로 훈련을 할 수 있을 텐데. 좀 더 욕심을 내도 된다면 저 학생들에게 테니스를 가르칠 텐데. 그러면 육상시합을 할 때보다 더 빠르게 코트를 뛰어다닐 텐데.

테니스는 진입장벽이 높다. 보기에는 쉬워 보여도 라켓을 처음 잡아본 사람은 네트 너머로 공을 넘기는 것도 쉽지 않다. 테니스 라켓으로 공을 맞추게 되기까지도 많은 연습이 필요하다. 게임에 참여한 사람들에게 민폐 끼치지 않을 정도로 공을 치려면 구력이 1, 2년은 되어야 한다. 나처럼 운동신경이 둔한 사람은 내가 어떤 자세로 공을 치고 있는지를 알게 되기까지 10년이 걸렸고 힘을 좀 빼고 공을 쳐야 된다는 것을 깨닫기까지 다시 10년의 시간이 필요했다. 힘을 빼고 부드럽게 스윙을 하면서도 강타를 칠 수 있는 단계에 이르려면 또 얼마의 시간이 필요할지…….

진입장벽이 높은 이유는 테니스 게임에 필요한 기술이 종류가 많기 때문이다. 포핸드 스트로크는 테니스의 기본이다. 상대가 내 오른쪽으로만 공을 주는 게 아니므로 백핸드 스트로크가 필요하고, 바닥에 공이 떨어지기 전에 쳐서 넘기려면 발리를 할 줄 알아야 하고(발리에도 포핸드 발리와 백핸드 발리가 있다), 게임을 시작하려면 서브를 해야 한다. 내 머리 위로 넘어가려는 공을 쳐내는 기술이 스매싱이고 상대 머리 위로 공을 넘기는 기술이 로브다. 야구 선수는 정해진 역할이 있다. 투수는 공만 던지고 타자는 공을 쳐내고 수비수는 공을 잡는다. 테니스 선수는 투수처럼 서브로 공을 던지고, 타자처럼 상대방의 서브를 스트로크로 쳐내고, 수비수처럼 발리로 공을 잡는다(진짜로 잡으면 안 되고 잡아서 상대 코트로 넘겨야 한다). 내야수의 키를 넘기는 기술은 로브와 비슷한데, 야구에는 스매싱이 없다. 그래서 스매싱이 테니스의 꽃인가 보다.

진입장벽이 높다는 것은 구력이 1, 2년밖에 안 된 사람들이 떨어져나갈 확률이 높다는 뜻이다. 구력이 5년을 넘으면 그만두는 사람은 거의 없다. 그동안 들인 노력과 시간이 아까워서이기도 하지만 결정적인 이유는 다른 데 있다. 테니스 기술은 한계가 없어서 계속 노력하면 하루하루 실력이 늘기 때문이다. 하루하루 실력이 느는 재미에 한번 빠지면 웬만해서는 빠져나오기 어렵다.

테니스를 잘 하려면 욕심을 조절할 줄 알아야 한다. 테니스는 멘탈 스포츠라고 불린다. 기술이 있어도 마음가짐에 따라서 결과가 달라진다. 실력이 나보다 못한 상대와 게임을 하면 이길 확률이 상당히 높은데, 반드시 이겨야겠다고 마음을 먹으면 안타깝게도 질 확률이 높아진다. 그러면 승부욕이 없는 사람이 승률이 높으냐 하면 그것도 아니다. 실력이 월등하지 않다면 매순간 최선을 다해야만 게임에서 이길 수 있다. 최선은 다하되 욕심은 버릴 줄 아는 경지에 오르지 않으면 자기 실력을 발휘할 수 없다. 테니스게임은 겉보기에는 운동경기처럼 보이지만 실제로는 정신수양인 셈이다.

테니스는 아무 때나 칠 수 없다. 비가 오면 축구나 야구는 비를 맞으며 한다. 테니스를 치는 사람은 내리는 비를 바라보며 아쉬워할 뿐이다. 실내 테니스장이 있긴 하지만 테니스는 하늘을 보며 해야 제맛이 나는 운동이다. 서브를 넣으려고 공을 토스하다가 가을 하늘이 너무나 아름다워서 잠시 한눈을 판 적이 없다면, 아침에 일어나자마자 비가 오지나 않았는지 땅을 살피고 비가 올 건 아닌지 하늘을 살피지 않는다면, 눈이 내리면 곧장 테니스장으로 나가 코트에 쌓인 눈을 치우지 않는다면 테니스를 치는 사람이라고 할 수 없다. 테니스는 아무 때나 칠 수 없어서 더 매력적이다.

내가 테니스와 처음 접한 것은 대학교 1학년 때다. 1학기에는 체육시간에 축구를 했는데 2학기가 되니 테니스를 가르쳤다. 국문과 남학생들만 배웠는데도 인원이 많아서 제대로 수업이 되지 않았다. 서브 넣는 것으로 시험을 봤다. 내 라켓은 우드라켓이라 친구 라켓을 빌려 힘껏 휘둘렀는데 상대 코트에 멋지게 꽂혔다. 잘했다며 강사가 다시 시범을 보이라고 하는 바람에 실력이 탄로 나버리고 말았다. 테니스가 치고 싶었지만 1980년대의 대학생에게는 학생운동을 제외한 어떤 운동도 금기였으므로 꿈을 접어야 했다. 1990년대가 되어 시대가 바뀌었지만 테니스를 배울 여유는 없었다. 나중에 교수가 되면 테니스를 꼭 배우리라 다짐해야 했다.

알레르기성 비염으로 아침에 일어나면 재채기를 하고 콧물을 흘렸다. 허리가 아파서 의자에 오래 앉아 있기 어려웠고, 위가 약해 밥을 먹으면 한 시간은 지나야 의자에 앉을 수 있었다. 이를 닦을 때마다 잇몸에서 피가 나는 것은 가벼운 증상이었을 정도로 30대 초반의 내 몸은 종합병원이었다. 이런 상태로 가다가는 교수가 되기 전에 세상을 뜰 것이 분명했다. 박사학위 논문을 쓰는 것이 급한 때였는데 아파트 테니스 코트에서 레슨을 받기 시작했다. 테니스를 시작한 지 석 달도 안 되어 건강을 되찾았지만 그 대가를 톡톡히 치른 것인지 박사학위 논문 발표에서 떨어져 오랜 고생길에 접어들게 된다. 테니스를 배우지 않았더라면 어땠을까 하는 생각을 가끔씩 해본다. 그럴 때마다 결론은 같다. 종합병원 상태에서 논문 발표에 떨어졌겠지!

> 힘을 빼고 부드럽게 스윙을 하면서도 강타를 칠 수 있는
> 단계에 이르려면 또 얼마의 시간이 필요할지…….

무언가를 알지 못했던 시절

유발 하라리의 ≪사피엔스≫를 읽고,
무언가를 알지 못했던 시절의 이야기를 산문으로 쓰세요.

사피엔스 ————————————————————————

저자가 상상력을 마음껏 발휘하면서 과학적 근거를 제시하고 있어서 ≪사피
엔스≫는 무척 독특한 책입니다. 그런데 역사 시대로 넘어오면 상상력을 마
음껏 발휘하지 못합니다. 사람들이 남긴 기록을 인정해야 해서 상상력이 위
축되는 것이지요. 상상력을 발휘하되, 나름의 근거를 제시하는 유발 하라리의
방식은 문학 글쓰기에서도 응용이 가능할 것 같습니다.
훌륭한 과학자일수록 자기가 무얼 모르는지를 명확히 알고 있습니다. 내가
무엇을 알고 있는지를 아는 것 못지않게 내가 무엇을 모르는지를 아는 것이
중요합니다.

만델링

벌레 먹은 놈, 곰팡이가 슬은 놈, 한 귀퉁이가 떨어져 나간 놈. 만델링 생두는 성한 게 하나도 없습니다. 결점두를 골라내기 쉽다는 게 만델링의 장점인 듯합니다. 봉지째로 쓰레기통에 던져버리면 되니까요. 브라운 하우스 사이트 상품평에 올라온 생두 사진과 "쓰레기 생두"라는 분노 섞인 표현이 떠올랐습니다. 기가 막혔지만 이런 생두를 보낸 데에는 내가 모르는 이유가 있을지도 모릅니다. 단골 가게인 브라운 하우스를 믿어보기로 했습니다.

만델링은 센 불로 볶으면 타버린다는 글을 읽었지만 처음부터 센 불에서 볶기 시작했습니다. 남의 말을 안 듣는 게 내 특기입니다. 남의 말대로 하면 남과 다른 결과를 얻을 수가 없지요. 커피콩을 잘 볶으려면 남의 말을 들으면 안 되고, 커피콩이 하는 말에 귀를 기울여야 합니다. 만델링 생두는 크기가 제각각인데도 고르게 볶입니다. 예가체프는 노랗게 익은 뒤에 더 볶으면 부피가 작아지면서 검은색으로 변하는데, 만델링은 크기가 작아지는 것 같지가 않고 검은색을 띠는 시간이 길지 않다는 특징이 있습니다. 커피콩이 덩치가 제법인 만큼 콩 볶는 소리도 우렁찹니다. 케냐AA처럼 포탄 터지는 소리가 나는데 연달아 나지 않는 이유는 모르겠습니다. 만델링은 강배전으로 볶아야 특유의 맛과 향이 난다는 글도 읽었지만 이것도 무시하고 두 번째 콩 볶는 소리가 잦아들 즈음에 연기가 피어오르는 걸 확인하고는 불을 줄였습니다.

내가 고등학생일 때 같은 반 친구들 중에 건달 같은 녀석들이 세법 있었습니다. 그 녀석들도 이름이 있었을 텐데 하나도 기억나지 않는군요. 이런 녀석들을 나는 가까이 하지 않았으니 엄밀하게 말하면 내 친구가 아니었지만 달리 지칭할 말이 없으니 반 친구라는 표현을 쓸 수밖에 없습니다. 날건달이었던 녀석을 30년 만에 우연히 만났는데 이 녀석이 반듯한 중년 신사가 되어 있을 확률은 얼마나 될까요? 0%일 것이 분명하지만 세상사에는 예외라는 것이 있으니 많이 양보해서 1%일 것 같다고 가능성을 열어둡시다. 날건달이 서른 살을 더 먹으면 중년 건달이 되는 게 세상의 이치입니다.

천하의 날건달 같았던 만델링도 이와 다를 바 없을 거라고 여겼지요. 기대하지 않았지만 정성껏 볶았습니다. 기대를 안 한다면서 왜 정성껏 볶았을까요? 설명하자면 이렇습니다. 정성을 들이지 않을 거면 아예 시작을 하지 않고 시작을 했으면 결과가 불 보듯 뻔해도 최선을 다한다, 이것이 내 신조입니다. 눈을 의심한다는 말이 있습니다. 보고도 믿기지 않는다는 뜻이지요. 정말 그랬습니다. 다 볶인 만델링은 너무도 반듯한 중년 신사의 모습이었습니다.

만델링 생두는 건달처럼 보였지만 실제로는 건달이 아니었습니다.

자연건조 방식이라는 독특한 건조방식으로 인해서 과육이 다 제거되지 않은 것이 건달처럼 보인 이유였습니다. 생두에 달라붙은 과육은 단맛과 깊은 맛을 낸다고 합니다. 그러니까 만델링은 불량한 학생이었던 것이 아니라 자유분방한 학생이었던 것입니다.

만델링은 융드립을 해야 제맛이 난다는 글을 읽었습니다. 귀가 솔깃해서 인터넷으로 융을 두 마 주문했습니다. 적당한 크기로 잘라서 커피 찌꺼기를 넣은 물에 끓여두었지요. 볶자마자 내려서 마시면 풋내가 난다고 하는데 다 헛말입니다. 쓴맛이 강하고 단맛도 느껴집니다. 예가체프를 잘 볶았을 때 나는 꽃향이 나서 깜짝 놀랐습니다. 만델링은 순도 높은 초콜릿 맛이 난다고 하는데 아직은 아닙니다. 일주일 동안 원두가 잘 숙성이 되면 케냐 피베리와는 다른 쓴맛이 강한 초콜릿 맛이 날 것 같습니다. 소풍날을 받아둔 어릴 때의 나로 돌아간 것처럼 그날을 손꼽아 기다리고 있습니다.

04

아버지,
우리 아버지

아버지의 집

1

인제 장에서 밀가리 한 포대 둘러메고 산길에 접어들었는
데 해는 저물고 비까지 추적추적 내리는 거야. 육이오 때
죽은 군인들 해골바가치가 발길에 채였지. 산짐승이 나타
나면 돌멩이를 던져서 쫓아버렸어. 비탈에서 몇 번을 굴렀
던지 …… 땀으로 범벅이 돼서 고갯마루에 올라서면 우리
집 봉창으로 희미하게 불빛이 새어나오는 게 보여. 네 엄마
가 양식 구하러간 남편을 기다리는 거지.

네 엄마는 수목장을 했다만 나는 수목장이고 뭐고 할 것도
없다. 산이고 바다고 아무데나 뿌려버려라.

2
젊을 때는 하루 종일 걸어도
힘든 줄 몰랐다는데
일주일째 걸음을 못 걸어
아버지는 점점 의자가 되어갑니다.

장군섬이 내려다보이는
고향집 뒷산일까요,
거기에서 바라보던 여수 앞바다일까요.

너무 멀리 걸어온 길손을
길 떠나기 전부터 기다리고 있는
내 아버지의 집은.

3
우리 아버지,
어제
당신의 집에 도착했습니다.
무사히 ……

남들에게 엉뚱하게 보였을 내 행동

가브리엘 가르시아 마르케스의 장편소설
≪백년의 고독≫ 1권을 읽고,
남들에게 엉뚱하게 보였을 행동을 한 경험을 산문으로 쓰세요.

백년의 고독 1 ─────────────────────────────

평범하고 뻔한 것도 과장을 하면 특별하게 보입니다. 뻥이 심한 사람은 대개가 과장하는 것이 습관이 된 사람입니다. 뻥이 심한 사람은 평범한 것, 뻔한 것을 견디지 못하는 것이지요. 특별한 것은 사람들의 관심을 끌 수 있다는 장점이 있습니다. 그런데 과장으로 사람들의 관심을 끄는 것은 흥미를 불러일으키는 대신 공감을 얻기 어렵습니다. 과장이 지니는 흥미의 요소를 살리면서 공감마저 얻고 싶다면 과장이 아닌 실제로 있었던 엉뚱한 일을 글감으로 하면 됩니다.

몸과 친해지기 1

　허공에 뜬 채로 몸통을 회전시키거나 머리가 바닥에 부딪히지 않고 등부터 떨어지도록 자세를 바꾸는 것이 가능할 거라고 생각하지 않았다. 그래도 눈을 깜박이거나 손가락을 움직일 수는 있지 않을까 생각했었는데 그것조차 오산이었음을 깨달았다. 물론 그렇게 했다 하더라도 사고가 일어나는 것을 막는 데는 아무런 도움이 되지 않았을 테지만……. 허공에서 큰 근육을 움직이려면 지상에서 떠나는 순간에 준비가 되어 있어야 하는데 나는 아무런 준비가 없었다. 며칠 전에 내린 비로 비탈길 아래쪽에는 두어 개의 작은 물고랑이 나 있었다. 내 자전거 앞바퀴가 그 중 하나에 처박혔다. 반사 신경은 위급한 상황에서 내 몸을 보호하기 위해 존재하는 것이지만 가끔은 사태를 악화시키기도 한다. 나도 모르게 브레이크를 잡았다. 공중에 떠 있는 시간이 길지 않았을 리 없다―나는 무중력 상태에서 유영을 하는 우주인보다도 더 오래 허공을 헤엄쳐 다녔으니까. 공중에서 자전거가 180도 회전을 하는 묘기를 시작하자마자 핸들을 쥐고 있던 손에 힘이 풀려버렸다. 자전거 페달에 붙어 있어야 하는 발바닥이 지상에서 2미터 정도 되는 곳까지 올라갔을 것이다. 땅바닥에 처박힐 운명에 처한 머리를 걱정하고 있었고, 동시에 내 인생이 사고사로 마무리될지도 모른다는 생각이 들었다. 그런 위급한 순간이었는데도 악착같이 살고 싶다는 생각은 들지 않았다. '내게 허락된 만큼만……' 지금껏 살아왔던 세월에 미련이 없어서 이런 생각이 들었던 것은 아니고 사고든 그보다 더 큰 사고든 담담하게 받아들일 준비가 되어 있었기 때문이다. 마음을 비우자 몸에서도 힘이 빠져 나갔다. 자전거 헬멧을 쓴 머리부터 땅에 떨어졌는데 매트리스에 떨어진 것처럼 푹신했다. 바닥에 깔린 솔잎이 내 머리를 사뿐히 받쳐준 것이다. 그런데 행운은 여기까지였다. 불운의 소식은 소리로 전해졌다. 소리는 크지 않았고 한번에서 그쳤다. 잘 마른 삭정이가 부러질 때 날 법한 소리였다. 불운의 소식이 전해지는 순간 나는 직감했다. 아, 뼈가 부러졌구나. 보디빌더의 팔뚝에 양각된 혈관처럼 지상으로 머리를 내밀고 있는 소나무 뿌리에 내 왼쪽 쇄골이 부딪친 것이다. 내 뼈가 나무 뿌리보다 더 강했더라면 소나무 뿌리가 우지끈 부러졌을 것이다.

그렇게 심하게 처박혔는데도 다른 곳은 다 멀쩡하고 왼쪽 쇄골만 부러졌을 뿐이다. 아닌가? 쇄골이 세 토막이 났다. 뼈가 부러지면 참기 힘들 정도로 아플 줄 알았다. 뼈에는 신경이 없다는 것을 사고를 당하고 나서야 알게 되었다. 통증이 전혀 없는 것은 아니고 다친 부위가 우리하게 아팠다. 내상으로 인해서 혈관 바깥으로 흘러나온 혈액이 근육에 압력을 가하는 느낌이 어떤 것인지 알게 되었다.

산악자전거 동호회 회원들이 몰려와서 다친 곳은 없느냐, 일어날 수 있겠느냐, 한번 움직여봐라, 주문도 많고 궁금한 것도 많았지만 나는 바닥에 엎어진 채로 꼼짝을 할 수가 없었다. 왼쪽 손가락 끝으로 내 쇄골과 불운한 인연을 맺은 나무뿌리의 까칠한 감촉을 느끼는 것 말고 할 수 있는 게 없었다. 40년 넘게 살아오면서 뼈 한번 부러진 적이 없는데 이 나이에 이게 무슨 일인가. 한번이라도 경험했더라면 지금처럼 막막하지는 않을 텐데……. 상태가 심각하다는 것을 파악하고는 라이딩 코치가 119에 전화를 했다.

산악자전거 동호회를 결성하면서부터 우리는 일주일에 한 번 코치의 인솔 하에 자전거 안전 교육을 받았다. 그날 교육의 주제는 다운힐 요령이었다. 언덕에서 내려올 때는 자전거 안장에 배를 붙여서 무게 중심을 낮춰야 하고 절대로 급브레이크를 잡으면 안 된다는 설명을 하고 나서 코치는 시범을 보였다. 그러고는 한 사람씩 내려오라고 주문을 했다. 맨 처음 주자는 건축과 김 교수였다. 산악자전거를 3년 넘게 탄 사람이라서 평지에서 자전거를 타는 것과 별반 다르지 않았다. 그 다음 주자는 토목과 박 교수였다. 정년을 3년 앞둔 박 교수는 겁나서 못하겠다는 말은 차마 못 하고 옆에 있던 내게 먼저 내려가면 뒤따라가겠다며 살짝 꼬리를 내렸다. 위험해 보였지만 못 한다고 하자니 겁먹은 걸로 보이는 게 싫었고 아래쪽에서는 코치와 김 교수가 빨리 내려오라고 재촉을 해대고 내 뒤에는 차례를 기다리는 회원들이 있고…….

산 아래 있는 도로까지는 들것에 실려, 대학병원까지는 앰뷸런스를 타고 갔는데 서두를 필요가 없었다. 토요일 오후라서 병원에는 인턴과 레지던트뿐이었다. 엑스레이만 찍고 항생제 며칠분을 받아서 한 시간 만에 병원을 나왔다. 김 교수가 트렁크에 내 자전거를 실은 뒤, 자기 차로 우리 집까지 데려다주었다. 통증이 있는 곳에 뜸을 뜬 뒤에 인터넷으로 검색을 해봤다. 쇄골은 기브스를 할 수 없지만 다시 충격만 가하지 않으면 다행히도 저절로 뼈가 붙게 되어 있다고 한다. 3주가 되면 뼈가 붙기 시작하는데 이때는 특히 뼈가 흔들리지 않도록 주의할 것! 4주가 지나면 뼈는 완전히 붙어서 부러지기 전보다 더 튼튼해진다고 한다 — 단, 건강한 20대 청년의 경우에.

전화벨이 울려서 받아보니 비엔나에 있는 작은누나였다.

"너 무슨 일 있지?"

"산에서 자전거 타다가 처박혀서 쇄골이 부러졌는데 어찌 알았누?"

"간밤 꿈에 네가 병실에 누워 있는 게 보이더라."

"귀신이 따로 없군!"

"다른 데 다친 데는 없고?"

"깔끔하게 쇄골만 부러졌어."

"불행 중 다행이네. 한국 사람들은 뼈 한번 부러지면 호들갑을 떠는데 여기 사람들은 일상적인 일이야. 1년에 두 달은 기브스를 하고 다니지."

"그렇군, 누나가 말 안 해줬으면 촌스럽게 호들갑 떨 뻔했네!"

뼈에 좋은 음식을 검색해봤다. 가시오가피? 생협 매장에서 구할 수 있었다. 어찌나 반갑던지! 아버지는 뼈 부러진 데는 우유가 좋으니 우유를 마시라고 했다.

"우유 좋은 건 알고 있는데 저는 우유만 먹으면 배탈이 나서……."

"나도 우유를 못 먹는데 뼈 부러졌을 때는 우유가 받더라. 예전에 발가락이 부러져서 입원했을 때 우유 먹고 나았잖아."

혹시나 하는 마음으로 우유를 마셔봤는데 아무 탈이 없는 거였다. 그렇다면 찬 우유를 마셔도 될까? 찬 우유를 먹어도 배탈이 나지 않았다. 하루에 우유를 2리터 이상 마셔댔다. 뼈가 부러져서 좋은 것도 있었다. 맛있는 우유를 마음껏 먹을 수 있다니!

월요일에는 강의가 있었다. 한 손으로 차를 몰고 학교에 출근을 했다. 수업도 그대로 했다. 뼈가 부러져서 왼팔을 움직이지 못한다는 걸 눈치챈 학생은 없었다. 대학 수업이 학생들에게 눈치를 가르치지는 못한다는 것을 입증한 셈이다. 수업을 끝내고 병원에 갔더니 정형외과 의사가 나를 보고는 아는 체를 한다. 자기도 산악자전거 동호회 회원이란다. 얼굴을 본 적은 없지만 그런 회원이 있다는 걸 나도 알고 있었다. 시간을 내기 어려워서 그동안 모임에 못 나갔다며 내 사고 소식은 이미 알고 있었다고 한다. 엑스레이 사진을 보여주면서 내 상태가 어떤지 설명을 한다. 쇄골이 세 토막이 났다는 건 그의 설명을 듣고 알았다.

"아주 심각한 상태인데, 방법은 두 가지입니다. 하나는 수술을 하는 겁니다. 쇄골을 따라 피부를 절개하고 뼈를 맞춘 뒤에 철심을 넣어서 고정을 시킵니다."

"철심을 제거하려면 다시 피부를 절개해야겠네요?"

"당연히 그래야지요."

"두 번째 방법은 뭔가요?"

"상태가 어떤지를 관찰하면서 뼈가 저절로 아물 때까지 기다리는 겁니다."

상처가 난 곳을 두 번이나 칼로 째고 싶지 않다는 말을 입 밖으로 꺼낼 수는 없었다. 수술은 하고 싶지 않다고만 말했다.

"그러면 저로서는 해줄 수 있는 게 없네요."

얼굴을 처음 본 산악자전거 동호회 회원은 이렇게 말할 수는 없었을 것이다. 그도 나처럼 하고 싶은 말을 에둘러서 했다.

"다음 주 월요일에 오셔서 엑스레이를 다시 찍으세요."

나는 그러마고 대답했다.

> 허공에서 큰 근육을 움직이려면 지상에서 떠나는 순간에
> 준비가 되어 있어야 하는데 나는 아무런 준비가 없었다.

특별한 공간

가브리엘 가르시아 마르케스의 장편소설
≪백년의 고독≫ 2권을 읽고,
특별한 공간에 가보았던 경험을 산문으로 쓰세요.

백년의 고독 2 ─────────────────────

고전 문학에서 상징은 독자의 이해를 돕기 위한 방법이었다고 보아도 무방합니다. 수준 낮은 사람들과 어울리지 말라는 말을 '까마귀 노는 곳에 백로야 가지 마라'며 까마귀와 백로가 상징하는 바를 통해서 알기 쉽게 표현한 것을 예로 들 수 있습니다. 상징은 전통사회에서 주로 사용되던 수사법이고 근대사회가 되면 비유가 상징의 자리를 대신하게 됩니다. 비유는 상징과 달리 반복해서 쓰는 법이 없습니다. 비유에게 자리를 내어주고 먼지를 뒤집어쓰고 있는 상징에 생명을 불어넣은 작품이 ≪백년의 고독≫입니다. 상징을 사용해서 현실을 몽환적으로 그려내 보일 뿐만 아니라 복합적인 의미를 담아낼 수 있었습니다. 마르께스는 수사법에 유효기간은 없다는 것을 입증한 셈입니다. 공간이 상징하는 바를 잘 활용하면 단순하면서도 단조롭지 않은 글을 쓸 수 있습니다.

몸과 친해지기 2

눈발이 날릴 때 그곳에 간 적이 있다. 한 손에 담요를 들고 널빤지로 만든 엉성한 쪽문을 열고 들어가니 방금 열고 들어온 문보다 더 엉성한 문이 나왔다. 두 번째 문을 열면 그보다 더 엉성한 문이 나오고, 그 문을 열면 그보다 더 엉성한 문이 나올까, 그 많은 엉성한 문을 지나서 도달할 수 있는 방이란 얼마나 엉성한 방일까? 이런 상상을 하며 두 번째 문을 열었더니 한낮에 알몸으로 사막 한가운데 던져지기라도 한 것처럼 열기가 온몸을 파고든다. 그렇다, 한기만 몸을 파고드는 것이 아니다. 옷깃을 여미는 것으로, 더 두꺼운 옷을 입는 것으로 한기를 막듯이 열기를 막기 위해서는 몸을 감쌀 것이 필요하다. 그래서 이 방에 들어오기 전에 벌레 먹은 나뭇잎처럼 빛깔이 바래고 군데군데 구멍이 난 담요를 챙겼던 것이다.

둥근 모양의 방바닥에는 거적때기가 깔려 있었다. 방안에 가득한 열기를 거적때기가 뽑어내기라도 한 것처럼 두꺼운 양말을 신었는데도 발바닥에 전해지는 거적때기의 체온은 내 체온의 두 배는 너끈히 될 것 같았다. 한 평 남짓한 방에는 한센병 환자처럼 보이는 사람들이 살이 닿지 않을 정도의 거리만을 유지한 채 각양각색의 자세로 누워 있었다. 창문도 없고 조명도 없어서 가까이서도 사람들 얼굴이 잘 안 보일 정도 였다. 사람 하나 앉을 공간도 없을 것 같아 난감해하며 문 앞에 서 있었 더니 신참을 위해서 방에 있던 사람들이 느릿느릿 몸을 움직여 자리를 마련해주었다. 사람들이 자기 몸의 부피를 줄여서 새로운 공간을 만들 어낸 것처럼 보였다. 벽에 등을 기댈 수 있는 자리가 내 자리였다. 벽이 뽑어내는 열기는 거적때기에서 나오는 열기보다 더 뜨거워 금세 몸이 데워지고 땀이 흐르기 시작했다. 어둠이 익숙해진 뒤에 보니 흙벽돌로 쌓은 벽에 등을 기대고 있는 사람도 있고 거적때기에 누워 있는 사람도 있었다. 누구도 말을 하지 않았지만 신참이 들어오면 자리를 내주는 게 불문율인 것 같았다. 이 방에서는 30분 넘게 자리를 차지할 수 있는 사 람이 없으니 방에 있는 사람 모두가 예비 신참인 셈이었다. 사람이 누 구나 흙으로 돌아가게 되어 있다면 이 방에서처럼 신참들에게 친절할 텐데…….

뜨거운 열기에 몸을 맡겨서 숯이 되기로 마음먹은 사람처럼 숯가마에 서 땀을 삐질삐질 흘리며 지옥불의 고통을 견디고 나니 그에 대한 보상 이 따랐다. 엉성한 문을 밀고 바깥으로 나오니 들어갈 때와 공기가 달랐 다. 차갑고 무미건조한 한겨울 공기가 아니라 살랑살랑 불어오는 가을 바람이 되어 있었다. 게다가 가을에 내리는 함박눈이라니! 숯가마 앞에 있는 널따란 평상에 반팔, 반바지 차림으로 누워서 함박눈이 내리는 걸 바라보다가 몸이 식으면 다시 숯가마로 들어갔다.

　그날은 함박눈이 내리지도 않았고 한겨울도 아니었다. 가족과 같이 온 것도 아니었고 주말도, 밤중도 아니었다. 평일 한낮이라서 숯가마에는 손님이 나를 포함해서 두세 명밖에 없었다. 저온, 중온, 고온 방을 내 집 안방과 작은방과 건넌방을 드나들듯이 자유롭게 드나들 수 있었고 방 하나를 독차지해서 한가운데 큰 대자로 누워 있어도 단돈 8천 원을 낸 주제에 그렇게 방만한 자세로 누워 있냐며 눈치를 주는 사람은 없었다. 하늘에 구름 한 점 없는, 서정주식으로 말하면 눈이 부시게 푸르른 날에 나는 단돈 8천 원으로 진천 숯가마 왕국을 호령하는 왕이 되었지만, 발 딛을 틈을 찾기 어려웠던 그날과 달리 계절을 넘나드는 자유를 느끼며 얻었던 행복을 맛보지는 못했다. 뼈가 부러져서 몸이 쑤시는 걸 숯가마의 도움으로 어찌해 보겠다는 생각 하나로 수업을 마치자마자 점심도 거른 채 한 손으로 핸들을 잡고 황금들판을 달려서 이곳까지 온 배고프고 외로운 왕이었다.

　뼈가 부러지고 나니 시간이 주체할 수 없을 만큼 넘쳐흘렀다. 그 이유를 찬찬히 따져볼 수 있을 만큼 나는 시간이 많았다. 이유가 백 가지가 넘었다고 해도 하나하나 번호를 매겨가며 공책 한 권에 빽빽하게 정리할 수 있을 만큼 시간이 많았지만 아쉽게도 이유는 두 가지뿐이었다. 테니스를 치지 못하고 자전거를 탈 수 없게 된 것이 첫 번째 이유다. 불행 중 다행으로 오른쪽 쇄골이 부러진 게 아니니까 오른손으로 살살 테니스를 쳐볼까 하는 생각을 그때 왜 하지 못했을까 하는 후회를 지금 와서 하고 있지만 그때는 그런 생각을 할 여유가 없었다. 아마도 그때 그런 생각을 했더라면 생각을 하는 것만으로도 부러진 쇄골에 충격이

가서 통증이 두 배가 됐을 것이다. 라켓으로 공을 칠 때 전해지는 충격이 왼쪽 쇄골만 피해갈 수는 없는 일이지만 자전거 타는 건 경우가 다를 거라는 생각이 갑자기 떠올랐다. 아파트 주차장으로 자전거를 끌고 내려갔다. 한 손밖에 쓸 수 없으니 안장에 올라타는 것부터 쉽지 않았다. 계단을 이용해서 첫 번째 문제는 해결했다. 오른손만으로 핸들을 잡은 채로 페달을 밟았다. 자전거는 속도가 나지 않았다. 한 번 더 자빠지면 완치되는 데 걸리는 시간이 두 배가 될 수 있다는 불안감도 같이 타고 있어서 그랬던 것 같다. 과속방지턱을 넘어갈 때 상처부위로 충격이 와서 그만두는 게 좋을 거라는 1차 경고를 했지만 무시했다. 아파트 후문까지는 그럭저럭 갈 수 있었다. 여기서부터는 오르막이냐 내리막이냐를 선택해야 한다. 오르막에서 자빠질 확률과 내리막에서 자빠질 확률, 오르막에서 자빠졌을 때 받을 충격과 내리막에서 자빠졌을 때 받을 충격 등등을 계산할 수밖에 없었다. 생각이 많다는 건 실천의지가 약해졌다는 뜻이다. 내 몸이 어느 지경에까지 와 있는가를 명확히 알게 되었다는 뜻이기도 하다.

테니스나 자전거 타기처럼 해오던 걸 못 하면 시간이 남는다. 그런데 내게는 더 많은 시간이 남았다. 쓸데없는 일을 하지 않아서다. 예를 들자면 회식자리에 가지 않게 됐다. 몸이 건강할 때도 회식 자리에서 머글들이 떠들어대는 중요한 이야기를 듣는 게 고통스러웠는데 몸이 아프니 참기가 더 힘들 것 같았다. 핑계 김에 회식 자리를 빠졌다. 아픈 내색을 하지 않으려는 듯이 보이는 표정을 지으며 자전거를 타다가 쇄골이 부러졌다고 말하는데도 회식 자리에 나오라고 말하는 사람은 없었다. 보통의 경우라면 건강한 영혼은 건강한 신체에 깃들지만 특수한 경우에는 건강하지 못하게 된 신체에 건강한 영혼이 깃들기도 한다. 몸이 아프고 나니 그동안 내가 쓸데없는 일을 하느라 얼마나 많은 시간을 허비했는지 알게 되었다.

비극으로 끝날 뻔한 사건

셰익스피어의 ≪햄릿≫을 읽고,
비극으로 끝날 뻔한 사건을 산문으로 쓰세요.

햄릿

삼촌이 자기 아버지를 죽이고 어머니와 결혼했다는 것을 알게 되자 햄릿은
갈등합니다. 진실을 밝히자니 어머니가 파멸하게 되고, 덮어두자니 아버지의
한을 풀어주지 못합니다. 고민 끝에 햄릿은 인정과 정의 중에서 정의를 선택
합니다. 그 결과 진실을 덮어두려는 사람도, 진실을 밝히려는 사람도 모두 죽
음을 맞이합니다. 누군가가 욕심을 부려서 잘못을 범한 것이 비극의 시작이
었습니다. 비극으로 끝날 것을 알면서도 햄릿은 진실과 정의를 선택합니다.
이것이 ≪햄릿≫의 핵심입니다.
비극이냐 아니냐가 중요하지 않고 어떤 비극이냐가 중요합니다. 현실에서
비극을 경험하기는 쉽지 않습니다. 비극으로 끝날 뻔한 사건을 떠올려보고
≪햄릿≫의 비극을 다시 해석해보면 글을 읽는 안목을 기를 수 있습니다.

몸과 친해지기 3

"아 글씨, 지가 말이여유, 수술을 받기 전에는 팔이 머리까장은 올라 갔거든유. 그란디 수술 받은 담에는 어깨까장도 올라가지 않는 거여유. 자 한번 보셔유. 아무리 용을 써도 이게 다라니깐유. 으사헌티유? 만날 때마다 야기허쥬. 선상님이 수술허믄 말끔히 낫는다고 허지 않았느냐. 그란디 나으 상태가 워치 이러냐구유. 대답이유? 녹음기 맨키로 토씨 하나 안 틀리고 똑같은 말만 한다니까유. 물리치룐가 뭔가를 열심히 받 지 아녀서 그러타. 아주 환장할 노릇이지유."

"속에서 천불이 나겠네유. 내두 그려유. 수술하기 즌에는 심장박동기 만 달아뿔면 청년으루 돌아가게 될 것츠럼 말허드니 수술 끝난 담에는 말이 달러유. 숨쉬기 편해진 것만혀두 음청 좋아진 거 아니냐믄서 무신 말을 못 허게 헌다니께유. 몸안에 기계 덩어리가 들앉아 있으니 하루에 도 약을 한 주먹썩 털어넣어야 허구, 일주일에 한 번썩 병원에 와서 금 사받아야 헌다는 걸 알았으믄 내가 수술을 왜 했겠시유. 돈 배리고 고생하고 바늘로 꼬맨 자리가 아파서 잠도 지대루 못 자는디."

엑스레이를 찍으려고 촬영실 앞 벤치에 앉아 내 차례가 오기를 기다리는 중에 맞은편 벤치에서 차례를 기다리는 환자들이 나누는 대화를 듣게 되었다. 환자들의 말투나 표정에서뿐 아니라 고무호스 탯줄로 환자와 한몸이 된 링거병에서도 억울함이 한 방울씩 뚝뚝 떨어지고 있었다. 웃으면 안 된다, 안 된다, 속으로 주문을 외우는데도 웃음이 터져나오는 걸 참기 어려웠다. 고개를 돌리고 심각한 표정을 시은 채로 병원 천장을 올려다봐야 했다.

엑스레이를 찍으려면 겉옷을 벗어야 한다. 백 살 난 거북이가 자기가 평생을 바쳐 장만한 멋지고 튼튼한 옷이자 이동식 주택이기도 한 윤기 흐르는 겉껍질을 벗기라도 하는 것처럼 조심스럽게 팔이 들어 있던 자리에서 팔을 하나씩 빼내보지만 나는 신경이 예민해질 대로 예민해진 왼쪽 쇄골을 감쪽같이 속이고 옷을 홀랑 벗길 만큼 노련한 도둑은 아니었다. 진땀은 당연히 흘렸고, 슬기롭게 극복하긴 했지만 내 몸과 한바탕 주먹질이 벌어질 뻔한 위기상황을 겪어가며 엑스레이를 찍고 왔다는 것을 아는지 모르는지 산악자전거 동호회 회원이지만 자전거를 같이 탄 적은 한 번도 없는 정형외과 교수는 엑스레이 사진을 보며 무심히 말했다.

"아직 뼈가 굳지 않았네요."

전문가의 예리한 눈으로 엑스레이를 면밀히 검토한 뒤에 내 귀를 솔깃하게 하는 처방을 내려줄 거라 기대한 것은 아니었지만 산악자전거 동호회 회원이지만 자전거를 같이 탄 적은 한 번도 없는 정형외과 교수는 별다른 말이 없이 이렇게만 물었다.

"수술은 안 하실 거지요?"

그러니까 뼈가 아직 굳지 않았다는 것을 확인하기 위해서 나한테 엑스레이를 찍게 했다는 말인가. 그런데 그게 알고 싶었으면 더 빠르고 간편한 방법이 있었다는 걸 산악자전거 동호회 회원이지만 자전거를 같이 탄 적은 한 번도 없는 정형외과 교수는 모르는 걸까? 그건 바로 나한테 물어보는 거다. 통증은 여전한가요? 이런 말이라면 전화로 해도 아무 상관이 없다. 이렇게 물었다면 나는 그렇다고 대답했을 거고, 산악자전거 동호회 회원이지만 자전거를 같이 탄 적은 한 번도 없는 정형외과 교수는 그러면 아직 뼈가 굳지 않은 거네요. 이렇게 말하고 전화를 끊으면 됐던 거다. 몸조리 잘 하라는 말을 덧붙이는 건 전화를 건 사람의 선택사항이다. 더 간단하게 일을 처리하려 했다면 내게 물어볼 것도 없었다. 인터넷에서 검색만 해봐도 뼈가 부러진 지 세 주가 돼야 뼈가 붙기 시작한다고 나와 있지 않은가 말이다. 내가 산악자전거 동호회 회원이지만 자전거를 같이 탄 적은 한 번도 없는 정형외과 교수였다면 맨 처음 만났을 때 엑스레이 사진을 들여다본 뒤에 이렇게 말했을 거다. '일단 뼈는 세 토막 났고요, 쇄골은 부러진 틈에 근육이나 핏줄이 들어가는 특수한 경우를 제외하고는 그냥 놔두면 저절로 붙게 되어 있습니다. 3주째 접어들면 뼈가 붙기 시작하는데 이때 뼈가 흔들리지 않게 해야 합니다. 그렇지만 걱정할 필요는 없어요. 몸이 알아서 문제가 없게끔 해줄 겁니다. 3주째가 되면 제 말이 무슨 뜻인지 저절로 알게 될 거예요. 그러니까 병원에 다시 올 일은 없습니다. 불안해하지 마시고 자기 몸을 믿으세요. 사고가 나기 전에는 특별히 몸을 돌볼 일이 없었지만 이제는 몸을 돌봐야 합니다. 몸을 돌볼 수 있는 좋은 기회라 여

기고 몸이 원하는 일을 해주세요.'

　머릿속은 물론 심장과 복장까지 심사가 복잡했지만 나는 내 복잡한 심사를 한 마디에 담아서 산악자전거 동호회 회원이지만 자전거를 같이 탄 적은 한 번도 없는 정형외과 교수에게 명확하게 전달했다.

　"네."

　그리고 다시는 병원을 찾지 않았다. 누군가에게 실망을 했거나 무언가에 대한 불신 때문이었을 거라고 여기지 않기 바란다. 나는 내 몸을 돌봐야 하는 무척이나 중요한 일이 있어서 병원에 간다거나 엑스레이를 찍는다거나 하는 한가한 일로 시간을 허비할 수 없는 상황이었다. 산악자전거 동호회 회원이지만 자전거를 같이 탄 적은 한 번도 없는 정형외과 교수가 내게 엑스레이를 찍으라고 했던 이유는 그가 내가 아니었기 때문이다. 나는 그에게서 내 몸을 치료할 수 있는 신성한 권리를 돌려받았다. 이제 내 상태가 어떤지 알기 위해서 엑스레이를 찍을 필요는 없다. 궁금한 게 있으면 내 몸에게 물어보기만 하면 되기 때문이다.

환자들의 말투나 표정에서뿐 아니라 고무호스 탯줄로 환
자와 한몸이 된 링거병에서도 억울함이 한 방울씩 뚝뚝 떨
어지고 있었다.

인생의 법칙을 깨달은 경험

노자의 《도덕경》을 읽고,
인생의 법칙을 깨달은 경험을 산문으로 쓰세요.

도덕경 ―――――――――――――――――――――――――――――――

《도덕경》에 대해서는 할 말이 많습니다. 《도덕경》만큼 훌륭한 책이 없지
만 《도덕경》만큼 제대로 해석이 되지 않은 책도 없을 것입니다. 《도덕경》
은 원문을 읽어야 합니다. 《도덕경》은 시라서 시를 읽을 줄 알면 도덕경도
읽을 수 있습니다. 시를 읽을 줄 모르면? 시를 읽는 것부터 시작해야겠지요.

몸과 친해지기 4

자전거를 타고 출근을 하고 싶다는 꿈을 꾼 지는 꽤 오래되었다. 마흔을 넘긴 나이에 청주에 있는 대학교에 운 좋게 취직이 된 뒤에 학교에서 차로 30분 거리에 있는 오창에 집을 얻었다. 두 해 동안 차를 몰고 출근을 하면서 몸은 안전벨트로 자동차 시트에 묶여 있었지만 마음은 항상 자전거 안장에 올라 바람을 가르며 논둑길을 달리고 있었다. 현실이라는 이름의 나비가 꿈이라는 단단한 껍질을 깨고 세상으로 나오기 위해서 필요한 것이 있었으니 그것은 바로 정보였다. 오창에서 학교까지 자전거를 타고 가려면 어느 길로 가야 하는지, 자전거로 갈 수 있는 길이 있기는 한 건지, 있다면 일반 자전거로도 갈 수 있는지, 시간이 너무 오래 걸리지는 않는지 등등 궁금함을 넘어서는 절박한 질문이었지만 이 질문에 속 시원히 대답해줄 수 있는 사람은 없었다. 전혀 없었던 것은 아니고 산악자전거 마니아로 알려진 건축과 김 교수가 있었다. 미호천 자전거 도로를 타고 가다가 공항대교를 건너 오창에 온 적이 있다는 말이 그의 입에서 흘러나왔다. 귀가 솔깃해서 공항대교에서 미호천 자전거 도로로 가는 길을 물어봤다. 오래전 일이라 기억이 잘 나지 않는다는 맥 빠지는 대답을 들어야 했다. 그의 성의 없는 대답이 전혀 쓸모가 없었던 것은 아니다. 나로 하여금 방법은 하나뿐이라는 걸 깨닫게 해줬으니까. 누구도 나에게 정확한 정보를 줄 수 없으니 직접 몸으로 부딪치는 수밖에 없다! 그렇게 뻔한 사실을 깨달음이라고 하는 것은 너무 거창한 게 아니냐며 이의를 제기하는 사람이 있을지도 모른다. 그에게 변명하고 싶은 생각은 없다. 다만 천리 길도 한 걸음부터라는 걸 모르는 사람은 없지만 천리 길을 향한 무모해 보이는 첫걸음을 내딛는 사람은 없지 않느냐는 말을 해주고 싶다.

그렇다, 내가 자전거로 출근을 하는 것에 그토록 집착했던 것은 그것이 천리 길의 첫 걸음이라는 걸 어렴풋이 느꼈기 때문이다. 천리 길을 가는 동안 무엇을 만날지는 물론이고, 천리 길을 걸어 어디에 도착하게 될지도 알 수 없었지만, 첫 걸음을 떼지 않으면 내가 서 있는 자리가 천길 바닥으로 꺼질 것 같은 불안한 예감이 들었다. 그와 헤어지자마자 나는 차를 몰고 공항대교로 갔다. 갓길에 차를 세워놓고 다리에서 제방도로로 내려가는 길을 찾기 시작했다. 가드레일 너머에 사람이 다닌 흔적이 있었다. 가드레일을 넘어가서 경사진 풀밭을 헤치고 내려가 보니 벽돌을 쌓아 어설프게 만든 계단이 나왔다. 다리를 만들 당시에 인부들이 제방도로로 내려가기 위해서 만들어놓았던 게 아닐까. 사람이 자주 다니는 길이 아니라서 풀이 우거져 있었고 왜 이렇게 힘든 길을 가려고 하느냐고, 다시 생각해보라는 듯 아까시나무가 가시가 잔뜩 달린 팔을 여러 개 뻗어 길을 막았지만 나는 그의 손길을 가볍게 뿌리치고 제방도로까지 내려갔다. 이 길은 내가 알기 전에도 있었지만 아직 길은 아니었다. 어떤 길도 내 발자국이 찍히기 전까지는 길이 아니다.

다음날 김 교수와 함께 꽃다리 입구에 있는 자전거포에 가서 자전거를 샀다. 하얀색 스캇 50이 오래전부터 나를 기다리고 있었다. 나는 녀석을 한눈에 알아봤다. 녀석이 나를 오래 기다려준 것에 대한 보답으로 이름을 지어주기로 했다. 사실 이름은 본인보다는 주변사람이 편하자고 붙여주는 것이니 이름을 지어주면서 보답 운운하는 것은 생색내기에 가깝지만 멋진 이름을 가질 수 있는 행운은 아무나 누리는 게 아니니 보답이라고 해도 무방하지 않을까.

어떤 이름이 좋을지 나는 잠시 고민에 빠졌다. 이름이 마음에 들지 않는다고 녀석이 나를 길바닥에 내팽개쳐버릴 일은 없을 테지만 시인의 자존심을 걸고 지었다. 내가 찾아낸 이름은 '미르'다. 용의 목에 있는 거꾸로 난 비늘을 건드리면 주인을 땅바닥에 처박아버린다는 중국의 설화도 참고를 해서 지었다─산악자전거를 타다가 자전거에서 떨어지는 건 흔한 일이니까. 역린을 건드려서가 아니라 실수거나 욕심이거나 운이 나빠서 그렇게 되는 거지만 순리를 거스르면 몸이 성치 않게 된다는 점에서 다르지 않다.

얼레와 연을 이어주는 실처럼 우리 집과 학교를 이어주는 한줄기 길이 있고, 그 길을 한 시간 15분 안에 달릴 수 있는 미르가 있고, 천리 길을 가기 위해서 신발 끈을 단단히 동여매고 집을 나선 내가 있었다. 길고 긴 여정에서 무엇을 만나게 될까 벌써부터 가슴이 설레기 시작했다. 아, 그렇다! 그 길에서 내가 처음으로 만난 것은 설렘이었다. 마지막으로 무언가에 설레었던 것이 언제였는지도 기억나지 않을 만큼 오랜 세월을 나는 설레지 않는 일만 골라서 해온 거였다. 설레는 일이 없어서 시도 써지지 않았다는 것을 비로소 알게 되었다.

미르를 끌고 까치보를 건너서 제방도로에 막 올라서니, 해가 서산에 가까워지고 있었다. 해가 질 무렵이면 오창 들녘의 하늘은 서쪽부터 시작해서 반대쪽 하늘까지 온통 붉은빛으로 물이 든다. 하루를 꽉 채워 산 사람들을 위해서 그러는 것처럼 노을이 혼자 보기 아까울 정도로 아름다웠다. 나는 미르와 나란히 제방도로 한가운데 서서 자연이 주는 선물을 고맙게 받았다. 무심코 뒤를 돌아봤다. 나도 모르게 아! 하는 감탄사를 내뱉었다. 미호천 중간에 있는 늪지대에 무리지어 피어 있던 물억새가 서녘 햇살을 받아서 은빛으로 반짝이고 있었다. 너무도 아름다워서 시로 쓰지 않고는 배길 수 없었다.

자전거를 타면서 고마워한 것들 1

자전거로 출퇴근할 직장이 있는 것
한 시간 거리에 집을 얻은 것

나만을 위한 길
그 길에서 풀 향기를 맡을 수 있는 것
향기가 어릴 적 등굣길로 이끄는 것

계절이 있는 것

아침과 저녁이 있는 것
계절과 시간이 차려놓은 풍경을 맛볼 수 있는 것
아! 하는 감탄사

풍경을 함께 맛보고 싶은 사람이 있는 것
고마워하는 마음이 우물처럼 자리 잡은 것

고마운 마음을 길어 올리면
그대로 시가 되는 것

자전거를 타게 된 뒤로 나는 하루에 한 편씩 시를 쓰다시피 했다. 제방도로에 도착하기 전까지 농로와 논둑길을 달리다 보면 저절로 시상이 떠올랐다. 제방도로와 무심천 자전거 도로를 달리면서 표현을 다듬다 보면 어느새 학교에 도착했고, 연구실 컴퓨터를 켜고 자판을 두드리면 시 한 편이 완성됐다. 이렇게 쓴 시가 책 한 권에 묶여 시집이라는 이름으로 세상에 수줍은 얼굴을 드러낼지도 모른다. 그때가 되면, 한때는 시인을 꿈꾸었지만 지금은 대기업의 간부가 되어 출근시간 이외에는 자기를 위한 시간을 낼 수 없는 고등학교 동창이 이런 말을 하지 않을까?

"직장 일로 스트레스 받을 일이 많아 머리가 복잡했는데 네 시집을 품고 다니면서 읽었더니 한 달도 안 돼서 마음이 편안해지더라."

자전거를 타고 시속 20킬로미터로 달리면서 풍경을 바라볼 때 가장 아름답게 보인다고, 즐겁고 설레고 행복한 상태에서 쓴 시가 많으니 읽는 사람도 그런 기분이 들었을 거라고 말해주리라!

무심천 자전거 도로에 들어서면 산책을 하거나 자전거를 타는 사람을 볼 수 있지만 제방도로나 농로를 달릴 때는 사람을 만나는 일이 거의 없다. 말 그대로 나만을 위한 길이다. 그 길을 달리면서 나는 이런 생각을 했다. 무슨 일을 하느냐, 어떤 집에 사느냐, 어떤 사람과 만나느냐만큼이나 중요한 것이 있는데 사람들은 그것이 얼마나 중요한지 알지 못한다. 그것은 바로 어떤 길로 다니느냐이다. 한번 내놓았던 반찬을 다시 내놓는 법이 없는 풍성한 밥상인 출근길 덕분에 자전거를 탄 뒤로 내게 너무도 소중해진 다섯 개의 감각은 출근시간을 손꼽아 기다렸고 출근길에서 여유롭고도 행복한 식사를 했다. 포만감은 식사가 끝난 뒤에도 오랫동안 여운으로 남아 수업시간에 책상 밑에 핸드폰을 감추고 문자질을 하는 학생이 눈에 띄어도, 회의시간에 곁길로 빠져 돌아오는 길을 못 찾으면서도 자기가 지금 어디에 있는지조차 모르는 사람과 같은 공기를 들이마시고 있어도 마음의 평정을 잃지 않을 수 있었다.

"

얼레와 연을 이어주는 실처럼 우리 집과 학교를 이어주는
한줄기 길이 있고, 그 길을 한 시간 15분 안에 달릴 수 있
는 미르가 있고, 천리 길을 가기 위해서 신발 끈을 단단히
동여매고 집을 나선 내가 있었다.

"

겉보기와 다른 사람

테네시 윌리엄스의 ≪욕망이라는 이름의 전차≫를 읽고,
겉보기와 다른 사람을 만난 경험을 산문으로 쓰세요.

욕망이라는 이름의 전차

세상에는 두 부류의 사람이 있습니다. 다른 사람의 시선을 의식하는 사람과
의식하지 않는 사람. 다른 사람의 시선을 의식하면 겉모습을 중요하게 여깁
니다. 겉보기와 다르게 실제로는 껍데기뿐인 인물이 ≪욕망이라는 이름의
전차≫에 나옵니다. 다른 사람의 시선을 의식하지 않는 사람은 별 볼일 없어
보이지만 속을 들여다볼수록 훌륭한 사람이라는 것을 알게 됩니다. 이런 사
람을 주인공으로 글을 쓰면 좋은 글이 됩니다.

몸과 친해지기 5

자전거 안전교육을 받다가 비탈에서 자빠져 쇄골이 부러진 지독히도 운이 없는 사내를 주인공으로 내세워 소설을 쓰는 사람이 있다고 치자. 그가 45년이라는 긴 세월을 헛되이 살아오면서 운 좋게도 쇄골이 부러진 경험이 한 번도 없는 사람이라면 주인공이 투병 기간에 가장 힘들어한 것이 무엇이었는지 절대로 알지 못했을 것이다. 그러니까 나는 운이 무척 좋은 편에 속한다. 쇄골이 부러진 사내가 주인공으로 등장하는 소설을 쓰기 위해서 일부러 멀쩡한 쇄골을 부러뜨리는 어처구니없는 일을 벌이지 않아도 되니까 말이다.

내가 가장 힘들었던 것은 잠을 잘 때 한 가지 자세밖에 취할 수 없는 것이었다. 반찬 하나만으로 밥을 먹어야 하는 형벌과 한 가지 자세로 잠을 자야 하는 형벌 가운데 하나를 선택해야 하는 상황이었다면 나는 두 번 생각할 것도 없이 반찬 하나로 밥을 먹는 쪽을 택했을 것이다. 그리고 내가 왜 이런 형벌을 당해야 하는가를 생각해보는 대신에 행복한 눈물을 흘리며 수저를 들었을 것이다.

천장이 얼마나 소중한 존재인지 가르쳐주려고 하루에 한 차례 이상 기회를 줬는데도 충간소음 하나 막지 못하는 천장보다 그 잘난 천장을 떠받들고 사느라 나들이 한번 할 수 없는 바람벽이나 집안의 때와 먼지를 혼자서 뒤집어쓰고 사는 불쌍한 바닥에 더 애정을 보였던 것이 괘씸죄를 샀던 것일까? 쇄골이 부러진 상태에서는 천장을 우러러보며 반듯이 눕는 자세밖에는 취할 수가 없었다. 방바닥을 향해서 엎드린 자세─다시 말해, 신성한 천장에 등을 돌리는 자세─를 취하는 건 꿈도 꾸지 못한다. 그렇다면 모로 눕는 것은? 모로 눕기만 해도 부러진 뼈가 네 개의 날카로운 창으로 변해서, 가엾은 뼈를 지켜주겠다며 잠시도 곁을 떠나지 않는 헌신적인 어머니 같은 살을 찌르기 시작한다. 바닥에 등을 붙인 자세로만 잠을 자야 한다는 건 두 시간에 한 번꼴로 잠을 깨야 한다는 것을 뜻한다. 나는 뼈가 부러지기 전에도 사람은 자면서 두 시간에 한 번씩 몸을 뒤척인다는 것을 알았다─깨어 있을 때는 두 시간에 한 번꼴로 우리의 마음이 뒤척인다는 것도. 그렇지만 그 자연스러운 현상이 뼈가 부러진 사람에게 얼마나 가혹한 형벌인지 알지 못했다.

그날도 나는 안방에 이불을 깔고 잠을 청했다. 세 달 전만 해도 소윤이와 함께 잠을 자던 방, 주말이면 서울이 직장인 아내가 내려와서 소윤이를 사이에 두고 함께 잠을 자던 그 방에서 몸이 아프니 가족과 떨어져 지내는 것이 더 서럽게 느껴진다는 생각이 새어나오지 못하게 하겠다고 마음먹은 사람처럼 소윤이의 온기가 아직 남아 있는 것만 같은 이불로 얼굴만 빼고 발끝까지 빈틈없이 덮었다. 눈꺼풀이라는 이름의, 세상에서 가장 무거운 이불을 덮고 얼마 되지 않아 나는 잠이라는 이름의 포근한 이불을 덮는 행운을 누릴 수 있었다.

미르를 타고 제방도로를 달리고 있었다. 도로 양 옆에는 개미취와 쑥부쟁이, 미타리가 무리 지어 꽃을 피웠고, 버드나무가 물끄러미 물안개가 피어오르는 미호천을 내려다보던 자리에 가보니 그새 네 그루로 불어나 얼굴을 마주보고 있었다. '아항, 멀리 있던 가족이 내려온 거구나.' 집이라는 울타리에 모여 살던 네 그루의 버드나무 가운데 세 그루가 서울로 올라가 버리고 혼자 남은 내가 그 상황을 이해하지 못하면 누가 하겠는가. 부러운 표정을 감추지 못하고 버드나무 가족의 곁을 지나가는데 길을 가로질러 가는 것이 있었다. 미르를 멈추게 하고 왼쪽 발을 페달에서 떼어 지면을 딛고 선 채로 자세히 보니 수달이었다. 모두 다섯 마리였다. 덩치가 제일 큰 녀석이 앞장을 서고 올망졸망한 녀석 셋이 그 뒤를 바짝 따르고 있었다. 두 번째로 덩치가 큰 녀석이 가족으로 이루어진 문장의 마침표였다. '시의 최소 단위는 시집 한 권이듯이 숨을 쉬는 것들의 최소 단위는 가족인 게로구나.' 이런 멋진 생각을 하고 있는데 갑자기 왼쪽 쇄골이 견딜 수 없이 아파왔다. '이제는 향기와 바람마저도 내 몸을 짓누르는 것인가?' 아픔을 이기지 못하고 나는 잠에서 깼다.

누운 자세를 고쳐서 몸을 바로 눕히자 통증도 할 일을 다했다는 듯 자기 자리를 찾아갔지만 등이 배겨서 자리에 더 누워 있을 수가 없었다. 거실로 나가서 소파에 앉았다. 소파에 앉아 자다 깨다 하는 사이에 곤히 자고 있던 짜증이 눈을 반짝 떴다. 짜증과 잠은 함께할 수 없다. 짜증을 잠재우려면 잠이 필요하고 잠을 불러오려면 시간이 필요하다. 실내 자전거에 올라가 페달을 밟아보기도 하고 거실에서 서성이기도 하고 서재로 가서 책을 들춰보기도 한다. 졸린 눈으로 보면 세상에 신나는 건 하나도 없다.

　졸음을 참아가면서 30분이라는 긴 시간을 견딤으로써 나는 다시 잠을 잘 수 있는 권리를 찾았다. 힘들게 찾은 권리를 안방에서 행사하고 싶지는 않았다. 이유를 묻지 않았으면 좋겠다. 나는 졸음이 쏟아져서 이유를 생각하고 싶지 않았고 이유 따위는 중요하지 않았고 이유 없이 누웠다는 이유를 대가며 내 영혼을 일으켜세울 만큼 무례한 사람은 다행히도 곁에 없었다. 성윤이 방으로 가서 침대에 누웠다. 등이 배기는 것을 느끼기 전에 잠들 수 있을까? 이것이 나의 유일하고도 절박한 관심사였다.

66

반찬 하나만으로 밥을 먹어야 하는 형벌과 한 가지 자세로
잠을 자야 하는 형벌 가운데 하나를 선택해야 하는 상황이
었다면 나는 두 번 생각할 것도 없이 반찬 하나로 밥을 먹
는 쪽을 택했을 것이다.

99

능력과 인생

권터 그라스의 장편소설 ≪양철북≫1을 읽고,
내게 어떤 능력이 있었더라면
내 인생이 어떻게 달라졌을지 산문으로 쓰세요.

양철북 ─────────────────────────────────

주인공 오스카에게는 비명을 질러서 유리창을 깨뜨리는 능력이 있습니다. 물론 상상입니다. 그렇지만 어린 아이들이 시도 때도 없이 날카로운 소리로 비명을 지른다는 것을 잘 알고 있는 사람이 보면 무릎을 칠 만큼 멋진 상상입니다. 오스카는 성장을 스스로 멈추는 능력도 있습니다. 어릴 때 사고를 당해서 곱추가 된 작가 본인이 모델입니다. 오스카가 지닌 이와 같은 능력이 오스카의 인생을 달라지게 했을까요? 오스카가 강할수록 이와 같은 능력은 큰 영향을 미치지 못합니다.

가끔씩 '만약에!'라고 소리 내서 말해 보세요. '만약에!'라는 말을 할 줄 모르는 사람은 고리타분하거나 시시한 사람인 경우가 아주 많으니까요.

몸과 친해지기 6

그날 아침에 나는 연구실로 걸려온 전화를 받는다. 교수테니스 동호회 총무를 맡고 있는 공대 최 교수다. 몸조리는 잘 하고 있느냐는 말로 운을 떼었지만 그가 전화를 건 목적은 내 안부를 묻는 것이 아니었다. 정말 미안하고 입에서 꺼내기조차 민망한 말이지만 위로금을 지급하기로 했던 결정이 취소가 됐다고 했다. 나는 알았다고 대답하고 전화한 사람이 불편해 할까 봐 이유를 묻지 않고 전화를 끊으려 했다. 하지만 끊지를 못했다. 최 교수가 자기 의지와 다르게 상황이 전개된 이유를 세세히 전하는 걸 들어줘야 했기 때문이다. 테니스를 치던 중에 사고를 당했으니 위로금을 지급하는 것이 맞지만 나의 경우는 자전거를 타다가 사고를 당했으니 위로금을 줄 이유가 없지 않느냐는 의견이 나왔다고 한다. 위로금을 주겠다는 말을 당사자에게 통보까지 했는데 이제 와서 번복하는 것은 있을 수 없다는 의견은 가볍게 묵살되었다며 최 교수는 한숨을 쉬었다. 나는 아무 상관없다고, 위로금을 받은 셈 칠 테니 없던 일로 여기라며 오히려 최 교수를 위로한 뒤에 내가 자유로이 쓸 수 있는 오른팔로 간신히 수화기를 제자리에 올려놓을 수 있었다.

점심에 나는 연구실로 찾아온 손님을 맞이했다. 교수 테니스 동호회 총무를 맡고 있으며 아침에 내게 전화를 걸어 서로가 민망해질 수밖에 없는 소식을 전했던 최 교수였다. 그의 왼손은 기꼬만 간장 두 병이 들어 있는 종이봉투를 들고 있었고 그의 오른손은 빈손이었다. 그는 주저하는 기색을 감추지 못한 채로 빈손을 내게 내밀었고 나는 니의 자랑이자 마지막 보루인 오른손을 내밀어 그의 빈손을 가득 채워주었다. 그는 연구실 문에서 제일 가까이에 있는 책장 앞에 종이봉투를 살며시 내려놓은 뒤에 충격에 약한 물건이라도 되는 듯이 위로금을 대신해서 테니스 동호회에서 마련한 선물이라는 말도 조심스럽게 내려놓았다. 나는 그럴 필요 없다는 말을 하려다가 선물을 준비해온 사람의 마음을 편하게 해주는 게 도리라는 생각이 들어서 요리가 취미인 나로서는 식재료 선물이 가장 반갑다고 너털웃음 소리를 곁들여 답례 인사를 했다. 그의 손에 들려 있는 기꼬만 간장을 보는 순간 나는 그가 위로금 사건으로 불편해진 내 심기를 달래려고 학교에 오는 길에 엑스포 아파트 상가에 들러 자기 돈으로 선물을 샀다는 것을 눈치챘지만 내색하지 않았다.

저녁 메뉴는 자연스럽게 장조림으로 정해졌다. 퇴근길에 단골 정육점에서 산 홍두깨 한 근을 찬물에 담가 핏물을 뺀 뒤에 고기가 잠길 정도로 물을 붓고 팔팔 끓이다가 조선간장과 기꼬만 간장을 1:2의 비율로 넣은 뒤에 마늘, 생강, 꿀, 고추, 술을 순서대로 넣고 졸여주었다. 압력밥솥에 갓 지은 잡곡밥, 뚝배기에서 보글보글 끓고 있는 된장찌개, 작년에 담근 김장김치, 그리고 오늘의 주인공 장조림! 나는 이들과 함께였으니 혼자가 아니었다. 장조림은 환상적인 맛이었고 성격도 모나지 않아서 밥과 찌개, 김치와도 잘 어울렸다. 약간 불편한 왼손이 전혀 불편하지 않은 오른손을 도와줘서 저녁 식탁을 차리는 것도, 식탁에 앉아서 밥을 먹는 것도 탈 없이 마칠 수 있었다.

설거지까지 무사히 마치고 평소처럼 공원으로 산책을 나갈 예정이었는데 상처 난 곳이 아팠다. 통증을 느끼는 순간 이것이 어디서 온 것인지 몰라 잠시 당황했지만 이내 사태를 파악했다. 이것은 산모의 진통과도 같은 것이었다. 새 생명이 탄생하려면 고통의 순간이 필요한 법이다. 뼈가 부러진 뒤 3주째가 되면 뼈가 붙기 시작하니 뼈에 충격을 가하지 않도록 각별히 신경을 써야 한다는 사실은 알았지만 새로 태어날 뼈를 위해서 내가 무엇을 해야 할지는 알지 못하고 있었다. 그러니까 나는 준비가 안 된 산모인 셈이었다. 통증이라는 녀석이 예의바르게도 내가 저녁을 다 먹을 때까지 얌전히 기다렸나 보다. 저녁 무렵 시작된 통증은 시간이 지날수록 점점 심해졌다. 잘 시간이 되어 불을 끄고 자리에 누웠지만 잠이 올 리 없었다. 눈을 감고 있었지만 잠이 들지 않는 상태가, 통증이 심해서 다친 부위를 꼼짝도 할 수 없는 상황이 새벽녘까지 계속되었다. 작은 고통은 큰 고통 앞에서는 빛을 잃는 법이어서 여섯 시간 넘게 같은 자세로 누워 있는데도 등이 배기지 않았다. 먼동이 트기 시작할 무렵 최고조에 이르렀던 통증이 갑자기 사라졌고 나는 깊은 잠에 빠져들었다.

몸과 친해지기 7

　소용없다는 것을 알기에 그러지 않으려 해도 사고가 난 뒤에는 자꾸만 가정을 하게 된다. 아침에 미르를 끌고 아파트 현관문을 나서면서 보니 주차장 바닥이 살짝 젖어 있었다. 밤새 비가 뿌렸다는 뜻이다. 빗물이 얼 정도로 날이 춥지는 않아서 미르를 두고 자동차로 출근을 할 생각은 하지 못했다. 그때 바닥이 얼어 있었더라면 자동차로 출근을 하지 않았을까?

　아니다, 미르를 타고 학교에 온 것까지는 좋았다. 인문대 앞쪽 주차장으로 난 현관을 통해서 들어왔다면 어땠을까? 그쪽 현관은 남향받이라서 바닥에 물이 고여 있었다 하더라도 얼지는 않았을 텐데. 설령 물이 얼었다 하더라도 바로 눈에 띄어 얼음판에서 자빠지는 일은 없었을 텐데.

　아! 뒤쪽 주차장 현관으로 온 것까지도 괜찮았다. 평소처럼 현관 계단 앞에서 미르를 세우고 계단을 걸어서 올라갔어야 하는 거였다. 장애

인용 경사로를 통해서 현관 앞까지 가지 않으면 안 되는 이유가 있었던 것도 아니잖은가 말이다.

그렇다. 비탈에서 자빠져서 뼈가 부러진 뒤 5주째로 접어드는 날 아침에 난 미르를 타고 출근을 했고 현관까지 2미터도 남지 않은 지점에서 다시 한 번 자빠지는 특별한 경험을 한다. 얼음판에서 미끄러질 때는 '억!' 소리를 지를 시간조차 없다. 금강역사가 바위만한 주먹으로 나와 미르에게 한 방을 먹인 것처럼 우리는 얼음판으로 곤두박질쳤다. 순간이었는데도 잠시 망설일 여유가 있었다는 것이 신기할 정도다. 왼손으로 바닥을 짚어서 얼굴이 바닥에 부딪히는 불상사는 피하는 게 나을까 아니면 차라리 몸이나 얼굴이 바닥에 부딪히는 게 나을까? 5주 전에 쇄골을 부러뜨린 전과가 없었다면 이런 고민을 할 이유도 없었을 것이다. 머리가 결정을 내리지 못하자 몸이 대신 결정을 내렸다. 내 몸은 손을 짚는 쪽을 선택했다. 그것이 현명한 선택이었는지 아닌지는 금세 판가름이 났다. 왼쪽 무릎과 왼쪽 골반, 그리고 왼쪽 손바닥에 콘크리트 바닥의 육중한 무게가 고스란히 전해졌다. 내가 가장 우려했던 네 번째 부위에서는 다행히도 아무런 소식이 없었다. 아니다, 엄청난 소식이 있었다. '축하합니다. 당신의 뼈는 완전히 아물어 부러지기 전보다 더 튼튼해졌습니다. 똑같은 사고가 일어나는 걸 이제는 예의 그 소나무 쪽에서 걱정해야 할지도 모릅니다.'

아픔과 기쁨을 동시에 전해주는 사건을 겪은 뒤에 연구실까지 미르를 끌고 오는 1분 남짓한 시간에 나는 머릿속으로 한 편의 시를 완성했다.

자전거를 타면서 고마워한 것들 2

사고로 부러진 뼈가 아물어 갈 즈음
언 길에서 자빠졌다
까불지 말아야겠다

까불지 말고 살아야겠다

   정확히 말하면 이 시는 얼음판에 자빠진 순간부터 얼음판을 짚고 일
어날 때까지의 짧은 시간에 나도 모르는 사이에 내 몸에 새겨진 것이
다. 내게 앞날을 내다보는 능력이 있어서 미르를 타고 오지 않았더라
면, 다른 쪽 현관으로 들어왔더라면, 계단 앞에서 미르를 세웠더라면
그날 아침에 내 몸에는 아무것도 새겨지지 않았을 것이다.

아픔과 기쁨을 동시에 전해주는 사건을 겪은 뒤에 연구실
까지 미르를 끌고 오는 1분 남짓한 시간에 나는 머릿속으
로 한 편의 시를 완성했다.

내게 크게 영향을 끼친 사람

로맹가리의 장편소설 ≪새벽의 약속≫을 읽고,
지금의 나로 성장하는 데 가장 큰 영향을 준 인물을
산문으로 쓰세요.

새벽의 약속 ─────────────────────────────

로맹가리의 대표작은 ≪새벽의 약속≫과 ≪자기 앞의 생≫입니다. ≪새벽의
약속≫은 작가가 직접 경험한 이야기고, ≪자기 앞의 생≫은 다른 사람이 경
험한 이야기입니다. 훌륭한 작가는 자기가 경험한 것뿐만 아니라 다른 사람
이 경험한 것도 실감나게 쓸 수 있습니다. 자기가 경험한 것을 쓰는 것이 더
쉬우므로 이것부터 쓰고 경험한 것을 다 쓴 뒤에 다른 사람이 경험한 것을 쓰
는 것이 좋습니다.
로맹가리에게 어머니는 조국만큼이나 강한 영향력을 행사했습니다. 〈작은누
나 1〉을 읽고 나에게 가장 큰 영향을 준 인물을 찾아보세요. 참고로, 작은누나
는 아닙니다.

작은누나 1

　작은누나가 왔다. 내가 한국에 온다는 사실을 알리지 마라! 이것이 고국 방문을 앞두고 있던 누나의 유일한 소원이었다. 나는 누나의 뜻을 존중해서 애들 엄마한테 누나의 '누' 자도 꺼내지 않았다. 어려운 일은 아니었다. 그냥 평소처럼 말을 안 하면 되는 일이었으니. 성윤이와 소윤이한테는 살짝 말해줘도 되지 않나 하는 유혹이 있긴 했다. 작은누나가 애들은 보고 싶어 할 텐데…… 결론부터 말하면 올케들 신경 쓰게 하고 싶지 않다는 작은누나의 뜻을 존중해서 애들한테도 아무 말 하지 않았다.

　인천공항에서 출발하는 리무진 버스를 타고 화정 5단지 버스 정류장에 내리는 작은누나를 맞이했다. 바퀴가 달린 여행용 가방이 두 개였다. 초록색 가방은 지퍼가 고장이 나서 내용물이 나오지 않도록 끈으로 묶여 있었다. 가방보다 상태가 더 심각한 것은 누나의 신발이었다. 실밥이 삭아 밑창이 떨어져버렸다. 완전히 떨어진 건 아니고 앞쪽만 떨어져서 걸음을 뗄 때마다 입을 벌렸다. 그럴 때마다 입안을 가득 채우고 있는 발가락이 훤히 드러났다.

"누나가 그러고 다니는 걸 보고 사람들이 금방 따라하는 거 아냐? 요즘 한국에서는 유러피언 스타일이 유행이거든."

"비엔나에 있을 때는 멀쩡했는데 한국에 오니까 이러네."

갈색 세무 재질의 굽 낮은 구두는 촌스러운 디자인은 둘째 치고, 한눈에 보기에도 비엔나에 있을 때 멀쩡했을 리 없었다. 입을 벌리고 있는 상태가 아니었다 해도 이 신발을 신기만 하면 제 아무리 김태희라 하더라도 졸지에 오나미가 되어버리는 마법의 구두였다. 쓰던 물건을 내다 놓으면 필요한 사람이 가져가서 쓰는 독일식 생활습관이 배어서 자기는 하나도 불편하지 않다는 말이 변명처럼 들리는 걸 보면 나는 근검 절약형 인간은 아닌가 보다.

바이네르 매장으로 데려간 것이 문제였을까? 한 해에 한 번 올까말까 하는 동생이 입 벌어진 구두를 끌고 아는 사람들을 만나러 다닐까 봐 큰누나는 시차적응 중이라서 뜬눈으로 밤을 새운 작은누나를 데리고 단골 매장으로 갔다. 마음에도 들고 발에도 딱 맞는 구두가 있어서 계산대로 갔다고 한다. 신발 한 켤레에 12만 5천 원이라는 말을 듣고 작은누나는 입이 딱 벌어졌다. 자기가 신고 있는, 만사 젖혀놓고 그들을 이 매장으로 오게 만든, 비엔나에 있을 때는 멀쩡했던 구두와 똑같은 모양이었다고 한다. 말은 안 했지만 신발 가게 주인이 도둑처럼 보였을 것이다. 언니가 도둑한테 눈먼 돈을 쥐어주게 해서는 안 된다는 생각도 했던 것 같다.

다음날 학교에서 돌아오자마자 큰누나는 작은누나를 데리고 일산에

336

있는 아름다운 가게로 갔다. 이 가게는 작은누나가 한국에 올 때마다 일이 없어도 들르곤 하는 곳이다. 나도 몇 번 가봤다. 내 눈에 드는 물건을 찾을 수 없었다. 나보다 몸이 빠른 손님이 미리 낚아채갔거나 내 눈에 띄지 않는 곳에 꼭꼭 감추어둔 것이라고 생각하기로 했다. 나라면 절대 찾아내지 못했을 엄청난 물건을 작은누나는 잘도 찾아냈다고 한다. 심하게 반짝거리지는 않는 연두색 가죽구두인데 이 구두의 새 주인은 겉모습이 아니라 구두의 내면에 반한 것이 분명하다. 사람의 내면과 달리 구두의 내면은 명기되어 있다. 10,000원! 이것이 작은누나를 흡족하게 만든 구두의 내면이다.

큰누나는 구두의 내면에 별로 관심이 없었다. 동생이 만족해하는 걸로 그만이었다. 다만, 구두 뒷굽이 닳아서 매끈한 것은 신경이 쓰였다. 구두를 들고 구둣방으로 향했다. 뒷굽만 갈면 완전히 새 구두가 될 거라며 맞장구를 쳤던, 훌륭한 내면을 지닌 구두와 식구가 된 것을 축하하는 의미에서 마음에 드는 선물을 할 필요가 있다고 여긴 새 주인은, 그러나 구두의 변신을 온몸으로 저지하는 모순된 행동을 하게 된다. 만 5천 원! 구두를 3만 원에 샀고 뒷굽을 가는 비용이 만 5천 원이었다면 근검절약이 몸에 밴 우리의 작은누님도 군말 없이 새 주인으로서의 아량을 베풀었을 것이다. 이렇게 멋진 구두 한 켤레도 만 원밖에 안 하는데 구두 뒷굽 주제에 감히 만 5천 원이나! 이것이 작은누나의 셈법이다. 2만 5천 원으로 새 구두를 사는 셈이다. 어제는 12만 5천 원 주고 사려고도 하지 않았느냐. 큰누나가 설득을 했지만 귀를 닫아버린 작은누나와는 검은 비닐봉지에 담긴 새 식구를 들고 집으로 돌아오는 것 말고는 달리 할 수 있는 일이 없었다고 한다.

새신이 아니면서 새신인, 모순의 신발을 신은 작은누나와 함께 한 유일하게 의미 있는 일은 방학시장을 찾아간 것이다. 신발을 새로 산 날 저녁에 나는 누나 집에 갔다. 원두를 갈아서 모카포트로 에스프레소를 내렸다. 거실에서 텔레비전 화면에 빨려들어가기 직전인 아버지께 여쭤봤다.

　"아버지, 커피 드릴까요?"

　대답이 없다.

　큰누나가 가까이 가서 다시 묻는다.

　"아버지, 정우가 원두를 갈아서 커피 내렸어요. 한잔 드실래요?"

　"커피? 안 먹어! 육이오 끝나고 미군본부에 있을 때 커피 엄청 먹었지. 걔들이 먹는 커피에 우유를 가득 부어서 배를 채우는 거야. 우리가 먹는 걸 보고 걔들이 입을 딱 벌리지. 그래도 싫은 소리는 안 해. 그때 질려버렸어. 내가 치프였는데 한 달 월급이 팔십 불이야. 필리핀 애들은 우리 월급 두 배를 받았지. 얼마나 부러웠던지……."

　돌아보니 아버지가 앉아 있던 자리에 녹음기가 한 대 놓여 있다. 오늘은 '커피'라는 말에 반응해서 미군부대 시절 이야기를 시작한다. 세어보진 않았지만 백 번도 더 들었을 것이다. 신기하게도 지겹지 않다. 새소리나 물소리도 아닌데 지겨워지지 않는 이유를 모르겠다. 중간에서 절대로 멈추는 법이 없다. 아버지가 대화를 할 줄 아는 사람이었다면 나는 지금과 다른 사람이 됐을지도 모른다. 내가 좋아하지도 않는 인간이 내용도 없는 말을 누가 듣거나 말거나 혼자서 떠드는 걸 끝까지 참으며 들어주고 나서 내가 뭐했나 싶은 허탈한 심정으로 밤늦은 시간에 집으로 돌아오던 수많은 날들을 이제 와서 후회해본들!

그날 원두는 콜롬비아 수프리모였다. 약배전으로 볶아도 신맛이 강하지 않고, 단맛과 신맛과 쓴맛이 고루 섞여 있어서 좋다. 커피 껍질이 많이 날리지 않는 것도, 다른 생두보다 볶을 때 시간이 적게 걸리는 것도 마음에 든다. 누나들은 커피 맛이 괜찮다고 평을 했다. 화제는 큰 비약 없이 흘러갔다. 우리 식구가 입맛이 까다롭다는 말을 받아서 엄마가 담근 고추장만큼 맛있는 고추장을 먹어보지 못했다는 말을 내가 했고, 엄마 단골 방앗간에 간 적이 있는데 어딘지 알 수 없어서 안타깝다는 말을 받아서 큰누나가 "나 거기 아는데!"

한 시간 정도 헤맨 건 아무 문제가 되지 않았다. 우리는 마침내 엄마의 단골 방앗간을 찾아냈다. 빛깔이 곱고 모양도 예쁜, 멀리서 보아도 향기가 나는 것 같은 메주 여섯 개, 고춧가루 일곱 근, 의성마늘 반 접, 개량메주 두 봉지, 물엿 한 통, 엿기름 한 봉지를 샀다. 다해서 27만 원이었는데 작은누나가 번개보다 더 빠른 동작으로 계산을 해버렸다.

고추장을 담그는 날 작은누나는 없었다. 아는 사람 만나러 지방에 내려갔다고 했다. 엿기름을 우려낸 물을 데워서 찹쌀가루를 넣고 나무주걱으로 열심히 저어주면 세 시간 있다가 식혜처럼 달달해진다. 그렇다! 엿기름에 들어 있는 아밀라제로 찹쌀가루에 들어 있는 전분을 당분으로 만들어서 고추장을 담그는 중이다. 고추장을 담그는 법을 알아낸, 이름을 남기지 않은 위대한 인물을 존경하는 마음을 억누를 수가 없었는데 그 덕분인지 다 익은 뒤에 고추장에서는 엄마가 담근 고추장 맛이 났다.

그날은 고추장을 항아리에 담는 날이자 작은누나가 비엔나로 돌아가는 날이었다. 아침에 누나 집에 가보니 현관에 목발이 세워져 있었다.

목발의 주인은 오른발에 반깁스를 한 채로 절룩거리며 짐을 싸고 있는 작은누나였다. 아는 사람을 만나러 지방에 내려간 날 비가 내렸는데 빗물에 젖은 계단에서 굴러 뼈에 금이 갔단다. 복숭아뼈가 안팎으로 다 금이 가서 회복하는 데 시간이 조금 걸릴 거라며 웃는다.

큰누나가 작은누나를 공항에 데려다 주고 오는 사이에 나는 고추장을 항아리에 옮겨 담느라 씨름을 했다. 누나가 집에 돌아왔을 때는 엄마가 고추장 담글 때 쓰던 스테인리스 대야에 가득 담겨 있던 고추상이 항아리 세 개에 고루 나뉘어 담겨 있었다. 자세한 얘기를 들어보니 짐작했던 대로 사고의 원인은 새로 산 구두였다. 맨질맨질한 뒷굽이 빗물이 묻은 계단과 한통속이 되어 주인의 뒤통수를 때린 것이다. 사고가 일어나면 후회를 하기 마련이다. 비가 내리지 않았더라면, 아는 사람을 만나러 가지 않았더라면, 구두 뒷굽을 갈았더라면, 아름다운 가게에서 뒷굽이 멀쩡한 구두를 샀더라면, 바이네르 매장에서 구두를 그냥 샀더라면……

작은누나 입을 딱 벌어지게 만들었던 바이네르 구두 가격의 두 배가 넘는 돈을 치료비로 지불해야 했지만 정작 본인은 후회는커녕 깁스 한번 해보는 것이 소원인 사람처럼 느긋했다고 한다. 사고가 나도 사고라고 여기지 않으면 사고가 나지 않은 것과 같다는 것을 알고 있었던 것이다. 이것이 작은누나가 사고투성이인 인생을 잘 살아가는 방법이다.

66

갈색 세무 재질의 굽 낮은 구두는 촌스러운 디자인은 둘째
치고, 한눈에 보기에도 비엔나에 있을 때 멀쩡했을 리 없
었다. 입을 벌리고 있는 상태가 아니었다 해도 이 신발을
신기만 하면 제 아무리 김태희라 하더라도 졸지에 오나미
가 되어버리는 마법의 구두였다.

99

시간이 지난 뒤에

류시화가 엮은
≪백만 광년의 고독 속에서 한 줄의 시를 읽다≫를 읽고,
시간이 지나고 나서야 소중함을 알게 된 것,
시간이 갈수록 소중하게 여겨지는 순간이나
내가 절대로 잃어버릴 수 없는 것,
소중한 것을 남기고 떠난 경험을 산문으로 쓰세요.

백만 광년의 고독 속에서 한 줄의 시를 읽다

하이쿠는 우리식으로 하면 한 줄로 쓴 시입니다. 저는 학생들에게 시를 가르칠 때 한 줄로 쓰게 합니다. 한 줄로 쓰면 설명하지 않게 됩니다. 물론, 한 줄로 설명하는 학생도 있습니다.

한 줄로 시를 쓸 수 없으면 길게도 쓸 수 없습니다. 시를 잘 쓰고 싶으면 한 줄로 써보세요. 시가 잘 써지지 않을 때도 한 줄로 써보세요. 산문도 마찬가지입니다. 길게 쓰려고 하지 말고 짧게 쓰려고 해보세요.

작은누나 2

　작은누나가 왔다. 누나는 3월 초순, 그러니까 비엔나 웨스트가 비수기로 접어드는 이때를 틈타서 한국에 나오곤 하니 구두 사건이 일어난 지 벌써 1년이 됐다는 뜻이다. 작은누나 얼굴을 보러 큰누나 집에 갔다. 누나는 올 때마다 선물을 하나씩 가지고 온다. 지난번에는 입을 쩍 벌리고 있는 구두를 선물로 가지고 왔는데 이번에 가져온 선물은 고시텔이다. 작은누나는 한국에 올 때마다 큰누나 집에 머물곤 했다. 매번 같은 숙소에서 묵는 것은 지겨우니 숙소에 약간의 변화를 주어야겠다고 결심했나 보다. 멀쩡한 큰누나 집을 놔두고 왜 고시텔에 숙소를 정했느냐고 물었더니 비엔나 웨스트에 온 손님한테서 고시텔이 저렴하면서도 지낼 만하다는 말을 들었단다. 그래서 정말로 그런 줄 알았는데…… 하며 말끝을 흐린다. 물론 어두운 표정을 짓지는 않았다. 누나 사전에 어두운 표정이라는 것은 없다. 현실이 힘겨운 것에 비례해서 누나의 농담도 강도가 세질 뿐이다.

아버지는 저녁을 드셨다고 한다. 아버지는 작은누나가 한국에 나오는 걸 알지 못했다. 작은누나는 이번에도 조용히 왔다가 조용히 갈 거라는 결심을 굳게 한 채로 서울행 비행기에 오른 것이다. 지난번에는 한국에 있는 두 명의 올케가 경계 대상이었는데 이번에는 아버지까지 포함되었다. 아버지 몰래 왔다 가는 건 아니고 아버지와 자주 마주치지 않는 것이 누나의 목표다. 고시텔이라는, 이름도 낯설고 도무지 정이 붙을 것 같지 않은 숙소를 정하게 된 데에는 아버지가 중요한 역할을 한 셈이다. 아버지는 당신 덕분에 당신의 작은 딸이 어떤 처지에 놓였는지 알지도 못한 채 소파에 앉아서 텔레비전을 응시하고 있다. 오른손이 가볍게 쥐고 있는 텔레비전 리모컨에는 불행하게도 채널 버튼이라는 게 있다. 엄지손가락이 기계적으로 버튼을 누를 때마다 텔레비전 화면이 바뀐다. 1초에 한 컷씩 넘어가는 걸 계속 바라보고 있다가는 가슴 깊은 곳에서 울화가 치밀어올라 어떻게든 아버지를 이해해야겠다는 굳은 결심도 텔레비전 화면을 따라 다른 세상으로 넘어가버릴 것 같다. 나는 소파에서 벌떡 일어나 식탁으로 자리를 옮겼다.

"그래도 아버지가 텔레비전 소리는 죽여 놓고 보시네?"

"소리가 너무 커서 정신이 없다고 말했거든. 내가 집에 들어오면 그때부터 소리를 낮춰."

"그래? 아버지가 다른 사람 부탁을 순순히 들어주기도 해?"

"순순히는 아니고, 한바탕 난리가 났었지. 10년 넘게 참아오다가 더 이상 안 되겠어서 한마디 했더니 너는 볼 때마다 잔소리를 하냐며 화를 벌컥 내시고는 설거지를 하면서 설거지 그릇에 화풀이를 하셨지. 이 그릇이 그날의 전투에서 살아남은 것들이야."

옆에서 듣고 있던 작은누나가 신기한 것을 발견한 어린아이 표정이 되어 대화에 끼어든다.

"아루투루도 그러는데? 마음에 안 드는 게 있어도 알아서 고치겠거니 하고 기다리다가 결국에는 안 되겠어서 지적을 하면 화가 잔뜩 나서는 물건을 바닥에 쿵쿵 내려놓고 한바탕 난리가 나지. 아버지 같은 사람 만날까 봐 지구 반 바퀴나 도망갔는데 결혼해서 살다 보니 아버지랑 어쩌면 그렇게 같은지……."

"설거지 그릇에 화풀이하는 사람이 한 명 더 있는데! 세 사람이 우리 모르게 1년에 한 번씩 만나서 세미나를 하는 게 분명하구만. 그나저나 작은누나는 고시텔에 계속 있을 거야?"

"이제 와서 어떡하겠어. 숙박비를 선불로 지급했는데."

작은누나가 누군가. 마흔이 넘은 나이에 민박집을 차려 우여곡절은 있었지만 힘든 일을 다 이겨내고 비엔나에서 알아주는 민박집 주인으로 다시 태어나지 않았던가. 명실상부한 숙박업의 여왕이 꿈에도 그리는 고국에 와서 고시텔에 머물다니…….

"숙소가 좋으면 한국에 더 있고 싶어질까 봐 일부러 그런 곳으로 정한 거야?"

"그 생각까지는 못했는데 네 말을 듣고 보니 그런 효과가 있을 것 같네. 한국에 온 지 이틀밖에 안 됐는데 벌써 비엔나에 가고 싶다."

"제일 불편한 게 뭐야?"

"창문이 없는 거지 뭐. 낮에도 햇빛을 볼 수 없으니 갇혀 있다는 느낌이 들어."

"낮에는 바깥에서 자기 일을 열심히 하고 밤에 들어와서 쉬라는 주인의 깊은 배려심이 느껴지지는 않고? 이부자리는 제대로 갖춰져 있어?"

"이불은 있는데 다리만 덮고 위에는 내 옷을 덮고 자야 해."

"이불이 지저분해서?"

"지저분한 건 둘째 치고 냄새가 나서 가까이 할 수가 없지요."

"점입가경이군."

누나는 매번 그렇듯이 한국에 두 주일을 머물다 갈 예정이다. 시차 적응하느라 일주일을 고생하고, 눈 깜빡할 사이에 남은 일주일이 지나면 비엔나에 가서 다시 시차 적응하느라 일주일을 고생해야 하니 한국 여행은 누나에게는 극기 훈련과도 같은 것이다. 이번에는 숙소와 궁합이 맞지 않아서 극기 훈련의 강도가 더 세졌다. 창문도 없는 좁은 방에서 언제 빨았는지도 모르는 이부자리에 몸을 눕혀야 하는 신세지만 그래도 큰누나 집에서 아버지와 언제 부딪힐지 몰라 살얼음판을 걷는 것보다는 낫다고 여기는 것 같다. 돈이 없는 것도 아니고 아버지랑 부딪히기 싫으면 번듯한 숙소에서 머물면 되는 게 아닌가? 이건 내 생각이고 작은누나가 볼 때 기본이 안 되어 있는 숙소에 머물면서 적지 않은 비용을 지불하는 건 숙박업계에 종사하는 사람으로서 용납이 안 되는 일이었을 것이다. 그럴 바에는 차라리 가격이라도 저렴한 고시텔에 머무는 게 낫다는 게 누나의 생각일 것이다. 몸이 불편한 건 참을 수 있지만 마음이 불편한 건 참기 어려운 법이다. 누나가 숙박업의 여왕만 아니었어도 자존심을 굽힐 수 있었을 것이다.

작은누나가 끓인 된장찌개에 큰누나가 담근 김장김치, 작은누나가 좋아하는 명란젓으로 맛있게 저녁을 먹었다. 후식으로 집에서 끓인 대추차와 과일샐러드를 먹고 나니 아버지의 절친인 텔레비전에서 아홉

시 뉴스를 하고 있었다. 큰누나는 교회로, 나는 집으로, 작은누나는 고시텔로 각자 발걸음을 옮겨야 할 때가 되었다. 내가 작은누나의 처지라면 갑자기 서글퍼질 것 같은데 누나는 장난기가 가득한 얼굴을 하고 내게 작별 인사를 건넨다.

"고시텔에 두 주만 있다 보면 소설 한 편은 거뜬히 건질 것 같다. 어떤 소설이 나올지 기대하라구!"

내가 닮고 싶은 사람

톨스토이의 ≪안나 카레니나≫ 1권을 읽고,
내가 닮고 싶은 사람의 이야기를 산문으로 쓰세요.

안나 카레니나 1 ──────────

영화가 없던 시절이 아니었다면 이 작품은 탄생하지 않았을 것입니다. 톨스
토이는 인물은 물론이고 배경을 사실적으로 묘사하는 데 공을 많이 들였습니
다. 그 덕분에 독자는 이 책을 읽으면 영화를 보는 것 같은 느낌이 들게 됩니
다. 문학에서는 실감나게 하는 것이 무척 중요합니다. 글을 읽는 것은 간접 경
험인데 문학작품을 읽고 직접 경험처럼 느끼는 이유는 작가가 실감할 수 있
게 썼기 때문입니다. 실감하면 공감하기 쉽습니다. 독자들이 내 글에 공감하
게 하려면 먼저 실감하게 하는 것이 필요하다는 것을 잊지 않기 바랍니다.
안네 카레니나는 누구나 닮고 싶어 하는 인물입니다. 그렇지만 그것은 곁에
서 봤을 때 그런 것이고 속속들이 알게 되면 생각이 달라질 수 있습니다. 제대
로 알게 되었을 때에도 닮고 싶은 점이 있다면 그것이야말로 그 인물의 훌륭
한 점일 것입니다.

아버지, 우리 아버지 1

띵, 띠리리 딩띵 ~

내 핸드폰 벨소리 〈Over the horizon〉이 울린다. 삼성전자 갤럭시 S3에서 쓰이기 시작해서 지금은 삼성전자 핸드폰의 대표 벨소리가 되었다나 뭐래나. 옆 사람 핸드폰 벨소리가 울렸을 때 내 핸드폰을 열어보게 되는 일이 몇 번 있었다. 그 뒤로 벨소리를 바꿔보려는 시도를 했지만 마음에 드는 벨소리를 찾지 못해서 그만두었다.

핸드폰 벨소리 덕분일까? 전화벨이 울릴 때면 지평선 너머에 있는 누군가에게서 내가 상상도 못했던 굉장한 소식이 오지나 않을까 하는 설레는 마음으로 전화를 받곤 한다. 예를 하나 들어주면 좋겠지만 나에게 굉장한 소식은 과연 어떤 것일지 나로서도 알기 어렵다. 몇 가지 생각은 해봤지만 그렇고 그런 것들뿐이다. 굉장한 걸 생각해내려면 시간이 필요하다. 아무튼 나는 항상 설레는 마음으로 전화를 받지만 실제로 걸려오는 전화는 핸드폰을 바꾸라거나 돈을 빌려 쓰라거나 논문 심사를 부탁하는 것이 태반이다. 이도 저도 아니면 잘못 걸려온 전화다.

차라리 잘못 걸려온 전화였더라면 좋았을 텐데……. 전화를 끊고 시간을 확인해보니 아침 여섯 시였다. 새벽에 전화벨이 울리면 전화벨소리가 제아무리 〈Over the horizon〉이라 하더라도 안 좋은 일이 생긴 건 아닌지 긴장하며 받기 마련이다. 발신자는 아버지였다. 호흡곤란 증세는 새벽에 일어나곤 했다. 금방이라도 숨이 넘어갈 것처럼 거칠게 숨을 몰아쉬며 다급하고 힘겨운 목소리로 내 대답은 듣지도 않고 당신 할 말만 하고 전화를 끊는다.

"성윤이 애비냐? 지금 어디냐? 내가 다 죽게 생겼다. 빨리 좀 와라."

화정에 있을 때는 바로 달려가고, 청주에 있을 때는 누나에게 전화를 해서 조치를 취하게 한다. 조치라는 건 별 게 없고 사혈을 하는 거다. 열 손가락 모두 사혈을 하고 나면 거짓말처럼 호흡이 정상으로 돌아오고 호흡과 함께 아버지의 자신감도 제자리로 돌아온다.

"내 중학교 동기가 마흔 명인데 그 친구들 중에 아직까지 살아 있는 건 성근이 하나야. 그 많던 친구들이 다 죽고 우리 둘밖에 안 남았어. 그런데 성근이는 치매에 걸려서 사람 구실을 못 하잖아? 살아도 산 목숨이 아닌 거지."

당신이 학창시절이나 사회생활에서는 우등생이 아니었지만 오래 사는 것에서만큼은 반에서 1등인 것이 분명하지 않느냐는 말씀을 하고 계신 것이다. 누나와 내가 당신의 말에 추임새를 넣거나 그렇다고 대답을 해주거나 최소한 동의한다는 표정을 지어주길 바란다는 것을 잘 알면서도 우리는 미리 말을 맞추기라도 한 것처럼 묵묵부답과 무표정으로 대꾸를 하곤 했다. 그러거나 말거나 아버지는 건강에 대한 자신감을 표현하는 것으로 한바탕의 푸닥거리를 마무리한다.

"내가 뇌졸중으로 쓰러지지만 않았어도 백 살까지는 너끈히 사는 건데……. 오창 살 때 산책을 나가면 자꾸 발을 헛딛는 거야. 그때 병원에 갔어야 하는 건데 건강에 자신이 있어서 무시하고 말았지. 그러다가 쓰러져버린 거 아냐. 걷지를 못하니까 밥맛도 없고 소화도 안 되고 살만 찌잖아. 그래도 공원에 나가보면 나보다 늙어 보이고 비실비실한 노인네들이 나보다 나이가 다 열 살씩은 적더라구."

사람들은 현실 너머를 상상하곤 하지만 현실은 상상을 넘어선 곳에 있기 일쑤다. 아침 여섯 시에 전화를 걸어서 곤히 자고 있는 아들을 깨워 이런 말을 하는 아버지가 우리 아버지다.

"성윤이 애비냐? 화장실 불이 나갔는데 지금 와서 갈아주면 좋겠는데. 전구는 사둔 게 있으니까 갈기만 하면 된다."

점심때쯤 간다고 대답을 하고 나는 다시 잠을 청했다. 부글부글 끓어오르는 가슴을 달래는 데도 잠은 그런대로 효과가 있었다.

아버지는 텔레비전을 보고 있었다. 아버지는 티비조선의 광팬이다. 텔레비전 화면을 흘깃 보니 눈살을 찌푸리게 하는 내용이었다. 거동이 불편한 남편을 골방에 가둬놓고 5년 동안 학대를 해온 중늙은이가 방송의 주인공이었다. 음성변조와 모자이크 처리는 방송의 기본인 듯했다. 아버지는 극도의 혐오감을 참아가며 방송을 보고 있었던 거다. 정서에 좋지 않은 영향을 미치는 것을 감수하고 인격수양을 위해서!

화장실 불을 켜보니 멀쩡하게 들어왔다. 어떻게 된 거냐는 표정으로 아버지를 바라보았다. 눈치 없는 우리 아버지가 웬일로 눈치를 채시고는 설명까지 해주었다.

"관리실에 전화했더니 와서 고쳐주더라."

'너한테 전화해서 오지 않아도 된다고 말했어야 했는데'라든가, '아침 일찍 전화해서 놀랐지, 다음부터 안 그러마' 같은 말을 하면 우리 아버지가 아니다. 아버지는 나와는 다른 세상에 살고 있는 것이다. 어쩌면 사람들은 다 자기만의 세상에서 살고 있는지도 모른다. 각자의 세상은 조금씩 다른데, 아버지의 세상과 나의 세상은 참 많이 다르다.

다음날 저녁은 누나 생일을 기념해서 외식을 하기로 되어 있있다. 누나 집 현관문을 열고 들어가 보니 아버지는 침대에 걸터앉아 외출복을 입고 있었다. 잔뜩 골이 난 얼굴로. 누나한테 무슨 일이 있었냐고 살짝 물어보았다. 날도 더운데 무슨 외식을 하냐고 성을 내셨단다. 며칠 전부터 배탈이 나서 제대로 음식을 드시지 못하는 것도 이유 중 하나일 거라고 한다. 아버지는 화를 참지도, 누나의 요구를 거절하지도 못할 것이다. 즐거워야 할 저녁식사 자리를 썰렁하게 만들게 뻔했다.

"억지로 모시고 갈 필요 없잖아. 우리 둘이 가서 밥 먹고 아버지 드실 건 싸가지고 오지 뭐."

누나도 한 고집 하는 것 잘 알고 있어서 나는 이 말만 툭 던지고 먼저 나왔다. 주차장에서 차를 빼서 기다리는데 누나 혼자 털레털레 나오는 게 보였다. 음식을 싸가지고 올 거라 했더니 입이 귀에 걸리더란다.

"나이가 드니 단기 기억력이 없어지나 봐. 방학이 언제냐고 물어봐서 대답해주면 저녁에 또 물어본다. 방학 할 때까지 아침저녁으로 매일 묻는다니까. 아흔이 넘으면 살아 있는 것도 죽은 것도 아니라는데 그 말이 꼭 맞아. 어머니 돌아가실 때 너무 일찍 가신 거라 생각했는데 아버지 보니까 일찍 돌아가신 게 더 나을 수도 있겠어."

아버지가 다른 세상을 살고 있다는 것을 내게 확인시킬 때마다 나는 어머니가 떠오르면서 속이 부글부글 끓어오른다. 아버지 때문에 엄마가 얼마나 힘들었을까. 맞선을 보는 자리에서 엄마가 이런 말을 했다고 한다.

"저는 사주에 명이 짧다고 나오는데 그래도 괜찮겠어요?"

사주는 다 미신인데 뭘 그런 걸 믿고 걱정하느냐고 안심시켰다고 한다. 나는 엄마가 맞선 자리에서 왜 그런 말을 했을지 알 것 같다. 어머니가 어떤 사람인지 그리고 아버지가 어떤 사람이어서 그 말을 어떻게 이해했는지도 알고 있고, 아버지가 엄마를 당신 방식으로 해석해서 어떤 식으로 대했는지도 알고 있다. 내가 아버지를 어떻게 생각하든 상관하지 않고 아버지는 한 치의 망설임도 없이 새벽에 또 전화를 할 것이다. 무슨 용건일지 알 수도 없고 별로 궁금하지 않다. 아버지는 항상 내 상상의 세계 너머에 있다.

해석이 상반됐던 경험

톨스토이의 ≪안나 카레니나≫ 2권을 읽고,
나와 상대방의 해석이 상반됐던 경험을 산문으로 쓰세요.

안나 카레니나 2 ──────────────────────

안나가 카레닌과의 결혼생활에 불만을 느끼는 이유를 찾아 내려가면 결혼생
활에 대한 상반된 해석을 만나게 됩니다. 안나는 사랑의 감정을 중요하게 여
기고, 카레닌은 결혼으로 맺어진 관계를 중요하게 여깁니다. 어떤 것이 바람
직한 결혼생활이냐에 대한 해석이 달라서 안나와 카레닌의 관계가 파경에 이
른 것에서 알 수 있듯이 인간에게 해석은 무척 중요합니다. 해석은 이성과 감
정, 직관을 포함하는 종합적인 판단입니다. 한 인물을 구성하는 중요한 요소
인 해석을 중심으로 인물들 간의 갈등을 살펴보면 미처 깨닫지 못했던 것이
드러날 것입니다.

아버지, 우리 아버지 2

아버지와 40년 세월을 같이 살았는데도 나는 아버지가 어떤 사람인지 제대로 알지 못했다. 어떻게 이런 지독히도 운 좋은 일이 가능했을까? 아버지가 내 앞에서만 성인군자로 변신한 것도 아니고, 아침에 집에 들어왔다가 저녁이면 나가는 아버지와 그 시간에 집을 비우는 아들의 조합도 아니었다. 누군가의 일거수일투족을 오랜 세월 지켜보는 것만으로는 그 사람을 제대로 알기에 부족하다. 아버지처럼 나와 다른 세상을 살고 있는 사람일 경우에는 더 그렇다.

어머니가 돌아가신 뒤에 나는 어머니께 못다 한 효도를 아버지한테 하기로 마음을 먹었다. 제일 먼저 한 일은 큰누나와 함께 살고 있는 아버지를 우리 집 근처로 모셔온 일이다. 아버지를 우리 집에 모시겠다고 말씀드렸다. 한 집에서 사는 것은 불편하니 근처에 작은 평수의 아파트를 하나 얻어다오. 큰누나와 상의를 해서 아버지가 기거하기에 적당한 전세 물건을 찾아보기로 했다. 괜찮은 아파트가 있다고 말씀드렸더니 아버지는 버럭 화를 내셨다. "너희가 나를 살날이 얼마 남지 않은 늙은 이로 취급하는구나. 이웃 눈치 봐가며 전세로 살 바엔 안 내려갈란다." 큰누나와 다시 상의를 해서 스물다섯 평 아파트를 샀다. 큰누나가 대출금 이자를 갚고 내가 아버지 용돈을 드리기로 했다.

아버지는 우리 집으로 출근을 하셨다. 아침을 먹는 시간에 맞춰 오셨다가 저녁을 드시고 퇴근하셨다. "무슨 용돈을 이렇게 많이 주냐?" 말은 이렇게 하셨지만 용돈을 조금 덜 줘도 된다는 말씀을 꺼낸 적은 한 번도 없다. 어머니 살아계실 때의 일이다. 어머니께 용돈을 드릴 때면 아버지께도 똑같이 드렸다. 어머니는 안쓰러워 하시면서도 대견해하는 표정으로 나를 바라보시며 흔쾌히 받으셨다. "고맙게 잘 쓰마!"

아버지는 용돈을 드리면 입이 귀에 걸리셨다. 듣기에 민망할 정도로 과한 칭찬이 이어지곤 했다. 어머니는 내가 드린 용돈을 차곡차곡 모아 놓았다가 집을 살 때 보탰다. 큰누나한테는 이렇게 말했다. "집 사는 데 보태라며 정우가 준 돈이다." 아버지는 내가 드린 용돈으로 주식을 사는 데 썼다. 증권 투자의 결과에 대해서는 양심범이 묵비권을 행사하는 수준이었다. 이제 곧 돈방석에 앉을 거라는 말을 몇 번 한 적이 있다. 그리고는 또 묵비권이었다. 당신 월급에 나와 큰누나가 드리는 용돈을 얹어서 누구인지도 모르는 사람의 호주머니에 넣어주는 것이 아버지의 증권 투자였다. 보유 주식의 액면가가 1억이 넘는 적도 있었다. 다시는 주식을 안 할 거라며 주식 거래 통장을 해지했을 때 남은 돈은 300만 원이었다. 평생 주식 투자를 해서 오를 때와 내릴 때를 귀신같이 안다고 큰소리를 친 것치고는 결과가 너무 빈약하다. 아버지는 주식 투자로 매년 100%의 수익률을 기록하는, 있을 법하지 않은 투자의 고수를 당신의 경쟁상대로 여긴다. 그러니까 아버지는 원금과 이익을 합한 금액을 매년 잃었다며 속상해한다. 내 생각은 다르다. 주식으로 1억의 빚을 진 사람과 비교하면 아버지는 1억을 번 셈이다. 아버지께 드린 용돈이 아버지의 욕심을 유지하느라 연기처럼 사라진다는 것을 안 뒤로 나는 용돈의 방식을 바꾸었다. 옷이나 신발은 몇 해를 넘기지 못하고 낡거나 닳아 없어지고, 아버지가 좋아하시는 생선회는 먹는 동안만 입을 즐겁게 하지만 최소한 연기처럼 사라지지는 않는다.

"우리 아들 집이 얼마나 넓은지 집안 청소를 하고 나면 땀을 한 바가지는 흘린다니까." 아들의 경제력과 당신의 쓸모 있음을 알리려고 이런 과장된 표현을 했다는 것을 모르는 바는 아니지만 큰누나에게 이 말을 전해들은 뒤에 나는 청소 도우미 아주머니를 부르지 않을 수 없었다. 나는 아버지께 청소를 부탁한 적이 없고, 아버지도 소일거리 삼아 청소하는 거라고 말씀하시곤 했다.

아버지가 우리 집에 출근한 지 한 달도 채 되기 전에 사건이 터졌다. 밥상을 차려놓고 기다리는데 시간이 지나도 아버지가 안 오시는 거다. 무슨 일이 있나 해서 전화를 드렸다.

"나 오늘부터 너희 집에 안 갈란다. 어제 소윤이가 나보고 그러더라. 할아버지 싫다고. 할아버지 오지 말라고. 손톱만한 어린 게 할애비를 무시하는데 내가 그런 괄시를 받으며 왜 가겠냐. 다시는 안 갈라니까 그리 알거라." 전화 뚝!

유치원에 다니는 여섯 살 난 손녀가 한 말에 상처를 받고 여든한 살 나이에 어울리지 않게 아버지가 어린애처럼 투정을 부리고 있는 거다. 소윤이한테 물어볼 필요도 없었다. 우리 아버지는 한 편애 하신다. 내가 어렸을 때는 큰누나와 나를 드러내놓고 예뻐하고 작은누나와 형은 완전 찬밥이었다. 아침까지 멀쩡했던 그릇에 금이 가 있다든지 손톱깎이가 제자리에 없다든지 하는 일이 생기면 아버지는 물어보지도 않고 형부터 불러서 야단치곤 했다. 십중팔구 범인은 형이었지만 형은 항상 억울해했다. 극히 드문 경우이긴 했지만 누명을 쓴 적도 있었으니까. 형이 초등학생일 때 자기 반에 고아원이 집인 친구가 있었다. 형은 그 친구를 볼 때마다 부러웠다고 한다. "너는 참 좋겠다, 아비지가 없으니."

할아버지가 되더니 아버지는 편애 대상을 바꿨다. 성윤이를 예뻐하고 소윤이는 찬밥 신세다. 집에 들어오면서 편애는 시작된다. "성윤아, 할애비 왔다. 성윤아, 이것 가지고 맛있는 거 사 먹어라. 성윤아, 네가 우리 집안의 대를 잇는 거다. 성윤아, 너 먹으라고 할애비가 과자 사왔다. 너 없었으면 할애비가 죽어도 눈을 못 감지. 성윤아, 성윤아, 성윤아……."

편애에, 고집에, 불뚝성질에, 자랑질에, 조롱을 일삼고, 참을성 없기까지 한 우리 아버지한테 직접 대든 것은 소윤이가 처음이었을 것이다. 우리 형제는 아버지이기 때문에 감히 대들 엄두를 내지 못하고 뒤에서 아버지 흉을 보는 것으로 화를 풀곤 했다. 당신이 어떤 사람인지 스스로 알 거라 여겼기 때문에 문제를 지적하지 않은 면도 있었다. 우리가 잘못 생각했다는 것을 나중에야 알게 되었다.

66

아버지께 드린 용돈이 아버지의 욕심을 유지하느라 연기
처럼 사라진다는 것을 안 뒤로 나는 용돈의 방식을 바꾸
었다.

99

내 안에 있는 또 다른 나

톨스토이의 ≪안나 카레니나≫ 3권을 읽고,
내 안에 있는 또 다른 나에 대해 산문을 쓰세요.

 안나 카레니나 3 ─────────────────────────

안나는 카레닌의 아내로 평생을 살아갈 수도 있었고, 브론스키를 새로운 남편으로 맞이해서 가정을 꾸릴 수도 있었으며, 달리는 기차에 몸을 던져 생을 마감할 수도 있었습니다. 이 셋은 같은 안나이면서 다른 안나입니다. 시간이 흘러서 안나가 변해간 것처럼 보이지만 실제로는 그렇지 않습니다. 카레닌과의 결혼을 결심했을 때에도 이미 안나에게는 다른 두 명의 안나가 있었던 것입니다. 내 안에 있는 또 다른 나를 발견하는 것, 다른 사람 안에 있는 또 다른 누군가를 발견하는 것이 필요합니다. 나를 제대로 알기 위해서, 다른 사람을 제대로 알기 위해서.

아버지, 우리 아버지 3

"아버지, 핸드폰 바꾸라는 전화가 또 오면 대꾸도 하지 말고 끊어버리세요."

"어떻게 그러냐? 야박하게. 전화하는 처녀애가 얼마나 상냥한지 몰라. 밥은 먹었느냐, 건강은 어떠시냐, 이런 것까지 물어본다니까."

"그게 다 핸드폰 팔아먹으려고 그러는 거지 진심이 아니잖아요."

"진심이 아니기는. 핸드폰 바꾼 지 얼마 안 됐다고 했는데도 가끔씩 전화해서 말벗이 돼주는데? 지난번에는 글쎄 '아버님 목소리가 어쩜 그렇게 좋으세요. 청년 같아요.' 그러더라구. 청년이 다 뭐야, 아흔 고개에 접어들어서 죽을 날만 바라보고 있는 처진데, 허허."

"아버지, 그 사람들이 구닥다리 핸드폰을 팔아먹으려고 그러는 거니까 어쨌든 핸드폰 바꾸겠다는 말을 하면 안 돼요."

"알았다."

"아버지한테 핸드폰 바꾸지 말라고 그렇게 얘기했는데도 결국은 바꾸고 말았어. 종이 쓰레기 담아두는 통에 손가방만한 택배 상자가 있어서 살펴봤더니 아버지한테 온 거야. 핸드폰 상자는 조각조각 찢어서 신문지 아래 숨겨놓았고."

"아쉽네, 완전범죄가 될 뻔했는데. 그런데 아버지는 핸드폰을 어디다 쓴대?"

"자주 쓰긴 하지. 30분에 한 번씩은 폴더를 열어보거든. 전화 온 거 없나 확인하는 거야. 친구라고는 아버지가 성근이라고 부르는 양반밖에 없는데 치매잖아."

"새벽에 나한테 전화할 때 빼고는 쓸 일이 없는 거네? 앞으로는 정성껏 받아야겠다."

"고모야, 내가 핸드폰을 쓴 적도 별로 없는데 요금이 몇만 원이 나왔다. 그래서 알아봤더니 단말기 값이 매달 빠져나가는 거라네. 전화를 했어. 단말기 팔아먹은 데다. 그랬더니 그 처녀애가 한번 샀으면 그만이다, 전화기가 하자가 있는 것도 아니니 절대로 반환이 안 된다, 이러면서 악을, 악을 쓰는 거야. 세상에 살다 살다 별꼴을 다 당한다. 네가 좀 해결해주면 안 되겠니?"

"아버지, 그러게 제가 그런 전화 받지 말라고 몇 번이나 말씀드렸잖아요."

"내가 뭐에 씌웠나 보다. 이래서 늙으면 빨리 죽어야 하는데 얼른 가고 싶어도 마음대로 안 되고……."

"알았어요. 제가 해결할 테니까 다음에는 절대로 그러지 마세요."

"알았다."

누나는 핸드폰 단말기 판매업자에게 전화를 걸어서 단말기를 반환하겠다고 했다. 예상했던 대로 절대로 안 된다는 대답을 들었다. 소비자 보호원에 전화를 걸어서 도움을 요청했다. 결과는 장담할 수 없지만 단말기 판매업자에게 전화를 해서 항의를 해보겠다는 대답을 들었다. 단말기 요금이 핸드폰 요금에 첨부되어 자동이체되고 있었으므로 자동이체를 해지해야 했는데 이것이 보통일이 아니었다. 자동이체 해지는 본인만 할 수 있게 되어 있다. 따라서 거동이 불편한 우리 아버지 같은 사람이 자동이체 해지를 하기 위해서는 딸이 직장에서 조퇴를 해서 아버지를 차에 태우고 덕양구청 맞은편에 있는 은행으로 가서(이런 경우 은행은 꼭 건물 2층에 있다) 직원에게 본인 확인을 받아야만 가능한 것이다. 누나는 속이 부글부글 끓었지만 인격수양을 할 수 있는 좋은 기회라고 여기며 일을 무사히 마쳤다고 한다.

소비자 보호원의 항의 전화가 효과가 있었던지 처녀애가 아버지한테 전화를 했다(이것이 아버지가 핸드폰을 바꾼 뒤로 걸려온 최초의 전화였다). 처녀애는 예전처럼 아버지에게 아양을 떨면서 소비자 보호원에 고발한 것을 취하해달라고 했다. 고래고래 악을 쓸 때는 언제고 이제 와서 아양을 떠는 건 뭐냐, 한 번 속지 두 번 속느냐며 전화를 뚝(아버지의 평소 습관처럼) 끊었어야 했는데 그랬다면 우리 아버지가 아니다. 아버지는 처녀애가 하는 말에 홀랑 넘어가서, 회사 사정이 딱하게 됐다니 큰 도움이야 안 되겠지만 내가 도와주는 셈치고 고발을 취하하겠다며 큰소리를 쳐버렸다.

"사정이 딱하게 됐더라. 제발 한번만 용서해달라고 코가 땅에 닿더라."

"코가 땅에 닿는 거 아버지가 보셨어요?"

"말이 그렇다는 거지. 젊은 애가 먹고 살겠다고 간이고 쓸개고 다 빼놓고 애걸복걸하는데 불쌍해서 못 봐주겠다. 어떻게 이번 한번만 안 되겠냐?"

아버지가 몇날 며칠을 사정하자 누나는 그만 항복을 하고 말았다. 아버지는 통화료 자동이체를 신청하는 데에도 본인확인이 필요할 거라 지레짐작을 하고는 매달 아파트 상가에 있는 현금 자동 입출기에서 계좌이체로 요금을 납부했다. 그러던 어느 날 꾀가 나서는 처녀애한테 전화를 해서 계좌번호와 비밀번호를 알려주고 통화료든 단말기 요금이든 빼가라고 해버렸다. 아버지 통장에 수억이 들어 있는 것도 아니고 처녀애가 멋대로 돈을 빼가는 일도 없을 테지만 아무 일도 없었던 듯이 넘어갈 수도 없는 일이었다. 누나는 다음날 직장에서 조퇴를 하고 아버지를 차에 태워서 덕양구청 맞은편에 있는 은행으로 가서(은행은 여전히 건물 2층에 있었다) 직원에게 본인확인을 받은 후에 비밀번호를 바꿨다. 누나는 두 번째 겪는 일이라 속이 두 배로 부글부글 끓었지만 인격수양을 두 배로 할 수 있는 기회라고 여기며 두 배로 참았다고 한다.

보통사람들이 절대 용서할 수 없다고 여기는 잘못을 그럴 수도 있는 거라며 대수롭지 않게 여기는 사람이 인격적으로 훌륭한 사람이다. 누나가 훌륭한 인격을 쌓는 데 가장 큰 도움을 준 사람이 있다면 두 번 생각할 것도 없이 바로 우리 아버지이다. 적어도 일주일에 한번은 인격수양의 기회를 주는데 어떻게 인격이 높아지지 않을 수 있겠는가.

"정우냐? 어디냐? 청주? 화정에는 언제 오냐? 주말에? 다음 주 월요일에 내헌테 좀 올래? 네가 좀 해결해야 할 일이 있다." (전화 뚝!)

전화를 끊고 나는 한동안 머릿속이 혼란스러웠다. '내가 주말마다 아버지한테 들르는 걸 모르는 사람도 아니고, 이런 말이라면 주말에 만났을 때 해도 되지 않나? 그리고 이런 전화를 꼭 새벽 여섯 시에 해야 할까?'

"내가 통장을 줄 테니 요 앞 상가 현금 자동 입출기에 가서 20만 원만 찾아와라. 비밀번호는 통장 맨 뒷장에 써놨다. 지난주에 돈을 찾으려고 하는데 자꾸 비밀번호 오류라고 뜨더라구. 숫자 하나 입력하고 번호 확인해서 다시 입력하고 하다 보니 시간초과가 돼서. 나중에는 비밀번호 오류 횟수가 초과돼 버렸지 뭐냐."

"오류 횟수 초과됐으면 자동 입출기에서는 출금이 안 될 텐데요?"

"며칠 지났으니까 될 거야. 얼른 갔다 와라."

미심쩍었지만 아버지가 그렇다고 하니 그럴 수도 있겠다 싶어 상가로 갔다. 통장을 넣고 현금인출 버튼을 눌렀더니 비밀번호 오류 횟수 초과라는 메시지가 뜬다.

"내가 그럴 줄 알았다. 통장을 다시 사용하려면 은행에 가야 할 거다. 내 좀 태워서 은행에 가자."

'은행에 갈 거면 처음부터 은행으로 가자고 했어야죠. 괜히 헛걸음했잖아요.'

"네." (부글부글)

은행에 가기 전에 전화부터 걸어봤다. 이 경우에는 본인확인이 필요해서 본인이 직접 은행으로 오지 않으면 안 된단다. 거동이 불편하다고 사정을 해도 규정이 그렇단다. 본인 되는 분이 호흡기를 달고 침대에 누워 있다고 뻥을 쳤다. 사정은 딱하지만 자기들로서도 어쩔 수 없다며 오히려 내게 사정을 한다.

아버지를 차에 태워 은행으로 갔다. 덕양구청 맞은편 건물 2층에 있는 은행이다. 워커에 의지해서 은행 문을 들어서는 노인네를 보고 직원 둘이 달려 나와 VIP실로 모시고 갔다. 아버지는 VIP 대접을 받는 것에 익숙한 것 같았다. 비밀번호 변경을 도와주는 여직원에게 쉴 새 없이 자랑을 해댄다.

"젊었을 때는 나도 은행에서 근무했어요. 그때는 복잡한 계산도 척척 하고 그랬는데 나이가 드니 비밀번호 네 자리도 못 외우게 되네요. 나이가 든다는 게 무서운 거예요. 얘가 내 아들이에요. 대학 교수예요. 허허. 지금은 방학이라서 평일에 시간을 낸 거예요. 우리 딸은 초등학교 교사예요. 우리 딸이……."

아버지가 오랜만에 말상대를 만나서 그동안 말을 못한 한을 풀고 있는 동안 나는 아버지가 건네준 카드를 들고 현금 인출기 앞으로 갔다. 비밀번호 네 자리를 누르니 비밀번호 오류라는 메시지가 뜬다. '0101이 맞는데?' 신중하게 다시 입력을 했지만 똑같은 메시지가 뜬다. 갑자기 머릿속이 혼란스러워졌다. '1010인가?' 조심스럽게 1010을 눌렀다. 결과는 마찬가지. '0101이 맞지!' 속으로 생각하면서 네 자리 숫자를 누르고 나니 이번에는 못 보던 메시지가 떴다. '비밀번호 오류 4회 초과. 영업점에 문의하시오.'

카드를 빼서 VIP실로 돌아왔다. 그때까지도 아버지는 아버지의 일을 멈추지 않고 있었다.

"현금을 인출하려 하다가 또 비밀번호 오류 4회 초과가 됐네요. 0101
이 맞지 않나요?"

"네, 맞는데요?"

그때 아버지가 지갑에서 카드를 확인하고는 이러시는 거다.

"내가 말하는 데 정신이 팔려서 다른 은행 카드를 줬구나. 이 카드로
하면 될 거다."

내게 없는 것

권터 그라스의 ≪양철북≫2를 읽고, 내게 없는 것,
또는 내게 부족한 것에 대해 산문을 쓰세요.

양철북 ────────────────────────────────

오스카는 성장하지 않는 능력을 지녔는데, 평범하게 말하면 키가 자라지 않
는다는 뜻입니다. 권터 그라스는 보통 사람보다 키가 많이 작았지만 누구도
쓰지 못하는 멋진 소설을 여러 편 써냈습니다. 자기에게 부족한 것을 오히려
장점처럼 활용한 결과입니다. 내게 부족한 것은 그것 자체로는 결핍이지만
그것을 이겨내면 발전의 기회가 됩니다. 환경을 바꾸기는 어렵지만 내가 어
떻게 하느냐에 따라서 좋지 않은 환경이 좋은 환경보다 더 좋은 결과를 낳을
수 있습니다.

아버지, 우리 아버지 4

나의 외할아버지는 대낮이나 저녁때 돈을 빌리러오는 사람한테는 그가 들고 온 빈손에 그가 원하는 것을 쥐어주는 법이 없었다. 앉아서 빌려주지만 서서 돌려받는 게 돈이라는 것을 너무도 잘 알고 있었던 나의 외할아버지는 서서라도 돌려받을 수 있는 사람에게만 돈을 빌려줬다. 돈을 빌리러 아침 일찍 찾아오는 사람이 아니면 돈을 빌려주지 않는 것이 할아버지가 나름대로 정한 대부인(貸付人)으로서의 원칙이었다. 아침 일찍 찾아오는 것은 자기가 처한 상황에 대해서 밤새 고민한 결과라는 것이 외할아버지의 판단이었다. 다른 사람에게 손을 벌려야 하는 처지인 주제에 아침까지 쿨쿨 잠을 잘 수 있을 정도로 무신경한 사람이라면 자기가 벌여놓은 일에 대해 책임을 져야 할 때에도 마찬가지로 무신경한 태도를 보일 것이 뻔하다. 외할아버지가 이렇게 신중하게 대부업에 임한 것이 부를 축적하는 데 결정적인 역할을 했을 것이라고 짐작할 수 있다―이것은 우리 아버지의 생각이기도 하다. 그렇지만 자세히 들여다보면 외할아버지의 직업은 대부업이 아니었고 돈을 빌리러오는 사람이 언제 오느냐로 그 사람의 신용등급을 매기는 외할아버지만의 신용 평가방식이 대부업의 성공을 가져온 결정적인 요인도 아니었다.

하나씩 풀어보자면, 외할아버지가 직업으로 택한 것은 대서업이다. 아무리 문맹률이 높았던 시대라고 해도 글을 대신 써주는 것으로 의성에서 제일가는 갑부가 되었다는 것이 믿기지 않을 것이다. 외할아버지가 대신 써주는 글의 종류가 편지 나부랭이였다면, 열한 명 – 축구팀을 구성하면 후보 선수를 확보할 수 없는 숫자다 – 이나 되는 식구들이 입에 풀칠하기도 어려웠을 것이다. 이름난 대중작가가 되어 달달한 연애소설을 쉴 새 없이 써젖혔다 해도 상황은 많이 나아지지 않았을 것이다. 편지글도, 소설도 아니라면 나의 외할아버지가 대신 써준 글은 도대체 어떤 종류의 글이었단 말인가?

궁금증을 해결하는 걸 잠시 미루고 외할아버지의 어린 시절로 돌아가 보자. 다행히도 외할아버지의 어린 시절에 대한 일화는 남아 있는 것이 많지 않다. 내가 그렇듯이 외할아버지에게도 여러 명의 외삼촌이 있었는데 그 가운데 한 명의 외삼촌과 벌초를 하러 간 적이 있다 – 우리 아버지가 자주 쓰는 표현을 빌리자면 외할아버지가 손톱만 했을 때의 일이다. 벌초를 하러가면서 점심을 챙겨간 걸로 봐서 우리 외할아버지의 외삼촌이라는 사람은 준비성이 철저한 사람일 가능성이 있다. 그런데 안타깝게도 자기 조카의 밥그릇을 챙기는 데까지 신경을 쓰지는 못했다. 어쩌면 그것은 신경의 문제가 아니라 경제력의 문제일 수도 있다. 외삼촌의 뒤를 졸졸 따라서 어른 걸음으로 두 시간이 족히 걸리는 선산에 도착한 뒤에도 코흘리개였지만 코를 흘리고 다닌 적은 없는 우리 외할아버지는 한 개의 밥그릇에 자기 몫의 밥이 들어 있을 거라고 믿고 있었다. 벌초는 쉽게 끝나지 않았다. 이름도 모르고 얼굴도 본 적이 없는 할아버지와 할머니들이 몇 개씩 자리를 차지하고 있어서가 아니라, 한 자리씩 차지하고 있는 주인이 많았기 때문이며 그들 사이의 친밀도를 보여주기라도 하듯이 서로 멀찌감치 떨어져 있었기 때문이다. 아무튼 준비성이 철저했지만 조카의 밥그릇까지는 챙기지 못했던 외삼촌은 점심때가 한참 지난 뒤에야 작업을 마무리했고, 조카와 함께 마지막으로 작업을 마친 무덤의 상석에 걸터앉아 점심을 먹기 시작했다. 꽁보리밥에 김치와 된장, 풋고추가 반찬의 전부였지만 밥맛은 꿀맛이었다. 그렇지만 외삼촌이 신성한 노동을 한 뒤에 맛있게 점심을 먹는 것을 주린 배를 움켜쥔 채로 곁에 서서 지켜보기만 해야 하는 꼬맹이는 죽을 맛이었다. 봉분을 덮고 있는 잡초를 거침없이 먹어치우는 낫이라도 되는 것처럼 외삼촌의 젓가락이 사기그릇에 고봉으로 담긴 보리밥을 절반쯤 먹어치웠을 때까지만 해도 배고픈 꼬맹이는 밥그릇에 아직 절반이나 밥이 남았다며 희망을 버리지 않았다. 한 가닥의 희망이 절망으로 바뀌고 절망이 분노를 불러일으킨 순간은 외삼촌의 젓가락이 넘지 말아야 할 선을 넘어섰을 때였다. 꼬맹이가 마음속으로 설정한 마지노선은 밥그릇 바닥에서 1/4이 되는 지점이었다. 외삼촌은 어른이니까 내 밥의 세 배를 먹을 자격이 있다는 것은 인정한다. 그렇지만 그 이상은 절대로 인정할 수 없다. 그러나 이것은 어디까지나 배고픈 꼬맹이가 머릿속으로 한 계산일 뿐이라서 삼촌의 귀에까지 전달이 되지 않았다. 입으로 내뱉지는 않았지만 천둥소리보다 더 큰 소리를 어떻게 못 알아들을 수 있느냐는 것이 꼬맹이의 생각이었고, 말을 하지 않는데 배가 부른지, 고픈지, 아픈지 어떻게 아느냐는 것이 외삼촌의 생각이었다. 마지막으로 남은 보리밥 한 덩이가 사람의 탈을 쓴 돼지의 목구멍으로 들어가는 것을 참담한 심정으로 바라보고 있는 꼬맹이에게 돼지가 밥그릇을 내밀었다. 꼬맹이는 혹시나 하는 마음으로 그릇을 들여다봤다. 야속하게도 그릇에는 보리밥풀 하나 붙어 있지 않았다. 밥그릇을 받아든 채 멍한 표정으로 자기 얼굴을 올려다보고 있는 꼬맹이에게 돼지가 버럭 소리를 질렀다. "와 바보축구맹키로 멀거니 서 있노? 퍼뜩 물 안 떠오고." 벌초하러 갈 때는 외삼촌을 따라갔지만 벌초가 끝난 뒤에는 돼지를 따라와야 했던 꼬맹이는 그날 이후로 머릿속에 있는 친척 명부에서 외삼촌의 이름을 지워버린다.

내 자존심과 뒤끝의 발원지를 짐작하는 용도로 외할아버지의 일화를 사용하는 독자는 없기 바란다. 이 일화를 통해서 우리가 알 수 있는 것은 외할아버지가 꼬맹이 때부터 자존심이 강한 사람이었으며 사람을 알아보는 눈을 지녔다는 사실이다. 추가로 나의 외할아버지가 부유한 가정에서 자라지 않았으리라는 짐작을 할 수 있다. 그의 부모가 되는 사람들은 그를 중학교에도 입학시키지 못할 정도로 가난했다. 자수성가하는 사람에게 필요한 가난이라는 조건을 사랑하는 아들에게 서둘러서 마련해준 것이다. 자수성가의 필수조건 가운데 하나를 너끈히 확보한 나의 외할아버지는 중학교 교실에서 한창 공부를 해야 할 나이에 대구 지방법원에서 소사로 근무를 하게 된다. 사무실에서 잔심부름을 하는 틈틈이 일본어와 한자를 익혔고 우리말을 더 세련되게 쓸 수 있게 되었으니 법원은 나의 외할아버지에게 동아시아 언어학과였던 셈이었다. 법원 근무에 필요한 능력을 법원에서 기른 뒤에 나의 외할아버지는 정식 직원으로 취직을 한다. 누구의 도움도 받지 않고 비정규직에서 정규직으로 신분 상승을 한 뒤에도 법원 사무실은 외할아버지에게 동아시아 언어학과의 역할을 계속 했다. 비정규직이었을 때는 교양수업만 들어야 했지만 정규직이 된 뒤로는 전공수업을 들을 수 있게 되었다. 동아시아 언어학과에서는 문자만 가르친 것이 아니어서 남들이 대학을 입학할 나이에 이 학과를 졸업한—비록 졸업장은 받을 수 없었지만— 나의 외할아버지는 법원 앞에 자그마한 대서소를 차릴 정도로 법률적 지식뿐 아니라 의뢰인이 필요로 하는 문서를 작성할 수 있는 글쓰기 능력까지 갖추고 있었다. 송사에 얽힌 사람들이 필요로 하는 글을 써주는 일은 위조지폐를 만드는 것과 비교해도 품이 덜 들면서도 수입은 더 좋고 덜미를 잡힐 일도 없는, 더할 나위 없이 환상적인 직업이었다.

나의 외할아버지는 이렇게 벌어들인 돈으로 당신의 고향인 의성 시내에 있는 땅을 사서 고래등같은 기와집을 짓고 붉은 벽돌로 담을 쌓았다. 의성 사람들은 외할아버지가 지은 집을 빨간 벽돌집이라고 불렀고, 빨간 벽돌집을 모르면 의성 사람이 아니었다. 집을 지은 뒤에는 계속 땅을 사들여서 외할아버지의 땅을 밟지 않고 의성시내로 들어올 수 없는 지경에까지 이르게 되었다. 외할아버지의 둘째사위이기도 한 나의 아버지는 외할아버지가 돈밖에 모르는 사람이었고 외할아버지가 모은 돈이라는 것이 글도 모르는 촌무지렁이들한테 땅문서를 잡고 돈을 빌려준 뒤에 돈을 제때 갚지 못하면 땅을 강제로 빼앗다시피 해서 벌어들인 거라고 험담을 하곤 하는데 나는 아버지보다는 얼굴도 보지 못한 외할아버지에게 더 믿음이 간다. 대부업은 외할아버지가 재산을 불리는 데 기여하긴 했지만 부수입을 올리는 정도였다. 마르크스는 이자로 돈을 불리는 사람들을 기생충 같은 인간이라고 경멸했지만 나의 외할 아버지는 마르크스도, 마르크스주의자도 아니라서 — 외할아버지는 마르크스의 책을 읽은 적은 없지만 마르크스를 무척이나 미워했다 — 돈이 필요한 사람들에게 돈을 빌려주고 이자를 받고, 돈을 빌려줄 때는 반드시 담보를 설정하도록 했다. 이것 또한 외할아버지가 그만의 동아시아 언어학과에서 수업료를 받아가며 배운 것이다.

> 외할아버지의 직업은 대부업이 아니었고 돈을 빌리러오는 사람이 언제 오느냐로 그 사람의 신용등급을 매기는 외할아버지만의 신용 평가방식이 대부업의 성공을 가져온 결정적인 요인도 아니었다.

주변 사람이 주인공이 되는 글

이문구의 단편소설집 ≪우리 동네≫를 읽고,
자기 주변 사람을 주인공으로 산문을 쓰세요.

우리 동네 ─────────────────────────────

학생들에게 산문을 쓰라고 하면 특별한 경험이 없어서 좋은 산문을 쓰기 어렵다는 말을 합니다. 특별한 경험이 없는 것이 아니라 특별한 경험을 알아보는 눈이 없는 것입니다. 내가 만난 적이 없는 사람은 내 소설의 주인공이 되기 어렵습니다. 이문구는 ≪우리 동네≫에서 동네 사람 하나하나가 모두 소설의 주인공이 될 수 있다는 것을 보여줍니다. 글을 쓰다 보면, 내 주변 사람들에게 관심을 가지게 됩니다. 정말 소중한 것은 가까이 있다는 것을 알게 됩니다.

영봉전

영봉에게도 이름이 있을 테지만 이름이 뭐가 중요하겠는가? 나는 영봉의 본명을 알지 못한다. 영봉의 일대기를 기술하는 데는 호만으로도 충분하지 않을까. 영봉(永峰), '끝없이 이어진 봉우리'라는 뜻일 텐데 뜻은 나쁘지 않지만 의미가 상투적이고 발음이 세련되지 못하긴 하다.

영봉은 여수에서 태어났다. 태어나 보니 아버지는 훈장이었다. 동네 아이들 네댓 명을 앉혀놓고 천자문을 가르쳤는데 봄에 보리 다섯 말, 가을에 쌀 한 가마니가 수입의 전부였다. 어머니는 친정이 돌산이었다. 남편이 훈장질을 해서 벌어오는 것으로는 네 식구가 입에 풀칠하기도 어려웠으므로 틈만 나면 친정에 가서 집안일이며 밭일을 해주고 양식거리를 얻어왔다. "누님, 시도 때도 없이 와서 양식거리를 가져가면 우리는 뭣 먹고 산다요. 이제 그만 옷시오." 동생한테 한소리 듣고 돌산에서 여수까지 걸어오는 내내 눈물을 흘렸다. 그날 이후 어머니는 생선 장사를 시작했다. 여수에서 생선을 떼어 광주리에 이고 구례며 남원, 오수에까지 가서 팔았다. 잠은 남의 집 부엌에서 자고 밥은 얻어먹었다. 머리를 깎지 않았고 염불도 하지 않았지만, 탁발승이나 다름없었다. 장사를 해서 번 돈은 항아리에 차곡차곡 모아놓았다.

영봉은 형과 함께 동네 어귀 당산나무 아래서 엄마를 기다렸다. 땅바닥에 주저앉아 형의 어깨에 머리를 기대고 낯선 세상으로 뻗은 길에서 눈을 떼지 못했다. 엄마가 빈 광주리를 이고 돌아와서 형과 자기를 품에 안으며 "으메, 내 새끼덜, 집에서 놀지 뭐더러 여끼지 나와 붓냐? 어여 가서 밥 묵자." 하기만을 기다리며 배고픔을 달랬다.

몇 년 장사를 해서 엽전으로 큰 항아리를 가득 채웠다. 그 돈으로 논을 사면 소작을 붙여도 먹고는 살고, 읍내에 번듯한 생선가게를 차릴 수도 있었다. 눈칫밥을 얻어먹지 않아도 되고 한뎃잠을 자지 않아도 됐다. 무엇보다 좋은 것은 아이들 배를 곯리지 않아도 된다는 것과 아이들을 제대로 돌볼 수 있게 되었다는 것이다. 그런데 기가 딱 막히는 소식이 들려왔다. 대원군이 화폐개혁을 단행해서 이제껏 통용되던 엽전을 사용할 수 없게 만들었다는 것이다. 어머니는 화병이 나서 자리보전을 하더니 시름시름 앓다가 그만 세상을 뜨고 말았다.

영봉은 머리를 깎고 중이 되었다. 구도에 뜻이 있어서 절로 들어간 것이 아니었다. 어머니가 생선 광주리를 이고 객지를 떠돌았던 것처럼, 열두 살 나이에 바랑을 메고 전국을 돌아다니며 탁발을 했다. 사람들이 시주한 쌀이며 돈은 금으로 바꾸었고 금덩이로는 고향에 땅을 사놓았다. 영봉은 몇 년 뒤에 여수에 있는 한산사로 돌아와서 정착을 했고 서른이 되기도 전에 주지가 되었다. 영봉이 젊은 나이에 주지가 될 수 있었던 것은 남다른 데가 있었기 때문이다. 성품이 바르고 생각이 깊고 언변이 뛰어났다. 게다가 용모도 준수했다.

여수는 해산물이 풍부했다. 생선이며 김, 미역 등을 팔아서 큰돈을 만지는 여자들이 많았다. 지금도 그렇지만 나이깨나 먹은 여자들이 사람들 눈치 안 보며 마음껏 유흥을 즐길 수 있는 장소가 없었다. 영봉은 절에 붙어 있는 계곡에서 여자들이 꽃놀이를 즐길 수 있도록 했다. 음식은 절에서 해댔다. 계곡에서는 연일 계 놀이가 벌어졌다. 영봉은 밥이며 고기며 술을 팔아서 많은 돈을 벌어들였다. 계 놀이를 하는 여자들은 거의가 한산사의 신도들이었다. 영봉은 준수한 외모와 뛰어난 언변 그리고 세심한 배려로 여자 신도들의 인기를 한몸에 받았다.

영봉은 밥장사, 술장사로 벌어들인 돈으로 땅을 샀다. 한산사는 영봉 덕에 부자 절이 되었다. 영봉은 더 많은 돈을 벌 수 있었지만 돈을 더 버는 것에는 관심이 없었다. 돈을 버는 것보다 잘 쓰기가 어렵다는 것을 알고 있었다. 자기가 벌어들인 돈을 사적으로 쓰는 일은 없었다. 예외는 있었다. 영봉에게는 사랑하는 여인이 있었다. 영봉이 어렸을 때 같은 동네에 살던 여자다. 둘은 서로 좋아했지만 영봉은 어머니가 돌아가신 뒤 출가를 할 수밖에 없었다. 출가를 한 뒤에도 고향을 찾을 때마다 만났지만 그녀는 영봉의 친구와 결혼을 하게 된다. 주지가 된 뒤에 영봉은 친구에게 살림에 보태 쓰라며 돈이며 땅을 주곤 했다. 가끔씩 친구 집에 찾아가면 친구는 "영봉, 내는 아랫말 형님네 집서 잘껏잉께 우리 집서 자고 가시게." 하면서 단칸방을 내주곤 했다.

영봉에게는 조카가 한 명 있었다. 이름은 재규였고 변변한 직업이 없이 평생을 놀고먹었다. 그가 잘 하는 것이 하나 있었는데 그것은 바로 술을 마시는 것이었다. 그는 스물네 시간 취해서 살았다. 그가 가장 좋아하는 술은 안동소주. 소주 한 잔을 마시고 안주로는 젓가락 끝에 침을 발라서 소금을 찍어 먹었다. 밤새 술을 마셔도 몸이 축나지 않는 그는 진정한 술꾼이었다.

나이 스물에 결혼해서 첫아들을 봤다. 이름을 용남이라고 지었다. 남쪽의 용이라는 뜻이다. 거창하지만 촌스러운 이름의 소유자가 바로 우리 아버지다. 재규는 당신의 아들을 영봉에게 양자로 주었다. 용남이 절에 들어가 산 것은 아니다. 서류상으로만 양지였다. 영봉은 해마다 양아들 이름으로 땅을 사서 재규에게 줬다. 그러면 홀랑 팔아서 술 퍼 마시고 남는 돈으로는 살림에 보탰다. 용남과 그의 남동생이 별 탈 없이 고등학교까지 마쳤던 것은 모두 영봉 덕분이었다.

영봉이 돈을 가져다 준 적은 한 번도 없다. 항상 논이나 밭을 사다줬다. 직접 농사를 짓든 아니면 소작을 부쳐서라도 가계를 꾸려가라는 뜻이었다. 영봉이 무슨 의도로 땅을 사주는지에 대해 재규는 아무 관심이 없었다. 땅문서를 손에 쥐는 즉시 팔아치워 버렸다. 돈이 생기면 이자 놀이를 했다. 술을 받아줘 가면서 돈을 빌려간 사람들은 이자도 제대로 갚지 않았다. 술이 들어가면 기분을 내며 담보도 없이 돈을 빌려줬던 것이다. 한번은 집에 불이 났는데 재규는 이불보따리를 챙겨들고 나왔다. 집이 홀랑 타버리는 걸 바라보면서 땅바닥에 주저앉아서 치부책을 챙겨 나오지 못했다고 땅을 치며 울고불고 난리를 쳤다. 소문이 쫙 퍼져서 돈을 갚는 사람이 하나도 없었다.

영봉이 문전옥답을 사준 적이 있다. 재규가 받는 즉시 팔아치우자 소문을 듣고 영봉이 논을 산 사람을 찾아갔다. 사정을 해서 논을 되사 재규에게 건네주었다. 재규는 또 팔아먹고 영봉은 되사서 또 주었다. 재규가 세 번째 팔아먹자 영봉은 "아까운 땅이라서 어찌 해볼라 캤드마 헐 수 없구마." 하면서 포기하고 말았다. 조카가 얼마나 무능하고 게으른지 알면서도 영봉은 조카에게 서운한 내색을 한 적이 한 번도 없다. 사람은 다 자기 생긴 대로 살게 마련이고 자기도 자기를 어떻게 못 하는데 남을 어떻게 할 수 있느냐는 것이 영봉의 생각이었다.

영봉은 주지가 된 뒤에도 맛있는 음식을 입에 대지 않았다. 밥은 잡곡밥을 지어서 소쿠리에 담아 놓았다가 끼니때가 되면 물에 말아서 먹었다. 반찬은 짠지나 김치 한 가지만 놓고 먹었다. 평생 고생만 하다가 쌀밥 한 번 배불리 먹어보지 못하고 세상을 떠난 어머니가 눈에 밟혀서 쌀밥이며 맛있는 음식을 입에 대지 않았던 것이다.

영봉은 신도들을 성심성의껏 대했지만 돈 좀 있다고 거드름을 피우는 신도는 거들떠보지도 않았다. 영봉이 돈만 밝히는 땡중이어서 돈 있는 사람에게는 아양을 떨고 가난한 사람은 처다보지도 않는다는 소문이 그의 귀에까지 흘러들어왔지만 그는 노하거나 싫은 기색을 보이지 않았다. 그런 말을 들을 때도 평소처럼 온화하고 미소 띤 표정이었다. 사하촌에 기근이 들었을 때 양식을 나눠줘서 많은 사람들을 살린 적이 있다. 마을 사람들이 일주문 앞에 공덕비를 세워주었다. 영봉은 사람들이 비난할 때 그랬던 것처럼 사람들이 칭송할 때도 반응을 보이지 않았다. 본인이 내색하지 않았으므로 형편이 어려운 사람들을 음으로 양으로 도와왔던 것을 아는 사람은 거의 없었다.

쉰이 되던 해에 영봉은 정수암으로 거처를 옮겼다. 정수암에는 장정 삼사백 명은 충분히 들어갈 수 있는 넓은 법당이 있었다. 임진왜란 때 이순신이 증축한 것이다. 각처에서 온 지원병들을 훈련시키기 위해서 큰 건물이 필요했다. 산중에 있어서 적에게 들킬 염려도 없었다. 이곳에서 영봉은 여생을 보낸다. 혼자는 아니었다. 상좌 한 명을 데리고 있었고 영봉을 따르던 여인과 함께 살았다. 그녀는 젊은 나이에 남편과 사별하고 영봉이 주지로 있을 때부터 한산사를 드나들었다. 스무 해 가까이 연모한 끝에 정수암에 함께 들어오게 되었다.

일흔 살 되던 해에 영봉은 자기가 가지고 있던 모든 재산을 절에 희사한다. 그 소식을 미리 알고 재규는 영봉에게 달려가서 재산을 남겨달라고 사정했다. "너한테는 해줄 만큼 해줬다." '작은아버지가 우리를 안 도와주면 앞으로 우리는 어떻게 사느냐'며 조카가 울며불며 매달려도 영봉의 뜻을 꺾을 수 없었다.

신도의 사십구재를 준비하면서 찬물로 목욕을 했다가 폐렴에 걸려 영봉은 세상을 뜬다. 1943년, 일흔세 살의 나이였다. 한산사에서 다비식을 치렀다. 다비식이 끝난 뒤 불목하니가 사리를 거두러가면서 "영봉한테서 설마 사리가 나오겠능가?" 하더니 건성으로 훑어보고 돌아와서는 "사리고 뭐고 없더랑께" 했다. 영봉을 가까이서 지켜본 사람이 들으면 눈물이 날 만큼 서운한 말이었고 영봉의 다비식이 있던 날이니 영봉을 고깝게 여기는 사람이라고 해도 해서는 안 될 말이었다. 영봉이 그 말을 들었다면 어땠을까? 돈만 밝히는 땡중이라는 말을 들었을 때처럼 온화한 표정으로 선한 미소를 짓지 않았을까?

"

사하촌에 기근이 들었을 때 양식을 나눠줘서 많은 사람들을 살린 적이 있다. 마을 사람들이 일주문 앞에 공덕비를 세워주었다. 영봉은 사람들이 비난할 때 그랬던 것처럼 사람들이 칭송할 때도 반응을 보이지 않았다.

"

부록

산문쓰기로 시작하는
문학 글쓰기

설명하지 말라고 해놓고 산문을 어떻게 써야 하는지 설명하고 있네요. 설명이 필요할 때도 있지만 설명은 설명일 뿐이니 참고만 하길 바랍니다. 정말로 중요한 것은 작품을 읽고 감을 잡는 것입니다. 산문쓰기를 어떻게 해야 하는지 감을 잡는 데 산문에 대한 설명이 도움이 되기를 바라는 마음에서 산문에 대한 이런 저런 생각을 두서없이 적어봤습니다.

학생들에게 산문쓰기를 가르친 것이 햇수로 10년을 넘었습니다. 학생들에게 도움이 되는 말을 하다 보면 반복하게 되는 말이 있습니다. 중요한 말이라는 뜻입니다. 수업 시간에 자주 하게 되는 말을 학생들의 수준에 맞게 단계별로 정리한 것이 '산문쓰기' 열한 단계입니다. 자기가 어느 단계에 와 있는지를 짐작해보고, 무슨 의도에서 이런 말을 했는지도 생각해보면 글을 보는 안목이 생길 것입니다.

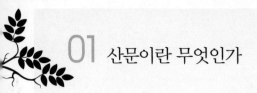

01 산문이란 무엇인가

문학의 5대 장르는 시, 소설, 수필, 희곡, 평론이라는 말이 있습니다. 문학 연구자의 관점에서 다시 보면 여기에는 두 가지 문제가 있습니다. 첫 번째는, 평론이 문학 장르에 포함된 것이고, 두 번째는 수필이라는 장르의 하위 장르에 중수필(에세이)을 넣은 것입니다. 문학이 무엇인지에 대한 근본적인 물음을 생략한 채로 내린 결론이라서 이 두 가지 문제는 현실에서 많은 문제를 일으킵니다.

문학이나 예술만의 고유한 표현방식이 있다면 그것은 바로 '돌려 말하기'입니다. 문학이나 예술은 낱말 알아맞히기 놀이와 비슷하지 않을까요? '멍청이'라는 낱말이 문제로 제시되었다면 자기 파트너의 입에서 답이 나오도록 하기 위해서 힌트만을 줄 수 있을 뿐입니다. 동작이나 표정은 물론이고 말로 설명해도 되지만 '멍청이'라는 말은 하면 안됩니다. 직접 말을 하면 파트너의 입에서 대답 대신 이런 말이 나옵니다. '저런 멍청이!'

작가도 마찬가지입니다. 김소월은 사랑의 역설을 무척 중요하게 생각했습니다. 떠난 사람을 그리워하는 것이 고통스러운 일인데 잊으려고 해도 잊을 수 없는 것이 사랑의 역설입니다. 김소월은 사랑의 역설을 직접 말하지 않고 독자가 알아차리게 시를 썼습니다. 자기가 중요하게 여기는 것을 직접 말했다면 어떻게 됐을까요? 금기를 어긴 대가는 혹독해서 아무리 김소월이라도 시는 물론이고 이름도 남기지 못했을 것입니다.

평론이나 중수필(에세이)은 글을 쓰는 사람이 말하려는 것을 직접 말하기 때문에 문학이라고 보기 어렵습니다. 수필의 하위 장르에 중수필(에세이)과 경수필(미셀러니)이 있다고들 하는데, 중수필(에세이)은 문학이 아니고, 경수필(미셀러니)로 불려왔던 것이 '산문'인 셈입니다. 산문과 에세이가 다른 점은 산문을 쓰는 사람은 직접 경험한 것을 예로 들어서 말하려고 하는 바나 의도한 효과를 얻으려고 하고, 에세이를 쓰는 사람은 간접적으로 경험한 것을 근거로 해서 말하려는 바를 직접 말한다는 점입니다. 산문을 쓰는 사람은 독자가 알아차리게끔 글을 써서 독자의 마음을 움직이려고 하고, 에세이를 쓰는 사람은 독자가 이해하게끔 글을 써서 독자의 동의를 얻으려고 합니다. 잘 쓴 산문은 독자를 감동시키고, 잘 쓴 에세이는 독자를 감탄하게 만듭니다. 이처럼 다른 결과가 나타나는 이유가 여기 있습니다.

현실에서는 한 편의 글에 산문적 글쓰기와 에세이적 글쓰기가 공존합니다. 어떤 것이 주된 글쓰기 방식이냐에 따라서 산문과 에세이를 나누게 됩니다. 잘 쓴 산문이나 잘 쓴 에세이는 산문인지 에세이인지 명확히 구분하기 어려운 경우도 있습니다. 그렇지만 산문을 처음 쓸 때는 에세이가 되지 않도록 직접 경험 위주로 돌려 말하고, 말하고자 하는 바(주제)를 생략해서 독자가 알아차리게 하는 것이 좋습니다. 시나 소설과 같은 문학작품에도 당연히 주제가 있습니다. 그렇지만 주제문에 밑줄을 그을 수는 없습니다. 주제문이 감추어져 있기 때문입니다. 산문을 쓰고 싶으면 주제문에 밑줄을 그을 수 없는 글을 쓰세요.

02 산문쓰기로 시작하는 이유

문학이 무엇인지 알기 위해서는 창작으로 접근하는 것이 가장 효과적입니다. 수영을 잘하려면 물에 들어가서 수영하는 법을 익히는 것이 가장 효과적인 것과 마찬가지입니다. 창작으로 문학에 접근하는 것이 가장 효과적인데 우리사회에서 이런 방법으로 문학 교육이 이루어지지 않은 이유가 있습니다. 가르치는 사람이 창작을 할 수 없으면 창작으로 학생들에게 문학을 가르칠 수 없습니다.

글을 잘 쓰기 위해서는 책을 많이 읽어야 하고, 제대로 읽어야 하고, 수도 없이 글을 써서 글에 대한 감을 익혀야 합니다. 훌륭한 작가는 이런 힘든 과정을 거친 사람들입니다. 무슨 이유에서인지는 모르지만 글을 써보지 않은 사람은 이를 무시하는 경향이 있습니다.

창작으로 문학에 접근할 때에도 산문으로 접근하는 것이 효과적입니다. 시로 접근하는 것은 시간이 오래 걸립니다. 소설도 크게 다르지 않습니다. 산문쓰기를 처음 시작할 때는 자기가 가장 중요하게 여기는 경험을 글감으로 정해서 생각을 담아내면 됩니다. 분량은 A4 용지로 한 장 반에서 두 장 정도. 이보다 짧으면 내용에 깊이가 없어서 재미가 없고, 이보다 길면 지루해지기 쉽습니다. 물론, 글을 잘 쓰게 되면 짧게 써도, 길게 써도 좋은 글이 됩니다. 내가 가장 중요하게 여기는 것(주제)을 내가 경험한 것을 통해 말하면 되므로 산문은 누구나 쉽게 접근할 수 있는 글이며, 써놓고 나면 무척이나 소중한 글입니다. 절실함이 담긴 글이 좋은 글인데, 산문은 절실함을 담아내기 쉽습니다.

절실한 문제를 글로 쓰고 나면 해결되는 경우가 많습니다. 객관적으로 사태를 볼 수 있게 되기 때문입니다. 문제가 해결되면 또 다른 절실한 문제가 떠오릅니다. 이것도 산문으로 쓰세요. 산문을 써나가면 미처 생각하지 못했던 절실한 문제와 소중한 기억이 떠오를 것입니다.

산문을 써놓고 보면 소설로 고쳐쓰는 것이 나은 글도 있고 시로 고쳐쓰는 것이 나은 글도 있습니다. 물론 산문 그 자체로 좋은 글이 더 많습니다. 소설로 쓰는 게 나은 글감은 소설로, 시로 쓰는 게 나은 글감은 시로, 산문에 적합한 글감은 산문으로 쓰면 됩니다. 시, 소설, 산문을 모두 써봐야 시도, 소설도, 산문도 잘 쓸 수 있습니다. 하나의 글감을 시로도 써보고 산문으로 써보는 것도 필요합니다.

산문은 문학의 줄기 세포와 같은 것입니다. 산문을 쓰다가 시를 쓸 수도 있고 소설을 쓸 수도 있고 희곡이나 시나리오, 드라마를 쓸 수도 있습니다. 산문쓰기로부터 시작하는 것이 좋은 이유는 쉽게 접근할 수 있으면서 글이 빨리 늘고 결과가 바로 나온다는 것입니다. 산문쓰기로 접근하면 문학이 내 생활과 분리된 것이 아니라는 사실을 깨닫게 됩니다. 글을 쓰는 것이 반드시 필요한 일이었다는 것을 알게 됩니다.

03 산문을 쓰는 방법

글을 잘 쓰려면 책을 읽어야 합니다. 책을 읽지 않고 글만 써서는 발전이 느리고 얼마 안 가서 한계를 느끼게 됩니다. 책을 재미로 읽는 것에서 끝나는 것이 아니라 작가가 어떤 생각으로 어떻게 글을 풀어나갔는지를 살펴가며 읽어야 합니다. 테니스를 잘 치려면 레슨만 받아서는 안 됩니다. 시합을 해보지 않으면 코치가 하는 말을 이해하기 어렵습니다. 글을 읽는 것도 마찬가지입니다. 글을 써보지 않으면 다른 사람이 쓴 글을 제대로 이해하기 어렵습니다.

좋은 글을 찾아서 읽고, 글에서 좋은 주제를 뽑아 자기 경험을 예로 들어서 글을 쓰면, 좋은 글을 쓸 수 있게 됩니다. 글에서 주제는 무척 중요합니다. 주제를 정하는 것은 선곡을 하는 것과 같습니다. 자기에게 맞는 곡, 좋은 곡을 선택해야 노래를 잘 부를 수 있는 것처럼 좋은 주제를 골라야 좋은 글을 쓸 수 있다. 경험은 빌려올 수 없지만 다행히도 주제는 빌려올 수 있습니다. 좋은 작가의 작품을 읽고 좋은 주제를 찾아서 글을 써보세요. 주제를 빌려오는 것은 표절이 아닙니다. 문학 작품의 주제는 직접 드러나지 않으므로 내가 찾아내는 것입니다. 그것은 내 것이나 마찬가지입니다.

처음 산문을 쓰는 사람이 범하는 실수는 설명이 많이 들어가는 글을 쓰는 것입니다. 글을 쓰는 사람이 설명을 하면 독자는 할 일이 없습니다. 알아차리게 하면 독자는 자기가 찾아낸 것이라 여기고 신이 나서 글을 읽습니다. 설명하지 않아야겠다고 마음먹고 글을 쓰면 글을 시작하기 어렵습니다. 다 쓴 뒤에 불필요한 설명을 빼면 됩니다. 해석은 설명이 아닙니다. 깊이 있고 참신한 해석은 좋은 글에 꼭 필요합니다. 설명하려 하지 말고 해석하려 하세요. 설명을 하는 이유는 자기가 하는 말을 독자에게 이해시키기 위해서입니다. 산문은 이해시키는 글이 아니라 독자의 마음을 움직이는 글입니다. 마음을 움직이려면 설명해서는 안 됩니다.

글을 잘 쓰기 위해서는 좋은 글을 보는 안목을 길러야 합니다. 좋은 글과 그렇지 않은 글을 구분할 줄 알아야 합니다. 단조로운 글은 절대로 좋은 글이 될 수 없습니다. 그렇지만 단조롭지 않게 하려고 복잡하게 하면 안 됩니다. 복잡하면 독자들이 집중하기 어렵고 글을 끝까지 읽지 않습니다. 단순하되 단조롭지 않게 쓴 글이 좋은 글입니다. 좋은 글을 쓰는 것은 단조로움과의 싸움입니다. 단조롭지 않은 글을 쓰려면 어떻게 해야 하는지 연구해야 합니다. 복합적인 글은 단순하면서도 단조롭지 않습니다. 복잡하지도 않습니다. 이 방법이 작가들이 가장 선호하는 방법입니다. 작가들이 쓴 좋은 글을 보며 어떻게 단조로움을 극복했는지를 유심히 살펴보기 바랍니다.

글은 의무감으로 써도 안 되고 글을 잘 써야겠다는 욕심에서 써도 안 됩니다. 즐거워서 쓰는 글, 소중한 기록이라서 나중에 내가 보기 위해서 쓰는 글이 좋은 글이 됩니다. 내가 즐겁게 쓰지 않으면 읽는 사람도 즐겁지 않고, 내가 몰입해서 쓰지 않으면 읽는 사람도 몰입하기 어렵습니다.

당연한 것은 좋은 글감이 될 수 없습니다. 모두가 알고 있는 것이라서 흥미를 끌지 못하기 때문입니다. 당연한 것처럼 보이지만 그렇지 않은 것이 좋은 글감입니다. 당연한 것처럼 보이면서 안 좋아 보이는 것이 실제로는 좋은 것일 때가 있습니다. 이것이야말로 좋은 글감입니다. 반대의 경우(특별한 것처럼 보이면서 좋아 보이는 것)는 너무도 많고 독자를 불편하게 만듭니다.

솔직하게 쓰지 않으면 글은 늘지 않습니다. 절실하게 여기는 문제를 자연스럽게 풀어내세요. 글을 처음 쓰는 사람일수록 절실한 문제를 감추려고 합니다. 문제를 감추면 자기도 문제가 무엇인지, 어떻게 해결해야 하는지 알기 어려워집니다. 솔직하게 써야 한다고 해서 노골적으로 쓰면 읽는 사람이 불편해집니다. 진솔하게 쓰되, 읽는 사람이 불편하지 않게 쓰는 것이 좋습니다.

글을 잘 쓰는 것은 쉽지 않습니다. 재능이 있는 사람이 열심히 노력해도 자기 생각을 글로 풀어낼 수 있게 되기까지 대략 20년 정도 걸리고, 다시 10년 정도의 시간이 지나야 자기 마음에 드는 글을 쓸 수 있습니다. 글을 잘 쓰고 싶다면 조급하면 안 됩니다. 글을 쓰는 것은 먼 길을 가는 것과 같습니다. 글을 쓰는 것이 즐겁지 않다면 멀리까지 갈 수 없습니다. 즐겁게 글을 쓰다 보면 계속 글을 쓰게 되고 언젠가는 마음에 드는 글을 쓸 수 있게 됩니다.

글이 안 써지면 책을 읽으세요. 책을 읽다 보면 글이 쓰고 싶어집니다. 좋은 생각이 떠오르지 않으면 산책을 하는 게 좋습니다. 마음을 비우고 걷다 보면 좋은 생각이 떠오릅니다. 글도 쓰고 싶지 않고 책도 읽고 싶지 않으면 쉬어야 합니다. 쉬다 보면 글을 쓰고 책을 읽는 것이 얼마나 행복한 일인지 알게 됩니다.

글을 쓰면 나를 들여다보게 되고 나를 들여다보는 중에 내 주변 사람도 둘러보게 됩니다. 글을 쓰면 하루하루 더 나은 사람이 됩니다. 이것이 산문을 쓰는 사람에게 누군가가 주는 가장 소중한 선물입니다. 자기에게 이런 소중한 선물을 하는 사람이 많아지기를 바랍니다.

04 산문쓰기의 열한 단계

　수업 시간에 자주 하게 되는 말을 학생들의 수준에 맞게 단계별로 정리해 봤습니다. 자기가 어느 단계에 와 있는지를 짐작해보고, 무슨 의도에서 이런 말을 했는지도 생각해보면 글을 보는 안목이 생길 것입니다.

11급 - 글을 써볼까 하는 생각이 들 때

- 좋은 에세이는 읽는 사람을 감탄하게 만들고, 좋은 산문은 읽는 사람을 감동시킵니다.
- 글로 밥벌이를 하겠다는 생각을 버려야 합니다.
- 글쓰기는 세상에 대한 애정에서 비롯됩니다. 애정이 없으면 글을 쓰지 않는 것이 좋습니다.
- 잃어버린 과거를 찾고 싶다면 글을 쓰세요.
- 격이 높은 사람이 되고 싶으면 글을 쓰세요.

10급 – 글을 쓰기 시작했을 때

- 맞춤법보다 글의 구성에 신경쓰고, 글의 구성보다 글로 무엇을 말하고 싶은지에 신경쓰고, 글로 무엇을 말하고 싶은지보다 글을 왜 쓰는지에 신경쓰세요.
- 구상 시간은 길수록 좋고 집필 시간은 짧을수록 좋습니다.
- 경험을 예로 들어 말하세요.
- 예만으로도 매력적이어야 합니다.
- 솔직하지 않으면 글은 늘지 않습니다.
- 쓰기 전에 고치고 써놓고 고치세요. 쓸 때는 고치지 않는 것이 좋습니다.
- 글을 쓰려면 읽던 책을 덮어야 합니다.
- 부끄러운 경험을 쓰면 부끄러움에서 벗어날 수 있고, 아픈 경험을 쓰면 건강해집니다.

9급 – 감을 잡았을 때

- 솔직하되 읽는 사람을 불편하게 하면 안 됩니다.
- 글이 그물이라면 좋은 글에는 벼리가 있습니다.
- 어제의 나와 오늘의 나와 내일의 내가 힘을 합치면 더 좋은 글이 됩니다.
- 시키는 대로만 하면 글은 늘지 않습니다.
- 글을 쓸 때 자기가 빠져들어야 읽는 사람도 빠져듭니다.
- 옆 사람이 쓴 글을 읽어보고 자기 글과 같으면 쓰레기통에 던져버리세요.

- 아름답거나, 깊이 있거나, 새롭거나, 상상력이 뛰어나거나, 읽는 사람의 정서를 자극하거나!
- 산문은 소설처럼, 소설은 산문처럼!
- 좋은 연설은 짧은 법입니다. 과감히 생략하세요.
- 엄숙한 글에 좋은 글이 드물고, 절실한 글에 나쁜 글이 드뭅니다.
- 듣기 싫게 말하지 마세요. 가르치려 들기, 잘난 체하기, 아는 체하기, 저질스런 표현, 무시하기, 강요하기, 권위적인 태도로 말하기, 변명하기, 엄살 부리기, 아부하기.

- 뻔한 글은 쓰지 마세요.
- 떠먹여주는 밥은 맛이 없습니다. 설명하지 마세요.
- 독자가 알아차리게 글을 써야 합니다.
- 손으로 쓰지 말고 머리로 써야 합니다.
- 돌려서 말하고, 빗대어 말해보세요.
- 작가가 얼마나 솜씨 좋은 사냥꾼인지 알고 싶으면 돌 하나로 새를 몇 마리나 잡는지 눈여겨보세요.
- 모든 사람이 알고 있는 진실을 상식이라고 합니다. 상식이 아니라 감춰진 진실을 말해야 합니다.
- 듣기 좋게 말하세요.
- 대조는 피해야 합니다. 대조하려면 한쪽만으로 해야 합니다. 다른 한쪽은 생략하는 거지요.

6급 – 더 좋은 글을 쓰고 싶은 욕심이 생겼을 때

- 중간부터 시작하세요.
- 단순해야 하지만 단조로우면 안 됩니다.
- 구상한 것을 완전히 뒤집으세요. 더 이상 뒤집을 수 없을 때까지.
- 고급 독자를 대상으로 써야 합니다.
- 경험이라는 재료를 해석이라는 솜씨로 요리해야 맛있는 음식이 됩니다.
- 정리의 기본은 버리는 것입니다. 과감하게 버리세요. 버려야 채울 수 있습니다.
- 촌티 나는 글은 쓰지 마세요. 세련되려면 자연스러워야 합니다.
- 어제와 다른 글을 쓰세요.
- 갈수록 깊어지거나 갈수록 높아져야 합니다.
- 울리려면 울지 말고 웃기려면 웃지 말아야 합니다.

5급 – 갑자기 글이 되지 않을 때

- 슬럼프 없이는 발전도 없습니다.
- 좋은 산문은 매력적인 삶에서 나옵니다. 글을 짜내려 하지 말고 삶을 가꿔야 합니다.
- 글을 보는 안목이 없으면 좋은 글을 쓸 수 없습니다.
- 경험이 없다고 불평하지 말고 안목이 없는 것을 탓해야 합니다.
- 남들이 어떻게 쓰는지를 살피지 말고 내가 왜 써야 하는지를 생각해보세요.
- 모범답안은 없습니다. 모범답안이라는 유령을 쫓아버려야 합니다.

- 글이 안 되면 기본으로 돌아가세요.

4급 – 글 쓰는 것에 자신이 붙었을 때

- 겸손해야 합니다. 오만해지면 글은 늘지 않습니다.
- 글을 쓰는 것은 나를 가르치는 것입니다.
- 에세이의 주제는 분량에 맞게 정해야 하지만 산문의 주제는 클수록 좋습니다.
- 독자의 감정을 자극하려면 감각적으로 써야 합니다.
- 중요한 사건은 자세하게, 중요하지 않은 사건은 생략하거나 간결하게.
- 시는 산문처럼, 산문은 시처럼!

3급 – 다시 글이 써지지 않을 때

- 말하지 말고 말해야 합니다.
- 현명한 사람이 반드시 글을 잘 쓰는 것은 아니지만 현명하지 않으면 좋은 글을 쓸 수 없습니다.
- 이해시키려 하지 말고 느끼게 하세요.
- 쥐어짜서는 좋은 글이 안 나옵니다. 흘러넘칠 때까지 기다려야 합니다.
- 고집은 적당해야 합니다. 고집이 없으면 줏대도 없습니다. 자기만의 것이 없습니다. 고집이 세면 발전이 없습니다. 남의 것을 받아들이지 못합니다.
- 글의 기본은 짧은 글입니다. 글이 안 써지면 짧게 쓰세요.

2급 – 자기 글을 알아주지 않을 때

• 수준 높은 글일수록 알아보는 사람이 드문 법입니다.

• 성실하되 집착하지 말아야 합니다.

• 남의 눈에 드는 글을 쓰지 말고 자기 마음에 드는 글을 써야 합니다.

1급 – 작가가 되는 것도 나쁘기 않을 거라는 생각이 들 때

• 제가 가장 쓰고 싶은 글은 아우라가 있는 글이나 고졸한 글입니다.

• 물보다 맛있는 것은 없습니다. 물맛이 나는 글을 쓰세요.

• 사소해 보이지만 실제로는 중요한 것이 훌륭한 글감입니다.

• 음과 양이 조화를 이루는 글을 쓰세요.

• 가장 쓰기 어려운 글은 눈물 나게 하는 글도, 배꼽 빠지게 하는 글도
아닙니다. 마음이 따뜻해지는 글, 마음이 깨끗해지는 글, 글을 쓰고 싶
게 만드는 글, 훌륭한 사람이 되고 싶게 하는 글이 가장 어렵습니다.